國家古籍整理出版專項經費資助項目
全國高校古委會直接資助項目
華東師範大學中文系學術著作出版基金資助項目

歸懋儀集

上

歸懋儀 著
趙厚均 點校

人民文學出版社

圖書在版編目（CIP）數據

歸懋儀集：上下/（清）歸懋儀著；趙厚均校點. —北京：人民文學出版社，2022
(明清别集叢刊)
ISBN 978-7-02-016566-7

Ⅰ. ①歸… Ⅱ. ①歸… ②趙… Ⅲ. ①中國文學—古典文學—作品綜合集—清代 Ⅳ. ①I214.92

中國版本圖書館 CIP 數據核字(2020)第 158860 號

責任編輯　葛雲波
裝幀設計　黄雲香
責任印製　任　禕

出版發行　人民文學出版社
社　　址　北京市朝内大街 166 號
郵政編碼　100705

印　　刷　三河市中晟雅豪印務有限公司
經　　銷　全國新華書店等

字　　數　800 千字
開　　本　880 毫米×1230 毫米　1/32
印　　張　35.25　插頁 2
印　　數　1—2000
版　　次　2022 年 1 月北京第 1 版
印　　次　2022 年 1 月第 1 次印刷

書　　號　978-7-02-016566-7
定　　價　188.00 圓(全二册)

如有印裝質量問題,請與本社圖書銷售中心調换。電話:010-65233595

繡餘續草（南京圖書館藏稿本）書影

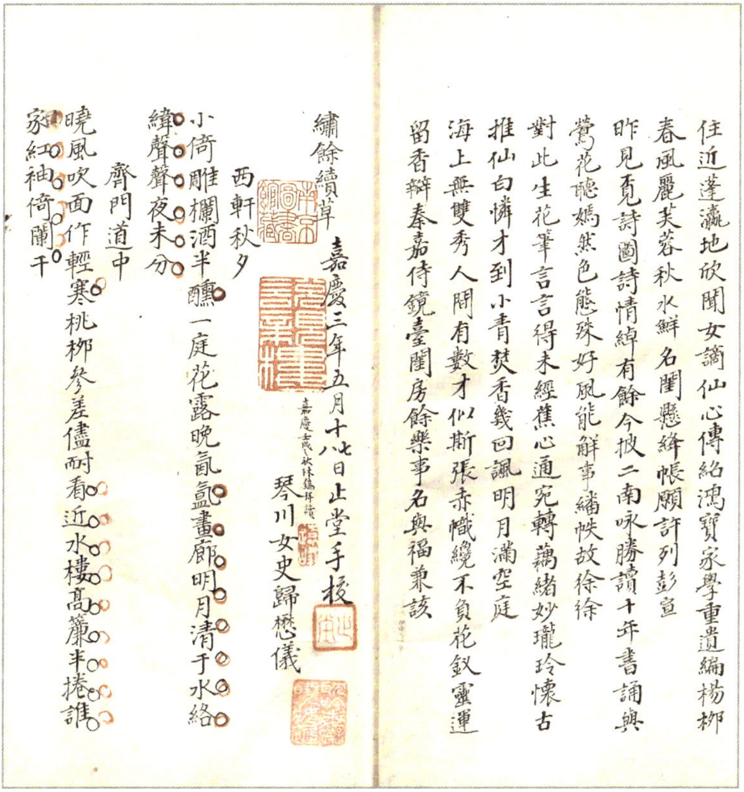
住近蓬瀛地欣聞女謫仙心傳紹鴻寶家學重遺編楊柳
春風麗芙蓉秋水鮮 名閨懸絳帳願許列彭宣
昨見覓詩圖詩情綽有餘今披二南咏勝讀十年書誦與
鶯花聽嫣然色態殊好風能解事繡帙故徐徐
對此生花筆言言得未經蕉心通宛轉藕緒妙瓏玲懷古
推仙白憐才到小青焚香幾回諷明月滿空庭
海上無雙秀人間有數才似斯張赤幟纔不負花釵靈運
留香辭秦嘉侍鏡臺閨房餘樂事名與福兼該

繡餘續草　嘉慶三年五月十八日止堂手校

嘉慶壬戌之秋林鶴拜讀

琴川女史歸懋儀

西軒秋夕

小倚雕欄酒半醺一庭花露晚氤氳畫廊明月清于水絡緯聲聲夜未分

齊門道中

曉風吹面作輕寒桃柳參差儘耐看近水樓高簾半捲誰家紅袖倚闌干

繡餘續草（南社鈔本）書影

繡餘續草

琴川佩珊歸懋儀

題小立滿身花影圖

寫生妙筆本天然，貌出風神別樣妍。最是玲瓏花裏月，枝枝移上美人肩。

秋情秋思正無邊，風透綃衣骨欲仙。人影花魂渾莫辨，海棠庭院月娟娟。

惜花心性與凡殊，那管輕寒逼繡襦。只恐天風吹欲去，却教萬朶采雲扶。（凡原作人）

珊珊素佩踏芳菲，人瘦翻嫌花太肥。月姊豈若憐梳洗淡，替描水墨上秋衣。

庭陰悄悄漏遲遲，薄霧濛濛著鬓絲。莫笑對花添眷戀，兒家心事只花知。

披圖彷彿散氤氳，麝氣花香雨不分。巳是不勝羅綺重，更教曳月與拖雲。

風雨無寐枕上作

涼意侵羅幕，疏燈閃淡光。悤前一滴雨，枕上九回腸。逝水應難挽，浮生徒自傷。（時憶閨保之淡故云）姆曉來青鏡裏，添得一痕霜。

楊子捘 王德言 同閱記

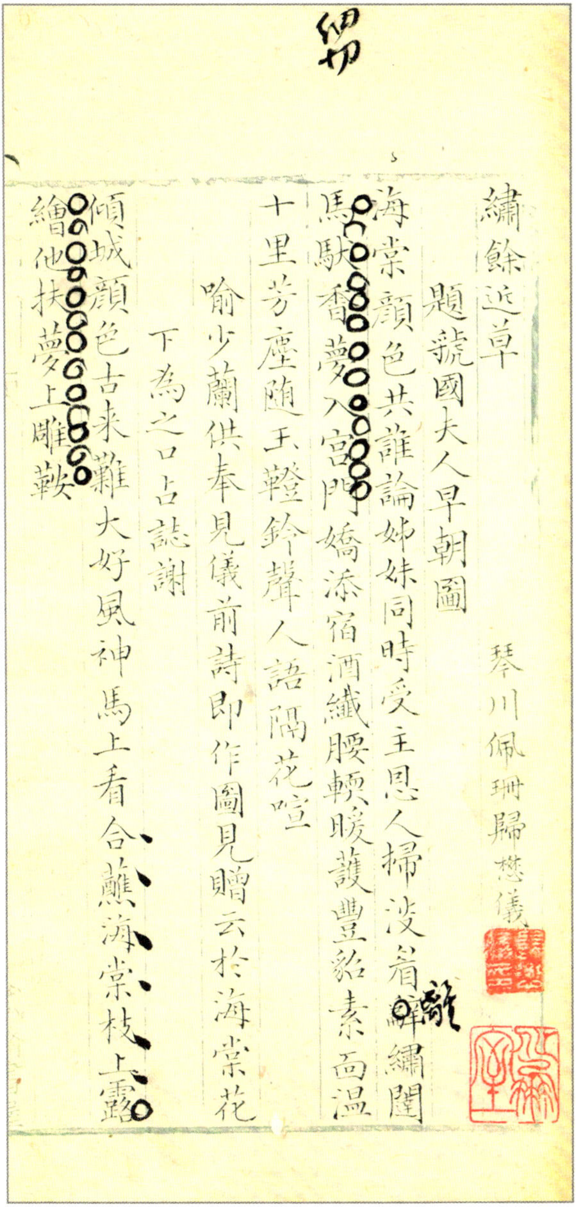
繡餘近草
琴川佩珊歸懋儀
題虢國夫人早朝圖
海棠顏色共誰論姊妹同時受主恩人掃淡眉鮮繡闥馬馱香夢入宮門嬌添宿酒纖腰輭暖護豐貂素面溫十里芳塵隨玉鐙鈴聲人語隔花喧
喻少蘭供奉見儀前詩即作圖見贈云於海棠花下為之口占誌謝
傾城顏色古來難大好風神馬上看合蘸海棠枝上露繪他扶夢上雕鞍

繡餘近草（天津圖書館藏）書影

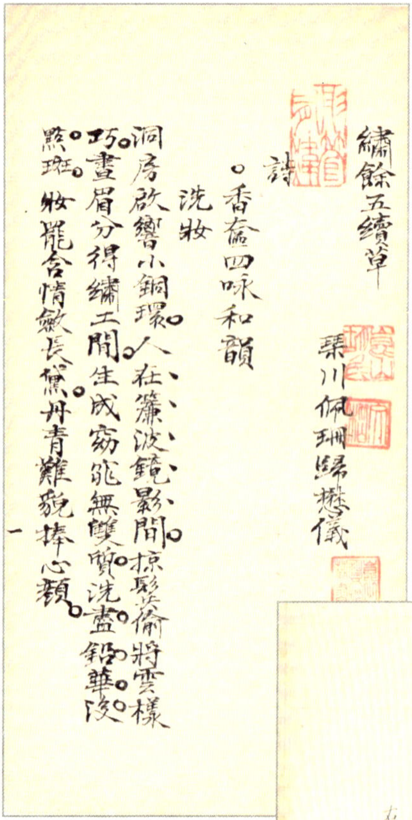
繡餘五續草
蘂川佩珊歸懋儀
詩
○香奩四咏和韻
洗妝
洞房欹響小銅環。人在簾波鏡影間。掠鬢斜偷將雲樣巧。畫眉分得繡工閒。生成窈窕無雙質。洗盡鉛華淺點斑。妝罷含情斂長黛。丹青難貌捧心顏。
一

五續草（胡文楷鈔本）書影

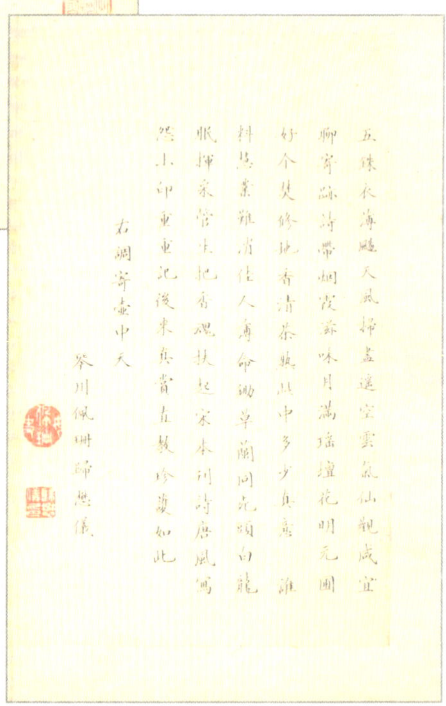
五銖衣薄颺天風掃盡遥空雲氣仙觀咸宜
聊寄跡詩帶烟霞齋味月滿瑶壇花明元圃
好个裝修地香清茶熟此中多少真意誰
料慧業難消佳人薄命鋤草蘭同元頭白龍
帳揮柔管生把香魂扶起宋本刊詩唐風寫
照小印重重記後來真賞古毅珍護如此
右調寄壺中天
蘂川佩珊歸懋儀

歸懋儀手書魚玄機集題詞

總目錄

前言
凡例
繡餘小草一卷　刻本
繡餘續草一卷　附　聽雪詞　刻本
繡餘續草五卷　刻本
繡餘續草一卷　附　詩餘　鈔本
繡餘續草　稿本
繡餘再續草　三續草　四續草　稿本

繡餘五續草　稿本
繡餘餘草　附尺牘、詩餘　鈔本
繡餘近草　稿本
詩文補遺
附錄一　歸懋儀生平資料
附錄二　諸家唱和酬贈
附錄三　枕善居詩剩（李學璜）

前言

歸懋儀（一七六一——一八三二後），字佩珊，江蘇常熟人，巡道歸朝煦女，適表兄上海李學璜。其一生交遊甚廣，著述甚富，爲清乾隆、嘉慶、道光年間非常活躍的閨秀詩人。

一、歸懋儀的家世與生平

歸朝煦高祖歸起先、曾祖歸允肅（康熙十八年狀元），世居常熟。歸懋儀的先世，有人追溯到歸有光。如五卷本《繡餘續草》陶澍序云：『余頃過安亭，宿震川書院，詢及先生後人，無知者。或云：「常熟女史歸氏佩珊即其裔也。」』這其實是誤傳。據《京兆歸氏世譜》，常熟虞山支、昆山玉峯支、湖州吴興支的歸氏遠祖是宋代的歸罕仁。歸有光屬昆山玉峯支，其孫歸昌世移居常熟，與歸起先同輩。或許是因歸朝煦嘗主持刻印《震川先生大全集》，故有此誤傳。

歸朝煦之父歸宣光（一六九一——一七六三），字念祖，號屺懷。清康熙五十九年（一七二〇）舉人，任内閣中書，歷通政史、吏部、兵部侍郎。乾隆二十二年（一七五七）遷禮部尚書，二十三年調左都御史，二十四年改工部尚書，卒於官〔一〕。朝煦爲宣光第三子。馮桂芬《（同治）蘇州府志》卷一百一云：『歸朝煦，字升旭，宣光第三子，由廣東布政使經歷陞鄖陽通判。乾隆己亥（一七七九），豫省河決，大吏奏調補曹儀同知，旋改曹單同知，署歸德府知府……陞濟東道，以平度州案罣誤，左遷曹州知府。尋陞直隸永定河道，調山東運河道，復以曹縣盜案失察事罷歸，卒年七十四。』述其仕履甚詳。又《京兆歸氏世譜》云：『歸朝煦，宣光三子，字升旭，號梅圃，山東運河兵備道。配李氏，廣西梧州府知府上海柳溪女心敬，著有《蠹餘詩草》。繼高氏，蘇州應鴻女，並封恭人。副聞人氏、嵇氏、祁氏。子三：應恒、士驥、懋修。長、次，高出；三，聞人出。女四：長，李出；次、三，高出；四，祁出。』〔二〕可知歸懋儀爲歸朝煦與李心敬的女兒。又據歸朝煦《梅圃老人自述》，兩人尚育有一子，名祿兒，乾隆丁亥（一七六七）以痘殤〔三〕。佩珊之母李心敬，字一銘，宗袁女。年二十九卒。其弟李心耕刻心敬與歸懋儀之作爲《二餘詩草》。心敬之父李宗袁，字式凡，號柳溪。貢生，歷刑部主事，官終廣西梧州知府。宗袁次子心耕，字春圃，號研畬，官至岳州府知府，罷歸〔四〕。心耕妻楊鳳姝，字蘋香，戶部員外郎吳縣大琛女。心耕由部曹歷官湖南諸府，皆賴以襄內政，及罷歸，處之夷然，不以介意。著有《鴻寶樓詩稿》〔五〕。心耕與

〔一〕參見朱壽彭《清代大學士部院大臣總督巡撫全錄》，國家圖書館出版社二〇一〇年版，第二〇二頁。
〔二〕歸兆籲纂修《京兆歸氏世譜》，民國四年（一九一五）木活字本。
〔三〕歸令望纂修《歸氏世譜》卷六，清光緒十四年刻本。
〔四〕參見應寶時《（同治）上海縣志》卷二十一，《中國地方志集成》，江蘇古籍出版社一九九一年版。
〔五〕參見應寶時《（同治）上海縣志》卷二十六。

鳳姝之子名學璜，字復軒，監生。學問淵博，爲名場耆宿，著有《筦測》及《枕善居詩賸》〔二〕。歸懋儀即適其表兄李學璜。

歸懋儀的生年可以由其作品中提示的信息推斷出來。《續草》卷五《丙戌臘月二十五日先慈太恭人忌辰感賦》『地慘天愁日，回頭六十春』句，小注云：『儀五齡失恃，今六十一年矣。』丙戌爲道光六年（臘月二十五日已入公元一八二七年），前推六十一年，爲乾隆三十年（一七六五），又《梅圃老人自述》云：『乙酉冬十月，選任廣西，時余居無寸椽，李恭人攜一子一女暫依外家，擬便道挈眷而行，孰意臘月二十四日，余至上海，恭人卽於是夜逝世。』確知李心敬逝世於乾隆三十年乙酉臘月二十四日。當然，確切的逝世時間，如果換成西曆，已是一七六六年了。不過這裏似可不必理會，仍按傳統的時間計算。則其應生於乾隆二十六年（一七六一）或次年。歸懋儀的卒年也可以大致推知。陳文述《頤道堂集》卷二十七有《挽歸佩珊夫人》，繫年在道光九年己丑（一八二九）；季蘭韻《楚畹閣集》卷七有《晤方叔芷若衡夫人知佩珊夫人已於去歲卽世檢閱其所貽詩劄愴然有作》，繫年在道光十年庚寅（一八三〇），兩者相印證，似乎歸懋儀已在道光九年（一八二九）去世。不過，《楚畹閣集》卷十有《前聞佩珊夫人卽世並作挽歌今聞夫人尚在不能無詩漫成二律》，繫年在道光十三年癸巳（一八三三），說明之前的消息乃誤傳。另，歸懋儀之夫李學璜《中秋日偕春水過訪紫珊出其所摹明趙忠毅公手書長卷見示並示祝止堂侍御評閱繡餘吟草乃李味莊先生觀察海上時轉致者也此卷失之廿年把卷欣然繼以惘然再疊來

〔二〕參見應寶時《（同治）上海縣志》卷二十一。

字韻四律贈紫珊》有句云：『年來正抱莊生戚，又惹星星鬢上催。』《繡餘舊草雖已付刊而零落頗多常於他處見之然亦未遑收拾也仍疊來字韻詩以誌安仁餘痛》其二云：『一度思量一痛來，不堪舊卷又重開……並無力可迎齋奠，苦覺雙丸頭上催。』顯系悼亡之作。兩詩置於《癸巳歲除松雲囑緩歸幾日口占》之前，再結合季蘭韻之詩，可知歸懋儀應卒於道光十三年癸巳中秋之前。

李心耕《二餘詩集序》云：『余姊沒後十五年，女甥懋儀來歸。』李心敬卒於乾隆三十年（一七六五），則歸懋儀於乾隆四十四年（一七七九）嫁給李學璜，時年十九歲。兩人曾育有二子，可惜均早殤。《小草》中有數首《悼殤》、《憶殤》之作。另有五女。《續草》卷五《寄長女寶珠楚中》：『兄殤弟不育，長女當嬌兒。遠嫁違千里，歸來定幾時。辛勤每念汝，老病欲依誰。兩妹雖常聚，空教益我悲。』可知其長女名寶珠，遠嫁楚地。次女名慧珠，《續草》卷五有《示次女慧珠》。第三女未曾言及。第四女亦早殤。《聽雪詞》有《沁園春·悼四女殤》；《近草》有《第四女殤罣舟茂才雲娥夫人俱以詩慰奉酬》、《第四女殤後填詞二闋誌哀同儕歎賞口占》；《五續草》有《上李松雲先生書》，云：『姪女遭際迍邅，家園破碎，自味莊先生沒後益復蕭疎，不得已以第五女寄聽雲太守雨蒼公子膝下。前夏五月，第四女又復夭折。』均言及其第四女夭折之事。第五女名紺珠，寄養在周雨蒼膝下。《續草》卷二有《花朝感事和韻時以幼女紺珠出寄》。《致許香巖太史書》：『去歲花朝，不得已以幼女寄生吳門。』《聽雪詞》有《探春令·憶幼女吳門》，均言此。《續草》卷三曾兩次言及其女壻，一爲《夜雨和餘瀾壻韻》，一爲《示袁琴南壻》。餘瀾之姓不詳。有一外孫張桐，《續草》卷五有《張氏外孫桐遠寄牕課見其文筆清新綽有成人矩度口占八十字答之》。李學璜《佩珊小影》其七小注云：『外孫張桐由河南戊子副車得雋辛卯第四十名，房考有江南女士某自出之評。』這是歸懋儀家庭的大致情況。

歸懋儀與李學璜，均出身官宦世家，接受了良好的家庭教育。二人作爲中表兄妹，婚姻較爲和諧，『所居蘆簾紙閣，白首相對，簞瓢捽茹，有以自樂，而著作爛然，蓋不知黼繡之足榮，而金犀之爲貴也。』〔二〕李學璜未能取得功名，因此他們家庭的生活十分困頓。『一第未能酬厚望，廿年猶自守遺書。』（《秋夜感懷寄外》）在曾官道台的父親與任知府的公公都健在的情況下，兩人尚不至陷入困頓。可生活終究在不斷變化，『吾父與吾翁，簪纓並時列。一亡一解組，四壁苦蕭瑟。』（《哭味莊師》）貧困成爲歸懋儀中晚年生活中繞不開的話題，『萬種傷心蝟集時，況兼貧病費支持。典殘釵股空存篋，減盡腰圍瘦到詩。』（《即事述懷》）《致道華夫人書》云：『儀處境益艱，造愁益幻，虀鹽瑣屑，支詘百端。兒女伶俜，啁啾一室。』《寄映黎四叔父書》云：『姪女遭際迍邅，家園破碎。數年來，姑沒於堂，翁喪於途，壻守一氊，了無生色。米鹽瑣屑之外，加以骨肉慘傷，以致疾病叢生，不能勤操井臼。旦夕旁皇，惟恐有負先人期望之心耳。大寒白屋，久賦無衣，賴味莊先生垂念舊交，憐才破格，數載以來得免溝壑。生涯冷淡，日從事於詞章，或作一跋，或賦一詩，藉博蠅頭微利，歲暮則索逋兼索詩而至者紛紛矣。』歸懋儀晚年的家庭生計問題於此可見一斑。因其係出名門，交游廣泛，她常得到他人的資助，李廷敬是其中最主要的。廷敬，字景叔，號味莊，滄州人。任蘇松太常道，居上海，歸懋儀多蒙其照拂。即前書中所云『賴味莊先生垂念舊交，憐才破格，數載以來得免溝壑』。後李廷敬調任江蘇按察使，居蘇州，仍然賜

〔二〕陳鑾《繡餘續草序》，歸懋儀《繡餘續草》五卷本，清道光十二年（一八三二）刻本。

金接濟歸懋儀，『僕迂拙依然，愧不能多爲佈置，特具廿金，祈檢存爲幸。』〔二〕陸在元，號藕房，錢塘人，訪歸懋儀不遇，亦曾頒金。《復陸藕房明府》云：『又承厚賚，於是沽米二石，歸有餘糧，皆出先生之賜，感何可言。儀今歲困阨更甚疇昔，歸後逋負紛紛，莫知所措。』靠人接濟畢竟不能持久，生活還得靠自己去打拼。除以賦詩作跋換取潤筆費外，歸懋儀嘗以其巧手製作物件來換取錢財，《再致何春渚徵君書》云：『天寒白屋，清景如繪，挑鐙手製像真珠花兩枝，擬取其值以助薪水。因思采珠女史具林下風，翩翩珊珊，雅稱此花，未知能見而憐之否？』凡此種種或能解一時燃眉之急，歸懋儀更主要的生財之道恐怕還是在江浙滬一帶擔任閨塾師。

目前有詳情可考的閨塾弟子有龔自璋。龔自璋，字圭齋，號瑟君，龔麗正、段馴女，徽州朱祖振室，『蘊藉風流，工書翰』〔三〕，有《圭齋詩詞》。龔自璋昔侍父上海署中，母段馴延請歸懋儀爲閨塾師，教授其作詩技巧，龔自璋以師事歸懋儀，歸懋儀以妹稱之，二人以師徒結緣，後發展爲閨中密友。龔自璋舅氏段驤在爲歸懋儀《繡餘續草》所作序言中記錄了此事：

歲壬午，余由古中江達上海，榻觀察署，與余妹（段馴）道契闊。而女甥自璋出詩詞質余，則其言有章，佳麗可誦。叩其所自，則師於女士佩珊夫人，而得其旨趣者也。余笑曰：『不母之師而

〔二〕歸懋儀《復味莊先生書》附來書，《繡餘尺牘》，蘭皋詩屋鈔本。

〔三〕沈善寶《名媛詩話》卷六，清光緒鴻雪樓刻本。

外求師乎？』余妹曰：『夫人才媛也。』〔一〕

道光二年壬午（一八二二），段驤赴上海觀察署看望妹妹段馴，得知甥女龔自璋拜師歸懋儀。沈善寶與龔自璋熟識，其《名媛詩話》卷六也證實了歸懋儀曾爲龔自璋閨塾師的經歷：

瑟君昔侍尊人闇齋觀察上海署中，延歸佩珊授詩。故佩珊集中附刊《燈花》二首，未著姓名。《正始集》選佩珊詩並及圭齋，注云：未詳里居姓氏也。〔二〕

龔自璋之外，歸懋儀的其他女弟子僅有隻言片語的記載。據陳文述在《繡餘續草》稿本卷末所題跋語：

佩珊夫人詩才清妙，有林下風，絕似下篆生、黃皆令一輩人……乙酉秋，余歸錢塘，夫人方館西溪蔣氏，課芸卿、曼卿兩女弟子。〔三〕

〔一〕 段驤《繡餘續草序》，歸懋儀《繡餘續草》，清道光三年（一八二三）刻本。

〔二〕 沈善寶《名媛詩話》卷六，清光緒鴻雪樓刻本。

〔三〕 陳文述《繡餘續草跋》，歸懋儀《繡餘續草》，南京圖書館藏稿本。

道光五年秋，歸懋儀居錢塘西溪，教授蔣氏芸卿、鬘卿兩女。陳文述有《蒹葭里懷歸佩珊》描摹了歸懋儀客居西溪蔣氏時，淡香中執筆、月下撫琴的女塾師生活：

> 蒹葭深處讀書堂，一角紅闌對碧湘。風遞花香飄硯匣，月移松影上琴牀。坐來鶴渚疏烟暝，吟罷鷗波夢雨涼。我亦西溪舊漁隱，半灣秋雪憶斜陽。〔一〕

陳文述《挽歸佩珊夫人》詩後注釋云：『華芸卿、黃蘭蕙，皆夫人詩弟子。』〔二〕由此可知，芸卿姓華。另據《答齊梅麓見題拙集之作即用原韻》，梁溪華雲卿、黃鬘仙、黃鬟仙均爲碧城弟子，黃鬘仙字蘭卿，黃鬟仙字蕙卿，均長洲人，歸懋儀女弟子鬘卿、黃蘭蕙可能與二人有關。限於資料的匱乏，歸懋儀這段閨塾師經歷的許多具體信息，諸如女弟子的生平、授業的起始時間、當時的塾師生活，都不得而知。此外，陶澍、劉泗道皆嘗欲邀歸懋儀課女，歸作《雲汀中丞見儀詩句宏獎有加並欲延課女公子猥以抱恙未赴謹賦小章呈謝》、《杏垞茂才欲令女公子岫雲來問字率賦二絶奉寄妝臺》答之，其詳情已不可考。

歸懋儀爲閨塾師，雖是爲生計所困的不得已之舉，卻並未因此懈怠，而是兢兢業業完成自己的職責，因而得到了很高的評價。《法華鄉志》卷六載：

〔一〕陳文述《西泠閨詠》卷十四，清光緒十三年（一八八七）西泠翠螺閣刻本。

〔二〕陳文述《頤道堂集》詩選卷二十七，清嘉慶十二年（一八〇七）刻道光增修本。

（佩珊）晚年居吴下，爲女師，信從者衆。隨園門下有女弟子著名，而佩珊獨爲女師著名，非古所謂豪傑者歟？

王曰申《摹刻硯史手牘》亦云：

女課師，非素所深知真實閨閣、有品有學、齒德俱尊者不可。自弟之世嫂歸佩珊老女史沒後，今無其人矣。

雖然身爲女子拋頭露面並不符合傳統婦德，但從當時男性文人對歸懋儀的評價來看，社會對閨塾師這一職業也不乏好感，歸懋儀爲家庭走出閨閣的行爲得到普遍的認同。

二、歸懋儀的交遊

歸懋儀有詩史留名的强烈願望，其《寄琴川季湘娟同學》云：『榮枯一瞬尋常事，贏得芳名永不磨。』爲了實現這一理想，歸懋儀積極拜師、唱酬，先後拜入李廷敬、袁枚、潘奕雋門下，並廣泛地與士人和閨秀交遊。或執贄從師，瓣香問字；或談文論藝，題贈酬唱；或雁字傳情，細訴綺思。『自昔交遊聯四海，每從文字憶三生。』〔二〕即是她的夫子自道。

歸懋儀的交遊圈非常龐大，時常會以一人爲紐帶，形成一個交遊網絡。這關鍵的一人通常是前輩耆宿，歸懋儀以拜師的形式得以結交。李廷敬是其中淵源最深、往來最密之人。李廷敬於乾隆五十七年（一七九二）出任蘇松太道，常駐上海，至嘉慶十一年（一八〇六），十任其職。其間與歸懋儀往來頻繁。歸懋儀《丁巳孟夏謁見味莊師承示近集並賜佳宴恭賦五百言用展謝忱》詩云：『丁巳孟夏初，升堂展清謁……儀也生閨中，自稔才薄劣。顧惟文字好，一編手常擷。興到如有領，功深詎易徹。常苦無師資，閫奥誰與抉。前年荷賜章，珠璣照眼纈。去年再題句，雅調追湘瑟。從此屢賜書，褒賞口不輟。』由此可知兩人的詩文往來始於乾隆乙卯（一七九五）。《哭味莊師》云：『憶昔初遇公，正逢重九節。』則其時爲該年的重九節。嗣後兩人酬唱頻繁。曾自製繡物以獻（《自製繡物奉獻味莊師並繫以詩》）；逢李廷敬壽辰，作《壽味莊師》八絕句爲賀；每逢佳節，即有唱和之篇，如《奉和味莊師除夕對酒元韻》、《奉和味莊師丙辰歲除平遠山房即席韻》；偶有所作，亦常奉呈，如《喜雨行呈味莊先生》、《秋夜偶成呈味莊師》。李廷敬亦常賜詩，歸懋儀《蘭皋覓句圖》成，廣邀名士閨秀題贈，李廷敬有《題蘭皋覓句圖》；又爲歸懋儀《繡餘續草》（稿本）題詞，贊其心性之高，詩思之巧。李廷敬妾孟心芝夫人常招歸懋儀遊也是園，李時有賜詩，如《立夏前一日偕外遊也是園蒙味莊師賜詩步韻奉謝》、《心芝夫人五日招同梅卿香卿宴也是園味莊師賦四絕句步韻》。兩人不僅僅是詩書往來，歸懋儀的生活亦常

〔二〕《郡伯陳芝楣先生賜和鄙詞再用前韻申謝》，《繡餘續草》卷四，清道光十二年（一八三二）刻本。

得李廷敬之助。李廷敬曾延歸懋儀於平遠山房避暑，歸懋儀作《平遠山房消夏八詠》； 歸懋儀殤女，李廷敬慰問贈物：『日者屢蒙遺紀慰問，頒賜多珍，慈懷高厚，感切五中〔一〕。』歸懋儀生活陷入困頓，時獲李廷敬接濟：『天寒白屋，久賦無衣，賴味莊先生垂念舊交，憐才破格，數載以來得免溝壑〔二〕。』即便調任蘇州，李廷敬仍挂念著歸懋儀的生活，並加以接濟：『僕迂拙依然，愧不能多爲佈置，特具廿金，祈檢存爲幸。』〔三〕以致歸懋儀感慨『青眼如公當代少，恩波似海及人深。』〔四〕

嘉慶丙寅年（一八〇六）九月初七日，李廷敬以疾卒，歸懋儀作《哭味莊師》，總結兩人十年交往的點滴：『青雲篤高誼，十載賴公活。深閨弄柔翰，學詠味音律。迷津時一指，漆室懸朗月。倘有尺寸長，公必表而出。』確實，無論在詩學道路上，抑或在現實生活中，李廷敬都給予了歸懋儀太多的幫助，並將其帶入自己交往的文人圈子中，極大地拓展了歸懋儀的交遊。王文治、康愷、儲文洲、張午橋、俞友梅、陸繼輅、祝堃、諸以敦、林鎬、劉嗣綰、舒位、改琦、寄塵上人、鐵舟和尚等人或在平遠山房宴飲，或間接通過李廷敬與歸懋儀結識； 甚至歸懋儀與袁枚，也是通過李廷敬而結交的，歸懋儀《隨園先生來海上蒙味莊師道儀詩不置口並命謁見官閣因事不果賦謝》詩，很清楚地記述了此事。

〔一〕歸懋儀《復味莊先生爲問殤女書》，《繡餘尺牘》，蘭皋詩屋鈔本。
〔二〕歸懋儀《寄映黎四叔父書》，《繡餘尺牘》，蘭皋詩屋鈔本。
〔三〕歸懋儀《復味莊先生書》附來書，《繡餘尺牘》，蘭皋詩屋鈔本。
〔四〕歸懋儀《西風索寞靜夜迢遙檢篋中味莊師賜書筆花豔豔墨光瑩瑩挑燈三復感賦一章》，《繡餘續草》稿本，南京圖書館藏。

袁枚爲當時詩壇之廣大教化主，晚年廣招女弟子，聲名貫於江浙間。歸懋儀嘗得袁枚集，作《讀小倉山房詩集》以示景仰。適逢袁枚《隨園詩話補遺》卷五談及歸懋儀：『松江李硯會刻其亡姊一銘心敬及子婦歸懋儀佩珊二人詩，號《二餘集》，曹劍亭給諫爲之作序。』〔一〕並錄其《晚眺》、《贈玉亭四姑於歸》、《夜泊》、《送糧艘出海》諸詩，歸懋儀作《袁太史簡齋先生續詩話中采及拙刻賦謝》，末云：『終期乘畫舫，問字絳帷前。』表達了拜師隨園的願望。上述《隨園先生來海上蒙味莊師道儀詩不置口並命謁見官閣因事不果賦謝》末云：『擬共春風披絳帳，海棠花下拜先生。』隨後一詩的詩題爲《奉懷隨園師》，表明歸懋儀已如願拜入袁枚門下。袁枚《題〈蘭皋覓句圖〉》詳細描述了歸懋儀拜師的情形，中云：『今來小泊申江渚，曳杖隨風扣仙府。蒙卿一見老袁絲，喜上春山眉欲舞。自言十載奉心香，俠拜甘居弟子行。一朶琪花天上落，也隨桃李傍門牆。白頭意外蒙矜寵，三日三來不停踵。卷袖親將鳩杖扶，抽簪還把茶甌捧。手贈雙銖金錯刀，更分雜佩解瓊瑤。束脩多是裝奩物，探出羅襟香未銷。匆匆潮落催回槳，惜別牽衣情怏怏。』〔二〕該詩繫年在嘉慶丙辰（一七九六）。袁枚此次造訪，命歸懋儀題數年前遊西湖時爲諸女弟子雅集而作的《湖樓請業圖》，歸懋儀爲題四律，其一云：『小倉詩卷久編摩，千里江流隔素波。豈料扁舟來碧海，遂教一面識黄河。雲鴻喜遞仙書至，妝閣驚聞蠟屐過。蘭槳

〔一〕袁枚《隨園詩話補遺》卷五第三十六條，人民文學出版社一九八二年版，第六九〇頁。
〔二〕袁枚《題歸佩珊女士蘭皋覓句圖》，《小倉山房詩集》卷三十六，人民文學出版社一九八八年版，第一〇四六頁。

初停便相訪，風流宏長感公多。』末有跋語：『隨園老夫子放棹申江，降尊過訪，並命題《湖樓請業圖》，謹擬四律恭呈訓正。受業歸懋儀謹稿。』〔二〕亦足證兩人的正式見面在袁枚於嘉慶丙辰（一七九六）春來滬時。據歸懋儀《挽隨園師》：『不堪下拜摳衣日，即是傳薪訣別時。』嗣後雖兩人有不少詩文往來，卻再未見過面。袁枚編《隨園女弟子詩選》選録二十八位女弟子之詩作，歸懋儀亦列名其中，不過今本有目無詩。因爲袁枚很快去世，歸懋儀的交遊圈受袁枚直接影響不多。隨園女弟子中席佩蘭、王倩、廖雲錦、張玉珍、駱綺蘭、錢孟鈿與歸懋儀皆有酬贈，但没有證據表明她們之間的交往是由於袁枚。儘管如此，拜入袁枚師門，還是對歸懋儀的名氣提升有所幫助。

嗣後，歸懋儀又拜入潘奕雋門下。兩人的交遊，丁小明《清代榕皋女弟子与『娑罗花』雅集》〔三〕述之較詳，此不贅。黄丕烈、石韞玉等吴下名流或許即是通過潘奕雋的介紹而與歸懋儀有往來。

以上所述乃歸懋儀通過拜師建立的文人交遊圈。在同輩文人的交往中，歸懋儀也注重交遊圈的建立。如陳文述與其妻妾子媳及碧城仙館女弟子：吴藻、張襄、吴規臣等，皆與之有文字往來，尤其是陳文述，歸懋儀與其交往甚密。二人往來詩書甚夥，今録歸氏與陳文述書一節：

> 大君子有意栽培，時欲乞點金妙管，痛加刪削。玉尺縱望寬量，金針尚求細度。並欲奉懇覓

〔二〕端方《壬寅銷夏録》，《續修四庫全書》本。

〔三〕丁小明《清代榕皋女弟子與『娑羅花』雅集》，《蘇州大學學報》二〇一四年第一期。

佳題代作數首。有可存者，求换一兩聯，或字句更易，庶使觀者無厭倦心，而微名庶得藉以行遠。卷中詠史詩甚少，非有學力識見者不能作也，意欲拜求添置幾首。拙草大半散失，存者僅得一二百篇，從未經他手删削，出而示人，每多虚譽。間有易一二字，亦無關緊要，以此紕謬甚多也，總望大兄以斧削。〔一〕

書中直言請陳文述删削詩作，並乞代作詠史詩，足見兩人關係之一斑。與一個家庭的詩人建立聯繫，另有孫原湘席佩蘭夫婦、陳基王倩夫婦，以及龔自珍、龔自璋和其母親段馴等，此不贅述。

另外一些文人，歸懋儀亦時常詩文酬贈，以展示她的詩才，如趙翼、洪亮吉、陳鑾、汪啓淑、吴蔚光、徐祖鎏、方楷、屠倬、許兆桂、邵帆、何春渚、馮實庵、李松潭、顧登衔、梁章鉅、錢師竹、劉元炳、金畢舟、周沛霖、鄭濟燾、李嘉筠、陳世恩、許乃穀、吴怡庵。閨秀圈中，除席佩蘭、王倩、汪端、吴藻等人之外，屈秉筠、季蘭韻、曹貞秀、胡相端、錢香卿等與歸懋儀亦多有詩文往來。限於篇幅就不一一詳述了。

三、歸懋儀的創作内容與藝術特色

歸懋儀一生勤於筆耕，作品曾多次刊刻，並留下稿本數種，詩詞文兼擅，傳世作品的數量超過一

〔一〕　歸懋儀《致陳雲伯大令書》，《繡餘續草》稿本，上海圖書館藏。

千首，在當時卽有盛名。袁枚激賞其『馬馱香夢入宮門』句〔一〕，並稱譽歸懋儀『閨閣如卿世所無，枝枝筆架女珊瑚』〔二〕。陳文述亦稱道：『絕代青蓮筆，名媛此大家。』〔三〕龔自珍則盛讚：『一代詞清，十年心折，閨閣無前古。』〔四〕陳基則云：『拈毫語語性情流，信是人間第一儔。呼月與談清到骨，惜花如命冷擔愁。情多慣自裁紅豆，年少何因感白頭。那不教儂投地拜，論詩高見辟千秋。』〔五〕足見時人對她創作的認可。其作品的內容題材非常豐富，體裁風格也較爲多樣，玆略舉數端，以求管中窺豹。

在作品的內容題材上，詠懷、詠史、詠物、題畫、贈答、行旅、山水、閑情等主題比較常見。詠懷之作與其生平密切相關，多感慨貧病之語，『疾病逼困窮，憔悴昧生計』（《初秋述懷》）、『經營藥餌抛書卷，料理齏鹽典翠鈿』（《殘夏卽事》）是其真切的感受。《次外見懷韻》：『遠書珍重意綢繆，似水新詩替浣愁。孤僻任人嘲仲子，長貧還自比黔婁。憂無可解惟賒酒，瘦不禁寒尚典裘。多感賞音訊索句，擁

〔一〕徐世昌《晚晴簃詩匯》卷一百八十六『歸懋儀』條。

〔二〕袁枚《歸佩珊女公子將余重赴鹿鳴瓊林兩宴詩以銀鉤小楷繡向吳綾見和廿章情文雙美余感其意愛其才賦詩謝之》，《小倉山房詩集》卷三十七。

〔三〕王蘊章《然脂餘韻》卷四，《民國詩話叢編》本，上海書店出版社二〇〇二年版。

〔四〕龔自珍《百字令·蘇州晤歸夫人佩珊索題其集》，《龔定庵全集類編》卷十八，中國書店一九九一年版，第四三〇頁。

〔五〕《繡餘續草》題詞，南京圖書館藏稿本。

衾吟到五更休。』《新秋》：『典盡衣裳篋笥空，驚心最是遇秋風。鏡中髩影全消綠，池上蓮衣半卸紅。舊夢茫茫難盡記，新題草草不求工。白頭猶有同心侶，收拾光陰蠹卷中。』《示次女慧珠》：『留怕當前食指繁，竟催汝去我何安。貧窮倍覺分飛苦，兒女無多割愛難。早歲得甥情略慰，暮年無子影長單。劇憐爾父衰頹甚，老淚縱横相對看。』此爲嗟貧之作。《枕上作》：『西風蕭瑟欲霜天，九月衣裳未製綿。一縷新寒欺病骨，半宵苦雨警愁眠。胃枯偏懶求靈藥，眼澀還貪近蠹編。事到心頭拋不得，廚荒漸漸斷炊烟。』《歲暮雜詠》：『歲云暮矣雪霜寒，人過中年感萬端。善病時時求上藥，耽吟往往廢晨餐。翻來陳跡心如醉，溯到離情鼻亦酸。淒絕朔風催雁陣，蕭蕭木葉下江干。』《病中卽事》：『新愁舊事總茫茫，腸斷西風雁幾行。弱骨年年同病柳，搴幃欲起更扶牀。』這是嘆病之作。諸作讀之皆令人鼻酸。貧病交攻，詩人不免愁緒萬端，『愁似有憑連夕至』（《感懷》），『海天愁思渺無涯』（《秋日感懷仍用前韻》），『愁多天地窄』（《感懷》），茫茫愁思籠罩天地，詩人無可遁逃，乃至『癡情欲挽銀河水，一洗胷中萬斛愁』（《殘春聽雨和韻》其五）。歸氏的中表兄弟尤興詩跋其集云：『多愁愁甚繭抽絲，多病病憐梅瘦姿。常把病愁作詩料，多愁多病更多詩。』道出了歸懋儀詩作內容上的這一重要特點。歸懋儀自己也不禁感慨『乾坤原是寄，身世有餘哀』（《曉枕》）、『生涯悲濩落，身世足辛酸』（《舟中口佔》）。貧病之外，歸懋儀對自身的女性身份也有所思考，《旅憁》云：『十分憔悴苦吟身，刻翠裁紅過一春。世上功名無我分，芸牕也受墨磨人。』身爲女性，沒有機會去求取功名，只能憔悴苦吟，刻翠裁紅，內心是有所不甘的。更有甚者，乃直抒願作男兒的渴望，『湖山佳氣付鬚眉，乞食何須數歎奇。若使輪回能稱意，他生我願作男兒。』（《桃花夢影圖題句有『今生不若重爲女，強似王孫乞食多』語讀之有感復得一絕》)〔二〕這雖是偶有所感而發，其内心的郁勃不平之氣溢於筆端。

歸氏的詠史作品也頗有可觀之處。《詠史樂府四首平遠山房分賦》包括四篇作品，分別是《申屠注》、《射潮弩》、《麗豎燭》、《順昌捷》。〔三〕諸詩皆爲樂府，每首各詠一事，《申屠注》詠漢文帝時丞相申屠嘉懲治在朝廷上不守禮儀的寵臣鄧通；《射潮弩》詠五代吴越錢鏐王射潮頭事；《麗豎燭》詠北宋史學家宋祁潛心修史、與其兄聲名並傳之事；《順昌捷》詠南宋初年將領劉錡在順昌（今安徽阜陽）抗擊金軍，以少勝多的史事。對不畏權勢的治國能臣、爲民造福意氣超邁的英雄、潛心著書不圖名利的史家和不顧安危保家衛國的愛國將領，歸懋儀皆給予充分的頌揚，體現其史識。詩作皆由有關史事敷演，卻也寫得較爲出色。如《射潮弩》：

怒濤滚滚排山至，此是英雄不平氣。英雄靈爽豈易降，人中乃有吴越王。錢王意氣邁當世，所貴存心在利濟。裂石穿波強弩開，潮頭轉向西陵逝。勢如轟雷震山嶽，水底蛟龍盡驚避。寶劍光横十四州，得意難忘根本地。父老歡呼草木榮，丈夫至此豈無情。龍飛鳳舞應前讖，他年遂作長安城。陌上花開春復春，鈿車零落埋香塵。至今江口寒潮急，猶似當年射弩聲。

〔二〕歸懋儀《繡餘近草》，天津圖書館藏稿本。
〔三〕按刻本《繡餘小草》一卷無此總題，且第一首作《困鄧通》。

詩歌著重抒寫錢王的英雄意氣和利濟之心，筆力雄渾。《五人墓》歌頌明天啓年間蘇州反抗魏忠賢和東廠高壓統治的五位義士，『通首筆有斷制，精彩射人』〔二〕；《讀史閣部書書後》頌揚史可法『江山仍六代，戰守盡孤城……六宫酣宴酒，四鎮自稱兵』的孤忠；《岳忠武》稱頌岳飛『龍旗北狩無由返，生死常殷望救心』的拳拳愛國之心。另有《賈生》、《淮陰侯》、《武侯》、《昭君》詠失意之人；《泰伯》、《三高祠》、《又詠范少伯》詠高士；《岳州孝烈靈妃廟碑書後》、《七姬祠》、《讀七姬碑誌題後》詠烈女；《吴宫》二首詠歷史興亡，等等，確如祝德麟所言『乾坤聽張弛，論古具特識』（《繡餘再續草題辭》）。

歸氏集中詠物之作甚多，更能顯示其錦心繡口。如《詠梅》云：『小閣簾初卷，中庭月正明。一聲瑶鶴警，滿地瘦枝横。韻極何妨淡，香多轉覺清。相思隔烟水，無限隴頭情。』善狀梅花之清香淡韻，尾聯化用陸凱《贈范曄》而了無痕跡，確爲詠物佳作。《憶荷》云：『娟娟合受水仙憐，解佩江皋憶往年。料得夜涼成獨醒，一池香影讓鷗眠。』亦是一片空靈。他如詠五色蝶、白桃花、秋海棠、牡丹、菊花等等皆堪諷誦。其中尤爲突出者，在於詠柳。有《春柳和韻》十首、《新柳》四首、《柳影和韻》三首、《秋柳和韻》四首、《秋柳用洽園詩稿韻》四首、《詠柳和韻三律》、《水邊柳》等篇，另有《柳絮》、《飛絮影》亦是與柳有關。《柳》其一云：『密葉籠堤暗，長條著水清。春風一披拂，無限玉關情。』『春風』二句，反用『羌笛何須怨楊柳，春風不度玉門關』詩意，楊柳變得繾綣多情，故佚名評云：『不著色相，儘得風

〔二〕　無名氏評語，見《二餘詩集》。

流。』《詠柳和韻三律》詩分別詠征夫、思婦、離人之柳，各盡其致，妥帖無間，洵爲傑構。李廷敬稱道其『言情賦物妙傳神，風雅天然本性真』〔一〕，對其詩賦物傳神的特點是充分肯定的。

歸懋儀年輕時曾隨宦山東等地，後來又奔走於江浙間爲閨塾師，行旅之作也所在多有。其間也不乏佳作。如《江行》云：『日華動空碧，微風漾輕瀾。遠林澄積陰，平嵐浮蒼烟。泛舟移曲渚，迴帆指前川。平蕪不見人，一鳥鳴高騫。蒼茫獨延佇，上下清暉連。』狀江行所見之景如畫。『日華』二句佚名評云：『空明一片，纖翳都消。』《夜泊》云：『曠野秋清夜寂寥，明星幾點望迢遙。雙輪歷碌纔停響，又向江頭聽暮潮。』則有清幽寂寥之感。晚歲奔波之作更多了幾分淒寒，如《旅夜》云：『一聲風笛旅魂驚，郵館尋詩對短檠。疥壁人眠紙帳冷，梅花影裏月三更。』《舟行口占》其二云：『朔風烈烈卷寒波，月冷空江雁陣過。憐爾哀鳴顧儔侶，不知何處稻粱多。』《吳江舟阻》云：『咫尺吳山入望遙，殘冬景物太蕭條。風高極浦冰還合，日上沿灘雪未消。稍有邨墟隔烟霧，絕無鷗鷺罷漁樵。不飢那畏晨炊斷，擁被長吟暮復朝。』其中頗多個人身世之感。

歸懋儀的詩歌不僅內容極爲豐富，而且風格也頗爲多樣。趙翼題其集云：『氣兼鬚眉雄，學窮騷雅變。清芬空谷蘭，潔白澄江練。』〔二〕楊鍾寶稱其詩：『風骨直欲逼杜韓，明秀仍不減溫李。』〔三〕皆指

〔一〕歸懋儀《呈味莊師卽次賜題拙集元韻》附李廷敬詩，《繡餘續草》，南京圖書館藏稿本。
〔二〕《題女史歸佩珊繡餘集卽寄》，《甌北集》卷四十一。
〔三〕《繡餘續草》題詞，南京圖書館藏稿本。

出了其詩風多樣化的特點。作爲擅詩的閨秀，歸氏詩歌的主要風格是風致嫣然，『清婉綿麗，斐然可誦。』〔一〕如《臨池》云：『一帶銀垣翠竹環，吟聲隱隱出林間。浣妝理繡偏嫌懶，滴露研朱不放閑。拂袖便聞香冉冉，沾衣微漬墨斑斑。揮毫寫到鴛鴦字，添朵桃花上玉顔。』臨池之際，因爲『寫到鴛鴦字』，不免臉上泛起緋紅，描摹閨中女子情狀宛然。又如《殘春聽雨和韻》其一云：『青燈黯淡夜牕幽，金鴨香消靜掩樓。滿月蕭騷聽不得，半宵和夢替花愁。』殘春聽雨而不能入睡，甚至入睡後夢中也在擔心花爲風雨所摧折，比起李清照《如夢令》寫酒醉醒來後眷懷海棠的凋落有奪胎換骨之妙。《花影》云：『愛花因有色，無色影空橫。而覺蕭疎態，偏深淡蕩情。詩魂當下領，琴意個中明。長此婆娑舞，何勞更寫生。』清空一氣，神韻悠然。沈穀《題歸佩珊夫人惜花小憩圖》云：『飄然佇立柳陰東，掃盡鉛華絕代中。詩思妙如流水活，襟懷曠與古人同。』〔二〕掃盡鉛華，襟懷曠達是其詩風清婉的重要原因。中年以後，因爲生活的困頓和自身的多病，個人感懷、旅途奔波、嘆貧嗟病之作急劇增多，詩風一變而爲沉鬱，前文曾徵引不少作品，此不具論。歸懋儀詩另有豪壯的一面，袁枚曾稱道其『無事量沙成萬斛，但聞挾纊偏三軍』（《送糧艘出海》）句『雄偉絕不似閨閣語』。吴其泰《繡餘續草》云：『其氣渾括，其情豪邁，其識卓越，不類閨閣人口吻。』〔三〕雄偉豪邁的作品在歸集中較爲常見。《大風》云：『風意

〔一〕王韜《瀛壖雜志》卷四，《近代中國史料叢刊》第一輯。
〔二〕沈穀《白雲洞天詩稿》，清咸丰元年（一八五一）刻本。
〔三〕吴其泰《繡餘續草序》，歸懋儀《繡餘續草》，清道光三年（一八二三）刻本。

來何驟，樓頭聽乍喧。暝將連塞隱，勢若挾雷奔。古木悲聲激，蒼鷹健翮翻。崇朝餘怒息，千里暮雲屯。』又如《秋濤》：『作勢橫空至，中宵卷月流。魚龍爭出沒，星漢共沈浮。倒影翻蛟室，憑空結蜃樓。錢王真有力，一弩退潮頭。』摹寫大風、秋濤皆剛健有力，氣魄宏大。他如『老蛟怒吼翻水窟，霹靂震空山欲裂』（《湘水吟紀夢》）、『夜半濤聲來枕上，恍疑天際走蛟龍』（《題畫十二首》）、『天連海氣蟠長塞，日掃雲陰沐古松』（《奉和父大人陪祀岱宗韻》）諸句，亦皆吐屬遒健，氣機頗壯。吳其泰《繡餘續草》云：『其氣渾括，其情豪邁，其識卓越，不類閨閣人口吻。』〔一〕錢孟鈿《繡餘續草》稿本題詞其三云：『退之山石拈來讀，尚覺微之是女郎。忽見軒然大波起，長鯨掣處海滄茫。』〔二〕席佩蘭《寒夜喜佩珊至》：『高論盡除閨閣氣，名家不作女郎詩。』〔三〕皆是對其豪邁渾括之作的肯定。

段驤《繡余續草序》稱歸懋儀『詩詞調逸而語純，其至處卓然得風人之旨。』徐祖鎏《繡餘小草序》云：『其筆瀟灑出塵，不墮巾幗脂粉氣。』〔四〕調逸語純，瀟灑出塵，卓然得風人之旨，可以視爲歸懋儀詩歌的定評。內容豐富、風格多樣，是歸懋儀詩歌成就之所在，也是其擅名於嘉道間的重要緣由。

〔一〕吳其泰《繡餘續草序》，歸懋儀《繡餘續草》，清道光三年（一八二三）刻本。
〔二〕錢孟鈿《繡餘續草題詞》，歸懋儀《繡餘續草》，南京圖書館藏稿本。
〔三〕席佩兰《寒夜喜佩珊至》，《长真阁集》卷六，清道光十七年（一八三七）刊本。
〔四〕徐祖鎏《繡餘小草序》，歸懋儀《繡餘小草》，張應時輯《書三味樓叢書》本。

四、歸懋儀集的版本

歸懋儀一生創作甚富，其詩集曾三次刊刻，並有數種稿本、鈔本傳世，兹就聞見所及略作辨析，以見其諸本源流。

（一）《繡餘小草》一卷，刻本（簡稱《小草》）

《（民國）重修常昭合志·藝文志》、《江蘇藝文志·蘇州卷》著録；胡文楷《歷代婦女著作考》據《閨秀正始集》著録，稱未見。

是集與其母李心敬《蠹餘草》合刊爲《二餘詩集》，乾隆五十六年（一七九一）刻。中國國家圖書館（簡稱『國圖』）藏，上海圖書館（簡稱『上圖』）藏殘本。上圖另藏有張應時輯《書三味樓叢書》，亦收録此集，卷前有徐祖鎏序，爲別本所無。

又上圖藏初園丁祖蔭鈔本。半頁十行，行十八字。丁氏跋语云：『李一銘女士，梧州知府上海柳溪宗袁女，吾邑山東運河道歸朝煦室也。女佩珊，適其姪學璜。姑陸氏亦善吟詠，一門風雅，兩邑稱之。《歸氏譜》載：一銘著作尚有《小牕雜詠》，不得見。佩珊《繡餘續草》前年從吳江諸氏鈔得，至此始成完本。他日當並梓而傳之。壬戌首夏，初園記。』壬戌爲民國十一年（一九二二）。跋中所言《繡餘續草》，詳下。

另有常熟歸氏壽與讀書室鈔本，『壽與讀書室』爲常熟近代學人歸曾祁的室名。該本半頁十行，行二十四字。正集與國圖本同，後附《別錄》，據惲珠《閨秀正始集》錄歸氏《五色蝴蝶》詩；又有《拾遺》，據《閨秀正始集》、《墨林今話》、《瑞芍軒詩鈔》錄詩六首，據龔自珍《懷人館詞選》補詞一首。此本南京圖書館（簡稱『南圖』）藏。

又，蔡殿齊《國朝閨閣詩鈔》有《繡餘小草》，乃據此集選錄詩僅九首。

（二）《繡餘續草》一卷（簡稱一卷本刻本《續草》）附《聽雪詞》，刻本

《清史稿・藝文志》、《松江府續志》、《（民國）重修常昭合志・藝文志》、《江蘇藝文志・蘇州卷》、胡文楷《歷代婦女著作考》著錄。

清道光壬辰（一八三二）刊本。前有戈載、段驤、吳其泰序。國圖、上圖等藏。該冊扉頁署『道光癸未春鐫，繡餘續草，本宅藏板』，卷前戈載、段驤序皆作於道光癸未（一八二三），而有吳其泰序作於道光壬辰。吳序云：『其泰初來滬未一旬，而復軒上舍以佩珊夫人詩編見示，讀之饒有古大家風……久有刊集廣播之意。今同人志合，付諸剞劂，既重女史之才，又嘉上舍之行，因援鶴以先頒，共集狐而成製。道光壬辰冬日，蘇松太兵備使者固始吳其泰題。』或係道光三年癸未（一八二三）初編訖，無貲付印，後得吳其泰之助，乃刊刻於道光壬辰（一八三二）。

又《聽雪詞》，清光緒二十二年（一八九六），徐乃昌刻入《小檀欒室彙刻閨秀詞》，另有鈔本多種。

（三）《繡餘續草》五卷，刻本（簡稱《續草》卷某）

中國國家圖書館、上海圖書館、北京大學圖書館、復旦大學圖書館、華東師範大學圖書館、哈佛大學哈佛燕京圖書館等藏。卷前有道光八年（一八二八）陶澍、陳鑾序和道光十二年（一八三二）魏文瀛

序，故應爲道光十二年（一八三二）刻本，《歷代婦女著作考》言『道光八年戊子（一八二八）刊本』，誤。魏文瀛序云：『道光壬辰秋，余權知上海，與邑中諸君子採訪孝貞節烈，請旌於朝。時上舍復軒李君出示其夫人常熟歸佩珊《繡餘續草》，驚彩絶豔，難與並能。簿書之暇，去其重複，釐爲五卷。觀察吳公、大令溫君，先後助資，因付剞劂。』觀察吳公，即吳其泰。大令溫君，指溫綸湛。據《（同治）上海縣志》卷十三，道光十一年，溫綸湛任知縣，十二年魏文瀛任知縣，溫旋即再任。由此可知，《續草》五卷的刊刻，乃經時任上海知縣的魏文瀛選定，並得蘇松太兵備使吳其泰、前任知縣溫綸湛等出資。《續草》一卷本與五卷本，均刊刻於道光十二年壬辰（一八三二）。

（四）《繡餘續草》一卷（簡稱《續草》鈔本）附詩餘，鈔本

《（民國）重修常昭合志·藝文志》謂：『錢塘諸以敦跋，周莊諸氏藏稿本』。此冊原本今未見，上圖藏有常熟丁氏淑照堂鈔本。丁氏即《常昭合志》編纂者丁祖蔭。該冊無行格，半頁九行，行二十一字。共錄詩五十二題，詩餘十一首。其中共七題詩、五首詞未見於其餘諸本。卷後有含齋、諸福坤、諸元吉、潘奕雋、馮培、徐棠、熊方受、尤興詩、金門詔、女史徐元珪、李肆頌、顧登衍、女史蕭慧芬、汪信古、張鴻等題識語。諸題識均未見於別本。諸人題詞中，以作於乙丑（一八〇五）小春的徐棠之作爲最早，可知成書應在此前。該冊曾藏於長洲諸福坤所，諸福坤於光緒五年（一八七九）中秋題識云：『佩珊女史繡餘續稿詩詞合一卷，係其手寫本，楷法圓妙，粵寇平後，家旦卿叔以此贈予，云得諸骨董肆。予見題跋多名人手筆，甚寶之。』後丁祖蔭得以借鈔，並朱筆作跋語云：『吾虞歸佩珊女士，巡道朝煦女，上海諸生李學璜室也。自號虞山女史，往來江浙間爲女塾師。受業隨園，著有《繡餘小草》，此《續草》

一卷，乃周莊諸宏肅舊藏，字體妍秀，蓋係手稿。乙卯長夏，從金天翮處假録一過，俟覓得《小草》，當任彙刊之役。虞山閨秀俊逸之才如女士者，已等鳳毛麟角，零脂剩粉，什襲猶香，彌可寶也。初我記。』卷末署『乙卯夏，江陰金舒安鈔於常熟宗氏賓館』。可知其鈔成於民國四年乙卯（一九一五），且鈔者爲金舒安。

此冊南圖另藏有南社鈔本，原爲柳亞子所有。是稿用《南社叢刻》紅格稿紙鈔寫，含齋至馮培五人之題識在卷前，並摹有諸人印鑒，可知其應是據原稿本鈔録。柳亞子之父柳念曾、叔父柳慕都曾是諸福坤門下的弟子，或即於諸氏手中假録。

（五）《繡餘續草》一卷，《繡餘再續草》一卷，《繡餘三續草》一卷，《繡餘四續草》一卷，稿本

《重修常昭合志》卷十八《藝文志》云：『《繡餘再續草》一卷，祝德麟題詞，《續草》詩多重見。《繡餘三續草》一卷。《繡餘四續草》一卷。以上三種初園丁氏藏手稿本。』又，『《繡餘續草》一卷，席佩蘭等題詞，上海王氏藏稿本，詩多不同。』

胡文楷《歷代婦女著作考》云：『《繡餘再續草》一卷，《常昭合志》著録（未見）；《繡餘三續草》一卷，《蘇州府志》著録（未見）；《繡餘四續草》一卷，同上。以上三種，初園丁氏藏手稿本。』

《江蘇藝文志·蘇州卷》云：『《繡餘續草》不分卷，《再續草》一卷，《繡餘三續草》一卷，《繡餘四續草》一卷，集部別集類，稿本，清祝德麟批，席佩蘭、孫原湘等跋，南京圖書館藏。』

按，是冊今藏南圖。實爲兩種，即《繡餘續草》一卷爲一種；《繡餘再續草》一卷，《繡餘三續草》一卷，《繡餘四續草》一卷合爲一種。《續草》一卷爲稿本，共四冊，無行格，半頁八行，行二十二字。卷

前有席佩蘭題詞，鈐『韻芬』白文方印，韻芬爲席佩蘭字。又有席氏之丈夫孫原湘題詞，鈐『雙紅豆生』朱文方印。另鈐『上海徐紫珊收藏書畫金石書籍之印』、『上海徐氏春暉堂收藏印』、『紫珊』朱文方印，『徐渭仁印』白文方印。徐渭仁，字文臺，號紫珊，上海人。生活於清嘉慶、道光、咸豐時，藏書甚富。《續草》卷前有數十家題詞，卷後附袁枚、王文治等九人《題蘭皋覓句圖》。詩集正文頁有『嘉慶三年五月十七、十八日止堂手校』、『嘉慶壬戌之秋林鎬拜讀』識語，並鈐『止堂』朱文方印、『悦親樓』、『遠峯』白文長印。止堂爲祝德麟字，悦親樓爲其室名。遠峯爲林鎬字。嘉慶三年爲公元一七九八年，壬戌則爲一八〇二年。卷後有道光壬辰（一八三二）重九陳文述跋語。李學璜《枕善居詩賸》有《中秋日偕春水過訪紫珊出其所摹明趙忠毅公手書長卷見示並示祝止堂侍御評閲繡餘吟草乃李味莊先生觀察海上時轉致者也此卷失之廿年把卷欣然繼以惘然再疊來字韻四律贈紫珊》，所言徐紫珊出示祝止堂評閲《繡餘吟草》，應即此本。據江慶柏《清代人物生卒年表》，祝德麟於嘉慶三年（一七九八）辭世，則其於當年評閲該本後或因辭世而未及歸還，嘉慶壬戌（一八〇二）林鎬得見該本，後爲徐渭仁所得，並向歸懋儀之夫展示。徐氏是否完璧歸趙，已不得而知。據《常昭合志》，此卷後爲上海王氏所得，終入南圖皮藏。又，上圖藏有該卷鈔本。無行格，半頁十行，行二十一字。無席佩蘭、孫原湘題詞、陳文述跋語，餘同。首頁鈐『王培孫紀念物』朱文方印，知其曾爲王培孫所藏。上圖另有常熟丁氏淑照堂鈔本，半頁十行，行二十字。有席佩蘭題詞，無孫原湘、陳文述跋。

《繡餘再續草》一卷，《繡餘三續草》一卷，《繡餘四續草》一卷，稿本，共三冊，半頁十行，行二十二字，用蘭皋詩屋烏絲欄箋紙鈔寫。《四續草》筆跡與前兩種不同。卷前有嘉慶戊午（一七九八）小暑前三日祝德麟題詞，及道光庚寅（一八三〇）潘恭□、重禧識語。是冊朱墨爛然，多有改動，詩題天頭加朱圈者與《繡餘續草》五卷刻本之前三卷同，凡改動處亦吻合，可知其爲該刻本前三卷之底本（後二卷詳下）。據《常昭合志》，此卷爲初園丁氏藏手稿本。丁氏卽丁祖蔭，號初園居士。

又，上圖藏有一稿本，該館著錄爲『《繡餘草》』。蘭皋詩屋烏絲欄紙鈔寫。存二十三頁，始於《香奩四詠和韻》，止於《歸舟寄小韞》，錄詩與《四續草》同。筆跡與《再續草》、《三續草》相同，與《四續草》相異。凡《四續草》文字有改動之處，此本均同於原稿。可見此本卽《四續草》最初的鈔本，不知何故殘缺，遂又另請人重鈔了一本。此本原題殘缺，僅餘一『草』字，觀其行格，其前應有四字，故題應爲《繡餘四續草》，上圖著錄有誤。

（六）《繡餘五續草》不分卷，稿本

《常昭合志》云：『《繡餘五續草》一卷，附文，上海某氏藏稿本。』胡文楷《歷代婦女著作考》云：『《繡餘五續草》不分卷，《閨籍經眼錄》著錄。上海圖書館藏有稿本，前後無序跋，全書共八冊，計詩六冊，尺牘一冊，詩餘一冊。後有無名氏題。余曾借鈔錄副。』胡氏鈔本曾在上海國際商品拍賣有限公司二〇一〇年春季藝術品拍賣會上出現，後不知花落誰家。

是集共八冊，前六冊爲詩，第六冊有數首詞和尺牘闌入，第七冊爲詞，最後一冊爲尺牘。暗紅格紙鈔寫，半頁六行，行二十字。是冊改動較多，詩題天頭多有『刪』字，未刪之作與《四續草》多相同。

（七）《繡餘餘草》一卷（簡稱《餘草》）附《尺牘》、《詩餘》，稿本

胡文楷《歷代婦女著作考》：『《繡餘餘草尺牘詩餘》不分卷，澤存書庫書目初編著錄，蘭皋詩屋

鈔本。』是冊卷前鈐有『曾爲徐紫珊所藏』朱文長印，今藏臺灣『國家圖書館』。略見其由徐渭仁到澤存書庫主人陳羣，再入『國家圖書館』庋藏之跡。前有陶澍、陳鑾序，與《續草》五卷刻本相同。仍爲蘭皋詩屋烏絲欄紙鈔寫，《餘草》與《尺牘》之筆跡同於《再續草》、《三續草》，而《詩餘》之筆跡同於《四續草》。詩題上方有選刻之標識，所存者與《續草》五卷刻本之四、五兩卷相同，可知《餘草》與《再續草》、《三續草》、《四續草》乃爲《續草》五卷刻本之底本，不知何故竟一分爲二。且《餘草》所附《尺牘》與《詩餘》未曾刊刻，而《再續草》、《三續草》、《四續草》又與另一稿本《續草》合藏於南圖。書籍之存亡聚散，有不可言者。

（八）《繡餘近草》一卷，稿本（簡稱《近草》）

《江蘇藝文志·蘇州卷》云：『《繡餘近草》一卷，集部別集類，稿本，清許兆桂跋，天津圖書館藏。』是冊《常昭合志》與《歷代婦女著作考》均未著錄，可知其庋藏甚密，知之者少。該冊半頁九行，行二十一字，版心下口題『藏脩書屋』。卷端下題『琴川佩珊歸懋儀』，鈐『歸懋儀印』白文方印和『鳳室』朱文方印。卷前後有清嘉慶時多人題識，其中有云：『嘉慶十有三年，歲在戊辰秋八月，香巖桂點定於金陵城之西樓。』許兆桂，字香巖，與歸懋儀有往來。冊中時見圈改，卽出於其手。卷後有民國時多人題識，其中有云：『昔人謂愛護遺編斷句，其功勝於埋殘骼。今隨園女弟子歸佩珊夫人自書新詩一卷，竟能於萬劫紅塵中輾轉入於思昉之手，蓋非偶然矣。余觀其所爲詩，自傷遲暮，時有激楚之音。其書法秀削亦近隋唐，宜思昉得此愛若拱璧，特書數語以歸之。中華民國二十一年四月，鹽山張之江識於揚州何園之西樓。』又，『佩珊女史號詩書畫三絕，思昉先生購得其手書《繡餘近草》，可謂二難並矣。

聲展玩至再，不能釋手，真瑰寶也。顧思昉先生以金屋貯之，何如？民國廿一年五月十日，滄縣張樹聲識於揚州。』可知此冊爲歸懋儀手書，民國時爲思昉孫至誠所得，後入藏天津圖書館。中華全國圖書館文獻縮微複製中心於一九九九年將其編入《天津圖書館孤本祕籍叢書》，予以影印出版。該冊詩作與《續草》五卷本、《三續草》、《四續草》多有重複，又有不少作品爲別本所無。重出之詩，文字往往有不同。如《近草》之《題李是庵女史水墨花鳥卷》其二『花閣玲瓏鳥態工』，《續草》（五卷本）卷二作『鳥韻花情總化工』；《近草》中《鄰姬招飲歸沈女史贈紅梅一枝戲占》，《三續草》『鄰姬』作『康夫人』。同題詩也有多寡之別，如《近草》之《答道華夫人送別元韻》，《續草》（五卷本）卷二作《道華夫人用前韻送別答之》，且《近草》只二首，而《續草》該詩有三首。其與別本的關係，殊難斷定。

以上是歸懋儀別集的版本情況。前三種刻本之間按其刊刻時間順序編排，諸種稿鈔本與刻本內容多有重複，故遇重出之作則存目，併標明其在刻本中的卷次。《近草》是歸懋儀手稿本，且有許兆桂等人的批改，殊爲珍貴，故重出之作則一併存焉，以見其全貌。

自此集於二〇〇八年列入全國高校古籍整理委員會直接資助項目以來，余即四處搜求歸氏遺編和有關交游酬贈之作，於零楮斷墨間時有所獲，每爲之心喜。然此集整理殊爲不易，幾種稿鈔本多爲行草書寫，辨認文字耗時頗多，又因種種原因時時中輟，故遷延至今，忽忽已達十年，不覺感慨繫之。首先，感謝全國高校古籍整理委員會的寬容大度，不以結項相催促；因爲沒有急著結項，故能不斷將新發現的材料充實進去，如不少評論資料即從近年新出版的《清詩話三編》中檢得；《繡餘小草》南圖藏歸氏壽與讀書室鈔本、上圖藏初園丁祖蔭鈔本、《繡餘續草》一卷上圖藏丁氏鈔本、南圖藏南社鈔本也因近年古籍數字化工程而得以獲覩。部分在拍賣市場新面世的佚作、手跡等亦得以收錄。其次，感謝我的岳母馮月鳳女士。她只是初識之無的退休工人，卻在承擔家務之餘，懷著初學電腦的熱情爲我錄入了大部分文本。在日常生活起居中，她也視我如己出。余早罹天罰，父母已逝去多年，岳母的種種關愛和付出怎不令我五内銘感呢！最後，感謝我的妻子趙睿。結縭十餘年來，我的大部分精力都投入到購書讀書教書中，她在忙碌的行政工作之餘，就在身邊默默地陪伴我，沒有怨言。世間的種種娛樂和物質的誘惑都離我們很遥遠，兩子遊戲於側，時一把卷，樂何如之！

二〇一八年高考首日，記於滬上蝸居濠濮間

【補記】

此集之成，諸師友襄助甚多：碩士、博士皆同門的楊鑒生博士托其大姊楊愛平女士從台灣『國家圖書館』爲我複製了《繡餘餘草》一卷附《尺牘》、《詩餘》稿本，這是整理工作得以開展的基礎；浙江古籍出版社路偉先生代爲搜檢了陳文述集中題贈歸懋儀的作品，哈爾濱師範大學王洪軍教授及其高足、現供職於三亞學院的吴程玉女史慷慨賜示段馴、龔自璋詩集鈔本中的有關詩作，補充了數條材料；香港中文大學黄坤堯先生惠賜《孤山補梅圖》歸懋儀題辭的高清圖；盧盛江先生托其弟子代爲申請了天津圖書館藏《繡餘近草》的書影；南圖、上圖、天津圖書館藏的幾種稿鈔本，均爲行草書寫，頗多難以識别之字，曾向教研室同仁彭國忠、韓立平、丁小明諸先生，以及上海大學美術學院張長虹先生、上海大學出版社鄒西禮先生、西安工程大學人文學院張曉寧女史請教，幸得指點，解決了不少疑問；我指導的碩士生蘇珊影，現在洛陽市委黨校工作，她完成了將近十萬字的歸懋儀研究的學位論文，在寫作過程中爲我搜檢到一些有用的資料；我指導的本科生黄佳涵，現在南京大學攻讀碩士學位，我因爲疫情不便出行，在看校樣時，請她替我查核了南圖稿本中的批語；現供職於上海市西南位育中學的碩士生宋冠霖、目前尚在讀的碩士生李雨朦、戚林聰、張淑雅，都爲書稿的校核、統稿等付出了辛勞。本書的責任編輯人民文學出版社的葛雲波先生，多次郵件往來，對書稿的體例、文字的訛誤等問題提出商榷，提升了本書的質量。凡此，均謹致謝忱！

書稿交呈出版社後，因爲申請出版資助的需要，略有遷延；後適逢庚子大疫，諸事遂廢。年來聚焦於《蕉園七子集》和《吴藻集》的出版，又延誤了此書的校核。倏忽之間，三年多光陰匆遽流逝，今即將付梓，遂再書數語於後。

二〇二一年十一月二日，再記於上海臨港自貿區寓所

凡例

一、本書收録歸懋儀所有見存詩文作品，包括傳世的三種刻本和五種稿鈔本。刻本置於前，稿鈔本置於後，大致以刊刻和鈔寫時間爲序。各部分的底本及校本情況如下：

（一）《繡餘小草》一卷，以中國國家圖書館藏乾隆五十六年（一七九一）刻《二餘詩集》本（簡稱《小草》）爲底本，校以上海圖書館藏張應時輯《書三味樓叢書》等。

（二）《繡餘續草》一卷附《聽雪詞》，以清道光壬辰（一八三二）刻本爲底本（簡稱一卷本刻本《續草》），校以《繡餘續草》五卷刻本、《繡餘再續草》、《繡餘近草》及《朱太夫人遺詩》等。《聽雪詞》校以《繡餘餘草》一卷所附《詩餘》（簡稱《詩餘》）、徐乃昌《小檀欒室彙刻閨秀詞》。

（三）《繡餘續草》五卷，以道光十二年（一八三二）刻本爲底本（簡稱《續草》卷某或《續草》五卷刻本），校以《續草》一卷本刻本、《續草》稿本、《再續草》、《三續草》、《四續草》、《五續草》、《餘草》、《近草》，及張玉珍《晚香居詩鈔》、吴靜《飲冰集》。

（四）《繡餘續草》一卷附詩餘，以民國四年乙卯（一九一五）金舒安鈔本爲底本（簡稱《續草》鈔本）。

（五）《繡餘續草》稿本一卷，以南京圖書館藏稿本爲底本（簡稱《續草》稿本），校以《再續草》、《續草》五卷刻本、《續草》鈔本。

（六）《繡餘再續草》一卷，《繡餘三續草》一卷，《繡餘四續草》一卷合爲一種。稿本。蘭皋詩屋烏絲欄箋紙鈔寫。校以《續草》五卷刻本、《續草》鈔本、《續草》稿本、《近草》，及張玉珍《晚香居詩鈔》、李筠嘉《春雪集》。

（七）《繡餘五續草》不分卷，上海圖書館藏稿本，以之爲底本，校以《續草》五卷刻本、《四續草》、《餘草》、《近草》、《詩餘》。

（八）《繡餘餘草》一卷附《尺牘》、《詩餘》，以臺灣『國家圖書館』藏稿本爲底本（簡稱《餘草》），校以《續草》五卷刻本、《五續草》、《續草》鈔本、《聽雪詞》，及《龔定庵全集類編》、《孤山補梅圖》手迹。

（九）《繡餘近草》一卷，天津圖書館藏稿本，以之爲底本，校以《續草》五卷刻本、《三續草》、《四續草》、《五續草》、《續草》一卷本刻本。

有價值的異文，均出校說明。諸稿本多有批改，均出校記予以説明。

一、諸種稿鈔本與刻本内容多有重複，重出之作則存目，併標明其在刻本中的卷次。《繡餘近草》是歸懋儀手稿本，且有許兆桂等人的批改，殊爲珍貴，故雖重出亦併存，於詩後校記説明。

一、底本所附『原作』、『和作』，仍置原處，與本集校勘，有價值的異文出校説明。新補入作品、序跋，均出校説明。

一、《繡餘小草》、《繡餘續草》（稿本）、《繡餘再、三、四續草》、《繡餘五續草》等集，間有評語，設『夾評』、『眉批』、『批語』欄，隨文過録。重出之作的評語，則移至録詩之處。

一、諸集之外，偶見歸懋儀零篇斷簡，輯爲『詩文補遺』，附在正文後。

一、附録一輯録歸懋儀的生平、評論資料，附録二輯録諸人的唱和酬贈之作，足爲知人論世之用。其間有輾轉販鈔者也不避重複，讀者自可鑒察。

一、附録三收録歸懋儀的丈夫李學璜所著《枕善居詩賸》，上海圖書館藏清稿本；王慶勛《可作集》卷一收録李學璜數十首詩，不見于集中者，輯入附録。

一、歸懋儀作品集名，略相似甚或相同，故整理之際，於正文卷端集名下、頁眉集名下，補加卷次、稿本或鈔本字樣，略增區别。

一、異體字、俗體字一般統一爲規範繁體正字。避諱字回改，如『元』改『玄』，『邱』改『丘』。底本空闕或模糊難辨者，均以□代替。有脱文處，根據詩意與平仄格律放置□。

目録

繡餘小草一卷　刻本

序　曹錫寶　三
序　李心耕　四
序　徐祖鎏　五
鶴飛來　七
春曉　七
小閣放梅　八
春晝　八
擬唐人宮怨　八
遊平山堂　九
遊虎丘　九
柳　一〇
千里鏡　一一
題小青焚餘草後　一一
次焚餘草十絶句韻　一一
讀先慈遺編　一三
讀外祖舅古香詩稿　一三
擬古　一四
白菊　一五
病起　一五
遊虞山　一五
春日遊王氏園　一六
晚眺　一六
新晴　一七
桐桂軒早秋　一七
讀康樂詩　一八
杏花春雨曲　一八
戲集古來美人韻事偶得三十二題　一九

詠雪用聚星堂禁體韻和遣閒草中作……二三
附 原作……陳蘭徵 二三
新秋……二三
蟲鳴……二三
花影……二四
月夜……二四
九日與諸弟話別……二四
舟行……二五
遠眺……二五
黄鶴樓懷古……二五
聞雁……二六
月……二六
秋海棠……二六
重過王園誌感……二七
旅夜……二七
秋夜小飲……二八
春仲連夢先慈……二八
暑日小齋……二八
納涼……二九
祖舅大人七旬慶辰敬和自述元韻奉祝……二九
附 元韻……南 軒 三〇
秋夜有懷……三〇
憶外之金陵……三一
附 外和韻……李學璜 三一
再寄外金陵疊前韻……三二
附 外疊韻……李學璜 三二
敬題姑大人鴻寶樓詩後……三三
暮秋憶諸弟妹……三三
歲暮奉懷嚴慈兩大人……三四
梅和韻二首……三四
病餘卽事……三五
戲和蓮舫三姑詠桂韻……三五
附 原韻……李學濂 三五
雨夜不寐……三五

目錄

脩竹……三六
悼殤……三六
春院……三七
春柳曲……三七
對影自嘲……三八
讀淵明詩……三八
大風……三九
風箏奉和姑大人韻……三九
紈扇……三九
秋夜……四〇
重九前夕作……四〇
敬題姑大人倚闌覓句圖……四〇
誌别……四一
春閨雨後……四一
上巳懷蓮舫三姑……四二
憶殤……四二
餞春……四三
夜起……四三
月夜聞雁……四三
愁……四四
江行……四四
舟次九江雨阻……四五
金山奉和姑大人韻……四五
五人墓……四六
玉亭四姑于歸卻寄……四六
三月四日遊程園遂至也是園……四七
糧艘出海紀事代外步友人韻……四八
聞笛懷二妹……四九
夜坐……四九
哭湘娥許氏娣……四九
和外秦淮水榭韻……五〇
喜雨行……五〇
小園殘桃……五一
奉懷嚴慈兩大人兼憶諸弟妹……五一

菸 …… 五一
月夜懷三姑 …… 五二
雨夜 …… 五二
小院初晴 …… 五二
田家樂 …… 五三
奉和姑大人西湖十景韻 …… 五三
鷹犬二首 …… 五四
濟南晤舅大人奉和元韻 …… 五五
奉懷姑大人 …… 五五
奉和父大人陪祀岱宗韻 …… 五六
附 原韻 …… 歸朝煦 五六
奉和樵雲七叔父六咏原韻 …… 五六
栽花 …… 五八
觀射 …… 五八
題畫 …… 五九
余居濟東署後樓四面皆山因賦 …… 五九
將離濟南有作 …… 六〇
旅館 …… 六〇
夜泊 …… 六一
重過水村旅舍 …… 六一
水牕卽景 …… 六一
野泊紀事 …… 六二
吳門留別謖巖大弟 …… 六三
留別諸弟妹 …… 六三
曉發吳門 …… 六四
題詞 …… 李心蕙等 六五

繡餘續草一卷 附 聽雪詞 刻本

序一 …… 戈載 六九
序二 …… 段驤 七〇
序三 …… 吳其泰 七一
秋夜感懷 …… 七三
悼殤用前韻 …… 七三

舟中口占 …… 七三
虞山歸棹奉懷堂上 …… 七四
題華山弟照 …… 七四
秋草 …… 七五
驛柳和韻 …… 七六
困鄧通 …… 七六
射潮弩 …… 七七
麗豎燭 …… 七七
順昌捷 …… 七八
小真同柔仙見招以詩代簡次韻答之 …… 七八
附　元韻 …… 小　真　七八
次日遠峯小真同有詩來再答二首 …… 七九
附　元韻 …… 林　鎬　小　真　七九
題閨秀白桃花畫卷 …… 七九
送方式亭楷大令歸宣城三首 …… 八〇
南園訪杏 …… 八〇
題宛仙畫竹 …… 八一
畫梅 …… 八一
次春洲茂才見贈韻 …… 八一
題汪紫珊太守碧梧山館圖 …… 八二
味莊先生示法華賞牡丹詩次韻 …… 八二
喜雨行呈味莊先生 …… 八三
哭味莊師 …… 八三
題唐淳安上舍桐陰觀書圖 …… 八四
題梅花畫箑祝心芝夫人四十兼以誌別 …… 八四
白薔薇花 …… 八五
墨蓮 …… 八五
憶荷用韻 …… 八五
題薔薇畫 …… 八六
題畫十二首 …… 八六
鳳池亭次韻 …… 八七
凝香徑 …… 八七
有瀑布聲 …… 八七
綠蔭榭 …… 八七

蘆被……八七
酒旗……八八
題十萬琅玕圖卷……八八
次潘榕臯先生東坡生朝韻……八八
除夕立春……八九
牡丹次韻三絕……八九
又牡丹次韻三律……八九
奉次潘榕臯先生登焦山用東坡金山
詩韻……九〇
寄懷玉芬夫人……九〇
戊寅臘月重訪怡園過馮玉芬夫人連
牀話舊剪燭論詩即次見贈元韻……九一
和毛壽君山人春興元韻……九一
舟中口占……九二
次劉杏垞題小滄浪亭原韻……九二
白牡丹……九三
前題次鷺洲韻……九三
七月十七日對月得句……九三
題葉小鸞眉子硯爲定庵公子賦……九四
泰伯……九四
淮陰侯……九四
賈生……九五
武侯……九五
岳忠武……九五
讀陳桂堂太守景忠祠碑文感夏節愍
遺事……九六
渡口守潮遇雨……九六
和唐陶山明府重脩桃花庵詩……九六
贈圭齋妹……九七
鐙花和圭齋妹韻……九八
附 元韻……龔自璋九八
次牧祥妹寄懷元韻……九八
重登紅雨樓……九九
贈景崇女阮……九九

春草二首……九九
海棠……一〇〇
題閨秀陸娟繡餘覓句圖……一〇〇
上海懷古……一〇一
春日訪露香園不得……一〇一
昭君……一〇一
次圭齋妹見贈原韻……一〇二
附　元韻……龔自璋　一〇二
次吉雲妹見贈韻……一〇三
附　元韻……沈吉雲　一〇四
野寺園題壁……一〇四
桃花塢訪唐六如墓……一〇四

聽雪詞

念奴嬌贈綠春大人……一〇五
水龍吟題含翠閣主人遺影……一〇五
一斛珠送春……一〇六
前調送劉春卿公子北上……一〇六
百字令（天香正烈）……一〇六
鳳凰臺上憶吹簫題唐陶山刺史鬟絲禪榻圖……一〇七
一斛珠（天桃開了）……一〇七
邁陂塘葑山觀荷……一〇七
沁園春悼四女殤……一〇八
陌上花題秋鐙聽雨圖……一〇八
鳳凰臺上憶吹簫題瘞花圖……一〇九
摸魚兒題王四峯文學采菱圖……一〇九
風蝶令題美人便面……一〇九
水龍吟題廖裴舟茂才雨牕懷友圖……一一〇
百字令病起卽事……一一〇
沁園春題畫……一一一
清平樂聽雨次圭齋妹春月之韻……一一一
附　原作……龔自璋　一一二
金縷曲新涼……一一二
探春令憶幼女吳門……一一三

繡餘續草五卷　刻本

序一……………………………陶澍　一一七
序二……………………………陳鑾　一一八
序三……………………………魏文瀛　一一九

卷一

題叢桂讀書圖……………………一二一
風雨無寐枕上作……………………一二一
長至前二日……………………一二一
遊華亭沈氏嘯園……………………一二二
遊沈氏古倪園……………………一二二
題畫……………………一二三
祝止堂侍御賜示悅親樓詩集題後……………………一二三
題孫子瀟孝廉把酒祝東風種出雙
紅豆圖……………………一二四
雨夜感悼……………………一二四
卽事述懷……………………一二五
題小立滿身花影圖……………………一二五
題陳寶月夫人詩畫便面……………………一二五
吳竹橋太史賜題拙稿次韻誌謝……………………一二六
題張蘊山女史晚香樓詞……………………一二六
題畫……………………一二七
題孫子瀟孝廉天真閣詩集卽次惠題
拙稿韻……………………一二七
題海虞吳定生女史飲冰集……………………一二七
逸園卽事……………………一二八
虞山歸棹奉懷兩大人……………………一二九
晚泊……………………一二九
高陽夫人招賞牡丹賦贈……………………一二九
題戴蘭英夫人秋鐙課子圖……………………一三〇
平遠山房消夏八詠……………………一三〇
插秧……………………一三〇
繅絲……………………一三〇
曬藥……………………一三一

造醫……一三一
買冰……一三一
折荷……一三一
浮瓜……一三二
洗竹……一三二
贈何春渚徵君……一三二
感懷……一三二
題美人舞劍圖……一三三
題美人折柳圖……一三三
紅線圖……一三四
初秋述懷……一三四
題馮實庵給諫種竹圖……一三五
贈錢香卿夫人兼謝香茗蘭烟之惠……一三五
張筠如夫人爲其郎君喬香岑茂才畫
鴛鴦團扇屬題……一三六
題李松潭農部觀姬人繡詩圖……一三六
次劉芙初孝廉見贈韻……一三七
爲方式亭大令題月波夫人小影……一三七
畫蘭……一三八
閒居……一三八
春晝……一三九
霞莊十兄見示柳影舊什疊韻奉答……一三九
晚眺……一三九
戲贈二妹……一四〇
贈三妹……一四〇
爲次女作……一四〇
舟行雜詠……一四一
新葺小齋作……一四二
聽雨……一四三
病起……一四三
又……一四四
題李湘帆母舅金川瑣記後……一四四
詩塚歌……一四五
讀唐宋六家詩……一四六

青蓮……一四六
少陵……一四六
昌黎……一四七
香山……一四七
東坡……一四八
劍南……一四八

卷二

題李是庵女史水墨花鳥卷……一四九
趙甌北先生賜詩次韻卻寄……一五〇
附　原作……趙　翼　一五〇
屠子垣茂才見示和韻對雪詩卽次其韻……一五〇
胥燕亭大令亦以和韻詩見示用前韻
答之……一五一
花朝三用前韻……一五一
題廖織雲夫人芙蓉秋水圖……一五二
題錢師竹廣文深林月照圖……一五二
同織雲夫人賞荷索詩口占……一五二
追挽莊磐山夫人……一五三
恭和家嚴大人自壽原韻……一五三
附　原作……歸朝煦　一五四
吾園遲織雲夫人……一五四
新秋……一五四
懷吳竹橋丈卽次前唱和原韻……一五五
詠庭中瓔珞柏呈家大人……一五五
老少年……一五六
逸園中秋呈家大人……一五六
帆影……一五七
題畫紫藤……一五七
有懷香卿夫人……一五七
賀孫子瀟太史兼贈道華夫人……一五八
道華夫人用前韻送別答之……一五八
附　原作……席佩蘭　一五八
歸舟誌感仍用前韻……一五九
和碧崖丈……一五九

碧崖丈見示近作和韻……一五九
再用前韻答碧崖丈……一六〇
寒夜三用前韻……一六〇
四用前韻答碧崖丈……一六一
馮實庵給諫惠題拙稿次韻……一六一
雪後用亭字韻簡諸閨友……一六一
六用前韻答金罥舟茂才……一六二
七用前韻答碧崖丈……一六二
罥舟茂才贈詩有僮僕貧來喚不靈句愛
其雅切事情因廣其意八用亭字韻……一六二
題美人詩意圖……一六三
周聽雲觀察歲除賜金誌謝……一六三
聽雲觀察歲除賜物賦謝……一六四
感懷……一六四
僕嫗輩辭去誌感……一六五
寄贈茗川徐秉五女史……一六五
題周雨蒼公子小樓春杏圖……一六六
題顧春洲茂才詩稿……一六六
憶荷……一六六
題虢國夫人早朝圖……一六七
喻少蘭畫史見儀題虢國圖詩卽作圖見
贈云於海棠花下爲之口占誌謝……一六七
立秋後二日雨和韻……一六八
七夕和韻……一六八
爲常州臧孝子禮堂作……一六九
秋牕……一七〇
聞姜明府貽經沒於川沙感賦二律……一七〇
題沈瘦生山人攜幼圖……一七一
送別李十四世兄……一七一
題錢師竹廣文望雲思親圖……一七一
上聽雲周觀察……一七二
宵來展玩春洲見示詩詞語淡意深愁多
歡少占此奉慰……一七二
有懷王襟玉夫人卻寄……一七三

春日……一七三
和香浦弟……一七四
花朝感事和韻……一七四
殘菊和韻……一七四
曉枕和韻……一七五
汪籍庵廣文贈詩次韻……一七五
郡伯鄭玉峯世丈見示塞上吟題十絕句……一七五
上聽雲先生……一七六
殘春……一七六
謝沈女史贈蘭……一七七
爲徐醉吟居士題拾香草……一七七
周聽雲先生有玉關之行卻寄……一七八
題洗硯圖……一七八
落花和韻……一七九
遊東湖登弄珠樓次壁間韻……一八〇
奉寄聽雲先生塞上……一八〇

卷三

月英夫人舟過申江諸女伴凝妝以待雲軿之降久之芳信杳然知歸心甚切獨不念微茫烟樹中有人倚樓凝望耶猶幸明珠雛鳳雙降草堂舉止周詳風神秀逸雖未把臂而瑤英風度想見一斑矣率成斷句三章以誌景仰……一八一
書信尾寄外吳門……一八二
夜雨和餘瀾堉韻……一八二
殘春聽雨和韻……一八三
復軒將攜家往吳門古愚雲庚奕山餞別李氏吾園有賦……一八三
寄卷勺園劉瑞圃居士……一八三
寄陳雲伯明府……一八四
贈壯烈伯浙江提督李忠毅公輓詩……一八四
贈陳古愚姻丈……一八五
小寓吳門連朝陰雨占此自嘲……一八六

晚眺……一八六
贈宋浣香世嫂……一八六
曉枕……一八七
次張掖垣太史見贈韻……一八七
題徐節母周夫人傳後……一八八
旅牕……一八八
答道華夫人……一八九
題桐陰展卷圖……一八九
讀聽雲山館詩集題後……一八九
潘榕皋先生惠並蒂蘭賦謝……一九〇
葑山舟次有作……一九〇
葑山道中呈簡田先生……一九〇
葑山觀荷絕句十首……一九一
客中遣興……一九二
涉園雜詠……一九二
新涼……一九三
數帆閣晚眺……一九三
涉園早起聞桂香喜而有作……一九三
和尤春帆舍人遊涉園韻……一九四
己巳中秋客居吳下次月滿樓丁卯中秋家宴韻……一九四
雪中用尤文簡公集中入春半月未見梅花詩韻……一九五
題查查客先生把酒問青天圖卽次其韻……一九五
夜坐……一九六
周聽雲先生塞上書回知儀前寄詩劄晉將軍見之歎賞命付裝池自維下里巴音得流傳萬里之外且邀鉅公識拔自幸抑自愧矣口占二絕……一九七
題梵福樓所藏柳如是畫像……一九七
奉題慶蕉園方伯泛月理琴圖……一九八
秋夜感懷寄外……一九八
憶外……一九九
題羣芳呈瑞圖爲張丈作……一九九

月夜貽汪小韞夫人……一九九
奉題韓桂舲中丞種梅圖卽次元韻……二〇〇
殘臘見雪……二〇〇
西風……二〇一
九日憶吉雲……二〇一
送秋和韻……二〇二
題楚中熊兩溟進士鵠山小隱詩集……二〇二
題顧劍峯廣文寸心樓詩集……二〇三
小韞夫人贈詩次韻……二〇三
幽棲次韻……二〇四
湘水吟紀夢……二〇四
立秋日作……二〇六
岳州孝烈靈妃廟碑書後……二〇六
初秋用壁間韻……二〇七
呈潘榕臯先生……二〇七
題李紉蘭夫人茶烟煮夢圖……二〇八
歸舟寄小韞……二〇八
王渡阻風……二〇九
贈宜園張夢蘭夫人……二〇九
舟泊泖湖望月……二〇九
吳江舟阻……二一〇
蒲髯出塞圖爲快亭郡博題……二一〇
題趙承旨畫馬……二一一
老僕熊秀樸實謹慎相隨五年能效奔走之勞雖遠途亦無倦容今秋忽有懈意疑其有去志未幾疾作奄然長逝爲之泣然僕無親屬爲薄斂而瘞於葑門外酹之以酒且繫以詩……二一二
雪中有懷王玉芬夫人……二一二
題王女士靜好樓詩集……二一三
殘臘偶吟……二一三
吳印芳夫人見招出示翠筠軒詩鈔賦贈……二一四
聞蟬次駱丞韻……二一四
詠馬次工部韻……二一五

秋山……二一五
秋水……二一五
秋蟲……二一六
秋花……二一六
秋牕……二一六
秋圃……二一七
秋野……二一七
秋濤……二一七
秋鐘……二一八
秋鈴……二一八
示袁琴南壻……二一八
泛舟秦淮……二一九
題淵如先生六十四歲小像……二一九
題馬守真畫蘭……二二〇
題薛素素畫蘭……二二〇
遊棲霞六首……二二〇
過莫愁湖題莫愁小影次前人韻……二二一
劍峯先生贈詩次韻……二二二
題清河夫人遺挂爲虚谷司馬作……二二二
石琢堂先生賜示晚香樓詩集賦呈……二二二
次季湘娟同學見懷韻卻寄……二二三
寓居葑溪鄰家李花盛開感賦……二二四
題北郭夜吟圖……二二四

卷四

蠟梅……二二五
庚辰九日次三松老人韻……二二五
雨牕……二二六
吳門寄懷淑齋師海上……二二六
代簡寄定庵居士吉雲夫人……二二七
客中雨夜無寐寄小韞……二二七
吳宮……二二八
七姬祠……二二八
三高祠……二二八
又詠范少伯……二二九

梅……二二九
蘭……二二九
竹……二三〇
菊……二三〇
杏……二三〇
繡毯……二三一
白牡丹……二三一
春暮偶成……二三一
寄琴川季湘娟同學……二三二
寄題武昌小滄浪館四絕……二三二
次杏垞題小滄浪亭七律原韻……二三二
病中口占有贈……二三三
定庵過訪談詩見贈次韻二律……二三三
王烈女詩……二三四
題枝園感舊圖……二三四
讀七姬碑誌題後……二三五
題再生緣傳奇……二三五
爲江韜庵明經題蓮花小影……二三六
題明妃出塞圖……二三六
秋花……二三七
秋河……二三七
題畫……二三七
七夕次閨友韻……二三八
歲暮訪怡園次壁間韻贈怡庵主人……二三八
用前韻贈玉芬夫人……二三八
石門道中……二三九
舟過海昌哭簡田先生……二三九
紀夢……二三九
題周夫人荷淨納涼圖照……二四〇
寓巢園主人有平湖之行忽憶嘉慶丁卯
偕海上沈吉雲女士同舟往訪東湖夜
半余已熟寐而吉雲朗吟二語云輝煌
鐙燭照花眠今夕渾疑欲上天余夢中
驚醒續云夢醒不知江月墮濤聲飛到

枕函邊翌日微雨篷牕共眺吉雲吟句云辛苦篙人蓑笠肩濛濛細雨滿江天余又續云與卿好比成行雁雙宿蘆花淺水邊於是同登弄珠樓次壁間樓字韻詩時簡田先生適至亦有和章冉冉已十載矣先生近歸道山而吉雲亦早下世感而有作仍用前韻吉雲詩才敏妙遠出余上小楷雅有董香光風格其年尚未三旬蘭摧玉折可慨也夫……… 二四〇
女生徒以扇頭蟋蟀索題爲題二絕………… 二四一
詠貓……………………………………… 二四一
雨夜述懷………………………………… 二四二
花朝泛舟西湖遊淨慈聖因諸寺………… 二四二
偕馮月波過松顛閣有贈………………… 二四三
遊理安寺香泉上人出冊索詩卽次原韻 … 二四三
汪劍秋茂才以扇索題次韻……………… 二四四
屠琴塢太守屬題潛園吟社圖…………… 二四四
海棠……………………………………… 二四五
虞美人花………………………………… 二四五
孤山道中………………………………… 二四五
岳墓……………………………………… 二四六
謁岳忠武祠恭和仁宗皇帝御製詩韻…… 二四六
雪後天竺道中…………………………… 二四六
贈喬姝仙夫人…………………………… 二四七
吳門喬八妹書來言及江西歐陽君堅賦詩八絕以歸佩珊人說女仙才八字分冠其首口占誌之………………… 二四七
次外見懷韻……………………………… 二四八
附　元作……………………… 李學璜 二四八
紅雨樓觀桃有懷舊侶…………………… 二四八
十憶詩寄圭齋夫人江右………………… 二四九
春日病中懷圭齋妹……………………… 二五〇
寄懷牧祥妹浙中………………………… 二五〇
贈潁川夫人……………………………… 二五一

枕上作……二五一
觀察潘吾亭先生賜和鄙詞仍用前韻
申謝……二五二
許玉年孝廉見和拙作再用前韻奉答……二五二
郡伯陳芝楣先生賜和鄙詞再用前韻
申謝……二五三
燦霞寄女以和詩來仍用前韻作答……二五三
附　和作……燦　霞　二五三
詠雪用前韻……二五四
吾亭先生權臬蘇臺適檢篋中賜詩舊稿
已歲瑄兩遷矣感而有作仍用前韻……二五四
白薔薇花……二五五
題嘐城黃紉蘭女士詩卷……二五五
答家心庵農部次韻……二五五
再答心庵……二五六
圭齋妹具林下高風擅閨中詠絮情同膠
漆誼等連枝別經兩載夢想爲勞離緒
如絲亂愁若絮爰繪折柳圖以贈並繫
以詩……二五六
題餘生閣集……二五七
贈許玉年孝廉……二五七
題玉年孝廉室比玉徐夫人手繪遺冊……二五八
閨中銷夏詞十首……二五八
題吳蘋香夫人飲酒讀騷圖……二五九
題蒙城張雲裳女士錦槎軒詩稿……二五九
晚春……二六〇
題葉覺軒山人琵琶聯吟冊次韻……二六〇
新秋……二六〇
玲瓏山館冊題詞爲葛秋生明經賦……二六一
卷五
金補之大令之官豫州留別同人……二六三
張氏外孫桐遠寄臆課見其文筆清新綽
有成人槼度口占八十字答之……二六四
寄長女寶珠楚中……二六四

爲鄭稼秋司馬題母夫人曹太淑人摯孝圖……二六五
題太原女士倚樓人在月明中圖照……二六五
題梅花雙美圖……二六六
丙戌臘月二十五日先慈太恭人忌辰感賦……二六六
次韻答吳怡庵廣文……二六六
丁亥三月二日外子生辰適赴繁昌詩以寄懷……二六七
敬題守拙老人遺照……二六七
題趙夫人照……二六八
題美人倚竹圖……二六八
爲莄林方伯題重脩滄浪亭冊……二六八
題汪海門蜀棧圖……二六九
一病……二六九
春朝閨友見訪有作……二七〇
歲暮雜詠……二七〇
許淞漁明經柸和鄙章再用前韻酬之……二七〇
范愛吾茂才以青梅見餉賦贈……二七一
陶雲汀中丞五十初度卽用集中丙戌十一月三十日遊焦山用借廬上人韻自壽八律元韻……二七一
臥病三月辱香輪吳夫人過訪口占以贈……二七二
讀韻樓學吟稿題詞吳門女子洪德琴著……二七三
示次女慧珠……二七四
題沈種榆夫人寒鐙課子圖……二七四
雲汀中丞見儀詩句宏奬有加並欲延課女公子猥以抱恙未赴謹賦小章呈謝……二七四
次雲汀中丞吾園觀鐙紀事八首元韻……二七五
奉題雲汀中丞皖城大觀圖照次韻……二七六
又次自題七絕元韻……二七六
奉題雲汀中丞采石登樓圖照次韻……二七六
陳梅岑先生倉山高弟今日巋然爲魯

靈光蒙題倚竹小影敬賦五言二律申謝……二七七
贈淡筠張夫人……二七七
胡眉亭山人以移居映水樓詩見示次韻……二七八
題程母戴節婦傳後……二七八
奉次芝楣先生上巳前一日南園即事詩元韻……二七八
題顔崑谷別駕江邨垂釣圖照……二七九
范今雨明府枉過草堂荷題倚竹小影次韻……二七九
眉亭山人以詩訊疾次韻……二八〇
用韻有懷圭齋……二八〇
寄呈芝楣先生吴門……二八〇
五色蝴蝶和韻……二八一
讀雅卿姪鏡花樓吟草……二八二

繡餘續草一卷　附　詩餘　鈔本

跋詩……含　齋　等　二八五
題小立滿身花影圖（存目，見《續草》卷一）……二八九
風雨無寐枕上作（存目，見《續草》卷一）……二八九
秋夜感懷（存目，見一卷本《續草》）……二八九
葦城旅夜感懷……二八九
長至前二日（存目，見《續草》卷一）……二九〇
題仕女圖……二九〇
舟中口占（存目，見一卷本《續草》）……二九〇
寒夜書懷……二九〇
題畫（存目，見《續草》卷一）……二九一
五色蝴蝶和韻（存目，見《續草》卷五）……二九一
夏夕露坐口占……二九一
雨夜感悼（存目，見《續草》卷一）……二九一
即事述懷（存目，見《續草》卷一）……二九一
題陳寶月夫人詩畫便面（存目，見《續草》

卷二）……二九二
題畫扇……二九二
逸園卽事（存目，見《續草》卷一）……二九二
虞山歸棹奉懷兩大人（存目，見《續草》卷一）……二九二
晚泊（存目，見《續草》卷一）……二九二
題桐葉題詩便面……二九三
和唐陶山明府重修桃花庵詩（存目，見一卷本《續草》）……二九三
秋草（存目，見一卷本《續草》）……二九三
驛柳和韻（存目，見一卷本《續草》）……二九三
題寄塵山墅贈家和庵主人……二九三
寄閨友……二九四
閨友贈詩有瘦到梅花更好時句口占謝之……二九四
高陽夫人招賞牡丹賦贈……二九四
送春……二九五
悼雀次何春渚丈韻……二九五
題戴蘭英夫人秋燈課子圖……二九六
消夏八詠平遠山房分賦（存目，見《續草》卷一）……二九六
詠史樂府四首平遠山房分賦（存目，見一卷本《續草》）……二九七
感懷（存目，見《續草》卷一）……二九七
題美人舞劍圖（存目，見《續草》卷一）……二九七
初秋述懷（存目，見《續草》卷一）……二九七
題馮實庵給諫種竹圖（存目，見《續草》卷一）……二九七
呈梁山舟侍講……二九八
題李松潭農部觀姬人繡詩圖（存目，見《續草》卷一）……二九八
送方式亭楷大令歸宣城三首（存目，見一卷本《續草》）……二九八
張筠如女史爲其郎君喬香岑茂才畫鴛鴦團扇屬題口占一絕（存目，見《續草》卷一）……二九八

題汪澥雲員外琴養圖……二九九
對雪和韻……二九九
夜坐用前韻……二九九
題畫雜句……三〇〇
題廖織雲夫人芙蓉秋水照（存目，見《續草》卷二）……三〇〇
柳影和韻……三〇〇
題紅線圖（存目，見《續草》卷一）……三〇一
題松潭農部探梅圖照……三〇一

附　詩餘

菩薩蠻題梅花仕女圖……三〇三
壺中天重陽前三日雨牕偶成用小湖田樂府韻……三〇三
沁園春題玉環扶醉圖……三〇四
前調題美人試茗圖……三〇四
百字令病起（存目，見《聽雪詞》）……三〇四
前韻（舊時明月）……三〇五
清平樂曉牕……三〇五
霜天曉角枕上聞風雨聲……三〇五

十二時看花……三〇六
虞美人題廖織雲女史虞美人畫……三〇六
秋蕊香題織雲蕉桂圖……三〇六
跋……實　庵　等　三〇七

繡餘續草　稿本

題跋二則……席佩蘭　三一三
題詞……饒慶捷　等　三一三
西軒秋夕……三一五
齊門道中……三一五
水部汪訒庵先生擷芳集中蒙選拙刻
賦謝……三一五
敬題先祖昭簡公墨刻……三一六
病中即事……三一七
白蓮和韻……三一七
秋晚登樓……三一八
泊舟……三一八

吳江舟次……三一八
憶梅……三一九
秋夜……三二〇
吳中旅舍……三二〇
郡守李雲鵠先生惠題拙集依韻奉謝……三二〇
七夕詞……三二一
秋夜……三二一
感悼……三二一
晚晴……三二二
舟行卽事……三二二
春寒……三二二
寄逸磐三兄……三二三
望方塔……三二三
讀小倉山房詩集……三二三
聽雨……三二四
閒居（存目，見《續草》卷一）……三二四
蜂……三二四
小樓……三二五
春晝（存目，見《續草》卷一）……三二五
袁太史簡齋先生續詩話中采及拙刻賦謝……三二五
虞山競渡詞……三二六
題玉橋五兄宛陵遊草（存目，見《續草》卷一）……三二六
戲贈二妹（存目，見《續草》卷一）……三二七
贈三妹（存目，見《續草》卷一）……三二七
爲次女作（存目，見《續草》卷一）……三二七
寄懷素卿三姑（存目，見《續草》卷一）……三二七
舟行雜詠（存目，見《續草》卷一）……三二七
病況……三二八
新葺小齋作（存目，見《續草》卷一）……三二八
題美人折花拜月曉妝春睡四圖……三二八
題苕川徐女士荷花便面……三二九
柳影和韻（存目，見《續草》鈔本）……三二九

鸚鵡……三四〇
秋柳和韻……三四〇
春柳和韻……三四一
論詩八章……三四一
題苕川徐女史蘆花宿雁便面……三四二
贈浣香四嫂……三四三
自題弄花香滿衣照……三四四
落葉和韻……三四五
贈席甥虹橋……三四五
淩風語花醉雪聽月和韻……三四六
送捧莪大弟北上省親……三四七
留别虹橋席甥……三四七
偶患失血成一律……三四八
和璞園六兄登烟雨樓……三四八
新霽……三四八
留别玉橋五兄……三四九
留别瑞符二阮六首……三四九
摺扇……三五〇
晚春……三五〇
疊韻答外……三五〇
附 外作……李學璜 三五一
寄虹橋席甥……三五一
題瀟湘夜泛圖卽步翁大人韻……三五二
附 原韻……三五二
聞家大人右遷永定觀察……李心耕 三五二
詠所居室……三五三
讀唐宋六家詩（存目，見《續草》卷一）……三五四
和虹橋席甥……三五四
聞家慈挈弟妹北上奉懷疊前韻……三五四
暑牕卽事再疊前韻……三五五
謝松坪姪寄贈甌北詩鈔……三五五
題曹倚香茂才小影……三五六
題九九消寒圖……三五六
紫雲硯歌……三五七

和陸舅祖母曹太淑人春日偶吟韻……三五八
又和落梅韻……三五八
題落花雙蝶便面……三五八
又……三五九
和祝碧霞上舍韻……三五九
附　原韻……祝悅霖　三五九
閒居和韻……三六〇
梅花疊前韻……三六〇
即目……三六一
琴川……三六一
徐秉五德清大家女工丹青隸篆及笄待
字嘲之……三六一
口占……三六一
遺懷……三六二
月夜憶弟婦董儿妹卻寄……三六二
曉起……三六二
寒夜吟……三六三
秋宵即事……三六三
獨立……三六三
讀史閣部書書後……三六四
家雲鵠郡伯命題管仲姬墨竹卷軸……三六四
詠菊十二律……三六五
憶菊……三六五
訪菊……三六五
種菊……三六五
對菊……三六六
供菊……三六六
詠菊……三六六
畫菊……三六七
問菊……三六七
簪菊……三六七
菊影……三六八
夢菊……三六八
殘菊……三六八

遷枝巢小隱作……三六八
哭虹橋席甥……三六九
殘夏卽事……三七〇
偶吟……三七〇
卽事……三七〇
答松坪姪……三七一
卽事（存目，見《續草》卷一《病起》）……三七二
病起……三七二
湘帆六母舅以詩催索嘉城寒具賦答……三七二
附 原作……李心衡 三七三
立春前三日雪和韻……三七三
仲春十八日雪疊前韻……三七三
呈味莊師卽次賜題拙集元韻……三七四
附 原韻……李廷敬 三七四
又附 味莊師疊韻四首……李廷敬 三七五
疊神字韻奉呈張午橋太史……三七五
附 太史疊和四首……張午橋 三七六
味莊師辱賜和章兼頒珍錫疊韻誌謝……三七七
圍棋……三七八
葉子……三七八
骰子……三七九
題陸文裕公墨刻……三七九
鮮荔詞……三八〇
壽味莊師……三八〇
隨園先生來海上蒙味莊師道儀詩不置口並命謁見官閣因事不果賦謝……三八一
奉懷隨園師……三八二
弔纖纖夫人……三八二
詩塚歌（存目，見《續草》卷一）……三八三
康起山孝廉見示荔桃合璧三歌賦答……三八三
自製繡物奉獻味莊師並繫以詩……三八四
奉和味莊師除夕對酒元韻……三八四
呈王夢樓太守……三八五
奉和味莊師丙辰歲除平遠山房卽席韻……三八五

題汪豫堂上舍墨華閣詩……三八六
憶虞山……三八七
春夜讀味莊師賜詩得四絕……三八七
步湘帆舅氏海棠詩元韻……三八七
接翁大人手書感賦……三八八
味莊師重赴劉河將先期枉過脩書辭
　謝擬於明日進謁師於四鼓遄發矣
　賦詩誌謝……三八八
　附　和韻……李廷敬　三八九
接味莊師婁江工次和詩疊韻奉答……三八九
奉和隨園師重宴鹿鳴十絕句……三九〇
奉和隨園師重宴瓊林十絕句……三九〇
題美人抱琴圖……三九一
秋海棠和韻……三九二
題桐陰美人圖……三九二
奉懷隨園師……三九三
次韻奉答張午橋太史……三九三
午橋太史書來述梁溪俞友梅先生老名
　士也善飲工琴尤長於畫見扇頭拙作
　舟行十絕句激賞之至因貽素箑索詩
　且許以畫見易勉成二律技愧雕蟲情
　同引玉望先生有以教之也……三九四
題湘帆舅氏金川瑣記（存目，見《續草》
　卷二）……三九四
丁巳孟夏謁見味莊師承示近集並賜
　佳宴恭賦五百言用展謝忱……三九四
次王梅卿女士韻……三九六
次韻酬梅卿夫人見贈之作……三九六
題陳竹士茂才虎山尋夢圖……三九六
呈心芝夫人……三九七
謝隨園師賜銘硯玉筆架……三九七
題康起山孝廉憶西湖詩草……三九八
隨園師賜詩扇一柄扇有真來公子畫蘭
　賦詩誌謝……三九九

送湘帆舅氏北上……三九九
雨夜奉懷梅卿夫人……四〇〇
題陳竹士茂才詩集……四〇〇
題梅卿夫人詩集……四〇一
題虎山圖後竹士茂才以四絕賦謝次韻奉答……四〇一
心芝夫人五日招同梅卿香卿宴也是園味莊師賦四絕句步韻……四〇二
疊前韻……四〇二
味莊師賜唐賢三昧集口占二絕……四〇三
味莊師寄來梁溪俞友梅先生見寄詩畫扇並賜書云先生工書善畫嘗於張午橋太史扇頭見儀琴川道中十絕句擬就詩意寫作長卷共爲題詠以垂佳話此扇其縮本也竊念詩不足道而得借名畫以傳誠爲厚幸爰賦小詩四章聊以報謝並祈有以教之……四〇三
題美人倚梅便面……四〇四
和隨園師謝繡重宴鹿鳴瓊林二十絕句韻……四〇四
附 原作……袁 枚 四〇五
酬梅卿夫人……四〇五
又七律一首……四〇六
題袁蘭村公子秋夢樓詞……四〇六
和家大人作……四〇六
附 原作……歸朝煦 四〇七
接梅卿夫人見懷詩酬韻……四〇七
病中卽事……四〇七
西風索寞靜夜迢遙檢篋中味莊師賜書筆花豔豔墨光瑩瑩挑鐙三復感賦一章……四〇八
題女郎海棠便面……四〇八
題香卿夫人倚檻觀荷圖……四〇九
秋夜偶成呈味莊師……四〇九

送梅卿夫人歸吳…… 四一〇
閏六月六日心芝夫人再招遊也是園作…… 四一〇
題龔素山茂才補悼亡詩…… 四一一
題淩四香文學詩草…… 四一一
古詩六章爲張烈婦王氏作…… 四一二
題鼻烟壺袋…… 四一三
題嵇天眉公子藏文衡山江南春畫卷…… 四一三
挽隨園師…… 四一四
題邵夢餘先生歷朝名媛雜詠…… 四一四
沙裏鉤十六韻…… 四一四
題大士像壽心芝夫人…… 四一五
題山館停雲圖…… 四一五
壽周母葉太孺人七十…… 四一六
奉寄梁溪俞友梅先生…… 四一六
雨夜…… 四一七
春晴…… 四一七
譙國世嫂命題牕前玉蘭賦贈二絕…… 四一七
清明前三日展墓有期愴然有作…… 四一八
春日遊豫園有懷梅卿夫人…… 四一八
次沈止篘上舍題集韻奉謝…… 四一八
日暮偶吟…… 四一九
口占…… 四一九
幽牕書感…… 四一九
立夏前一日偕外遊也是園蒙味莊師
賜詩步韻奉謝…… 四二〇
附 原韻…… 李廷敬 四二〇
晚春和韻…… 四二〇
題先太僕公大全集後…… 四二一
題廖織雲夫人桂庭秋晚圖…… 四二二
遊也是園聞心芝夫人將從豫園來遊
佇候不至歸蒙寵招賦詩誌謝…… 四二二
題莫愁湖畫卷六絕句…… 四二三
題綠烟夫人照…… 四二三
題明賢繡毬花詩長卷…… 四二四

劉杏垞茂才惠題拙稿書扇見貽次韻奉謝……四二四
杏垞茂才欲令女公子岫雲來問字率賦二絶奉寄妝臺……四二五
題鐵舟上人海天遊戲圖照……四二五
湯書堂茂才惠題拙稿次韻奉謝……四二五
漁婦釣歸圖……四二六
沙青岩先生藝文通覽題詞……四二六
題劉个亭上舍雙鬟侍詠圖……四二七
沙寓形茂才惠刻款章賦謝……四二七
附　題蘭皋覓句圖……袁　枚　等　四二七
跋語……頤道居士　四三一

繡餘再續草　稿本

題辭……祝德麟　等　四三五
題叢桂讀書圖……四三七
題畫梅荷……四三七
遊紅柿山莊……四三八
花事十二詠……四三八
平遠山房聽吳仕伯山人彈琴……四三九
風雨無寐枕上作（存目，見《續草》卷一）……四三九
口占……四四〇
茸城旅夜感懷（存目，見《續草》鈔本）……四四〇
長至前二日（存目，見《續草》卷一）……四四〇
謝唐采江孝廉……四四〇
題仕女圖（存目，見《續草》鈔本）……四四〇
遊華亭沈氏嘯園（存目，見《續草》卷一）……四四一
遊沈氏古倪園（存目，見《續草》卷一）……四四一
懷雲間顧氏妹……四四一
憶古倪園用前韻……四四一
寒夜書懷再用前韻（存目，見《續草》鈔本）……四四二
題畫（存目，見《續草》卷一）……四四二

祝止堂侍御賜示悅親樓詩集題後（存目，見《續草》卷一）……四四二
五色蝴蝶和韻（存目，見《續草》卷五）……四四二
題孫子瀟孝廉把酒祝東風種出雙紅豆圖（存目，見《續草》卷一）……四四二
後花事十二詠……四四三
雨夜感悼（存目，見《續草》卷一）……四四四
卽事述懷（存目，見《續草》卷一）……四四四
和梅卿夫人寄懷韻……四四四
題小立滿身花影圖（共六首，兩首見《續草》卷一）……四四四
題陳寶月夫人詩畫便面（存目，見《續草》卷二）……四四五
題畫扇（存目，見《續草》鈔本）……四四五
吳竹橋太史賜題拙稿次韻誌謝（存目，見《續草》卷一。《續草》吳氏刪原作）……四四五
附　原作……吳蔚光　四四五
題張蘊山女史晚香樓詞……四四六
題畫（存目，見《續草》卷一）……四四六
題席韻芬夫人拈花小影……四四六
題孫子瀟孝廉天真閣詩集卽次惠題拙稿韻（存目，見《續草》卷一）……四四七
題海虞吳定生女史飲冰集（存目，見《續草》卷一）……四四七
逸園卽事（存目，見《續草》卷一）……四四七
留別竹橋丈……四四七
虞山歸棹奉懷兩大人（存目，見《續草》卷一）……四四八
晚泊（存目，見《續草》卷一）……四四八
渡口守潮遇雨（存目，見一卷本《續草》）……四四八
寄閨友（存目，見《續草》鈔本）……四四八
高陽夫人招賞牡丹賦贈（存目，見《續草》鈔本）……四四八
送春四首（存目，見《續草》鈔本）……四四九
悼雀次何春渚丈韻（存目，見《續草》鈔本）……四四九

題戴蘭英夫人秋鐙課子圖（存目，見《續草》鈔本）……四四九
平遠山房消夏八詠（存目，見《續草》卷二）……四四九
懷蘋江弟卻寄……四四九
贈何春渚徵君（存目，見《續草》卷一。《續草》未收和作）……四五〇
附 和作……何 淇 四五〇
感懷（存目，見《續草》卷一）……四五〇
題美人舞劍圖（存目，見《續草》卷一）……四五一
題美人折柳圖（存目，見《續草》卷一）……四五一
紅線圖（存目，見《續草》卷一）……四五一
初秋述懷（存目，見《續草》卷一）……四五一
題馮實庵給諫種竹圖（存目，見《續草》卷二）……四五一
贈錢香卿夫人兼謝香茗蘭烟之惠（存目，見《續草》卷一）……四五二
張筠如夫人爲其郎君喬香岑茂才畫鴛鴦（存目，見《續草》卷一）……四五二
團扇屬題（存目，見《續草》卷一）……四五二
題李松潭農部觀姬人繡詩圖（存目，見《續草》卷一）……四五二
次劉芙初孝廉見贈韻……四五二
題李松潭農部探梅圖照（存目，見《續草》鈔本）……四五三
爲方式亭大令題月波夫人小影（存目，見《續草》卷一）……四五三
畫蘭（存目，見《續草》卷一）……四五三
閒居（存目，見《續草》卷一）……四五三
蜂（存目，見《續草》稿本）……四五四
小樓（存目，見《續草》稿本）……四五四
春晝（存目，見《續草》卷一）……四五四
霞莊十兄見示柳影舊什疊韻奉答（存目，見《續草》卷一）……四五四
晚眺（存目，見《續草》卷一）……四五四

題玉橋五兄宛陵遊草……………四五五
戲贈二妹（存目，見《續草》卷一）……四五五
贈三妹（存目，見《續草》卷一）……四五五
爲次女作（存目，見《續草》卷一）……四五六
再寄素卿三姑……………………四五六
舟行雜詠（存目，見《續草》卷一）……四五六
寄董九妹………………………四五六
病況……………………………四五七
新葺小齋作（存目，見《續草》卷一）……四五七
聽雨（存目，見《續草》卷一）……四五七
病起（存目，見《續草》卷一）……四五七
又（存目，見《續草》卷一）……四五八
題李湘帆母舅金川瑣記後（存目，見《續草》卷一）……………四五八
詩塚歌（存目，見《續草》卷一）……四五八
讀唐宋六家詩（存目，見《續草》卷一）……四五八

繡餘三續草 稿本

題李是庵女史水墨花鳥卷（存目，見《續草》卷二）………………四五九
趙甌北先生賜詩次韻卻寄（存目，見《續草》卷二）………………四五九
對雪和韻（存目，見《續草》鈔本）……四五九
夜坐用前韻（存目，見《續草》鈔本）……四五九
屠子垣茂才見示和韻對雪詩卽次其韻（存目，見《續草》卷二）……四六〇
胥燕亭大令亦以和韻詩見示用前韻答之（存目，見《續草》卷二）……四六〇
花朝三用前韻（存目，見《續草》卷二）……四六〇
祝簡田太史見和六用尖字韻奉酬……四六一
簡田太史小飲草堂疊韻惠贈七用尖字韻………………四六一
題廖織雲夫人芙蓉秋水圖（存目，見《續草》卷二）………………四六一

題錢師竹廣文深林月照圖（存目，見《續草》卷二）…… 四六二
同織雲夫人賞荷索詩口占（存目，見《續草》卷二）…… 四六二
追挽莊磐山夫人（存目，見《續草》卷二）…… 四六二
題沈海門茂才孑立圖 …… 四六二
恭和家嚴大人自壽原韻（存目，見《續草》卷二）…… 四六二
吾園遲織雲夫人（存目，見《續草》卷二、《近草》）…… 四六三
新秋（存目，見《續草》卷二、《近草》）…… 四六三
懷吳竹橋丈卽次前唱和原韻（存目，見《續草》卷二）…… 四六三
詠庭中瓔珞柏呈家大人（存目，見《續草》卷二、《近草》）…… 四六三
老少年（存目，見《續草》卷二、《近草》）…… 四六三
逸園中秋呈家大人（存目，見《續草》卷二、《近草》）…… 四六四
帆影（存目，見《續草》卷二）…… 四六四
題畫紫藤（存目，見《續草》卷二）…… 四六四
有懷香卿夫人（存目，見《續草》卷二、《近草》）…… 四六四
賀孫子瀟太史兼贈道華夫人（存目，見《續草》卷二）…… 四六四
道華夫人用前韻送別答之（存目，見《續草》卷二、《近草》）…… 四六五
附　原作（存目，見《續草》卷二）…… 四六五
歸舟誌感仍用前韻（存目，見《續草》卷二、《近草》）…… 四六五
和碧崖丈（存目，見《續草》卷二）…… 四六五
碧崖丈見示近作和韻（存目，見《續草》卷二）…… 四六五
再用前韻答碧崖丈（存目，見《續草》卷二）…… 四六五
寒夜三用前韻（存目，見《續草》卷二、《近草》）…… 四六六

四用前韻答碧崖丈（存目，見《續草》卷二）……四六六
馮實庵給諫惠題拙稿次韻（存目，見《續草》卷二）……四六六
雪後用亭字韻簡諸閨友（存目，見《續草》卷二）……四六六
六用前韻答金罤舟茂才（存目，見《續草》卷二）……四六六
七用前韻答碧崖丈（存目，見《續草》卷二）……四六七
罤舟茂才贈詩有僮僕貧來喚不靈句愛其雅切事情因廣其意八用亭字韻（存目，見《續草》卷二、《近草》）……四六七
題美人詩意圖（存目，見《續草》卷二、《近草》）……四六七
周聽雲觀察歲除賜金誌謝（存目，見《續草》卷二）……四六七
聽雲觀察歲除賜金賦謝（存目，見《續草》卷二）……四六七
感懷（存目，見《續草》卷二、《近草》）……四六八
僕嫗輩辭去誌感（存目，見《續草》卷二、《近草》）……四六八
寄贈苕川徐秉五女史（存目，見《續草》卷二、《近草》）……四六八
題周雨蒼公子小樓春杏圖（存目，見《續草》卷二、《近草》）……四六八
題顧春洲茂才詩稿（存目，見《續草》卷二、《近草》）……四六八
憶荷（存目，見《續草》卷二、《近草》）……四六九
題虢國夫人早朝圖（存目，見《續草》卷二）……四六九
喻少蘭畫史見儀題虢國圖詩卽作圖見贈云於海棠花下爲之口占誌謝（存目，見《續草》卷二、《近草》）……四六九
立秋後二日雨和韻（存目，見《續草》卷二）……四六九

七夕和韻（存目，見《續草》卷二、《近草》）……四七〇
爲常州臧孝子禮堂作（存目，見《續草》卷二、《近草》）……四七〇
臧西成上舍見余詩泣下口占以贈……四七〇
秋牕（存目，見《續草》卷二）……四七〇
聞姜明府貽經沒於川沙感賦二律（存目，見《續草》卷二、《近草》）……四七〇
法華八景……四七一
題沈瘦生山人攜幼圖……四七一
送別李十四世兄味莊先生幼子（存目，見《續草》卷二、《近草》）……四七二
題徐香沙學博秋江觀濤圖……四七二
題錢師竹廣文望雲思親圖（存目，見《續草》卷二、《近草》）……四七二
復軒述香巖茂才近事戲成五絕簡香卿夫人……四七二
香卿夫人述香巖茂才近事戲詠五絕句仍用前韻……四七三
題姚行軒山人遊山晚歸圖……四七三
上聽雲周觀察（存目，見《續草》卷二）……四七四
丁卯元日春洲枉顧見示新詩次韻……四七四
康夫人招飲歸沈女史贈紅梅一枝戲占……四七四
宵來展玩春洲見示詩詞語淡意深愁多歡少占此奉慰（存目，見《續草》卷二）……四七五
紅梅用前韻……四七五
有懷王襟玉夫人卻寄（存目，見《續草》卷二、《近草》）……四七五
春日（存目，見《續草》卷二）……四七五
春洲過訪草堂……四七六
和香浦弟（存目，見《續草》卷二）……四七六
花朝感事和韻（存目，見《續草》卷二、《近草》）……四七六
殘菊和韻（存目，見《續草》卷二）……四七六
曉枕和韻（存目，見《續草》卷二、《近草》）……四七六
用前韻答墨仙女史……四七七

題梅花帳額……四七七
汪籍庵廣文贈詩次韻……四七七
題松陰觀瀑圖照……四七八
送織雲夫人歸茸城……四七八
答吉雲沈女史……四七九
畫梅……四七九
香卿夫人來海上匆匆遽别口占此詩……四七九
郡伯鄭玉峯世丈見示塞上吟題十絶句（存目，見《續草》卷二）……四八〇
宛山弟以哭兒詩見示賦此奉慰……四八〇
上聽雲先生（存目，見《續草》卷二）……四八〇
和沈女史……四八一
用前韻寄沈女史……四八一
殘春（存目，見《續草》卷二、《近草》）……四八一
謝沈女史贈蘭（存目，見《續草》卷二、《近草》）……四八一
柳絮……四八二
爲徐醉吟居士題拾香草（存目，見《續草》卷二）……四八二
周聽雲先生有玉關之行卻寄（存目，見《續草》卷二）……四八二
次金罣舟茂才韻……四八二
題洗硯圖（存目，見《續草》卷二、《近草》）……四八三
落花和韻（存目，見《續草》卷二）……四八三
題姚行軒文學詩集……四八三
遊東湖登弄珠樓次壁間韻（存目，見《續草》卷二）……四八四
奉寄聽雲先生塞上（存目，見《續草》卷二）……四八四

繡餘四續草　稿本

香奩四詠和韻……四八五
浣妝……四八五
臨池……四八五
玩月……四八五
折花……四八六

月英夫人舟過申江諸女伴凝妝以待雲軿之降久之芳信杳然知歸心甚切獨不念微茫烟樹中有人倚樓凝望耶猶幸明珠雙降草堂舉止周詳風神秀逸雖未把臂而瑤英風度想見一斑矣率成斷句三章以誌景仰（存目，見《續草》卷三）……四八六
書信尾寄外吳門（存目，見《續草》卷三、《五續草》、《近草》）……四八六
夜雨和餘瀾塤韻（存目，見《續草》卷三）……四八七
附　原作……□餘瀾　四八七
爲奕山題海棠幀……四八七
殘春聽雨和韻……四八七
徐香沙學博以遷居詩見示次韻……四八八
復軒將攜家往吳門古愚雲賡奕山餞別李氏吾園有賦……四八八
簡田先生示苦雨詩次韻……四八九
贈吳江夫人……四八九
寄卷勺園主人劉瑞圃居士（存目，見《續草》卷三）……四九〇
寄碧城主人（存目，見《續草》卷三）……四九〇
題洛神圖……四九〇
贈壯烈伯浙江提督李忠毅公輓詩（存目，見《續草》卷三）……四九一
贈陳古愚姻丈（存目，見《續草》卷三）……四九一
題陳小雲小碧城新草……四九一
小寓吳門連朝陰雨占此自嘲（存目，見《續草》卷三）……四九一
晚眺（存目，見《續草》卷三）……四九二
菊影和韻……四九二
贈宋浣香世嫂……四九二
曉枕（存目，見《續草》卷三）……四九二
次張掖垣太史見贈韻（存目，見《續草》卷三）……四九三
題徐節母周夫人傳後（存目，見《續草》卷三）……四九三

旅牕（存目，見《續草》卷三）……四九三
答道華夫人（存目，見《續草》卷三）……四九三
碧城夫人招飲走筆誌謝……四九三
題桐陰展卷圖（存目，見《續草》卷三）……四九四
讀聽雲山館詩集題後（存目，見《續草》卷三）……四九四
潘榕皋先生惠並蒂蘭賦謝（存目，見《續草》卷三）……四九四
葑山舟次有作（存目，見《續草》卷三）……四九五
葑山道中呈簡田先生（存目，見《續草》卷三）……四九五
葑山觀荷絕句十首（存目，見《續草》卷三）……四九五
客中遣興（存目，見《續草》卷三）……四九五
涉園雜詠（存目，見《續草》卷三）……四九五
新涼（存目，見《續草》卷三）……四九六
數帆閣晚眺（存目，見《續草》卷三）……四九六
涉園早起聞桂香喜而有作（存目，見《續草》卷三）……四九六
和尤春帆舍人遊涉園韻（存目，見《續草》卷三）……四九六
己巳中秋客居吳下次月滿樓丁卯中秋家宴韻（存目，見《續草》卷三）……四九六
雪中用尤文簡公集中入春半月未見梅花詩韻（存目，見《續草》卷三）……四九七
題查查客先生把酒問青天圖卽次其韻（存目，見《續草》卷三）……四九七
夜坐（存目，見《續草》卷三）……四九七
周聽雲先生塞上書回知儀前寄詩劄晉將軍見之歎賞命付裝池自維下里巴音得流傳萬里之外且邀鉅公識拔自幸抑自愧矣口占二絕（存目，見《續草》卷三）……四九七
題梵福樓所藏柳如是畫像（存目，見《續草》卷三）……四九七
奉題慶蕉園方伯泛月理琴圖（存目，

見《續草》卷三）……四九八
秋夜感懷寄外（存目，見《續草》卷三）……四九八
憶外（存目，見《續草》卷三）……四九八
題羣芳呈瑞圖爲張丈作（存目，見《續草》卷三）……四九八
月夜貽汪小韞夫人（存目，見《續草》卷三）……四九八
奉題韓桂舲中丞種梅圖卽次元韻（存目，見《續草》卷三）……四九九
余生書田工彈詞索詩贈之……四九九
殘臘見雪（存目，見《續草》卷三）……四九九
西風（存目，見《續草》卷三）……四九九
九日憶吉雲（存目，見《續草》卷三）……五〇〇
送秋和韻（存目，見《續草》卷三）……五〇〇
題楚中熊兩溟進士鵠山小隱詩集（存目，見《續草》卷三）……五〇〇
題顧劍峯廣文寸心樓詩集（存目，見《續草》卷三）……五〇〇
小韞夫人贈詩次韻（存目，見《續草》卷三）……五〇〇
幽棲次韻（存目，見《續草》卷三）……五〇一
端陽……五〇一
湘水吟紀夢（存目，見《續草》卷三）……五〇一
立秋日作（存目，見《續草》卷三）……五〇一
岳州孝烈靈妃廟碑書後（存目，見《續草》卷三）……五〇二
初秋用壁間韻（存目，見《續草》卷三）……五〇二
呈潘榕皋先生（存目，見《續草》卷三）……五〇二
題李紉蘭夫人茶烟煮夢圖（存目，見《續草》卷三）……五〇二
歸舟寄小韞（存目，見《續草》卷三）……五〇二
王渡阻風（存目，見《續草》卷三）……五〇三
贈宜園張夢蘭夫人……五〇三
水仙宮賞菊定脩上人索詩爲題一律……五〇三
舟泊泖湖望月（存目，見《續草》卷三）……五〇四
吳江舟阻（存目，見《續草》卷三）……五〇四

蒲髯出塞圖爲快亭郡博題（存目，見《續草》卷三）……五〇四
題趙承旨畫馬（存目，見《續草》卷三）……五〇四
老僕熊秀樸實謹慎相隨五年能效奔走之勞雖遠途亦無倦容今秋忽有懈意疑其有去志未幾疾作奄然長逝爲之泣然僕無親屬爲薄斂而瘞於葑門外酹之以酒且繫以詩（存目，見《續草》卷三）……五〇五
雪中有懷王玉芬夫人（存目，見《續草》卷三）……五〇五
題王女士靜好樓詩集（存目，見《續草》卷三）……五〇五
殘臘偶吟（存目，見《續草》卷三）……五〇五
吳印芳夫人見招出示翠筠軒詩鈔賦贈（存目，見《續草》卷三）……五〇六
聞蟬次駱丞韻（存目，見《續草》卷三）……五〇六
詠馬次工部韻（存目，見《續草》卷三）……五〇六
秋山（存目，見《續草》卷三）……五〇六
秋水（存目，見《續草》卷三）……五〇六
秋蟲（存目，見《續草》卷三）……五〇七
秋花（存目，見《續草》卷三）……五〇七
秋牕（存目，見《續草》卷三）……五〇七
秋圃（存目，見《續草》卷三）……五〇七
秋野（存目，見《續草》卷三）……五〇七
秋濤（存目，見《續草》卷三）……五〇八
秋鐘（存目，見《續草》卷三）……五〇八
秋鈴（存目，見《續草》卷三）……五〇八
示袁琴南壻（存目，見《續草》卷三）……五〇八
泛舟秦淮（存目，見《續草》卷三）……五〇八
題淵如先生六十四歲小像（存目，見《續草》卷三）……五〇九
題馬守真畫蘭（存目，見《續草》卷三）……五〇九
題薛素素畫蘭（存目，見《續草》卷三）……五〇九

遊棲霞六首（存目，見《續草》卷三）……五〇九
過莫愁湖題莫愁小影次前人韻（存目，見《續草》卷三）……五〇九
劍峯先生贈詩次韻……五一〇
題清河夫人遺挂爲虚谷司馬作（存目，見《續草》卷三）……五一〇
石琢堂先生賜示晚香樓詩集賦呈（存目，見《續草》卷三）……五一〇
次季湘娟同學見懷韻卻寄（存目，見《續草》卷三）……五一〇
有以紅樓夢傳奇畫扇者索詩……五一一
寓居葑溪鄰家李花盛開感賦（存目，見《續草》卷三）……五一一
題北郭夜吟圖（存目，見《續草》卷三）……五一一

繡餘五續草　稿本

香奩四詠和韻（存目，見《繡餘四續草》）……五一五
和姪倩劉鴻甫副車新婚……五一五
松潭世兄來海上出示近作和韻……五一六
松潭世兄見示將抵申江感懷二律和韻……五一六
和吳青士姻長題稿……五一七
籍庵世兄枉顧草堂率賦一律贈之……五一七
月英夫人舟過申江諸女伴凝妝以待雲軿之降久之芳信杳然知歸心甚切獨不念微茫烟樹中有人倚樓凝望耶猶幸明珠雛鳳雙降草堂舉止周詳風神秀逸雖未把臂而瑤英風度想見一斑矣率成斷句三章以誌景仰（存目，見《續草》卷三、《四續草》）……五一八
徐雪廬孝廉惠題拙稿次韻……五一八
次簡田先生韻……五一九
次韻贈海鹽徐德媛女史……五一九
書信尾寄外吳門（存目，見《續草》卷三、《四續草》、《近草》）……五二〇

壽恆勖沈丈……五二〇
次韓奕山茂才韻……五二一
奕山茂才畫萱蘭見貽口占二絕誌謝……五二一
疊韻答籍庵世兄……五二二
再疊前韻答籍庵……五二二
六用前韻答籍庵……五二三
再用前韻酬喬年都尉……五二三
和蓉裳寒夜元韻……五二四
冬至夜口占……五二四
松潭世兄將至吳門占此贈行……五二四
和吉雲妹元韻……五二五
次春洲閨友韻……五二五
壽韓母陳太孺人八十……五二五
次韻奕山……五二六
次韻……五二六
陳雲伯大令惠題拙稿次韻奉酬……五二七
次韻……五二八
次韻答閨友……五二九
題薔薇畫……五二九
夜雨和餘瀾壻韻（存目，見《續草》卷三、《四續草》）……五二九
附　元作（存目，見《四續草》）……□餘瀾　五三〇
爲奕山題海棠幀……五三〇
沈少田茂才見和香奩詩雪詩報以二絕……五三〇
次祝簡田先生韻……五三〇
海棠……五三一
題折柳圖用保之韻……五三一
題杜真君遺像……五三一
送玉峯太守入覲二絕……五三二
春宵雜詠……五三二
次奕山韻……五三三
暮春感懷……五三三
寄明霞女史……五三三
寄雨蒼公子……五三四

曉峯手繪衛夫人臨池圖見贈口占誌謝 …… 五三四
和奕山寄保之元韻 …… 五三四
殘春聽雨和韻 …… 五三四
和香圃殘春即事元韻 …… 五三五
次陳雲伯先生韻 …… 五三五
殘春聽雨聯吟 …… 五三六
化蝶 …… 五三七
十五夜望月口占 …… 五三七
徐香沙學博以遷居詩見示次韻（存目，見《四續草》） …… 五三七
題李松潭農部遊草 …… 五三八
送雨蒼世兄北試 …… 五三八
題木蘭畫 …… 五三九
聽雨用前韻 …… 五三九
失題 …… 五三九
復軒將攜家往吳門古愚雲賡奕山餞別吾園有賦（存目，見《四續草》） …… 五四〇
題聶雲耕茂才江村獨釣圖 …… 五四〇
上周夫人 …… 五四〇
送春塘弟北上 …… 五四一
送奕山歸里 …… 五四二
古愚兄贈高麗參賦謝 …… 五四二
簡田先生示苦雨詩次韻（存目，見《四續草》） …… 五四二
積雨經旬秀峯觀察禱晴輒霽喜而有作 …… 五四二
觀察賜和前詩疊韻二首 …… 五四三
古愚和韻答之 …… 五四三
又 …… 五四四
又 …… 五四四
附　和作 …… 陳學淦 五四四
又 …… 五四五
和澹霞韻 …… 五四五
雲伯大令枉詩問疾次答 …… 五四五
用前韻 …… 五四六

又……五四六
吳門之行因事不果口占寄諸詞媛……五四六
謝人貽花露……五四七
吳中書來聞延陵夫人見予詩獎許已甚賦謝……五四七
半樵山人悼亡以來經十五載偶與外子談及纏綿悽愴若不勝情賦贈一律……五四七
題王九峯山人培蘭種竹圖……五四八
又題藝蘭圖……五四八
口占……五四九
題梅柳村稿……五四九
枕上……五四九
題劉春農詩草……五五〇
贈吳江夫人（存目，見《四續草》）……五五〇
和也園先生韻……五五一
寄卷勺園主人劉瑞圃居士（存目，見《續草》卷三、《四續草》）……五五一
七夕謝吉雲饋巧果……五五一
次湯秋漁孝廉韻……五五二
次湯燮堂茂才韻……五五二
小西湖次韻……五五二
題周夫人觀蓮圖照……五五三
題小西湖……五五三
題洛神圖……五五四
寄碧城主人（存目，見《續草》卷三、《四續草》）……五五四
題洛神圖（存目，見《四續草》）……五五四
贈壯烈伯浙江提督李忠毅公挽詩（存目，見《續草》卷三、《四續草》）……五五四
題徐節母周夫人傳後（存目，見《續草》卷三、《四續草》）……五五四
寒夜偶成……五五五
花燭詞爲鄭伊圃五公子作……五五五
送宛山弟赴楚覲省兼懷六母舅……五五五
偶成……五五六

胭脂河分詠……五五六
和瘦人自笑韻……五五七
贈習堂……五五七
戲答吉雲……五五七
壽吉雲……五五八
贈陳古愚姻丈（存目，見《續草》卷三、《四續草》）……五五八
附　和作……陳學淦　五五八
再贈古愚……五五九
詠懷三用前韻……五五九
四用前韻贈古愚……五六〇
呈玉峯丈……五六〇
畀舟孝廉北上索詩……五六一
題羣芳呈瑞圖爲張丈作（存目，見《續草》卷三、《四續草》）……五六一
次曹澧香女史題畫詩元韻三十六首……五六一
荷花……五六一
蠶豆……五六一
棠梨……五六二
月梢梅……五六二
秋海棠……五六二
又……五六二
木芙蓉……五六二
菊……五六三
木香……五六三
白薔薇……五六三
石榴……五六三
菱……五六三
萱……五六四
又……五六四
紫沿籬豆……五六四
又……五六四
當歸花……五六四
梅花……五六五

百合……五六五
老少年……五六五
錦西風……五六五
紫藤……五六五
又……五六六
蠶桑……五六六
又……五六六
梔子花……五六六
曹澧香夫人誄詞……五六六
月夜貽汪小韞夫人（存目，見《續草》卷三、《四續草》）……五六七
玉蘭……五六七
題謝雪卿閨媛遺影……五六八
李心庵農部屬題所藏趙忠毅公詩卷……五六八
京兆畫眉圖爲余芝雲明經作……五六九
韓桂舲中丞種梅圖次韻（存目，見《續草》卷三、《四續草》）……五六九
余生書田工彈詞索詩贈之（存目，見《四續草》）……五六九
贈李夫人……五七〇
別竹素齋……五七〇
秋葵……五七一
梅花山茶……五七一
蠟梅……五七一
梅花……五七二
繡球……五七二
玫瑰……五七二
菊……五七二
茉莉……五七三
薔薇……五七三
秋桂……五七三
芙蓉……五七三
題芳蘭圖……五七四
新柳……五七四

竹素齋同月舫主人用東坡谷林堂韻……五七五
題静好樓圖卷……五七五
題泖東雙載圖卷……五七六
有人談韋蘇州祠祈夢事口占二絶……五七六
外子讀論語偶談及夷齊事有作……五七七
殘臘見雪（存目，見《續草》卷三、《四續草》）……五七七
雪後……五七七
月用太白韻……五七七
嫦娥用義山韻……五七八
梅花下憶吉雲……五七八
次喬鷺洲表姪韻……五七八
次劉鑒堂文學六十自壽韻……五七九
題徐師竹茂才蘭香入夢圖……五七九
次小韞妹韻……五七九
西風（存目，見《續草》卷三、《四續草》）……五八〇
九日……五八〇
九日憶吉雲（存目，見《續草》卷三、《四續草》）……五八〇
壽廉江明經五十……五八一
有贈……五八一
飲酒……五八二
徐夫人挽詩……五八二
次小園姪韻……五八三
送秋和韻（存目，見《續草》卷三、《四續草》）……五八四
用前韻答邵子山茂才……五八四
用玉芬女史韻贈怡園主人……五八四
怡園主人贈詩次答……五八五
玉芬夫人贈詩次韻……五八五
怡園主人餉粥口占……五八六
題美人圖二幅……五八六
病懷……五八六
題楚中熊兩溟學博鵠山小隱詩集

（存目，見《續草》卷三、《四續草》）……五八七
題顧劍峯廣文寸心樓詩集（存目，見《續草》卷三、《四續草》）……五八七
送唐陶山先生之福寧太守任……五八七
小韞夫人贈詩次韻（存目，見《續草》卷三、《四續草》）……五八七
吳曇繡先生留賞牡丹因賦……五八八
爲容海馬汶題綯雲石四律……五八八
訪石……五八八
贈石……五八九
載石……五八九
供石……五八九
送春……五九〇
題尤西堂先生耆年禊飲圖卷……五九〇
白牡丹……五九〇
牡丹和韻……五九一
和潘榕皋先生詠物四律……五九一
銀藤……五九一
薔薇……五九一
木香……五九二
長春……五九二
雨夜感懷……五九二
題程芸臺中翰知足圖……五九三
題看劍引盃圖……五九三
寶香夫人誄詞……五九三
題尤西堂先生柳陰觀釣圖……五九四
題竹嶼垂釣圖……五九四
贈錢梅溪明經……五九五
壽仁圃宋太尊六十……五九五
挽宋侍郎鎔太夫人二首……五九六
幽棲次韻（存目，見《續草》卷三、《四續草》）……五九六
端陽（存目，見《四續草》）……五九六
秋柳用洽園詩稿韻……五九七

題梅花知己圖……五九七
又題梅花知己圖……五九八
贈小韞……五九八
夢涉湘水吟（存目，見《續草》卷三、《四續草》）……五九九
立秋日作（存目，見《續草》卷三、《四續草》）……五九九
岳州孝烈靈妃廟碑書後（存目，見《續草》卷三、《四續草》）……五九九
詠柳和韻三律……五九九
征夫塞上柳……五九九
思婦樓頭柳……六〇〇
離人亭畔柳……六〇〇
庭中梅……六〇〇
水邊柳……六〇〇
端陽（本集重出，又見《四續草》）……六〇一
新葺雲怡書屋賦贈虔齋穎峯……六〇一
飛絮影……六〇一
落花聲……六〇二
聞蟬……六〇二
又落花聲……六〇二
又飛絮影……六〇三
牡丹三首……六〇三
葑草有半枯者賦此……六〇四
初秋用壁間韻（存目，見《續草》卷三、《四續草》）……六〇四
小園雜詠……六〇四
月舫臥室忽茁異草一枝爰賦……六〇五
題李紉蘭夫人茶烟煮夢圖（存目，見《續草》卷三、《四續草》）……六〇五
周雨蒼公子花燭詞……六〇五
重九和韻……六〇六
呈榕皋先生（存目，見《續草》卷三、《四續草》）……六〇六
贈王綺思夫人四絕……六〇六

歸舟寄小韞（共六首，其五已見《續草》卷三、《四續草》）……六〇七
王渡阻風（存目，見《續草》卷三、《四續草》）……六〇七
題李心庵農部集……六〇八
贈宜園張夢蘭夫人（共兩首。存目，見《四續草》，其一又見《續草》卷三）……六〇八
賞菊……六〇八
水仙宮賞菊定脩上人索詩爲題一律（存目，見《四續草》）……六〇九
題畫八絕（存目，見一卷本《續草》）……六〇九
祝氏七妹于歸詩以賀之……六〇九
祝朱夫人二十初度……六一〇
題花壽圖……六一〇
宜園賞菊……六一一
題吟詩月滿樓四絕……六一一
舟行口占……六一二
舟泊泖湖望月（存目，見《續草》卷三、《四續草》）……六一二
吳江舟阻（存目，見《續草》卷三、《四續草》）……六一二
賈生……六一二
蒲髯出塞圖爲快亭郡博題（存目，見《續草》卷三、《四續草》）……六一三
曉枕……六一三
趙承旨畫馬（存目，見《續草》卷三、《四續草》）……六一三
初臘見雪……六一三
對雪懷小韞……六一四
老僕熊秀樸實謹慎相隨五年能效奔走之勞雖遠途亦無倦容今秋忽有懈意疑其有去志未幾疾作奄然長逝爲之泣然僕無親屬爲薄歛而瘞於葑門外酹之以酒且繫以詩（存目，見《續草》卷三、《四續草》）……六一四
雪中有懷玉芬夫人（存目，見《續草》卷三、

《四續草》）……六一四
雪夜口占四絕……六一五
題王女士靜好樓詩集（存目，見《續草》卷三、《四續草》）……六一五
殘臘偶吟（存目，見《續草》卷三、《四續草》）……六一五
初春……六一六
和榕皋先生重遊泮宮詩次韻……六一六
華真人廟……六一七
武侯……六一八
屈子……六一八
鐙花……六一八
屈子……六一九
題畫……六一九
又……六二〇
菩薩鬘次玉芬韻……六二〇
題竹石便面爲石懷谷公子……六二〇
題金釵沽酒圖爲姚珊濱茂才……六二一
雨夜偶成……六二一
張姬贈藤鐲一枚忽失之悵然有作……六二一
師竹和余聽雨詩再用前韻答之……六二二
師竹湖上尋詩圖……六二二
贈吳印芳夫人……六二二
賈生……六二三
題女士畫蓮花……六二四
呈廖敏軒夫人補……六二四
題畫……六二五
賀小韞得子……六二五
吳印芳夫人見招出示翠筠軒詩鈔賦贈（存目，見《續草》卷三）……六二六
印芳夫人以蔡夫人贈詩見示次韻……六二六
汪勖齋丈屬題桐陰仕女小影……六二六
題某文學照……六二七
詠松……六二七

詠梅……六二八
茉莉……六二八
夜來香……六二八
致吳印芳夫人書……六二九
七夕和韻……六二九
旅牕和韻……六三〇

詞

長相思（紅蓮開）……六三〇
南歌子題漁笛圖……六三一
蘇幕遮和海鹽張女史步萱韻……六三一
又……六三二
又……六三二
大江東去題四時行樂圖……六三二
南歌子題撲蝶圖……六三三
百字令（一枝健筆太淩空）……六三三
前調（七襄雲錦遠傳來）……六三四
前調（六如陳跡又重新）……六三四
長相思（香韻清）……六三四
柳梢青題美人香草圖……六三五
前調題美人倦妝圖……六三五
念奴嬌題倚竹圖……六三五
沁園春花朝後三日述懷……六三六
清平樂（倦來難寐）……六三六
前調（詩人少睡）……六三七
柳梢青（綠錦張天）……六三七
百字令上簡田先生……六三七
金縷曲次韻題補裘圖……六三八
大江東去題文山公子養花圖……六三八
前調題二喬喜子圖……六三九
答韓奕山茂才調寄大江東去……六四〇
即事調寄清平樂……六四〇

書

答周聽雲先生書……六四〇
上李松雲先生書……六四二

答馮實庵先生書……六四三
致陳雲伯大令書……六四三
致許香巖太史書……六四四
上秀峯先生書……六四五
致吉雲女史書……六四五
致雨蒼公子書……六四六
致少田先生書……六四六
答奕山先生書……六四七
上祝簡田先生書……六四七
致蘇九賢媛……六四八
致陳雲伯大令書……六四八
致陳古愚書……六四九

繡餘餘草　附　尺牘、詩餘　鈔本

陶澍序（存目，已見五卷本《續草》前）……六五三
陳鑾序（存目，已見五卷本《續草》前）……六五三
臘梅……六五五
庚辰九日次三松老人韻（存目，見《續草》卷四）……六五五
秋日感懷仍用前韻……六五六
題錢端谷居士畫蘭……六五六
爲楊七舅母作次三松老人韻……六五七
題顧母富太孺人遺照……六五七
宋母張太孺人挽詩……六五七
雨牕（存目，見《續草》卷四）……六五八
吳門寄懷淑齋師海上（存目，見《續草》卷四）……六五八
代簡寄定庵居士吉雲夫人（存目，見《續草》卷四）……六五八
客中雨夜無寐寄小韞（存目，見《續草》卷四）……六五八
吳宮（存目，見《續草》卷四）……六五八
七姬祠（存目，見《續草》卷四）……六五九
三高祠（存目，見《續草》卷四）……六五九
又詠范少伯（存目，見《續草》卷四）……六五九

梅（存目，見《續草》卷四）……六五九
蘭（存目，見《續草》卷四）……六五九
竹（存目，見《續草》卷四）……六六〇
菊（存目，見《續草》卷四）……六六〇
杏（存目，見《續草》卷四）……六六〇
繡球（存目，見《續草》卷四）……六六〇
白牡丹（存目，見《續草》卷四）……六六〇
春暮偶成（存目，見《續草》卷四）……六六一
寄琴川季湘娟同學（存目，見《續草》卷四）……六六一
題仕女圖寄楚中岫雲女士……六六一
劉杏垞明經楚中貽詩次韻……六六一
寄題武昌小滄浪館四絕（存目，見《續草》卷四）……六六二
次杏垞題小滄浪亭七律原韻（存目，見《續草》卷四）……六六二
病中口占有贈（存目，見《續草》卷四）……六六二
定庵過訪談詩見贈次韻二律（存目，見《續草》卷四）……六六二
王烈女詩（存目，見《續草》卷四）……六六二
題枝園感舊圖（存目，見《續草》卷四）……六六三
讀七姬碑志題後（存目，見《續草》卷四）……六六三
題再生緣傳奇（存目，見《續草》卷四）……六六三
詠螢和韻……六六三
贈嚴太君……六六四
爲江韜庵明經題蓮花小影（存目，見《續草》卷四）……六六四
題明妃出塞圖……六六四
秋花次韻（存目，見《續草》卷四）……六六五
秋河次韻（存目，見《續草》卷四）……六六五
題畫（存目，見《續草》卷四）……六六五
美人風箏……六六五
七夕次閨友韻……六六六
歲暮訪怡園次壁間韻贈怡庵主人（存目，

見《續草》卷四）……六六六
用前韻贈玉芬夫人（存目，見《續草》卷四）……六六六
石門道中（存目，見《續草》卷四）……六六六
挽祝簡田先生……六六七
舟過海昌哭簡田先生……六六七
紀夢（存目，見《續草》卷四）……六六七
題周夫人荷淨納涼圖照（存目，見《續草》卷四）……六六八
寓巢園主人有平湖之行忽憶嘉慶丁卯偕海上沈吉雲女士同舟往訪東湖夜半余已熟寐而吉雲朗吟二語云輝煌鐙燭照花眠今夕渾疑欲上天余夢中驚醒續云夢醒不知江月墮濤聲飛到枕函邊翌日微雨篷牕共眺吉雲吟句云云辛苦篙人蓑笠肩濛濛細雨滿江天余又續云與卿好比成行雁雙宿蘆花淺水邊於是同登弄珠樓次壁間樓字韻詩時簡田先生適至亦有和章冉冉已十載矣先生近歸道山而吉雲亦早下世感而有作仍用前韻吉雲詩才敏妙遠出余上小楷雅有董香光風格其年尚未三旬蘭摧玉折可慨也夫（存目，見《續草》卷四）……六六八
女生徒以扇頭蟋蟀索題爲題二絶（存目，見《續草》卷四）……六六九
詠貓（存目，見《續草》卷四）……六六九
雨夜述懷（存目，見《續草》卷四）……六六九
花朝泛舟西湖遊淨慈聖因諸寺（存目，見《續草》卷四）……六六九
偕月波馮媛同遊松顛閣有贈（存目，見《續草》卷四）……六六九
遊理安寺香泉上人出冊索詩卽次元韻（存目，見《續草》卷四）……六七〇
汪劍秋茂才以扇索題次韻……六七〇
屠琴隖太守屬題潛園吟社圖（存目，見《續草》卷四）……六七〇

海棠（存目，見《續草》卷四）……六七一
虞美人花（存目，見《續草》卷四）……六七一
孤山道中（存目，見《續草》卷四）……六七一
岳墓（存目，見《續草》卷四）……六七一
謁岳忠武祠恭和仁宗皇帝御製詩韻（存目，見《續草》卷四）……六七一
雪後天竺道中（存目，見《續草》卷四）……六七二
贈喬妹仙夫人（存目，見《續草》卷四）……六七二
題朱檢之明經萬花叢裏讀書圖……六七二
吳門喬八妹書來言及江西歐陽君堅賦詩八絕以歸佩珊人說女仙才八字分冠其首口占誌之（存目，見《續草》卷四）……六七二
次外見懷韻（附原作）（存目，見《續草》卷四）……六七三
紅雨樓觀桃有懷舊侶（存目，見《續草》卷四）……六七三
十憶詩寄圭齋夫人江右（存目，見《續草》卷四）……六七三
春日病中懷圭齋妹（存目，見《續草》卷四）……六七三
寄懷牧祥妹浙中（存目，見《續草》卷四）……六七四
贈潁川夫人（存目，見《續草》卷四）……六七四
枕上偶成（存目，見《續草》卷四）……六七四
觀察潘吾亭先生賜和鄙詞仍用前韻申謝……六七四
附　觀察和作……潘恭常　六七五
許玉年孝廉見和拙作再用前韻奉答（存目，見《續草》卷四）……六七五
附　和作……許乃穀　六七五
郡伯陳芝楣先生賜和鄙詞再用前韻申謝……六七六
附　郡伯和作……陳鑾　六七六
郡伯疊和四章再用前韻申謝……六七七
附　郡伯和作……陳鑾　六七七
芝楣郡伯三賜和章疊韻奉答……六七八
附　郡伯和韻……陳鑾　六七八

燦霞寄女以和詩來仍用前韻作答（附和作）（存目，見《續草》卷四）……六七八
詠雪用前韻（存目，見《續草》卷四）……六七九
吾亭先生權臬蘇臺適檢篋中賜詩舊稿已歲瑄兩遷矣感而有作仍用前韻（存目，見《續草》卷四）……六七九
白薔薇花（存目，見《續草》卷四）……六七九
題疁城黃紉蘭女史詩卷（存目，見《續草》卷四）……六七九
答家心庵農部次韻（存目，見《續草》卷四）……六七九
再答心庵（存目，見《續草》卷四）……六八〇
圭齋仁妹夫人具林下高風擅閨中詠絮情同膠漆誼等連枝別經兩載夢想爲勞離緒如絲亂愁若絮爰繪折柳圖以贈並繫以詩（存目，見《續草》卷四）……六八〇
題餘生閣集（存目，見《續草》卷四）……六八〇
贈許玉年孝廉（存目，見《續草》卷四）……六八〇
題玉年孝廉室比玉徐夫人手繪遺冊（存目，見《續草》卷四）……六八〇
閨中銷夏詞十首（存目，見《續草》卷四）……六八一
題吳蘋香夫人飲酒讀騷圖（存目，見《續草》卷四）……六八一
題蒙城張雲裳女士錦槎軒詩稿（存目，見《續草》卷四）……六八一
文山司馬書來述尊閫朱夫人刲股事敬賦……六八一
晚春（存目，見《續草》卷四）……六八二
題葉覺軒山人琵琶聯吟冊次韻（存目，見《續草》卷四）……六八二
新秋述懷（存目，見《續草》卷四）……六八二
玲瓏山館冊題詞爲葛秋生明經賦（存目，見《續草》卷四）……六八二
金補之大令官豫州留別同人外子次韻同作（存目，見《續草》卷五）……六八二
題陳寄磻丈百甓齋……六八三

七夕有懷圭齋妹……六八三
張氏外孫桐遠寄牕課見其文筆清新
綽有成人榘度口占八十字答之
（存目，見《續草》卷五）……六八三
寄長女寶珠楚中（存目，見《續草》卷五）……六八三
爲鄭稼秋司馬題母夫人曹太淑人摯
孝圖（存目，見《續草》卷五）……六八四
題太原女士倚樓人在月明中圖照（存目，
見《續草》卷五）……六八四
題梅花雙美圖……六八四
丙戌臘月二十五日先慈太恭人忌辰
感賦（存目，見《續草》卷五）……六八四
次韻答吳怡庵廣文（存目，見《續草》
卷五）……六八五
丁亥三月二日外子生辰適赴繁昌詩
以寄懷（存目，見《續草》卷五）……六八五
洞庭葉漁莊居士過訪草堂出扇索詩
賦此應之……六八五
敬題守拙老人遺照……六八六
題趙夫人照……六八六
題美人脩竹圖（存目，見《續草》卷五）……六八六
梁茝林方伯賜示藤花吟館詩集卽用
集中留別山左吏民詩韻奉題……六八七
題茝林方伯東南棠蔭圖卷再用前韻……六八七
爲茝林方伯題重脩滄浪亭冊（存目，
見《續草》卷五）……六八八
題汪海門蜀棧圖（存目，見《續草》卷五）……六八八
一病（存目，見《續草》卷五）……六八八
春朝閨友見訪有作（存目，見《續草》
卷五）……六八九
歲暮雜詠（存目，見《續草》卷五）……六八九
許淞漁明經枉和鄙章再用前韻酬之
（存目，見《續草》卷五）……六八九
李碧山邑侯賜題蘭皋覓句圖次韻奉酬……六八九
陳拙任山人見示詩集有贈……六九〇
范愛吾茂才以青梅見餉賦贈……六九〇

壽陶雲汀中丞五十初度卽用集中丙戌
十一月三十日遊焦山用借廬上人韻
自壽八律元韻（存目，見《續草》卷五）……六九一
臥病三月辱香輪吳夫人過訪口占以贈
（存目，見《續草》卷五）……六九一
讀韻樓學吟稿題辭（存目，見《續草》
卷五）……六九一
示次女慧珠（存目，見《續草》卷五）……六九一
題沈種榆夫人寒鐙課子圖……六九二
雲汀中丞見儀詩句宏奬有加並欲延
課女公子猥以抱恙未赴謹賦小章
呈謝（存目，見《續草》卷五）……六九二
次雲汀中丞吾園觀鐙紀事八首元韻
（存目，見《續草》卷五）……六九二
奉題雲汀中丞皖城大觀圖照次韻
（存目，見《續草》卷五）……六九二
又次自題七絕元韻（存目，見《續草》
卷五）……六九三
奉題雲汀中丞采石登樓圖照次韻
（存目，見《續草》卷五）……六九三
陳梅岑先生倉山高弟今日巋然爲魯
靈光蒙題倚竹小影敬賦五言二律
申謝（存目，見《續草》卷五）……六九三
贈淡筠張夫人（存目，見《續草》卷五）……六九三
胡眉亭山人以移居映水樓詩見示次韻
（存目，見《續草》卷五）……六九三
題程母戴節婦傳後（存目，見《續草》
卷五）……六九四
題周夫人遺照……六九四
奉次芝楣先生上巳前一日南園卽事詩
元韻（存目，見《續草》卷五）……六九四
南園重建魁星閣遙題一律……六九四
又　敬題一聯……六九五
題顏崑谷別駕江邨垂釣圖照（存目，
見《續草》卷五）……六九五
范今雨明府枉過草堂荷題倚竹小影

次韻（存目，見《續草》卷五）……六九五
眉亭山人以詩訊疾次韻……六九五
用韻有懷圭齋……六九六
寄呈芝楣先生吳門……六九六
附　繡餘尺牘
寄映黎四叔父書……六九七
答曹夫人書……六九八
寄華山弟書……六九八
致何春渚徵君書……六九九
答香卿夫人書……六九九
復胥燕亭大令書……七〇〇
復吳星槎別駕書……七〇〇
附　來書……吳　河……七〇一
致瑤華夫人……七〇二
致香卿夫人書……七〇二
復陸藕房明府……七〇三
致萬廉山大令書……七〇三
再致何春渚徵君書……七〇四
再致胥燕亭大令書……七〇四
致張筠如夫人書……七〇五
致味莊先生書……七〇五
致心芝夫人書……七〇六
上家大人書……七〇六
復味莊先生書……七〇六
附　來書……李廷敬……七〇七
致道華夫人書……七〇七
上康合河方伯書……七〇八
復味莊先生慰問殤女書……七〇八
復沈吉雲女史書……七〇九
上周聽雲先生書……七〇九
又（存目，見《五續草》）……七一〇
附　繡餘詩餘
壺中天重陽前三日雨牕偶成用小湖田樂府韻（存目，見《續草》鈔本）……七一一

前調味莊先生枉和前調疊韻申謝……七一一
附　元作……李廷敬　七一一
前調味莊先生再賜和章三用前韻……七一二
附　元作……李廷敬　七一二
前調題二喬喜子圖（存目，見《五續草》）……七一二
前調題惜花圖……七一三
金縷曲次韻題傳奇補裘圖（存目，見《五續草》）……七一三
探春令花朝和韻……七一三
前調憶幼女吳門（存目，見《聽雪詞》）……七一三
前調答閨友……七一四
前調（日長人倦怯春寒）……七一四
前調答施夫人……七一四
前調閨友以畫易詩有贈……七一五
唐多令題雙美圖……七一五
前調（幾度喚真真）……七一六
前調（烟雨太空濛）……七一六
南歌子題漁笛圖（存目，見《五續草》）……七一六
前調題撲蝶圖（存目，見《五續草》）……七一六
百字令題四時行樂圖（存目，見《五續草》）……七一七
長相思題畫（存目，見《五續草》）……七一七
柳梢青題香草美人圖（存目，見《五續草》）……七一七
前調題倦妝圖（存目，見《五續草》）……七一七
百字令呈祝簡田先生（存目，見《五續草》）……七一七
前調題倚竹圖（存目，見《五續草》）……七一八
前調答陳古愚姻丈仍用前韻……七一八
如夢令題美人玩貓圖……七一八
長相思題柳陰聽鶯圖……七一八
蘇幕遮和海鹽張步萱女史韻（存目，見《五續草》）……七一九
又（存目，見《五續草》）……七一九
又（存目，見《五續草》）……七一九
長相思（怕春寒）……七一九
憶秦娥（清宵雨）……七二〇

卷珠簾悼四女兼憶次女……七二〇
壺中天送織雲歸葺城仍用前韻……七二〇
又用前韻答沈瘦生明經……七二一
又用前韻送錢師竹丈歸雲間……七二一
又用前韻題黄西堂明經秋容淡照圖……七二一
長相思贈筠卿夫人……七二二
如夢令謝沈吉雲女史贈梅……七二二
踏莎行次顧春洲茂才韻……七二二
百字令病起卽事（存目，見《聽雪詞》）……七二三
又（存目，見《續草》鈔本）……七二三
清平樂（存目，見《續草》鈔本）……七二三
又（存目，見《續草》鈔本）……七二三
沁園春題郡伯鄭玉峯先生平戎歌後……七二三
踏莎行題姚行軒山人詞卷……七二四
前調題谷巨川文學柳陰垂釣圖……七二四
如夢令題扇……七二四
摸魚兒題榕臯先生桐江秋泛圖卷……七二五
柳梢青題潯陽送客圖……七二五
鳳皇臺上憶吹簫題唐陶山刺史鬢絲禪榻圖（存目，見《聽雪詞》）……七二五
聲聲慢……七二六
踏莎行春暮次語花女史二闋……七二六
買陂塘葑山觀荷（存目，見《聽雪詞》）……七二六
步蟾宫題桐江雪櫂圖……七二七
壺中天題湖樓秋思圖……七二七
水龍吟題延翠閣主人遺影（存目，見《聽雪詞》）……七二七
百字令題金瑤岡侍讀百二十本梅花書屋照……七二八
一斛珠送春（存目，見《聽雪詞》）……七二八
前調送張霞城夫人……七二八
長相思（存目，見《五續草》）……七二八
鳳皇臺上憶吹簫次韻答玉芬夫人……七二九
長相思（長相思）（鷄成行）……七二九
五綵結同心和汪籍庵廣文詠繡盒韻……七二九

大江東去用東坡韻題舒鐵雲孝廉湘雪吹簫譜 …… 七三〇
前調題文山公子養花圖（存目，見《五續草》）…… 七三〇
燭影搖紅和沈女史菊影元韻 …… 七三〇
沁園春題花簾填詞圖 …… 七三一
雙紅豆（酒乍醒）…… 七三一
又（夜悠悠）…… 七三一
虞美人題畫 …… 七三二
百字令龔定庵公子惠題拙集次韻作答 …… 七三二
附　原作 …… 龔自珍 七三三
賀新涼奉和淑齋師賜題拙集元韻 …… 七三三
附　原作 …… 段　馴 七三四
金縷曲奉次淑齋師懷金沙舊居作韻 …… 七三四
附　原作 …… 段　馴 七三四
前調奉次淑齋師湘江夜泊作韻 …… 七三五
附　原作 …… 段　馴 七三五
前調奉次淑齋師月夜聞笛作韻 …… 七三六
附　原作 …… 段　馴 七三六
前調次圭齋妹韻 …… 七三六
附　原作 …… 龔自璋 七三七
清平樂聽雨次圭齋妹韻（存目，見《聽雪詞》）…… 七三七
金縷曲新涼呈淑齋師（存目，見《聽雪詞》）…… 七三七
沁園春題雙梅索笑圖 …… 七三八
柳梢青題曼雲女士照 …… 七三八
浪淘沙題紅牆一角卷子 …… 七三八
摸魚兒題許玉年孝廉孤山補梅圖即次其韻 …… 七三九
壺中天（秦時明月）…… 七四〇
滿江紅玉年孝廉自京中遙寄新詞次韻作答 …… 七四〇
前調聽雨用前韻 …… 七四一
沁園春題媚川妹湖石尋詩圖 …… 七四一
壺中天簡寄龔蓉湫丈 …… 七四二
前調陶雲汀中丞枉賜詩序呈謝 …… 七四二
前調奉題雲汀中丞皖城大觀圖照 …… 七四三
沁園春奉題雲汀中丞采石登樓圖照 …… 七四三
前調呈芝楣先生 …… 七四三

金縷曲（仙露娟娟墮）……七四四
前調用前韻送芝楣先生返任蘇臺……七四四
前調寄文山夫人都中……七四五
前調三用前韻爲芝楣先生題雲裳女士梅花卷子……七四五
前調四用前韻寄呈芝楣先生……七四六

繡餘近草 稿本

序……洪亮吉 七四九
題辭……許兆桂 等 七五〇
虢國夫人早朝圖……七五三
喻少蘭供奉見儀前詩卽作圖見贈云
於海棠花下爲之口占誌謝……七五三
題李是庵女史水墨花鳥卷……七五四
詠庭中瓔珞柏呈家大人……七五四
恭和家大人詠桂元韻……七五五
三醉芙蓉……七五六
老少年……七五六
和小真姪韻……七五七
逸園中秋呈家大人……七五七
和毛壽君山人潭州春興元韻……七五八
秋牕……七五九
有懷香卿夫人……七五九
答道華夫人送別元韻……七五九
歸舟誌感仍用原韻……七六〇
金畢舟茂才偕其配雲娥夫人次韻並題
拙稿三用前韻……七六〇
柬春渚徵君……七六一
題秋山逸興圖……七六一
題美人詩意圖……七六二
題淡巴菰圖……七六二
題墨梅……七六三
對雪用聚星堂韻……七六三
卽事三首……七六四
寄懷織雲夫人……七六四

第四女殤畢舟茂才雲娥夫人俱以詩慰
奉酬……七六五
和趙霞府表弟扇頭韻……七六五
用前韻奉懷趙氏姨母……七六五
少蘭供奉繪玉燕重投圖見貽口占二絕……七六六
梅卿夫人遠貽墨梅繫以二絕次韻答之……七六六
鳳仙……七六六
憶荷用前韻……七六七
題秋夜讀書圖……七六七
題江山夜月圖……七六七
第四女殤後填詞二闋誌哀同儕歎賞
口占……七六八
憶荷三用前韻時女殤將二旬矣……七六八
次碧厓丈韻……七六八
附　原作……祝悅霖　七六八
彩霞二妹饋餅口占……七六九
新秋和韻……七六九
立秋後二日雨和韻……七六九
織雲夫人和韻見寄再用前韻答之……七七〇
七夕和韻……七七〇
又……七七一
爲常州臧孝子禮堂作……七七三
題徐二卯上舍桃花夢影圖……七七三
桃花夢影圖題句有今生不若重爲女
強似王孫乞食多語讀之有感復得
一絕……七七四
秋憁……七七四
聞姜明府貽經沒於川沙感賦二律……七七四
爲子吉夫人題蕚綠梅扇……七七五
題汪紫珊太守碧梧山館圖……七七五
送別李十四兄……七七六
題駱佩香夫人蘭花扇……七七六
題徐香沙學博秋江觀濤圖……七七六
題錢師竹廣文望雲思親圖……七七七

送織雲夫人歸茸城……七七七
答沈女史……七七八
畫梅……七七八
香卿夫人來海上匆匆遽別口占此詩……七七九
吾園遲織雲夫人……七七九
題斜倚薰籠坐到明畫……七八〇
鄰姬招飲歸沈女史贈紅梅一枝戲占……七八〇
有懷襟玉夫人卻寄……七八〇
春日偶成……七八一
花朝感事和韻……七八一
曉枕和韻……七八二
用前韻答墨仙女史……七八二
題梅花帳額……七八二
用前韻寄沈女史……七八三
殘春卽事……七八三
荷包牡丹次韻……七八四
新秋卽事……七八四
寒夜次韻……七八四
用前韻……七八五
寄贈苕川徐秉五女史……七八五
題顧春洲茂才詩稿……七八六
題周雨蒼公子小樓春杏圖……七八六
題顧容堂先生五是堂詩集……七八七
謝沈女史贈蘭……七八七
題洗硯圖……七八七
僕嫗輩辭去誌感……七八八
香奩四詠和韻……七八八
浣妝……七八八
臨池……七八九
玩月……七八九
折花……七八九
書信尾寄外吳門……七九〇
用韻贈海鹽徐德媛女史……七九〇
題辭……許兆桂等 七九二

詩文補遺

詩

抱月樓小律題辭……七九七
唱和詩七首……七九八
附 原作……潘奕雋 七九九
過吾園看菊……八〇〇
壬戌季夏宿雨初霽涼飆拂襟偕外子遊吾園湍流清澈脩竹蕭森天空織雲林送繁響值筍香三弟在園煮茗相待清話移時歸賦短章奉贈且紀鴻爪云……八〇〇
重遊吾園筍香弟索題春渚曉吟圖……八〇一
潘恭壽臨文端容小像軸題辭……八〇一
掃紅亭吟稿題詞……八〇二
養浩樓詩鈔題詞……八〇二
題瑤岡侍讀一百二十本梅花書屋圖……八〇三
瑞芍軒詩鈔題詞……八〇三
和席佩蘭寒夜喜佩珊至……八〇四
歸氏義莊詩……八〇四
輓弟婦嚴孺人並唁淵若四弟……八〇五
和周曰蕙贈詩……八〇五
韞玉樓集題詞……八〇六
奉題朗玉弟湘烟小錄即送入都……八〇六
碧蘿吟館詩集題辭……八〇七
題湖樓請業圖……八〇七
題醉花圖……八〇八
題笏齋吟草……八〇八
珠來閣遺稿題詞……八〇九
題大悲咒……八〇九
倚雲女士以吟稿寄示題句奉呈……八一〇
奉和淑齋師金壇掃墓贈珠泉夫人……八一〇
洞庭緣題詞……八一一
詩並跋……八一二
題畫詩……八一二

詞

調寄壺中天……八一三
過吾園筍香弟折贈玉蘭一枝輒調瑤花一闋……八一四
調寄清平樂題橫橋吟館圖……八一四
倚自題原調並和韻……八一四
倚東風齊著力……八一五

文

得珠樓箏語題辭……八一六
小維摩詩稿序……八一六
澄懷堂詩集題辭……八一七
題虞山文學屈君子謙遺集……八一七
聯語並題識……八一九
韞玉樓集評語……八一九

附錄

附錄一　歸懋儀生平資料……八四四
附錄二　諸家唱和酬贈
一、男性文人酬贈
袁　枚
題歸佩珊女士蘭皋覓句圖……八五五
歸佩珊女公子將余重赴鹿鳴瓊林兩宴詩以銀鉤小楷繡向吳綾見和廿章情文雙美余感其意愛其才賦詩謝之……八五六
趙　翼
宗室公思元主人虞山女史歸佩珊各以詩來乞序同日寄到感賦……八五六
題女史歸佩珊繡餘集卽寄……八五七
味辛自松江歸述庵侍郎珮珊女史俱寄

聲存問並知珮珊能背誦拙詩如瓶瀉水各寄謝一首……八五七
龔自珍
寒夜讀歸佩珊贈詩有刪除蓋箧閒詩料湔洗春衫舊淚痕之句憮然和之……八五八
百字令蘇州晤歸夫人佩珊索題其集……八五八
洪亮吉
讀歸方伯景照猶女佩珊詩冊率跋一首時聞方伯已從戍所旋里即以寄之……八五八
再跋佩珊女史繡餘詩草……八五九
壺中天和女史歸佩珊韻即寄令叔方伯伊犁……八五九
陳文述
琴河女士歸佩珊謂余神似隨園感而有作……八六〇
嶽祠西院題簡齋先生像……八六〇
佩珊將旋雲間過訪湖樓有詩見貽賦此奉答……八六〇
挽歸佩珊夫人……八六一
答歸佩珊女史並勸移家吳門……八六一
佩珊有移居吳門之意有尼之者以詩見寄輒爲答之……八六二
題戴瑤珍女士秋鐙課子圖……八六二
二月二十四日將去吳淞留別送者……八六三
十四日過佩珊一燈雙管草堂用見贈韻奉答……八六三
嫺卿女史過訪湖樓……八六三
弔歸佩珊夫人……八六四
謝上海女史歸佩珊餉梅花水仙啓……八六四
蒹葭里懷歸佩珊……八六五
蕭　掄
贈陳碧城……八六五
陳　基
李復軒招同康起山小集研餘書屋送劉杏垞歸楚次起山韻……八六六

姚天健

秋牕和女史歸佩珊原韻……八六六

秋江觀濤圖和女史歸佩珊題徐香沙學博原韻……八六七

梁章鉅

題歸佩珊女史懋儀對梅小照……八六七

陸繼輅

滬城雜別……八六八

仙蝶謠……八六八

潘奕雋

題蘭皋覓句圖爲歸佩珊女史……八六九

答歸佩珊女史見贈之什卽次原韻……八六九

佩珊用歸字韻見示對雪之作疊韻答之……八七〇

石韞玉

和歸佩珊女史歲暮雜詠八絶句……八七〇

臘八粥……八七〇

春餅……八七〇

年餻……八七一

歡喜團……八七一

祀灶……八七一

掃室……八七一

爆竹……八七一

跳灶王……八七二

黃復翁見示與潘榕皋舍人暨歸佩珊女史疊韻唱酬之作見獵心喜戲和其韻……八七二

佩珊見和東坡生日之作三疊前韻奉酬……八七二

佩珊和前詩見投多奬飾之語依韻報之七疊八疊前韻……八七三

佩珊之壻李生學璜與婦各以詩篇見贈再答計十二疊前韻……八七三

再和佩珊十四疊前韻……八七四

和歸佩珊女史九日之作與三松老人

同賦……八七四
舒 位
題女士歸佩珊懋儀蘭臯覓句圖……八七五
孫原湘
李安之歸佩珊夫婦過訪下榻長真閣……八七五
送别安之伉儷……八七六
寄歸佩珊……八七六
供硯圖……八七六
念奴嬌（乘濤載雷）……八七七
又（梅肥月瘦）……八七七
王 曇
寄歸佩珊夫人懋儀兼柬奉長真閣内史
席道華夫人並示内子……八七八
吴 騫
常熟女史歸佩珊惜花小憩圖二首……八七九
謝 堃
贈歸佩珊夫人……八八〇
余 集
水仙子小令歸佩珊填詞圖後……八八〇
馮 培
題佩珊女史梅花影裏夜哦詩小照……八八一
李林松
題歸佩珊女史懋儀詩稿後兼懷素如
女弟……八八一
酬佩珊女史……八八二
和佩珊女史韻……八八二
疊前韻酬佩珊……八八二
吴蔚光
歸懋儀字佩珊梅圃長女也適上海李
公子近日來寧以繡餘草見示爲題
二絶……八八三
蘭臯覓句圖爲佩珊題……八八三
佩珊以即事二首來因次其韻……八八四
次佩珊逸園即目韻送歸上海……八八四

許乃穀
和歸佩珊夫人懋儀秋夜偶成二律韻……八八四
歸佩珊夫人寄和禮闈引避二律疊韻
奉酬……………八八五
熊士鵬
酬歸佩珊女史……………八八五
吳　鼒
辛未九既望子千子命酒梵福樓下索詩
識之適女弟子歸佩珊以詩贈抑庵夫
婦因次韻二首一謝子千子一呈伽音
夫人……………八八六
陳裴之
上海歸佩珊夫人懋儀以詩稿屬與允莊
商榷爲題一律……………八八六
陸紀泰
和佩珊曉起豫園觀荷韻……………八八七
佩珊夫人用春洲花朝韻題贈拙藁即
依韻奉謝……………八八七
何　琪
題琴川女史歸佩珊蘭皋覓句圖……………八八八
林　鎬
安之招飲賦謝兼呈佩珊夫人……………八八八
佩珊女史以小詩見貽疊韻六首……………八八九
尤興詩
題歸佩珊表妹懋儀繡餘續集二首……………八九〇
得佩珊表妹寄詩……………八九〇
喬重禧
題佩珊夫人蘭皋覓句圖遺照即書繡
餘續稿後……………八九一
王慶勳
題歸珮珊夫人遺稿……………八九一
劉　樞
次韻答歸珮珊女史……………八九二
殘春即事和珮珊夫人韻……………八九二

二、閨秀酬贈

龔玉晨

喜歸佩珊夫人見過並謝見贈之作……八九三
抱孫謝佩珊見贈之作夫子官奉賢雙玉如意復還名以如意因詠其事……八九三

胡相端

口占寄佩珊姊……八九四
偕佩珊姊過玉松太守涵碧樓留題……八九四
十九日偕佩珊姊重過涵碧樓小集以長女淑賢寄漱霞夫人膝下再呈四絕句……八九四
季春十日偕佩珊姊暨珠林同硯遊南園諸勝歸成三絕……八九五
答歸佩珊夫人六首……八九五

沈　莱

題歸佩珊女史懋儀詩集……八九六

王　倩

丁巳孟夏偕竹士外子就館上海得晤歸佩珊夫人一見情深三生因在訂金蘭譜證文字緣既憐同病以贈言試擘短箋以誌感……八九六
午日孟心芝夫人招同佩珊香卿兩女士宴集也是園水閣……八九七
題繡餘續草後……八九七
和佩珊題美人折花拜月曉妝春睡四圖詩……八九八
次韻佩珊詠所居室同竹士作……八九八
次韻奉酬佩珊雨夜見懷之作……八九八
題佩珊弄花香滿衣小影……八九九
夏日心芝夫人招同佩珊仁姊香卿仁妹再集也是園時味莊師亦宴幕下諸君子於水榭詩以紀事同竹士作……八九九
新秋夜露坐有懷佩珊……八九九

佩珊仁姊臥疾經旬屢欲詣問以病眼不果寄懷二首……九〇〇
竹士歸自清江知隨園老人舊病頓瘥詩以誌喜並寄佩珊……九〇〇
病起詣別佩珊仁姊兼酬贈行之作……九〇〇
別後寄謝佩珊……九〇一
得佩珊抱病消息詩以奉懷……九〇一
次韻答和佩珊雨牕感懷……九〇一
暮春寄懷佩珊……九〇二
夏夜寄懷佩珊卽次豫園春遊見寄元韻……九〇二
答和佩珊夏日見懷之作卽用元韻……九〇二
去年九月初六日與佩珊話別上海署齋今又屆是期矣撫今追昔不能無詩……九〇三
贈李復軒再用佩珊豫園春遊見懷詩韻……九〇三
久不得佩珊書聞其愁病纏綿入秋彌甚詩以寄之……九〇四
元夕得佩珊書卻寄……九〇四
畫梅寄贈佩珊並繫以詩……九〇四
秋日重登分宜城樓寄懷佩珊……九〇五
題芍藥扇贈佩珊……九〇五
清平樂雨夜寄佩珊……九〇五

季蘭韻

歸佩珊懋儀夫人以詩稿見示率呈一律……九〇六
佩珊夫人以琅琊女史葬花詩見示命次原韻……九〇六
寄佩珊夫人……九〇七
己卯秋佩珊夫人以圓硯雲箋玉約指繡羅襪見贈今倏五載矣偶檢來函率成二律……九〇七
寄佩珊夫人卽次見懷詩韻……九〇八
題黃紉蘭女史二無室吟草次歸佩珊夫人韻……九〇八
晤方叔芷若衡夫人知佩珊夫人已於

去歲卽世檢閱其所貽詩劄愴然有
作……九〇八
前聞佩珊夫人卽世並作挽歌今聞夫人
尚在不能無詩漫成二律……九〇九
題佩珊夫人所貽書劄後……九〇九
汪　端
詠古四首和琴河歸佩珊夫人懋儀……九一〇
郭汾陽……九一〇
張睢陽……九一〇
李鄴侯……九一〇
文信國……九一一
琴河歸佩珊夫人懋儀過余白環花閣酌
酒焚蘭言歡竟夕且出示所著繡餘續
草因書四律於卷首奉答見贈之作……九一一
新秋書寄佩珊……九一二
佩珊書來以詩稿囑爲點定題一律歸之
同小雲作……九一二
秋夜寄佩珊……九一二
送佩珊歸申江……九一三
題佩珊蘭皋覓句圖……九一三
席佩蘭
歸佩珊蘭皋覓句圖……九一三
題歸佩珊繡餘詩稿……九一四
余既題佩珊蘭皋覓句圖亦以拈花卷
索句極承雅愛並寄卽事二章次韻
以報……九一四
佩珊寄示詩集……九一五
佩珊惠寄繡裙阿膠詩以報謝……九一五
疊前韻寄佩珊……九一五
佩珊屬題弄花香滿衣圖……九一六
佩珊賀子瀟登第詩有卻笑秦嘉才絕世
一生低首鏡臺前之句次韻奉答並送
歸上洋三首錄二……九一六
佩珊小寓吳門寄示近著次韻代簡……九一六

寒夜喜佩珊至……九一七
送別佩珊和夫子韻……九一七
寄佩珊……九一八
壺中天歸佩珊雨牕填詞圖……九一八
吴　藻
百字令讀繡餘續草題寄歸佩珊夫人……九一八
曹貞秀
題虞山閨秀歸佩珊詩卷……九一九
戴小瓊
贈歸佩珊夫人……九一九
沈　穀
題歸佩珊夫人惜花小憩圖……九二〇
朱淑均
哭歸佩珊女史……九二〇
朱淑儀
夜坐有憶寄歸佩珊女史上海……九二一
徐　貞
題歸珮珊惜花小憩照……九二一
馮蘭因
酷相思懷歸佩珊……九二二
周曰蕙
贈歸佩珊夫人……九二二
陸　蕙
和佩珊夫人韻題朱藴卿女士曉閣卷簾圖……九二三
屈秉筠
即事和歸佩珊夫人懋儀韻……九二三
蘭臯覓句圖爲佩珊題……九二四
雙荷葉折荷美人圖歸佩珊索題……九二四
壺中天聯句題佩珊雨牕填辭圖……九二四
段　馴
偶述一首和歸佩珊夫人韻……九二五
中秋次佩珊夫人並諸女弟韻……九二五

佩珊夫人返里後過訪贈詩勉和二首……九二六
佩珊約登紅雨樓不果……九二六
龔自璋
佩珊師約登紅雨樓不果卽次原韻……九二七
再答佩珊師……九二七
顧　翎
題繡餘詩草後……九二七
陳　貞
題歸珮珊畫六朝遺事圖……九二八
沈善寶
瑟君姊以折柳圖小照屬題圖係歸珮珊
夫人懋儀別後所摹寄者繫詩其上情
致纏綿讀之如見兩人交誼企慕之餘
率題三絶（其三）……九二九

附錄三　枕善居詩剩　李學璜

詠竹……九三一

古詩

瀏覽往籍偶有所見輒以韻語攄之……九三一
雜詩……九三四
斗室……九三五
卽事……九三五
讀杜詩……九三六
黃鶴樓……九三六
虞姬……九三六
王明君……九三七
披卷……九三七
塞上曲……九三八
擣衣……九三八
山行……九三八
鑒湖……九三八
飲酒……九三九
賦詩……九三九
焚香……九三九

試茗……九四〇
歲暮……九四〇
題畫……九四一
書所見……九四一
讀元道州詩……九四一
讀文心雕龍書後……九四二
歲交枕上作……九四二
題初桄集……九四二
始皇……九四三
冬日讀祝止堂侍御悅親樓詩集……九四三
巵言……九四四
才調……九四四
讀長恨歌……九四四
孔雀……九四五
信筆……九四五
讀書……九四五
喜晴……九四六
月……九四六
金山……九四六
焦山……九四七
春風……九四七
春臺子歌爲胡眉亭山人令嗣士標作……九四七
早起……九四八
歧路……九四八
古人……九四八
讀三松堂詩……九四九
讀雲伯陳大令秣陵集……九四九
上元……九四九
題丁仁甫攜琴訪友圖照……九五〇
題松雲松牕讀易圖……九五〇
題張春水徵君水屋圖……九五一
挽倪畬香師……九五一
題春水必報德齋圖冊……九五一
秋杪日春水招飲……九五二

溫仲升北闈告捷喜而有作兼呈露皋明府……九五二
讀姚春木通菽閣詩有題……九五三
贈九峯和尚……九五三
讀倪畬香師行略敬題二絕……九五四
贈曹仰山文學……九五四
贈金侍香……九五四
題曹子春茂才詩賦鈔後……九五五
中宵不寐口占……九五五
有憶……九五五
山長瀛門先生北上……九五六
讀毛西河集……九五六
謝文節公琴……九五六
懷拙任……九五七
聞蘭如訃……九五七
夕照……九五七
豫園探春……九五八
登北城樓眺申浦……九五八
贈香浦弟……九五八
贈菊香弟……九五九
贈宣齋姪……九五九
贈紫篔姪……九五九
口號……九六〇
元夕……九六〇
論詩二絕……九六〇
讀陸耳山副憲篁邨詩集書後……九六一
篁村集中有兩川平定大功告成恭頌詩七古一百六十韻初疑篇幅太長尚可從節既而思文章境界無窮有日開之區宇卽有日拓之文章未可以小儒拘墟之見參之也爰書後一首以訂前見之謬……九六一
講學……九六二
李二曲先生語要……九六二

王仁孝先生俟後編……九六二
晚歲作文猶暮年得子雖未必佳而珍惜彌甚口占一絕……九六三
送吳橘生觀察乞假還山……九六三
張春水徵君雨中枉顧賦贈……九六三
八月二十五日春水初度疊韻祝之……九六四
春水將選刻海上同聲集徵及鄙詩茫然無以應也仍疊來字韻詩四律賦贈……九六四
王叔彝文學偕其叔秋濤山人枉過荒齋仍疊來字韻賦贈二律……九六五
次韻贈陳拙任山人……九六五
中秋日偕春水過訪紫珊出其所摹明趙忠毅公手書長卷見示並示祝止堂侍御評閱繡餘吟草乃李味莊先生觀察海上時轉致者也此卷失之廿年把卷欣然繼以惘然再疊來字韻四律贈紫珊……九六六
餘意未盡又得二絕……九六七
贈紫珊……九六七
讀夏內史詩鄭板橋詞各題一律……九六七
上觀察楊鑒堂先生……九六八
翊雲和詩疊韻作答……九六八
靜洲和詩疊韻作答……九六八
九月三日春水徵君開局南園仍疊來字韻奉贈四律……九六九
秋日閒訪省園有作仍疊來字韻二律……九六九
歲云秋矣紙牕白屋景況蕭條慨然成詠仍疊來字韻二律……九七〇
繡餘舊草雖已付刊而零落頗多常於他處見之然亦未遑收拾也仍疊來字韻詩以誌安仁餘痛……九七〇
外孫張桐三上春官矣近久無消息詩以寄勉仍疊來字韻時已二十九疊矣……九七一
香蒲弟性愛藝花東籬花事近矣詩以

訊之三十疊來字韻……九七一
以素紙二幅乞瞿子冶畫仍疊來字韻……九七二
呈溫明府仍疊來字韻……九七二
紫珊以讀繡餘詩來字韻一律見示有答……九七三
悼小春劉子之沒仍疊來字韻一律……九七三
題竹亭把卷圖照……九七三
題田郎遺照……九七四
疊來字韻酬淞漁……九七四
題莧園雜說……九七四
癸巳歲除松雲囑緩歸幾日口占……九七五
代次韻江鏡人……九七五
甲午元日贈香蒲弟……九七五
讀竹堂師近集謹題……九七六
書見……九七六
佩珊小影……九七六
蘭亭……九七七
明妃……九七七
讀秦本紀……九七八
讀顧晴沙先生響泉集題句……九七八
達摩……九七九
江韜庵明經爲僧……九七九
讀書謠……九七九
杜鄴……九八〇
詠慕容垂事……九八〇
冬晴……九八〇
贈花洲主人……九八一
擬古四首……九八一
冬日重讀趙光祿娵隅集……九八二
讀靈岩畢尚書詩集爲題二律……九八二
又一絕……九八三
南園吏隱詩存淮陰蒲快亭進士作也一時有蒲髯之目詩專近體爽健遒警希蹤唐賢蒲無子其詩老友徐濬安居士付梓……九八三

冬夜不寐枕上得詠古二首……………………九八三
賈太傅……………………九八三
蘇文忠……………………九八四
題張問秋明經把酒問月圖照……………………九八四
贈竹舫……………………九八四
丁酉正月十六日徐竹坡翁於仁粟堂作耆年會人贈一杖余不及赴飲而乞其杖竹翁首唱次韻答之……………………九八五
河西蔣太宜人七十壽……………………九八五
漢建昭雁足鐙歌和紫珊韻……………………九八六
憶亡友徐鴻寶孝廉……………………九八七
苦熱……………………九八七
見起山遺墨悼之……………………九八七
沈夢塘孝廉以詩集見示賦答……………………九八八
敬題晉陽宗譜……………………九八八
題晉陽畫冊……………………九八八
唐石汀明經秋林小影應令子竹方屬……………………九八九
贈金佩香文學……………………九八九
郇雨歸示試作喜而有賦……………………九八九
瞿春甫府試第三調之兼誌謝……………………九九〇
郇雨歲杪過我……………………九九〇
柬泰峯……………………九九〇
賀春甫入學……………………九九一
入學日悼子堅……………………九九一
別查大雲亭……………………九九一
郇雨來盛述泰峯傾倒之意感愧交並再用前韻……………………九九二
附　和作……………………郁松年　九九二
溫露皋師報最引見恭賦送行……………………九九二
昌黎……………………九九三
懷梅岑浙中……………………九九三
豫園雜詠用少陵遊何將軍山林韻……………………九九四
喜胡少坡光岱得雋……………………九九五
讀順恪吳都督傳題後……………………九九五

壽泰峯四十……九九五
尤春樊舍人以芝軒相國懷人詩十六章見示雒誦之餘輒成四絕不必寄呈滎陽也……九九六
舍人又以新梓集四書文諸體詩見示賦答……九九七
院課試帖中有人意冷於花句觀察固始吳公特爲標出許以自寫身分感愧之餘輒題一絕……九九七
讀顧秋碧明經然松閣詩鈔……九九七
久不得翚舟消息……九九八
挽練公子伯穎上舍……九九八
題山陰潘虛白女史不櫛吟至秋水亭……九九九

補遺

范愛吾攜欽吉堂詩文存問喜而有作……一〇〇〇
愛吾過我喜而有贈……一〇〇〇
口占呈范愛吾……一〇〇〇
叔彝以詩稿屬校爲題於後……一〇〇一
題春水催字韻詩後……一〇〇一
題叔彝春晴望杏圖用供奉集中韻……一〇〇二

繡餘小草 一卷

繡餘小草 一卷

序

曹錫寶

硯畬李君刻其亡姊及子婦《二餘詩集》成而丐序於余，余惟吾邑閨秀之以詩鳴者多矣，予所見者兩從女兄：一適葉進士淞汀先生者曰錫藻；一適予同年陸孝廉葵霑封君者曰錫荇。又有徐紹愚進士原聘趙氏婉揚，一時競秀，詩皆裒然成帙，卓有可觀。其他之或以一兩聯顯，或以一二詩傳頌者，指不勝屈。而欲母與女之繼繼承承，擅美閨閣者，則莫若隴西李氏。李氏與吾宗世篤姻好，硯畬之大父鶴洲封翁有隱德，鄉里稱善人，與先祖麓高公爲莫逆交。嗣柳溪先生種德力學，不墜其緒，兒女一堂稱極盛。其長女心敬歸常熟歸觀察，而觀察之女懋儀實硯畬女甥，又歸其長子學璜。母女皆嫻禮法，工吟詠，今所謂《二餘詩集》者，則其母若女之所作也。

吾嘗以爲山川清淑之氣，鍾於女子與鍾於男子者不異。然女子之性靜，靜則易於領會；女子之心專，專則一於所業，而他事不得以相間。既靜且專，而又有其資，有其力，又有名父師爲訓迪，俾得肆力於風雅，以深究夫古今源流正變之故。由是作爲詩歌，彬彬鬱鬱，不隨人步趨，而自足以媲美於文人，而流徽於彤管。今《二餘集》之詩，其皆得氣之全者哉！予嘗反復披覽《蠹餘詩》，中規合矩，情深文明，尤喜其無巾幗氣。惜早世，所傳篇什無多。至若《繡餘》，則天才超越，加以沈酣六義，五七各體無美不臻。與其姑楊恭人所著《鴻寶樓詩刻》工力悉敵，洵可並垂不朽。藉非山川清淑之氣而又迪之以前光，澤之以墳籍，曷克臻此？

硯余憫其姊之不永年，而又樂其子婦之克繼厥美，彙而梓之，以貽嘉話於藝林，垂家範於奕禩，誰曰不宜！抑余有感焉者：予長女洪珍，適海寧陳氏，幼亦稍知聲律，時學爲小詩。猶憶戊子擬鄉試《月中桂》詩，有『萬古此秋色，一天生異香』兩語，予嘗愛其落落大方，無婦人女子態。今去世已七八年，詩皆散佚無存。既不能教之使有成，復不能收拾其殘編斷句以貽其子，此余所爲深有愧於硯畬，而不禁淒然長嘆也。

辛亥春，劍亭曹錫寶序，時年七十有三。

序〔一〕

李心耕

余幼偕一銘長姊同師外伯祖陸柳村先生，余姊嗜吟詠，先生每嘉其穎異。後與余室人迭相酬唱，《鴻寶詩刻》中曾縷述之。余姊沒後十五年，女甥懋儀來歸。懋儀亦善吟詠，從姑講論聲律，余喜其有一堂授受之樂，而轉悲余姊之不及見也。庚戌春，姊壻歸梅坡欲刊余姊《蠹餘遺草》，寥寥數紙，不復成帙，因擇懋儀作中粗可者附其後。余重悲余姊之早世，而又喜懋儀之善繼母志，彙而編之，亦何啻母女之授受一堂耶！夫脩短不可必，而淵源之紹，初不盡繫乎存亡，余於是且轉悲而爲慶也。硯畬李心耕識。

【校記】

〔一〕 此序及前序原爲歸懋儀《繡餘小草》及其母李心敬《蠹餘草》合刊爲《二餘詩集》之序，今逐錄於此。

序〔一〕

徐祖鎏

予讀《談遷合刻》，而嘆司馬談不可見，庶幾一見司馬遷。及見《鴻寶樓集》，又笑司遷出嫁而其姑亦一司馬談。司馬一門本以吏才著，而佩珊夫人與其母與姑又以詩名重於時，毋謂古今人不相及也。丁卯夏五，予遊海上，過隴西李氏，佩珊隨其君子出拜，呼予以伯行。坐定徐叩曰：『近世隨園、夢樓、甌北、苕生諸公詩孰勝？』予謂四君皆名家，而具瀟灑出塵之韻者唯夢樓。佩珊釵動，頗不以爲河漢。袖出《繡餘草》一卷，屬予序之，予受而讀之。其抽祕逞妍，涉筆成趣，則合德之吐絨也；其侔色揣稱，落紙無痕，則靈芸之灑線也。或天吳紫鳳，爛漫於海圖；或日月五星，卷舒乎雲錦。至其觸緒牽愁，哀絃迸發，則鷫鸘作花，淋鈴夜雨，雖若蘭擿繡，猶不足喻其淒清矣。昌黎云『窮苦之言易好』，其信然耶？抑吾聞佩珊家故虞山望族，其舅亦良二千石，使當其煥赫絢爛，將易愁思之作，時爲歡愉之詞，又豈不足並班香而誇謝鱧耶？佩珊才本天賦，又成於寢門侍奉，涵濡陶冶之力爲多。故其筆瀟灑出塵，不墮巾幗脂粉氣，宜與予推挹夢樓之旨適相符合也。是編也，惜予內子磐山往矣，假令磐山猶在，必且以薔薇露盥手雒誦，而執鞭之不暇，願自附乎太史公牛馬走云。

嘉慶十三年歲戊辰夏，織山瀨叟徐祖鎏香沙拜撰。

【校記】

〔一〕此序《二餘詩集》本不載，見於張應時輯《書三味樓叢書》本《繡餘小草》前，今逐錄於此。

繡餘小草一卷

鶴飛來

維揚湯湯，三山居其中。鼎足以立，貝闕而珠宮。仙人翱且遊，其樂不可窮。誰其從之，二八白鶴往來西復東。（一）解。山之高矣，有石斯嵷。鶴之潔矣，有羽斯豊。引吭乎皎月，而振翼乎清風。醴泉芝草供飲啄，倏不知春夏與秋冬。二解。鶴之鳴矣，徹於九重。鶴之止矣，間世一逢。銜來丹棗之實，大與安期同。得而食之，壽偕天地無時終。（二）三解。

【夾評】

（一）評『仙人』四句：排奡雲山，縱橫霄漢。袖石見之，亦應避席。

（二）評『銜來』四句：音節逼古。

春曉

繡幕春風暖，高樓曉日明。夢回香篆細，花外囀新鶯。

小閣放梅

日暮憑高閣，南枝乍放梅。折來曾寄遠，雪後見重開。（一）每入騷人詠，休教羌笛催。巡簷頻索笑，瘦影上莓苔。

【夾評】

（一）評『折來』二句：不減『深雪一枝』之妙。

春晝

東風淡宕柳飛綿，花罥晴絲散碧烟。翠陌人歌歸緩緩，花闌蝶舞影翩翩。禊蘭情緒憐同調，鬬草心期憶昔年。（一）拋卻繡針慵欲睡，生憎燕語絮窻前。

【夾評】

（一）評『翠陌』四句：筆情香豔，不讓玉溪。

擬唐人宮怨

懶畫雙蛾斂翠顰，甘將顏色讓他人。戰袍手製空成繭，未識昭陽歌舞春。

江梅幾樹伴良宵，一斛珠空慰寂寥。翠輦不來花自落，月明何處奏鸞簫。（一）

【夾評】

（一）評『翠輦』二句：怨而不怒，風人之遺。

遊平山堂

城外綠楊斜，城中粲綺霞。堂開十里錦，簾卷一闌花。（一）臺榭丹青錯，烟春景物華。名園遞相引，梓澤未應誇。

醉酒曾傳杜，題詩更重歐。江山資點綴，文采助風流。（二）薄袖波中映，輕橈竹外留。江都餘勝跡，暇日愜清遊。

【夾評】

（一）評『堂開』二句：整麗天然。

（二）評『醉酒』四句：信筆揮灑，風格自超。

遊虎丘

江南春色吳趨多，虎阜鎮日遊人過。山塘七里紛綺羅，柳絲蘸綠生微波。波平如鏡雲影拖，畫船雙槳浮輕棹，吳姬如花揚棹歌。朱脣微啓玉齒瑳，一笑媚復顰雙蛾。（一）前途迤邐山之阿，青葱山色秀可摩，恰如西子挽髻螺。層崖陰陰挂薜蘿，森然古木姿婆娑。遥看樓閣延陂陀，朱闌碧檻横嵯峨。憨泉頑石寧殊科，玉蘭獨見蟠交柯。雙柑斗酒鶯聲和，粥魚静應詩人哦。闔閭霸氣已消磨，生公説法一刹那。貞娘墓碣誰摩挲，香山憑弔哀青娥。（二）招邀采伴蠲煩苛，花市轉惜春光俄。下山歸路何逶迤，夕陽人影落翠莎。

【夾評】

（一） 評『朱脣』二句：清水出芙蕖。

（二） 評『闔閭』四句：點染議論，妙無堆垛之跡

柳

密葉籠堤暗，長條著水清。春風一披拂，無限玉關情。（一）纖月破輕烟，枝頭鳥語妍。灞橋歸路晚，别思總堪憐。

【夾評】

（一） 評『春風』二句：不著色相，儘得風流。

千里鏡

明鏡誇千里，洋西巧製傳。三峯懸華雪，九點列齊烟。望極渾河曲，光超駿足先。（一）不煩樓更上，縮地自天然。

【夾評】

（一）評『三峰』四句：神光四澈，倦眼頓開。

題小青焚餘草後

素質翩翩麗，遺珠顆顆圓。江梅爭冷豔，白雪競清妍。斂怨猶安命，全貞不負天。（一）孤山留勝跡，憑弔一淒然。

【夾評】

（一）評『斂怨』二句：紅拂非烟，固應顔恧。

次焚餘草十絶句韻

憑將奇句與天爭，獨占風流千古名。莫以妒才憎造物，人間無地著卿卿。（一）

一曲淒清不忍聽，幽牕腸斷《牡丹亭》。粲花玉茗才如海，撩得情癡留簡青。
東郊車馬已轔轔，開盡棠梨正早春。爲問西泠松柏下，更誰憑弔踏青人。
新妝雅淡簇宮紗，試寫真容囑畫家。何事顰眉無一語，空將幽怨託梅花。(二)
羅衫疊疊見啼痕，寂寞三春晝掩門。玉貌已隨花信杳，滿山明月伴香魂。
擬託昆侖計亦高，慈航北渡好音遙。傷心千古琵琶恨，不逐潯陽上下潮。
餘霞散綺映澄波，顧影徘徊意若何。日暮東風啼杜宇，落花爭似淚痕多。(三)
一瓣心香禮佛前，幾人生得大羅天。芳魂不共梨雲散，化作峯頭萬朵蓮。(四)
深院無人冷畫闌，漫將詞藻競文鸞。春風任閉葳蕤鎖，不向天衢振羽翰。
香塵逐彩墜樓頭，爲弔繁華一夕收。留得夜珠千顆在，綠珠端合讓風流。(五)

【夾評】

(一) 評全詩：十詩幽怨至矣，而無繁促之音。清夜讀之，如聆《廣陵》一曲。
(二) 評『何事』二句：如繪臨池小影。
(三) 評『落花』句：語妙玲瓏。
(四) 評『芳魂』二句：筆意飄渺。
(五) 評『留得』二句：可當龍門聲價。

讀先慈遺編

懷古重殘編，況自生我者。青鐙數行墨，洛誦不能舍。吾母慧而賢，清譽傳閨姹。金針度鴛鴦，銀管追風雅。十八賦于歸，中饋工葅鮓。芝庭脩壼儀，蘭閨啓詩社。閱歷計生平，舟車半天下。悠悠黃金臺，歷歷蒼梧野。外大父由部曹出守梧州。山川供吟眺，烟月資揮灑。有時絃自操，兼善絃管。無日筆停把。才豐質苦脆，命嗇年難假。爲婦十年耳，遺女一人也。伶俜顧影單，落寞歡悰寡。轉眼髮加笄，回頭墓成檟。（一）心幸垂琳琅，寶之重彝斝。豈料朽蠹災，不殊燼蠟灺。文湮岣山碑，字剝鄴宮瓦。斷璧費雕鎪，碎錦傷捃撦。（二）行誼荷寵褒，文采誰傾寫。掩卷坐三嘆，淚落浩如瀉。

【夾評】

（一）評『伶俜』四句：二語一篇警策。

（二）評『豈料』六句：大珠小珠落玉盤。

讀外祖舅古香詩稿

珍重遺編號古香，雄文異代見班楊。偶披六載瓊瑤句，適閱六卷至十二卷。足擅千秋翰墨場。玉珮趨朝聽漏永，金門待月寄情長。時平爲賦江南苦，時值乙亥歲荒奉賑。稷契生平意慨慷。（一）

【夾評】

（一）評『時評』二句：千古詩人同此抱負。

擬古（一）

晦明遞循環，倏忽春復秋。萬古同旦暮，羣類猶浮漚。緬維古聖賢，精誠千載留。其人不可作，其名無時休。風簷展遺書，慨焉企前脩。

灼灼園中桃，蒼蒼嶺上松。春風固自得，冬日亦爲容。造化豈有殊，物性自各種。繁華逞目前，安能保其終。所以古哲人，勵志尋高蹤。

論古耿中懷，商周非黃虞。獨有吾性存，猶是混沌初。（二）時運有升降，大道無盈虛。守己葆其真，勿爲文質拘。斤斤同異間，只成章句儒。

文章亦一藝，功因載道起。天籟發自然，名言醞至理。（三）謦欬寄一時，違應占千里。我讀上古書，其文渾渾爾。吁嗟三代還，日誇雕繪美。

【夾評】

（一）評全詩：四詩莊儉清整，直追應、劉。

（二）評『獨有』二句：語能見道。

（三）評『天籟』二句：妙語亦是精語。

白菊

烟霞笑傲幾重陽，逸態偏宜淺淡妝。不藉鉛華標晚節，肯將顏色媚秋光。(一)月明老圃枝逾瘦，霜壓疎籬葉未黄。恰稱素衣人送酒，陶家三徑好傾觴。

【夾評】

(一) 評『不藉』二句：寫出『白』字，突過陸魯望作。

病起

午漏沈沈冷篆烟，支頤人倦拂湘絃。(一)賣餳簫裏春將晚，負卻鶯花二月天。

【夾評】

(一) 評『支頤』句：句有餘妍。

遊虞山

虞山峯不高，特挺東南秀。廿載違故鄉，及茲探岩竇。疎林帶遠霞，曲澗懸飛溜。山容媚復蒼，山骨清不瘦。（一）肅肅言子祠，兀立俯羣岫。大江盛人文，茲焉爲之首。菁英一朝啓，俎豆千秋守。古色落蒼苔，幽翠沾輕袖。

【夾評】

（一）評『山容』二句：不煩人畫，自足意趣。

春日遊王氏園

瓊樓曲曲鎖烟霞，繡幕雲屏影半遮。傍檻緑蔭飛蛺蝶，過橋流水泛桃花。（一）鶯聲柔滑東風軟，竹影玲瓏落日斜。清景誰摹摩詰畫，勝遊疑到輞川家。

【夾評】

（一）評『傍檻』二句：二語可當畫家粉本。

晚眺

疎林倦鳥集，嫩柳薄烟生。溪水空流影，夕陽如有情。（一）未迷遊徑曲，猶辨遠山横。犢背誰家笛，歸途送遠聲。

【夾評】

（一） 評『溪水』二句：自然名貴。

新晴

春陰積不開，忽睹晨曦鮮。蕭齋啓四牖，郁紆情畢宣。庭前列草木，嫣然態各傳。欣欣如有託，生意淡含妍。(一)物類供陶寫，坐時餘清歡。

【夾評】

（一） 評『欣欣』二句：如見五柳襟懷。

桐桂軒早秋

碧天淨洗明河秋，素娥獨禦冰輪遊。金波漾彩落虛牖，寶鏡出奩無一纖塵留。(一)鏡光月光互激射，寒芒閃閃搖雙眸。颯然涼飆起天末，卷入庭樹聲颼飀。疎梧陰已落，叢桂香初稠。簷前蒼翠滴畫檻，蛩吟鶴警動與天機謀，石牀撫軫和且柔。一彈淥水曲，再調白雲謳。尊中有酒百不憂，幽情一往誰能酬。凌虛欲與飛仙儔，雙乘黃鶴駕紫虯。(二)上排閶闔窺玉宇，倏忽看偏金銀樓。人間清景不多得，賞心豈必幽岩幽。雙樹陰陰露華濕，但見葉上萬顆明珠浮。

【夾評】

（一）評『碧天』四句：一起逸興遄飛。昌黎『長安雨洗新秋出』之句，不得獨擅其妙。

（二）評『淩虚』二句：海山樓閣，彈指即現。

讀康樂詩

天地泄靈氣，山水交清暉。探幽逸興鼓，攬勝結契微。守郡事雖劇，尋詩願無違。奇情出新語，獨造追化機。濕衣翠微落，漱屐風泉飛。（一）春秋賞若接，晨夕景倏非。谷鳥幽自和，岩花静堪依。回環五言詠，豈獨山陰稀。

【夾評】

（一）評『濕衣』二句：語具化工。

杏花春雨曲

春光晴固佳，春意雨已足。杏花出林梢，獨立自清淑。清淑偏餘絶世姿，還隨桃李鬬芳時。分來應自輞川館，買去爭傳深巷詞。深巷樓頭晝下簾，溟濛盡日雨纖纖。不知雨密春愁透，恰喜花繁麗景添。此時麗景真何許，粉輕香薄嬌容與。霧縠三朝遮未開，遊絲百尺輕難舉。（一）霧罩絲牽洵有情，沾來紅雨倍分明。青簾引客攜筇去，黃犢騎童攧笛行。行行陌上盡行人，戴笠依然好問春。紫燕雙飛低掠影，黃鶯百囀暗藏身。燕飛鶯囀是江南，春色江天異樣酣。二月風情原恰好，五湖遊子試徐探。五湖烟景懷堪寄，勝遊卻憶慈恩寺。十里輕陰淡靄迷，萬花叢裏看歸騎。（二）

【夾評】

（一）評『霧縠』二句：鮮妍如春花著雨。

（二）評『十里』二句：通首游行自在，而收處尤爲勁截。

戲集古來美人韻事偶得三十二題（一）

裂帛聲中王氣微，又將烽火試戎衣。傾城傾國尋常事，應陋紅塵一騎飛。褒姒笑。

吳宮歌舞擅名臺，底事眉痕鎖不開。一曲春山無限恨，越兵新報渡江來。西子顰。（二）

身嫁單于心漢廷，豈關圖畫誤娉婷。（三）望鄉空有珠千點，灑向荒原草獨青。明妃淚。

一握瓊鉤天錫來，堯門咫尺是蓬萊。不教仙掌經凡目，留待深宮御手開。鉤弋夫人手。

瓣瓣飛花墮錦茵，月明枕上悟前身。翠鈿競效如梅樣，爭似眉間一點春。壽陽額。

新試雲翹發尚雛，花爲小影玉爲膚。晉陽俄報周師入，味得橫陳嚼蠟無。小憐體。

玉腕盤來八尺長，堆鴉新髻鑒容光。何勞蘭麝薰春夢，枕畔儂家自有香。麗華髮。

秀可餐時飢已忘，阿嫲風月解平章。玉臺他日脩眉史，應廢仙人辟穀方。（四）絳仙眉。

纏成新月步無聲，雙顆明珠掌可擎。料得金盤承妙舞，一彎暖玉印塵輕。窅娘足。

仙甲纖長玉筍滋，蔡經堪笑動情癡。未曾搔處偏遭撲，痛癢相關一霎時。（五）麻姑爪。

小浴華清拭玉脂，海棠春睡覺來遲。塞酥湖芡應難比，想見輕綃半褪時。（六）玉環乳。

纖手雙擎紅袖開，黃金作釧玉爲胎。不緣蘭澡如雲髮，肯使平章輕見來。真珠腕。

靈和弱線漾春風，一撚腰肢細與同。舞罷錦氍憐影瘦，可能態勝楚王宮。小蠻腰。

玉齒微含欲露難，漫將櫻顆擬脣丹。宵深不省含雞舌，小語已憐氣勝蘭。樊素口。

秋水雙澄映頰紅，蒲東蕭寺影匆匆。柔腸九曲憑誰見，盡在回眸一盼中。崔鶯目。

覺來疑是夢非真，悟得蓮花身外身。我我相逢成一笑，帳中莫訝李夫人。倩女魂。（七）

爭羨簫聲引鳳凰，雲英新得嫁裴航。吹殘一夜秦樓月，不數鈞天廣樂張。弄玉簫。

寵冠昭陽第一人，珊珊仙骨鬭輕塵。萬花錯落隨風墮，迷卻翩躚掌上身。（八）飛燕舞。

屢頒珍賞自官家，倚馬文成點不加。承寵爲才非爲色，竹枝何用賺羊車。左嬪賦。

倏史才華孰比肩，吟成團扇亦堪憐。掌擎篋貯應隨遇，何必秋風怨棄捐。（九）班姬扇。

辨絃早歲著聰明，焦尾傳家況擅名。聞道毳廬十八拍，卻將琴趣譜笳聲。文姬琴。

黛色爭如山色青，當壚滌器任飄零。芳心自逐琴心醉，不假金駝泛綠醽。文君酒。

翡翠衾曾伴玉人，雲鬟霧鬢記相親。宵來豈有遊仙夢，八斗才空賦洛神。甄后枕。

誰是書裙作嗣音，掃眉才子度金針。幾行玉版簪花格，費盡臨池萬古心。（一〇）衛夫人字。

染得奇香彌月留，窺簾當日事堪羞。阿翁幸有調停策，轉藉龍涎作蹇脩。賈午香。（一一）

天邊破鏡憶年年，惆悵身隨國社遷。詎料長安三五夜，月圓人與鏡俱圓。樂昌鏡。

永巷惟將翰墨娛，賜來萬顆亦何須。霓裳已奪驚鴻寵，空使歌傳一斛珠。采蘋詩。

巧製雲箋五色傳，浣花溪畔校書仙。鳳樓安得如椽筆，和盡清詞五百篇。薛濤箋。

同種胡麻願尚賒，相思一紙寄天涯。憑將織女機中巧，幻出文人筆底花。(一二)蘇氏錦。

玉佩聲遲媚態傳，行來嫋娜可人憐。雙鴛自合淩波去，何用金鋪徧地蓮。潘妃步。

得聞聲處定相思，誰遣清喉度妙詞。荳蔻香弄鶯舌軟，燭搖紅影半酣時。雪兒歌。

妙墨憑將纖手磨，霜枝勁節綴巖阿。(一三)畫松畫竹非無意，持比誠懸筆諫多。(一四)管夫人畫。

【夾評】

(一)　評全詩：　諸作議論詞華，無一不臻絕妙，非胷羅萬軸、筆有慧珠者不辦。

(二)　評『吳宮』四句：　爲捧心人生色。

(三)　評『身嫁』二句：　讀史有識。

(四)　評『玉臺』二句：　藻思綺合。

(五)　評『未曾』二句：　妙語解頤。

(六)　評『塞酥』二句：　用筆如輕燕受風。

(七)　評『覺來』四句：　神面俱圓，畫松双管。

(八)　評『萬花』二句：　振彩欲飛。

(九)　評『掌擎』二句：　婕妤諒應結舌。

(一〇)　評『幾行』二句：　鬚眉學士一齊頫首。

（一一）評『染得』四句：詩意妙有斡旋。
（一二）評『憑將』二句：蝶花之筆具有錦心。
（一三）評『妙墨』二句：字外出力中藏稜。
（一四）評『畫松』二句：詆斥王孫，妙能藴藉。

詠雪用聚星堂禁體韻和遺閒草中作

空花妙墮無聲葉，謝女清才試詠雪。想見圍爐捉筆時，繁紅俗豔毫端絕。郤嫌沁骨暗香來，苔滑斜枝不可折。(一)望中城郭辨依稀，天際樓臺互明滅。疑到蓮花太華巔，寒光六月驚飆掣。蕭蕭清影集簾櫳，歷歷疎林迷彩纈。豈是仙姝鬬舞腰，園亭到處鋪香屑。倚蘭翠袖不勝寒，賞心惟恐流光瞥。青山一抹丹楓失，天女散花非浪說。寄語花間作賦人，廣平應變心如鐵。

【夾評】

（一）評『郤嫌』二句：詩思逼人清。

附　原作

陳蘭徵

敲牕片片大於葉，朔風怒吼庭堆雪。天際濃雲凍不流，山頭歸鳥飛應絕。訪友溪邊棹自攜，衝寒驢背花親折。樓臺金碧景全迷，惟有青松頂不滅。登高望遠空茫然，四射寒光驚電掣。亂飄砌石沒泥塗，隱入牕紗簇花纈。孫家小令謝家詩，當日形模總纖屑。此時相賞耐嚴寒，卻恐流光去如瞥。眼前清景不可失，痛掃陳言非臆説。古人白戰號出奇，我亦何嘗持寸鐵。

新秋

秋意到山樓，秋聲起樹頭。蓴香懷故里，葉落動新愁。斜月光初吐，明河靜不流。（一）微涼餘枕簟，一榻夢清幽。

【夾評】

（一）評『斜月』二句：白描高手。

蟲鳴

天迥月華明，秋蟲應候鳴。堂虚餘四壁，夜靜正三更。響入金風咽，音和玉露清。孤吟銜一意，幽恨並千聲。（一）傍草身何細，依人訴未平。抑揚如有怨，斷續豈無情。織女寒牕感，騷人旅思驚。授衣懷室處，刀尺夢難成。

【夾評】

（一）評『孤吟』二句：對處妙能流走，意仍警。

花影

愛花因有色，無色影空横。而覺蕭踈態，偏深淡蕩情。(一)詩魂當下領，琴意個中明。長此婆娑舞，何勞更寫生。

【夾評】

(一)評『愛花』四句：清空一氣，神韻恰在箇中。

月夜

虚室忽生白，牕開見月明。臨風人影瘦，臥地樹枝横。何處鐘聲度，蕭然物外情。

九日與諸弟話别

一闋陽關萬斛愁，鯉魚風起又殘秋。簪花恐負茱萸約，遲待重陽放客舟。

舟行

落日銜山水拍天，數株殘柳遠籠烟。津亭回首秋將晚，寂寂空江繫釣船。

泊舟古渡近黃昏，慘澹山容帶雨痕。（一）客思篷牕清到骨，瀟湘江上誦《招魂》。

【夾評】

（一）評『慘澹』句：如展米家圖畫。

遠眺

蕭蕭楓樹間飛鴉，歷歷秋山帶落霞。回首九峯何處是，暮雲千里思無涯。

黃鶴樓懷古

黃鶴仙乘去不回，依然樓閣鬱崔嵬。大江秋老濤聲壯，峻嶺雲寒夕照開。絕代奇功歸卓識，天涯懷古獨憐才。（一）斟醪期挽騎鯨駕，吹落江城五月梅。

【夾評】

（一）評「絕代」二句：脱汾陽于難，成唐室再造功，作者能舉其大。

聞雁

瀟湘木落雁南征，哀怨偏傷旅客情。誰奏平沙調玉柱，高樓人悄月三更。

月

宿霧澄空界，冰輪出遠林。何期千里照，不受片雲侵。（一）斷雁聲逾徹，空江氣倍森。花陰邀共醉，對影酒同斟。

【夾評】

（一）評「何期」二句：清氣滿乾坤。

秋海棠

秋林苦索寞，賴爾占幽芳。西子顰眉立，明妃帶淚妝。颸風淒晚景，浥露媚晴光。無限嫣然致，含

愁背曲廊。（一）

【夾評】

（一）評『颱風』四句：不填故實，自見雅切。

重過王園誌感

笙歌每憶舊樓臺，爲探名園幾度來。扇影衣香人不見，野棠空傍斷垣開。（一）

【夾評】

（一）評『扇影』二句：撫今追昔，感慨係之。

旅夜

一聲風笛旅魂驚，郵館尋詩對短檠。疥壁人眠紙帳冷，梅花影裏月三更。（一）

【夾評】

（一）評『芥壁』二句：香入夢魂清。

秋夜小飲

月光射虛牖，横笛起危樓。對此一樽酒，能消萬古愁。井梧疎影落，嶺桂暗香浮。坐覺凉颸集，羅衣不耐秋。

春仲連夢先慈

弱齡傷隻影，飲泣失慈幃。入夢原知幻，連宵卻暫依。薦新寒食近，反哺素心違。愁見梁間燕，呢喃逐母飛。（一）

【夾評】

（一）評『入夢』六句：苦雨淒風，不堪卒讀。

暑日小齋

披卷方苦熱，牕北來微風。泠然拂我面，懷抱增和沖。偃仰足生趣，静對天宇空。（一）閒雲淨纖翳，夕陽淡餘紅。何須避人境，廬結深山中。

【夾評】

（一）評「偃仰」：恬淡如陶。

納涼

高樹蟬聲静，空庭暑氣微。更闌忘久坐，清露濕羅衣。

祖舅大人七旬慶辰敬和自述元韻奉祝

笙歌永日侍長筵，矍鑠欣瞻似昔年。繞膝畫衣分四座，齊眉彩杖映雙顛。諮求民隱貽書切，感戀君恩有夢牽。（一）楸局盡留仙叟對，簷前榴火靄輕烟。

蒼梧早歲試硎刀，黎庶傾心拜繡袍。歸棹但攜粵嶠鶴，結廬還對泖湖濤。書摹北海間題壁，詩賦南軒静引醪。（二）著有《南軒詩集》。白社頻開文酒會，留連觴詠寄情高。

天嶽崚嶒勢可攀，畫船時泛芷蘅間。斟將仙酒登江閣，看徧祥雲繞楚關。河鯉東來通洛水，逵鴻西至自岐山。躋堂共效添籌祝，繡闥觴承舞袖斑。

耄年進德實堪師，（三）四世欣看聚一時。侍膳得隨供匕箸，引雛還望衍弓箕。彌甥再展瞻依慕，弱質多疎盥漱規。願迓西華同介祉，琅璈法曲耀雲蕤。

【夾評】

（一）評『繞膝』四句：句如剪彩作花。

（二）評『歸棹』四句：工致似劉隨州。

（三）評『侍膳』四句：點染風華，具見家庭樂事。

附　元韻　　　　南　軒

榴紅蒲綠映芳筵，回首韶光七十年。一室孫曾多總角，九天簪紱貴華顛。蓼莪原冷思常切，棣萼枝空夢屢牽。顧我獨慚松柏幹，老蟠澗壑飽風烟。

當年從政試操刀，賜葛榮同受錦袍。一自蒼梧歸印組，更從碧海閱風濤。策名再見麟符佩，迎養重斟燕寢醪。長抱葵忱傾向日，天書層疊五雲高。

蓬瀛仙闕渺難攀，樂事還歸骨肉間。日映萊衣看繞膝，雲隨雁字自重關。齊眉四世堂中席，放眼重湖天外山。象管聲催鸜鵒盞，蘭膏光動畫闌斑。

賓筵垂戒古今師，進德寧忘遲暮時。尚欲觀書窮閫奧，還期啓後托裘箕。堆牀敢羨崔家笏，畫虎無忘馬氏規。一樹小桃新手植，春風十載看葳蕤。

秋夜有懷

幾點秋山月一鉤，酒香亭畔翠烟浮。清宵恐起湘靈怨，不倩雲和遣別愁。

西風吹葉下林端，獨倚危欄翠袖寒。何處玉簫雲外度，滿庭秋色伴更闌。（一）

竹牕拈韻度黃昏，夜靜薰爐火不溫。試聽閒階吟蟋蟀，便無離緒也消魂。

【夾評】

（一）評『何處』二句：令人之意也消。

憶外之金陵

一片瀟湘月，清光千里秋。巴陵南下水，直至石城頭。（一）石頭城下潮聲急，有客中流停桂楫。綠柳陰陰度玉簫，碧闌曲曲浮銀鴨。偶乘暇日試相呼，擊鉢聯吟興不孤。王謝繁華空復憶，陰何文采未全虛。尋碑古剎還停轡，鍾山日落烟凝翠。旖旎空憐兒女情，蕭騷更灑英雄淚。（二）十年采筆粲花紅，此日清遊氣倍雄。風湧滄江鯨跋浪，雲開霄漢鶚橫空。歸途歷歷霜初落，珍重衣衫著綿薄。洞庭朱橘正堆盤，妝閣攜來話離索。

【夾評】

（一）評『一片』四句：清超之筆，追步青蓮。

（二）評『尋碑』四句：六朝如夢鳥空啼。

附　外和韻

李學璜

橫笛中宵起，偏驚異地秋。相思逐淮水，和夢到樓頭。樓頭處處寒砧急，樓外聲聲聞擊楫。綠牕鐙黯掩銀屏，翠被籠寒焚寶鴨。寂寥女伴罷招呼，千里懷人吟興孤。期我風雲天路闊，憐君松竹夜牕虚。詞場十載馳文轡，畫眉還對春山翠。五夜同翻鄴架書，三冬不灑牛衣淚。維舟白下畫樓紅，長嘯滄江意氣雄。河鯉迢迢通尺素，川波淼淼映澄空。一聲邊雁雲端落，想像風前翠袖薄。深夜無人獨倚闌，梧桐弄影秋蕭索。

再寄外金陵疊前韻

錦字傳千里，天涯已暮秋。卻看明鏡影，轉憶大刀頭。鴻聲嘹嚦秋風急，客子江頭理行楫。數聲櫂唱起驚鷗，一帶樓陰籠睡鴨。江皋祖餞快招呼，詞客徘徊影不孤。勝地烟霞欣共攬，錦囊詞賦未應虚。空江一棹同飛轡，隔岸秋山凝晚翠。金縷風殘楊柳絲，珠痕露滴芙蓉淚。（一）歸來林下橘初紅，共話詞壇文陣雄。墨浪翻瀾標錦麗，管花散彩映秋空。燭花夜向尊前落，酒暈微寒衫乍薄。玉爐香燼畫簾垂，宵深隔院聞絃索。

【夾評】

（一）評「空江」四句：昌谷囊中之句。

附　外疊韻

李學璜

頻藉衡陽雁，傳來湘水秋。遥憐閨裏月，正上繡簾頭。高秋九月霜飛急，又向江干移畫楫。遠樹蕭疎送落鵶，野塘清淺浮花鴨。漁人隔岸數相呼，殘笛聲中帆影孤。鱸膾無煩千里致，篷牕還對一尊虛。閒看古道馳征轡，落日烟光横紫翠。吴嶺花殘片片雲，楚江竹染盈盈淚。細斟魯酒發顔紅，搦管摛詩文藻雄。憶爾清閨吟落葉，彩花幾朶映秋空。洞庭波靜楓初落，授衣已换香羅薄。頻挑鐙燼卜行人，小閣香沈句還索。

敬題姑大人鴻寶樓詩後

漢魏三唐指示頻，清閨韻事樂昏晨。聲華共仰符前葉，風雅誰堪步後塵。萬里登臨題欲徧，千秋憑弔論常新。（一）紅餘閒許尋詩料，枕祕囊函好問津。

【夾評】

（一）評『萬里』二句：縱横上下，自當卓絶一時。

暮秋憶諸弟妹

城角清笳起暮愁，一天涼月照南樓。西風雁影人千里，黄菊清尊又晚秋。（一）

【夾評】

（一）評『西風』二句：顧盼多姿，絶似阮翁小調。

歲暮奉懷嚴慈兩大人

懷人傷遠道，易感歲寒時。而況庭闈戀，那禁離別悲。朔風驚堠館，冷雨滯江湄。願得雙飛舄，歸寧慰夢思。

承歡猶昨境，別緒苦相侵。風雨勞王事，關河隔遠音。索居驚歲晚，多病覺愁深。北望梁園月，悠悠千里心。

梅和韻二首（一）

陡覺清光繞筆端，斜枝竹外倚闌看。月明翠嶺香初動，人立蒼苔雪未乾。幾度閒吟消永夜，一番薄醉怯春寒。夢回猶憶孤山路，無數瓊英點繡鞍。

籬邊春色撲眉端，冷豔橫斜劇耐看。月滿繡簾人未寢，香翻紅袖酒初乾。羅浮影裏霜枝瘦，羌笛聲中玉骨寒。遙想灞橋驢背客，萬花深處卸征鞍。

【夾評】

（一）評全詩：二詩純用禁體，筆情香豔，溫李遺音。

病餘卽事

烏欄詩就卻慵書，惆悵芳時值病餘。攲枕欲眠眠不穩，腰肢瘦損落梅初。

戲和蓮舫三姑詠桂韻

曉來鼻觀逗微芳，金粟初開傍曲房。恰稱步蟾人折贈，一枝綺閣助新妝。

附　原韻　　李學濂

露凝金粟暗流芳，月窟分來傍繡房。小摘一枝清水供，風前想圖素娥妝。

雨夜不寐

陡醒寒山夢，泉聲耳未遙。風驚枝動竹，雨激葉翻蕉。（一）飢鼠窺虛幌，哀鴻度遠霄。聞鈴誰譜曲，寶瑟夜重調。

【夾評】

（一）評『陡醒』四句：警拔。

脩竹

脩竹何亭亭，托根在空谷。搖落能自持，霜雪不改綠。蕭蕭風雨生，恍聽懸崖瀑。又疑羣仙來，霞裳戛鳴玉。陰圍蘭上亭，涼沁瀼西屋。（一）秀色競幽蘭，清標儕淡菊。淪漪漾清輝，蒼翠蔚在目。一酌綠陰中，長歌延遠矚。

【夾評】

（一）評『又疑』四句：非箇中人不能道。

悼殤

明珠彩掩玉光沈，魂返香難南海尋。從此五更愁夢裏，不聞耳畔苦呻吟。（一）
汴城湯餅倏三期，藥餌年來怯不支。蘭夢料縈慈母念，夜臺翻喜睹嬌兒。（二）
弄孫四世慶霞觴，弧矢他年屬望長。半夜西風萎蕙草，重幃涕淚盡沾裳。
楓落霜濃重九期，授衣寒煖倍關思。而今刀尺殘鐙下，密線縫來付阿誰。

【夾評】

（一）評「從此」二句：悲涼沁骨。

（二）評「蘭夢」二句：言情沉痛，何止入木三分。

春院

閒庭晝暖日偏長，小立東風撇繡牀。空際遊絲兼絮舞，階前瑤草竟蘭芳。（一）流鶯隱樹窺疎檻，粉蝶隨人繞曲廊。信步不嫌花徑滑，一篙新綠漲池塘。

【夾評】

（一）評「階前」二句：落花芳草，春色十分。

春柳曲

暖日烘紅杏，輕雲罩碧桃。一橋溪水濃於釀，二月春風剪似刀。剪出千條復萬線，嬌鶯漸作歌喉囀。秀眉淡掃自生妍，纖腰無力看頻轉。（一）太液池頭媚景多，未央宮外曉風和。柔枝映水凝烟薄，密葉臨風帶翠拖。風流不減當年客，賦罷《長楊》袍染碧。（二）錦閣攀來鬬藻新，寶鞍拂處嫌堤窄。可憐春色十分好，曲沼回塘互環繞。彭令門前罥落花，亞夫營外迷芳草。渭城朝雨不堪論，三疊陽關欲斷魂。長亭樹古停征騎，酒店花香舉客樽。此時烟景轉生愁，誰家少婦獨登樓。流蘇帳冷宵難夢，押蒜簾垂月不鉤。（三）玉門關外龍沙遠，河橋送別何時返。笛裏依然春信傳，醉中不覺年華晚。冉冉東風枝上歸，一年一度一芳菲。隋苑多情猶濯濯，漢南懷舊獨依依。（四）轉眼飛花千點起，化作青蘋還貼水。依舊深叢萬綠遮，闌干長夏增旖旎。

【夾評】

（一）評『秀眉』二句：三眠三起，絕世丰神。

（二）評『風流』二句：雙鵰一箭雲中落。

（三）評『流蘇』二句：曉風殘月，惆悵何如。

（四）評『隋苑』二句：『樹猶如此，人何以堪。』

對影自嘲

誰將水墨繪吾形，一點秋鐙照眼青。絕似簾開明月上，數枝寒菊落銀屏。

讀淵明詩

薄田秋可收，新釀熟可漉。傍柳好讀書，對山還采菊。（一）聲希不假七絃琴，腰折寧甘五斗粟。身居義熙心羲皇，一任天真脫塵俗。嗚呼！桃源豈必武陵谷。

【夾評】

（一）評『傍柳』二句：雲山經用始鮮明。

大風

風意來何驟，樓頭聽乍喧。暝將連塞隱，勢若挾雷奔。古木悲聲激，蒼鷹健翮翻。崇朝餘怒息，千里暮雲屯。

風箏奉和姑大人韻

俄驚玉柱勢排空，秦女鳴絃咽怨同。百丈遊絲牽不定，半天清韻逐征鴻。

紈扇

皎皎霜凝潔，團團月挂空。秋來好藏貯，來歲復薰風。（一）

【夾評】

（一）評『秋來』二句：靜以待時，小中見大。

秋夜

香消寶鴨罷論詩，玉漏沈沈月上遲。十二畫闌秋景寂，露華涼浸碧梧枝。

重九前夕作

金風漸次露爲霜，令節題餻憶故鄉。夢醒岳陽樓畔月，登臨明日又重陽。

敬題姑大人倚闌覓句圖

春風吹花入毫端，明牕淨几延清歡。（一）紅塵點點飛不到，花嬌柳嚲韶光攢。枝上流鶯聲百囀，眼前好景吟情寬。曲闌翠袖時徙倚，搜句巧琢瓊瑤肝。剪綵有意復無意，每逢一字偏難安。（二）不教捧硯供香麝，蠻箋自寫烏絲欄。詩成一笑悄無語，中庭花影移三竿。

【夾評】

（一） 評『春風』句：飄然而來。

（一） 評『剪綵』二句：非深於吟咏者不能道。

誌別

湘江送別淚沾襟，別恨還如湘水深。更有湘中一片月，迢迢千里送君心。（一）紅葉霜花酒泛卮，離琴一曲重臨岐。而今黄絹裁詩日，應憶青鐙話雨時。

【夾評】

（一） 評『湘江』四句：一氣旋折直白如話，詩家老境。

春閨雨後

夢醒鳩呼午乍凉，簾開鼎篆漾晴光。綠楊旖旎餘朝霧，芳草凄迷趁夕陽。拾翠人愁新蘚滑，銜泥燕帶落花香。（一）畫屏古瑟添清潤，玉軫重調奏曲塘。

【夾評】

（一） 評『綠楊』四句：如見『柳絮池塘，梨花院落』。

上巳懷蓮舫三姑

紉蘭方送遠，又易越羅新。棹返鴛湖月，花殘梅嶼春。（一）鶯仍啼故樹，人已隔重津。憶昔湔裙約，神傷曲水濱。

【夾評】

（一）評『棹返』二句：娟秀。

憶殤

痛爾殤何促，嗟余病屢侵。遺璋藏故篋，觸目淚沾襟。

曾記憐孫意，馳驅繫夢思。雁峯千里隔，時舅攝衡水觀察篆。無計慰親慈。

日暮洞庭烟，荒丘古寺邊。傷心埋玉處，宿草已芊芊。（一）

啼笑真如昨，悲來夢易驚。再生如可託，來慰膝前情。（二）

【夾評】

（一）評『日暮』四句：淒絕。

（二）評全詩：四詩字字追憶，言言沉痛，可謂言簡悲深。

餞春

簾卷畫樓人靜，爐溫繡榻香微。檻外落紅如雨，杜鵑聲裏春歸。（一）

【夾評】

（一）評『檻外』二句：玉茗丰神。

夜起

不效劉琨舞，聞雞乍起時。月移花外影，句續夢中詩。（一）香燼金猊冷，風清玉漏遲。宵深憐袖薄，蘭露濕階墀。

【夾評】

（一）評『月移』句：澹遠似摩詰。

月夜聞雁

霧斂深宵皓月懸，書空雁字忽聲傳。依稀蘆荻千行雪，人立瀟湘烟水邊。

愁

涼月入羅幃，夜深清漏徹。但覺別愁多，不知袖痕濕。

江行

日華動空碧，微風漾輕瀾。遠林澄積陰，平嵐浮蒼烟。（一）泛舟移曲渚，迴帆指前川。平蕪不見人，一鳥鳴高騫。蒼茫獨延佇，上下清暉連。

江流激奔騰，山勢助雄壯。横青夾兩岸，湧翠疊千嶂。合遝勢如引，巉岩力不讓。（二）引領緬來奇，回首失往狀。平生好奇心，茲焉一舒暢。

輕舟十幅帆，滄江千里流。長風從中來，飄然淩虛遊。（三）天地寫空曠，草木滋清幽。空翠落船牕，扣舷發櫂謳。一唱復三歎，驚起沙邊鷗。

蒼然暮色來，空濛境一變。（四）螺青薄尚浮，練素晚猶絢。落日餘清輝，遠霞曳殘片。夕陽倒影佳，山水增蒨蒨。前村晚烟起，歸鳥林端見。

【夾評】

（一）評『日華』四句：空明一片，纖翳都消。

（二）評『横青』四句：『乘長風破萬里浪』，令人目不給賞。

（三）評『長風』二句：子列子御風而行，泠然善也。

（四）評『蒼然』二句：筆力嶄然。

舟次九江雨阻

一篷烟雨滯江鄉，舊事琵琶寄恨長。山月模糊雲慘淡，流分九派是潯陽。（一）

【夾評】

（一）評『山月』二句：繪出匡廬佳景。

金山奉和姑大人韻

登臺萬里正逢秋，一抹金陵王氣收。采藻近分甘露勝，青蒼遠接石城流。（一）林端鸛鶴棲難定，天外帆檣影欲浮。萬頃烟波千疊嶂，凌虛人擬步瀛洲。

【夾評】

（一）評『采藻』二句：坐收勝槩，調近漁洋。

五人墓(一)

千古人心終不死，吳中義激五男子。貂氛肆焰朝野昏，翻手勢欲傾乾坤。印累綬若不知數，鞠躬俯首聲復吞。平居持議徒雄壯，袖手委蛇孰奮往。翻將文墨飾姦貪，捫心内愧曾無狀。(二)五人生不讀詩書，位不列簪裾，但以善惡爲毀譽。當其攘臂共赴難，義勇直欲凌鱄諸。嗚呼！名敗身殃餘賄賂，穹碑峻宇等朝露。松柏青青耐歲寒，冶遊人奠山塘路。(三)

【夾評】

(一)　評全詩：　通首筆有斷制，精彩射人。

(二)　評「平居」四句：　羅括史事，令宵小肺腸，列如鑑影。

(三)　評「名敗」四句：　清夜鐘聲，發人深省。

玉亭四姑于歸卻寄

聞道雲英下九天，翠蛾新掃倍生妍。(一)定知茂苑無雙士，始配瑤華第一仙。玉鏡曉妝花並笑，金樽夜泛月同圓。(二)徵蘭他日符佳夢，應見雲芝茁玉田。

詠絮清才擬謝家，神凝秋水貌爭花。雞晨問寢常攜手，雨夜聯詩共品茶。(三)君在瀟湘吟水月，我歸江海玩烟霞。萍蹤重聚知何日，回首蘭庭歲月賒。

【夾評】

（一）評『翠蛾』句：秀色可餐。

（二）評『定知』四句：工麗絕倫，如游金谷，自然富貴出天姿。

（三）評『雞晨』二句：清閨韻事，自爾風雅宜人。

三月四日遊程園遂至也是園

程園地亦窄，頗復能面勢。一石與一花，可以供清憩。昨懷曲水遊，及茲賞春霽。楊柳映綠波，樓閣借餘麗。偶然和風吹，力微不勝曳。（一）坐覺春意深，憑闌饒點綴。興來勝遞探，境啓趣無滯。遂造也是園，荒涼餘廢砌。宿沼漾文漪，危石聳高髻。蕭蕭延清堂，高扉終日閉。爲憶香巖翁，園爲伯舅香巖公別業。觴詠渺難繼。正爾娛清妍，旋復嗟陵替。不須少長偕，清遊補脩禊。（二）

【夾評】

（一）評『偶然』二句：頗上添毫。

（二）評『不須』二句：不脫四日。

糧艘出海紀事代外步友人韻(一)

萬里提封紀海疆，島夷向化盡冠裳。虎門道闢疑通棧，鳳嶺風高正面洋。(二)小醜安能逃日月，嚴軍竟爾閱星霜。廟堂指顧多神算，輸輓何勞煮弩糧。

烽烟不改海波平，江表樓船接大瀛。鐵甲詎誇荊土練，玉芒更泛蜀都秔。來經巫峽雲連塞，去指澎湖浪拍城。試看風旂千隊集，共驚天上下神兵。

茸城水繞碧沄沄，浦外俄傳鷁首紛。無事量沙成萬斛，但聞挾纊徧三軍。(三)當途方略明同鑒，瀕海歡呼響遏雲。蔀屋不知征發亟，依然盃酒對斜曛。(四)

大將旌麾始下關，功成傳檄寵恩頒。雷行真見山臨卵，風掃何殊刀刈菅。(五)善後更教籌積貯，安民卽在去頑姦。(六)洋更此後曾無阻，萬國梯航仰聖顏。

【夾評】

(一)　評全詩：　四首部伍整肅，甲杖鮮明，是爲節制之師。

(二)　評『虎門』二句：　氣象萬千。

(三)　評『無事』二句：　偶向天成。

(四)　評『蔀屋』二句：　自是少陵名句。

(五)　評『大將』四句：　快事須得此快筆達之。

（六） 評『善後』二句：韻語具徵經濟。

聞笛懷二妹

寒入重幃夜已分，數聲短笛靜中聞。吹殘楊柳樓頭月，攧破梨花院外雲。（一）江上無魚傳尺素，天涯有雁叫離羣。不須更奏《伊》《涼》曲，清漏沈沈倍憶君。

【夾評】

（一） 評『吹殘』二句：宋人清新之句。

夜坐

繡罷吟詩消夜，新泉試取烹茶。綺閣簫聲明月，空庭人影梅花。（一）

【夾評】

（一） 評『綺閣』二句：清景如繪。

哭湘娥許氏娣

吳楚迢遙娣姒分，歸來乍痛《薤歌》聞。弱齡夫壻悲鸞鏡，苦節高堂泣練裙。（一）夫弟嗣三孀宋係貞女。

蘭筍春風傷逝水，龍華落日黯重雲。玉臺定倩飛瓊筆，娣素工詩。淚湧遺編獨弔君。

【夾評】

（一）評『弱齡』二句：音節蒼涼。

和外秦淮水榭韻

蘭舟桃渡泛烟波，客燕秋風去已多。王謝烏衣成昔夢，畫橋依舊繞笙歌。
花映樓臺月映波，洞簫聲徹晚涼多。六朝風物今無恙，檀板誰傳《玉樹》歌。

喜雨行

人心之仁，天地之春。其風則和，其雨則靈。萬物芸芸，歸根守真。貞下起元，生機振振。一解。震出有功，乾行無跡。巽入斯孚，解作而拆。靄靄濛濛，綿綿冪冪。醴泉同甘，膏露比澤。二解。不密不疎，不疾不遲。人有潤意，物有妍姿。（一）天雨珠矣，我黍維滋。天雨玉矣，我稌維宜。三解。田畯喜只，則之於疆。主伯亞旅，毋怠而荒。維雨之零，維農之慶。維農之慶，維國之祥。四解。

【夾評】

（一）評『不密』四句：屬詞微至，不以理解沒其性。

小園殘桃

花影波光映翠鈿，隔溪垂柳漾晴烟。落紅萬點紛如雨，不到仙源亦洞天。（一）

【夾評】

（一）評『落紅』二句：觸手生春。

奉懷嚴慈兩大人兼憶諸弟妹

洛水迢迢路隔千，每逢佳節輒情牽。塤篪莫叶同懷奏，屺岵空賡望遠篇。幾度蘭庭花自發，連宵蕙帳月孤懸。白雲深處縈思切，尺素裁成悵各天。

菸

誰知渴飲飢餐外，小草呈奇妙味傳。（一）論古忽驚腮滿霧，敲詩共訝口生蓮。綫香燃得看徐噴，荷柄裝成試下嚥。縷繞珠簾風引細，影分金鼎篆初圓。（二）筒需斑竹工誇巧，製藉途銀飾逞妍。几席拈來常伴筆，登臨攜去亦隨鞭。久將與化噓還吸，味美於回往復旋。欲數淡巴菰故實，玉堂久已著瑤編。（三）

【夾評】

（一）評『誰知』二句：一起如高屋建瓴。

（二）評『線香』四句：體物瀏亮，詩有賦心。

（三）評『久將』二句：體會入微。

月夜懷三姑

綺牕寂寂度征鴻，疎竹泠泠響晚風。明月一天秋似水，美人何處倚簾櫳。

雨夜

陣陣簷敲玉馬風，漏殘香燼一鐙紅。分明譜出淋鈴曲，夢入峨嵋劍棧中。（一）

【夾評】

（一）評『分明』二句：隴雲峽雨盡入毫端。

小院初晴

晴霞幾點映牕紗，小院秋來樂事賒。日午卷簾新雨足，滿庭開徧傲霜花。

田家樂

田隴非花林，春來各吐豔。(一)塍繡錯叢叢，麥翠翻灩灩。居人勤東作，買犢共賣劍。觀星水旱知，覓土燥濕驗。習久忘其勞，業勤絕餘念。(二)笑談含古意，婦子獲至贍。雞犬識人家，桑榆生晴焰。牆下鳴機閒，牀頭釀酒釅。(三)熙然擊壤風，此樂至今占。

【夾評】

(一) 評『田隴』二句：生趣盎然。

(二) 評『習久』二句：真至有儲王遺意。

(三) 評『雞犬』四句：如入桃源似境。

奉和姑大人西湖十景韻

繡堤曉色靄輕烟，玉局風流憶往年。十里濃蔭鋪錦幄，鶯簧蝶拍勝歌絃。蘇堤春曉。

斜陽淡抹映虛亭，鐘響隨風度石屏。敲破六朝金粉夢，一聲清韻落漁汀。南屏晚鐘。

浮圖突兀勢撐空，喬木參差極望中。道是劫灰消未盡，影橫斜日半山紅。雷峯夕照。

檻外澄波靜不流，白蘋紅蓼互沈浮。深宵樓閣玲瓏影，蕩漾湖中一片秋。平湖秋月。

二華傳聞削半天，明湖更映石雙拳。誰從競秀窺天巧，並蒂芙蓉倚翠烟。（一）兩峯插雲。
金波色漾玉波斑，碧澗流分幾處灣。寶鏡一奩珠萬點，冰壺中貯小神山。三潭印月。
錦鱗六六逐波浮，快意何殊濠濮遊。羨爾忘機居樂土，從教吞餌不驚鉤。花港觀魚。
侵曉春聲柳外傳，臨風弱線欲吹綿。秀眉曲曲歌喉軟，何處遊人不繫船。柳浪聞鶯。
層軒四敞曲闌紅，萬柄荷香送遠風。人面如花花解語，採蓮歌徹夕陽中。曲院風荷。
畫槳尋芳趁曉風，小橋積素喜初融。一溪烟冷歸無路，放鶴孤山又哭空。斷橋殘雪。

【夾評】

（一）評「誰從」二句：白雲穿破碧玲瓏。

鷹犬二首

秋高雲淨天宇闊，金眸閃閃睨空碧。側身下掠捷如風，矯向空中復盤翮。（一）鴟鴞異類何紛紜，霜爪迅擊毛血分。慎爾驅除勿逞暴，廓清要佐鳳凰仁。（二）

細身田犬五尺長，四足趫捷不可當。首昂喙利兩眼赤，眾犬視之皆辟易。飼糧常少患肥癡，偃臥廊間甘伏雌。（三）秋清山高風夜吼，一朝蹤跡狐兔走。

【夾評】

（一）評「側身」二句：詩中有畫，句亦矯健。

（二）評『慎爾』二句：其言藹如。

（三）評『飼糧』二句：養得其性，自能用盡其長。

濟南晤舅大人奉和元韻

慈顔久悵故園離，異地承歡慰夢思。白髮轉緣增孺慕，五年兒女乍逢時。（一）

【夾評】

（一）評『白髮』二句：因慈識孝，節短韻長。

奉懷姑大人

空傳縮地方，千里幻成咫。北望燕雲深，金臺渺蒼紫。計卸申浦帆，五載違甘旨。春風感物華，秋月愁羅綺。別久思逾深，地隔心仍邇。欣茲泰岱遊，差慰陟岵屺。況值賦迎鑾，舅氏來東里。骨肉聚天涯，歡悰暢箸匕。重以半子情，特傳千里使。父時南迎祖姑。輕裝促仲春，遊歷愜暮齒。而姑天一方，懸慕情曷已。緬昨侍岳陽，燕寢羅經史。溫溫色笑餘，風騷示微指。詩成幼婦詞，韻步桃花紙。歷時隔晨昏，搦管慙鄙俚。承歡事固常，回首乃益喜。昨夢赴春明，夢醒離愁起。寂寂雲外鴻，迢迢河中鯉。烟艇虛檣帆，茵車空騄駬。（一）溯洄道阻長，深情託濟水。

【夾評】

（一）評『昨夢』六句：子美之真至，樂天之暢達，作者殆兼而有之。

奉和父大人陪祀岱宗韻

未了青看列眾峯，巍巍東鎮仰山宗。天連海氣蟠長塞，日掃雲陰沐古松。（一）輦道舊留千載石，天門待聽五更鐘。鬱蔥佳氣曾無盡，不數云亭漢代封。

【夾評】

（一）評『天連』二句：雄渾雅興題稱。

附 原韻

歸朝煦

平生景仰最高峯，陪祀今來謁岱宗。夾道白龍蟠曲澗，半山臥虎伴蒼松。干霄直上千尋級，大地聞鳴萬石鐘。彈指春風欣駐蹕，玉函金檢並堯封。

奉和樵雲七叔父六咏原韻

雲氣蓬萊合，天工競物華。春山橫翠黛，秋水映明霞。彩線繽紛煥，文禽爛漫誇。翩躚雙舞蝶，來鬪洛陽花。色。

何處秋砧急，偏勞思婦形。哀蟲淒夜月，宿雁警寒汀。萬里秦關笛，三更梁苑鈴。(一)那堪驚病耳，落葉下虛庭。聲。

清鐙宵並對，寶鏡曉相親。池畔形成偶，圖中貌逼真。看花同一笑，醉月恰三人。悟得空明相，超然不染塵。影。

目注行雲遠，神馳流水深。層層裁錦字，密密度金針。熨貼美人手，防閑脩士心。忘言清味永，靜夜獨鳴琴。意。

玉爐灰未冷，猶嫋一絲烟。(二)夢繞西樓月，春歸南浦天。燕鶯啼宛轉，兒女話纏綿。千里相思字，迢迢寄隔年。情。

紅雨春閨夢，青衫舊酒痕。(三)長宵空對影，永巷寂無喧。車馬驚長別，關河渺贈言。西風吹落木，雙淚灑庭萱。愁。

【夾評】

(一) 評『萬里』二句：如聽雲璈法曲。

(二) 評『玉爐』二句：筆意亦在一縷香烟之上。

(三) 評『紅雨』二句：筆外筆，句中句。

栽花

中庭地敞延袤約有數十弓，南軒北齋相對戶牖同玲瓏。兩旁長廊脩檻繚繞互映帶，是宜栽花飲酒坐詠而臨風。花香花色花態花品不一種，兼收並蓄要使六律旋爲宮。白榆紅杏夾以古槐陰徧覆，下蒔眾卉栽盆栽地各異工。豈能羣芳譜系一一盡羅列，但使眼前四時應接無虛空。時其燥濕量其淺深疏復密，滋培浸灌先之芟夷而蘊崇。刀剪繩約竿護各使盡其術，奚童沃具朝巡夕視隨西東。愛養費心加膏除莠又費力，乃得紛紅競紫異態爭蔥蘢。如賢父兄養佳子弟勞且苦，一朝成材競秀相賞樂洩融。（一）名書名畫名琴有約皆入座，好風好雨好月有主時相逢。人生何必築臺浚池備絲竹，只此清機逸興坐勝河陽封。春花遞開秋葉漸落縱有異，毫端麗藻胷中生意終無窮。

【夾評】

（一）　評「如賢」二句：　所謂「氣盛，則聲之高下、言之長短皆宜」。

觀射

開藝圃，張采侯。命良侶，決勝籌。弓既燥，手亦柔。射始舉，力正遒。射繼發，機不留。羽影捷，星光流。鼓點急，雨聲颼。體踴躍，神夷猶。（一）班左右，環復周。眾耦退，旨酒酬。藉觀德，且忘憂。

【夾評】

（一） 評『羽影』六句： 短言詩偏能極控送之妙。

題書

秋色不可描，秋山偏見妙。經營尺幅間，筆超神宛肖。重烟積翠掃卻空，泬寥天宇澄清風。平遠恰宜雲水外，微茫半入有無中。蕭蕭竹樹依山麓，編茅便構野人屋。泉石常諧物外心，風塵不染山中躅。是誰慘澹造幽奇，有意無痕妙卽離。雲林舊本漫相襲，栗里高情會與期。蕭齋坐對忘炎暑，清風習習吹庭礎。翩然身落瀟湘邊，一棹菱歌泛南楚。

余居濟東署後樓四面皆山因賦

蒼山四面圍，雕闌百尺迴。嵐光映青裾，空翠落香茗。（一）齊疆風固雄，歷山秀獨挺。洶如奔千馬，森若羅萬珽。蜿蜒亙數郡，變化通一磬。每逢一雨過，斗露千佛頂。（二）雲臨玉色寒，月挂珠光炯。吳峯曾引笻，楚峽亦維艇。未暢好奇心，冠笄固異等。天巧坐相償，地勝占無並。風雲綿岱宗，形勢壯滄溟。（三）層崖開文窗，疊嶂闢詩町。牕明雲母箋，壺暖琥珀酩。清味領醰醰，塵勞謝鼎鼎。

【夾評】

（一）評『嵐光』二句：異景奇情。

（二）評『每逢』二句：秀削獨出。

（三）評『風雲』二句：眼前空闊，筆下雄奇。

將離濟南有作

偶來濟上省庭闈，轉眼西風又賦歸。明月笑人何汲汲，青山對我尚依依。鵲華春宴隨星散，虎阜秋帆帶露飛。(一)料得傷情回首處，燕雲齊樹望中違。

【夾評】

（一）評『明月』四句：清詞麗句必爲鄰。

旅館

最動離人感，郵亭風景殊。寒鐙光黯淡，塵壁字模糊。里曲不成聽，村醪懶復沽。遙知憐女意，晨夕計征途。

夜泊

曠野秋清夜寂寥，明星幾點望迢遥。雙輪歷碌纔停響，又向江頭聽暮潮。（一）

【夾評】

（一）評『雙輪』二句：此景不意得之于閨閣中。

重過水村旅舍

昨泛秋江棹，輕舟曾此過。臨軒思昔款，閱歲感流波。荒徑添苔蘚，柴門長薜蘿。依然斜日後，隔水聽樵歌。（一）

【夾評】

（一）評『荒徑』四句：如見臨河水榭。

水牕即景

載得思親夢，扁舟南向流。帆横楓葉岸，人約蓼花洲。（一）風物增今感，河山憶舊遊。一樽對搖落，無奈此離愁。

水程未百里，涼月又侵衣。遠岸人爭渡，疎林鳥倦歸。晚楓丹漸落，病柳綠全稀。回首齊東道，高堂定省違。

【夾評】

（一）評『載得』四句：雲林秋江歸棹圖，彷彿遇之。

野泊紀事

繫舟古樹根，野曠無人烟。明星何歷歷，江水空潺潺。（一）涼風入懷袖，坐覺衣裳單。徘徊掩牎寐，童稚俱寂然。長年夜半起，喧呼破我眠。云有穿窬子，顧盼已在船。聞聲卻逃遁，捷比箭脫弦。曲踴露雙足，滅頂泅層瀾。念當聖王世，棄暴情何安。縱被飢寒迫，食力可苟延。百工藝俱在，無田亦逢年。胡爲懶惰成，負此筋骨全。（二）妄希分外獲，性命輕雲烟。釋我戒備念，惻然生憫憐。

【夾評】

（一）評『明星』二句：夜泊野景如繪。

（二）評『胡爲』二句：纏綿惻悱，三百之遺。

吳門留別謖巖大弟

憶爾垂髫握别時，十年征雁寄遥思。歸來欣睹雙珠樹，早茁春風第一枝。
銀管移來傍玉臺，洛川標格洛陽才。綠波森森歸帆穩，江上芙蓉並蒂開。（一）
蘭閨琴瑟羡調和，棣萼花開樂事多。爲繫家園違色笑，那堪岐路又驪歌。
楓橋流水縈離緒，虎阜西風慘别顔。曾記昔年分袂地，依然今日送君還。

【夾評】

（一）評『綠波』二句：璀璨如睹鏡裏双蕖。

留别諸弟妹

惆悵臨岐酒一卮，數聲棹唱動離思。十年分手纔相聚，早又江干泣别時。（一）

【夾評】

（一）評『十年』二句：離多會少，黯然神傷。

曉發吳門

夢斷思前事，開幃見曉缸。一帆人已遠，寒雨打篷牕。（一）

【夾評】

（一）評「一帆」二句：神韵悠然。

題詞〔一〕

【校記】

〔一〕以下三條題詞，原爲《二餘詩集》之題詞，今迻錄於此。

李心蕙雲芝

姊妹聯吟久，存亡廿載身。素箋只自劈，彤管與誰論。蠹卷空前跡，清才續後塵。蘭閨談永夕，回首覺傷神。

楊鳳姝蘋香

展卷人懷舊，傳薪句出新。有才成紹述，及爾遺昏晨。猶記蘭閨樂，時看玉樹親。璇璣思入妙，紈扇格超倫。肩倚尋花日，心融把酒辰。豈知珠掩采，頓使鏡生塵。烏兔驚流影，雲山閱幾巡。一編傳繼美，再世締重姻。問饋雞鳴早，挑針鸞繡勻。清思氛不染，雅性筆能馴。弧矢襄夫切，丹鉛佐讀頻。書香留後種，藝圃識前因。未易薪居上，應知轍可循。風騷垂正脈，努力嗣前人。

李學濂蓮舫

幼歲共看申浦月，長年同對洞庭雲。碧欄紅袖江天暮，烟雨樓頭獨憶君。

幾度披君憶我詩，離情脈脈兩心知。花前亦有懷人句，巴曲難酬白雪詞。

影娥新詠乍成編，十紙遺珠溯往年。共羨玉臺花管麗，謝家句法本薪傳。

繡餘續草

一卷　附　聽雪詞　刻本

繡餘續草一卷

序一

戈載

予聞三十年前，袁隨園太史、任心齋徵君皆有女弟子，太史擇能詩者定『十八女學士』之稱，徵君則爲刊《吳中女士詩鈔》共十餘家。予生也晚，僅一見太史，不得躬逢其盛。徵君則去年顧訪家君，予始獲晤。年七十外，近勤於經史，不復談前事。是一時之流風雅韻，固已蘭枯香滅，無有人慕而道之矣。而琴川有佩珊夫人，巋然獨存。始本不在袁、任之門，年老遊倦，爲吳中女師，猶日吟詠以自遣。生平所爲詩，不下千餘首，金壇段右白丈選其尤者付梓，名《繡餘續草》，後附《聽雪詞》一卷，並爲序云：『詩詞調逸而語純，其至處卓然得風人之旨意。』予本不識夫人，右白丈以集示予，命作序，因細讀之，洵如右白丈言。嗟乎！文人墨士，握管咿唔，爲詩詞者甚多其人，而名不能盡著。獨夫人以一女子負盛名數十年，久而彌重，豈非以人才之難，古今同慨；才而在女，難中之難，故共相矜貴而不忍湮沒與？因思前此諸女士皆奉人爲師，身爲弟子，而夫人則儼然垂教，不爲弟子而爲師。且以女子教女子，授受親而性情洽，其理更順！宜乎信從者衆，而詩詞遂得以流傳也。他日質諸心齋徵君，以爲然否？

時道光癸未斗指丁三日，吳縣戈載拜序。

序二

段驤

拘牽之論，多言婦女不可使讀書。嘻！是未知其辭之謬也。敬姜之規公甫文伯，曹大家之踵成《漢書》作《女誡》，非徒以文稱，躬脩乎道德，深造自得於文辭，故其言充乎有物，奐乎有文章。其他貫串典籍，博稽古今者，其人代有。他若括母知廢，陵母知興，又豈不學而至者耶？拘牽之論至不足信。歲壬午，余由古中江達上海，榻觀察署，與余妹道契闊。而女甥自璋出詩詞質余，則其言有章，佳麗可誦。叩其所自，則師於女士佩珊夫人，而得其旨趣者也。余笑曰：『不母之師而外求師乎？』余妹曰：『夫人才媛也。』及歸吳閶，凡知夫人者，無不言夫人才媛也。心竊異之。閨秀不求聞達，兼之女紅分其心，齏鹽柴米亂其懷，雖好文墨，往往中怠，鮮有完作。夫人何一署稱之、一邦稱之如是耶？索其詩詞讀之，調逸而辭醇，其至者卓然稱風人之旨，然後知所聞爲不爽也。余居吳閶三十年而未知之，余之陋甚矣！夫人淡泊自甘，少陵稱『侍婢賣珠迴，牽蘿補茅屋』者，夫人景況約略近之；而能琢磨洗削，克成其志，非古所謂豪傑者歟？聞其風者，奮然於詩書之途，尚友古人於千載之上，不淆於浮論，知慕敬姜、惠姬之爲人，未必不由夫人牖之也。

道光三年四月二十一日，金壇段驤拜手序。

序三

吴其泰

其泰初來滬未一旬，而復軒上舍以佩珊夫人詩編見示，讀之饒有古大家風。其氣渾括，其情豪邁，其識卓越，不類閨閣人口吻。薔浣莊誦，久有刊集廣播之意。今同人志合，付諸剞劂，既重女史之才，又嘉上舍之行，因援鶴以先頌，共集狐而成製。

道光壬辰冬日，蘇松太兵備使者固始吴其泰題。

繡餘續草一卷

秋夜感懷

半生心事篆成灰，欹枕空教腸九回。骨瘦不禁秋氣逼，詩寒苦受別愁催。鐙前人影隨雲散，天外鴻聲帶雨來。連日清閨惆悵甚，東籬孤負菊花盃。

悼殤用前韻

搔首鐙前念念灰，轆轤腸轉百千回。風飄弱絮應難住，絲吐春蠶苦自催。夢假尚貪中夜聚，情癡空望再生來。看花勉受同儕勸，清淚無端墮酒盃。

舟中口占

百里程途指顧間，水牕靜坐聽潺湲。遠天塔影隨帆轉，知過龍華第幾灣？

虞山歸棹奉懷堂上

庭幃悵望幾經秋，相見淒然別更愁。欲識愛憐情切處，白頭扶杖送登舟。

絕無甘旨奉昏晨，貧病遺憂到老親。料得草堂今夜月，更深猶自説行人。

題華山弟照

萬峯趁曉快先登，鯨浪初扶赤日升。放眼天開金碧畫，一身都被海霞蒸。大觀。

承歡且自寄山林，家有藏書好細尋。萬樹蒼松千澗水，風采齊作老龍吟。小隱。

疎簾清簟絕纖埃，長日消磨一卷開。卻喜雙鬟能解事，讀書小困抱棋來。讀書。

時平干莫久藏鋒，淬向清泉光閃空。總是難消才子氣，諒無恩怨到胷中。看劍。

擬向天街控紫騮，尋芳且作少年遊。新鶯百囀東風軟，似海春光擁馬頭。立馬。

楓葉丹黃映夕暉，長堤漠漠淡烟霏。興來混入樵蘇侶，牛背常攜短笛歸。騎牛。

柴門半掩綠楊津，玉粟叢開占晚春。酌取清泠一甌水，惜花心細灌來勻。灌花。

天香吹滿月輪秋，十二珠簾盡上鉤。扶出美人剛半醉，偏身花影御風遊。醉月。

半嶺斜陽人跡疎，野田高下翠新舒。家風淡泊兼耕讀，暫卸儒冠學荷鋤。輟耕。

買得扁舟當草廬，幽人性愛水雲居。一杯待吸江心月，巨口纖鱗入饌初。罷釣。

楓根石上小盤桓，秋淨遙天眼界寬。老鶴向人如會意，一聲清唳徹雲端。放鶴。

美人玉骨將花瘦，處士紅氍映雪明。爲是色香俱第一，一枝思折贈卿卿。探梅。

秋草

侵階猶記綠菲菲，底事秋來逐漸稀。涼雨點中生意淺，寒蛩聲裏托根微。相思有恨霜催鬢，懷夢無靈淚染衣。榮悴總教歸化育，寸心只是戀春暉。

平蕪遠近暮烟昏，難覓春前舊屐痕。絕塞清笳悲牧馬，西風殘照弔王孫。一池漂泊流螢夢，三徑淒涼蟋蟀魂。拾翠無人問消息，荒籬寂寞掩重門。

玉階秋老怨偏長，那得同心訴斷腸。瘦減裙腰消舞態，淡勻眉黛學啼妝。月來永巷無邊白，雨到長門分外涼。一樣與花同薄命，不禁對爾感流光。

寒流冷浸影蕭蕭，楓落吴江綠漸凋。帶雨何人鋤斷岸，履霜有客度長橋。西園撲蝶三春過，南浦懷人半載遥。彈指東風轉幽谷，好營香徑護新苗。

驛柳和韻

如此風流説贈行，客懷蕭索怕牽情。聽殘玉笛剛三弄，送過陽關又一程。古渡月明春有影，長堤風定浪無聲。郊原日暮行蹤少，斜拂青簾緩緩迎。

武昌營外舊移根，慣送紅塵驛騎奔。滿店飛花留過客，一鞭斜照認遥村。吟殘白傅傷春句，銷盡屯田舊日魂。正是馬嘶蟬噪處，一彎弓月挂關門。

半是愁絲半淚絲，對他那更説臨歧。旗亭客散春歸後，灞岸驪歌月墮時。瘦到可憐何忍别，青還無際慣將離。饒他一種纏綿態，頻觸樓頭少婦思。

年來張緒不勝衣，閲盡風霜減帶圍。三徑門閒人望遠，六朝春好客思歸。相形只覺青衫舊，顧影還憐緑鬢稀。拂拭黄塵投旅店，玉驄繫處愛晴暉。

困鄧通

銅山鑄錢擬侯王，天下知有黄頭郎。退朝歸府飛檄往，弄臣此時識丞相。朝廷本是高皇貽，綿蕞傳有孫通儀。啨汝弄臣敢壞之，臣爲漢相統百職。臣執漢法敢有私，代王賢明稱誼辟。倉猝北軍能定策，此時宛轉謝丞相，實藉腹心弭肘腋。前五侯，後十侍，坐使當塗竊神器。拒狼進虎術已疎，令人千載思申屠。

射潮弩

怒濤滾滾排山至，此是英雄不平氣。英雄靈爽豈易降，人中乃有吳越王。錢王意氣邁當世，所貴存心在利濟。裂石穿波強弩開，潮頭轉向西陵逝。勢如轟雷震山嶽，水底蛟龍盡驚避。寶劍光橫十四州，得意難忘根本地。父老歡呼草木榮，丈夫至此豈無情。龍飛鳳舞應前讖，他年遂作長安城。陌上花開春復春，鈿車零落埋香塵。至今江口寒潮急，猶似當年射弩聲。

麗豎燭

玉堂高，良夜靜，兩行綠鬢珠簾影。雙眸光射簡編青，蠟花紅過枝頭杏。墨光如漆顏如玉，如此豪奢差不俗。十載聽雞蕭寺中，名成合享風流福。奪得鼇頭付阿兄，巨筆如椽專史局。按來新樂五音調，小宋名高宮禁熟。剪燼清宵素手勞，焚膏彩袖揚清馥。月初高，風弄竹，丹鉛已看盈篇幅。應與金蓮一例傳，千秋照耀雙枝燭。

順昌捷

將軍義勇氣通天，大風拔帳示聲先。敵軍十倍我軍從，部下人人盡驚恐。東京已陷形勢單，不如卷甲江南還。我官留守宜盡職，有城可守糧可食。鑿舟沈江，聚薪盈門。婦女礪刀劍，城上埋輪轅。強弓硬弩不得入，還發一矢皆奏捷。敢令營門悉洞開，金兵側目不敢來。偶作小兒折竹戲，十萬雄師自相斃。斫碎浮圖鐵化泥，敗嘶長勝軍中騎。雍容餉士如平時，名將從來貴用智。指顧軍威震燕南，那不驚心順昌幟。

小真同柔仙見招以詩代簡次韻答之

筆架珊瑚絕點塵，玉簫雙奏洞房春。明朝試把生花眼，來看秦樓跨鳳人。

附　元韻　　小　真

海風吹我淨無塵，八月清秋氣似春。爐自焚香花自供，明朝絳帳拜詩人。

次日遠峯小真同有詩來再答二首

玉潤冰清總絕塵，一堂花管互爭春。阿翁準備如澠酒，借我雙斟勸璧人。
玉臺晨起浮纖塵，雙笑能回天地春。久識名閨真絕代，幾生修到畫眉人。

附　元韻

林　鎬小　真

十斛明珠布作塵，雙枝紅燭豔生春。同斟玉鏡臺邊酒，要醉簪花詠絮人。遠峯。
片雲飛下玉無塵，著手能生絕豔春。如此聰明女才子，臨風愁殺卷簾人。小真。

題閨秀白桃花畫卷

欲與江梅鬬格工，借他暖浪滌繁紅。雲迷玉洞春何淡，花到仙源色是空。人面分明籠素月，粉垣依約笑東風。前生看慣瑤池種，妙腕能教意態同。

送方式亭楷大令歸宣城三首

北風吹白雲，遊子理歸楫。歲暮雨雪霏，長途勞跋涉。堂上有老親，恐勞望遠睫。妻子留京師，音書久未接。一心馳兩地，寸意何由愜。留君苦未能，帆影去何捷。極目水天長，楓林墮黃葉。

憶君初來日，出畫索賦詩。愧我律法疎，隨意竟答之。何期正法眼，翻將華袞施。采雲墮几案，令我神色飛。高軒造蓬徑，再拜仰先儀。盤餐苦粗糲，聊用佐一卮。弱女適在側，啞啞如有知。君言我有子，亦在繈褓時。歡喜結朱陳，一諾兩不移。卻慙蔦蘿質，附此喬松枝。

君懷風雲志，挾策遊長安。飽看上苑花，快策金臺鞭。斑衣集四世，樂事天倫全。自念賦命薄，伶俜門戶單。苦吟聊自遣，撫景徒憂煎。顧茲百病軀，常恐朝露先。相對轉默默，未盡意欲言。臨別重叮嚀，弱息期君憐。

南園訪杏

入耳惟聞鳥雀嘩，水雲深處暫停車。薄寒未減春猶淺，扶病還來看杏花。

題宛仙畫竹

青鸞尾瘦碧雲涼，妙墨雙鉤粉黛香。翠袖天寒人倦倚，一宵清夢落瀟湘。

畫梅

小閣簾初卷，中庭月正明。一聲瑤鶴警，滿地瘦枝横。韻極何妨淡，香多轉覺清。相思隔烟水，無限隴頭情。

次春洲茂才見贈韻

聽徹雄談夜未闌，滿樓明月助清歡。交惟真率纔能久，詩到清新亦大難。境好未容流俗賞，句奇要索解人看。苦吟正被愁城困，喜聽朱絃雲外彈。

題汪紫珊太守碧梧山館圖〔一〕

綠雲一片淨無塵，著個蒼山跨鳳人。山館夜涼詩思好，秋聲吹滿月如銀。
掃眉才子句如仙，萬綠叢中好比肩。料得管花齊放處，笑拈落葉當吟箋。
枝枝碧玉壓牕扉，山影秋痕入望微。老幹日長花日茂，佇看幺鳳作羣飛。

【校記】

〔一〕本組詩又見《近草》。

味莊先生示法華賞牡丹詩次韻

蜀箋五色爛於霞，擘得驪珠出絳紗。一片神光飛不定，臨風三復當看花。
誰把樓臺百和熏，天教勝地張詞軍。玉堂才思原無敵，筆染天香豔十分。
幾時綵筆夢中傳，貌出瑤臺第一仙。知是名花原有屬，古今絕調兩青蓮。
爲沐三春化雨寬，明霞千疊壓雕欄。芳根縱使栽盤谷，只當公門桃李看。
玉敦珠盤集眾英，花前並坐倚新聲。酒酣揮灑如椽筆，撲面濃香又解酲。

喜雨行呈味莊先生

兼旬不聞喚勃鴿，金烏飛出纖雲無。桑麻森森總減色，禾苗正待甘霖濡。麥秋有收願粗足，桔槔更念斯民劬。使君病足正新愈，屏置車騎紅塵趨。瓣香昧爽虔禱祝，丹忱感格神明乎。天公速鞭懶尤起，白雨噴薄如跳珠。雲頭似聽萬馬走，歡聲半雜羣黎呼。萬物欣欣盡生意，使君高枕何憂乎？深閨關情亦自喜，海棠新沐枝扶疎。

哭味莊師

陰雲凝不流，梁木忽已折。淒風入我室，感念中腸結。憶昔初遇公，正逢重九節。今日又重陽，傷逝倏三日。清酒奠靈帷，黄花亦愁絶。欲陳感激衷，下筆先哽咽。吾父與吾翁，簪纓並時列。一亡一解組，四壁苦蕭瑟。青雲篤高誼，十載賴公活。深閨弄柔翰，學詠昧音律。迷津時一指，漆室懸朗月。倘有尺寸長，公必表而出。蘇臺攝臬還，尚賡詞數闋。麗藻燦天葩，清思霏豔雪。遺珠滿筐笥，觸目痛於割。斷我焦尾琴，此恨安可説。

公系出北海，公官由翰林。領郡來蘇臺，移節駐海濱。仁風播澤國，甘雨滿棠陰。孤寒賴慈父，羣黎仰明神。冉冉二十載，爲政惟日新。方謂來日長，豈料遽返真。慟哭徧故舊，哀感及路人。收淚強拈管，請爲公細陳。年將及古稀，著述已等身。瑤階三珠樹，玉立何森森。文孫喜靜秀，並擅至性純。承歡趨遠道，各盡孺慕忱。爲善無不報，於此知天心。萬物各有盡，令名無時湮。

題唐淳安上舍桐陰觀書圖

碧雲涼似水，清露滴蒼苔。蟲語催詩就，秋聲送月來。豪情能結客，雅抱獨憐才。良夜停盃酌，高齋一卷開。

題梅花畫箑祝心芝夫人四十兼以誌別

最好風姿雪後看，濛濛香影壓雕欄。指將松柏殷勤祝，常伴瓊英閱歲寒。
繡佛幢前供幾枝，暗香脈脈影離離。曾沾太古瑤池雪，不怕風前玉笛吹。
山南水北幾枝開，曾向東風著意栽。耐得冰霜寒徹骨，百花頭上送香來。
昔年花下倒金卮，今日花開早別離。此去郵亭風雪裏，好憑驛使寄相思。
春風滿眼總離愁，烟水蒼茫路阻脩。他日對花忘不得，手彈清淚上枝頭。
暗香浮動夜沈沈，自去林逋少賞音。淒絕茅簷霜月夜，一鐙如豆對花吟。

白薔薇花

餞春微雨綻幽姿，粉刺牽衣弱不支。本色肯教妃子妒，淡妝難入孟郊詩。盥宜素手承芳露，繡上冰紈忌色絲。不是清香聞近遠，荒籬月冷有誰知。

墨蓮

十里花光映水光，風來兩岸有餘香。鷺鷥占盡人間福，葉底深深愛曉涼。

憶荷用韻〔一〕

娟娟合受水仙憐〔二〕，解佩江皋憶往年。料得夜涼成獨醒，一池香影讓鷗眠。

【校記】

〔一〕 本詩又見《續草》卷二《憶荷》其一，《近草》之《憶荷用前韻》其一。

〔二〕 『娟娟』，《續草》卷二作『芳心』，《近草》作『苦心』。

題薔薇畫

紅須嬌膩粉生光，含笑風前倚醉妝。蝴蝶愛尋香夢好，滿身清露出花房。

題畫十二首

老屋參差綠樹齊，草堂彷彿浣花溪。著書畢竟山中好，剝啄無聲日又西。

扁舟小泊綠楊津，如水秋光潑眼新。樹影沈沈山悄悄，此中應有未歸人。

板橋曲曲路三叉，樹影波光入望賒。山雨欲來雲四合，亂峯缺處補人家。

白雲深處掩柴門，都種夭桃傍短垣。十里好山紅不斷，片帆春水訪仙源。

空山謖謖起長風，定有幽人此寄蹤。夜半濤聲來枕上，恍疑天際走蛟龍。

園林入夏景芳菲，松桂青蒼榆莢肥。遠水蕩空山聳翠，更無人處鷺雙飛。

一重雲樹一重山，結個茆廬傍水灣。最是夕陽詩思好，芒鞋竹杖任躋攀。

烟波渺渺泛輕航，村落疎疎淺渚旁。爲恐秋林太蕭瑟，勞他青女點丹黄。

花到空山位置高，當年和靖興偏豪。月明人在瓊樓頂，四面風來雪卷濤。

數聲柔櫓不堪聽，山色空濛柳色青。一葉扁舟乘暖浪，阿誰祖餞過長亭。

秋山木落日如霜，靜掩柴門秋夜長。不數蘭成《枯樹賦》，詩情杜老最蒼涼。
天公玉戲太瓏玲，高臥袁安喚不醒。只有蒼松埋未盡，玉峯深處露青青。

鳳池亭次韻

凝香徑

芳徑殢蝶魂，修廊馴鶴步。時聞風露香，密集遮前路。

有瀑布聲

風雨走蛟龍，空山鳴碎玉。洗心亭上坐，寒浸鬢眉綠。

綠蔭榭

濃蔭漏月腳，雲影自來去。日暮涼風生，吟聲起何處？

蘆被

蘆花輕軟勝吳綿，紙帳秋深伴客眠。一枕詩成湖海氣，半宵夢繞水雲邊。酒醒小閣涼於洗，月浸疎帷淡化烟。不覆鴛鴦覆鷗鷺，輕裝擕上釣魚船。

酒旗

一旗茅店恰相逢，烏帽欹斜落照中。掩映最宜紅杏色，飄搖時趁綠楊風。壚頭仗爾招魂到，酒國憑伊樹幟雄。青眼相遭狂阮籍，不勞指點問村童。

題十萬琅玕圖卷

琅玕十萬護書田，不羨睢川與渭川。半點軟紅難著地，一城寒碧欲浮天。月明好度龍吟曲，客到同參玉版禪。更喜清芬流澤遠，鳳巢安穩自年年。

次潘榕臯先生東坡生朝韻

苦憶神仙玉局子，萬古精靈脱生死。立德功言三不朽，難得一身兼衆美。椒酒春盤慶令辰，翩然鶴降如有神。長留浩氣彌宇宙，豈獨大筆垂輪囷。世途夷險本無定，身遇屯亶道逾進。早師孟博志澄清，晚學淵明樂天命。一笑詩成興更遒，眼前百事良悠悠。大江寒月白如練，知公又作逍遥遊。

除夕立春

別院荒荒冷砌苔，吳鹽一夜撒成堆。生憐歲向愁中換，不信春從雪裏來。竹葉無心留客醉，梅花何事背人開。茫茫身世無窮感，作賦深慚庾信才。

牡丹次韻三絕

一泓秋水淨無埃，詩格青蓮此脱胎。筆醮春風新柳汁，仙郎齊染綠衣回。綠牡丹。

十斛天香素手團，明明碧月墮雲端。雕欄百寶渾多事，富貴須離色相看。

九天玄女現金身，雙鬟雅堆照眼新。誰向金壺分墨汁，瑤臺五夜替傳神。

又牡丹次韻三律

綠雲墮地靜無嘩，魏紫姚黃莫漫誇。賜出東皇原富貴，供來玉案自高華。湘裙六幅留仙皺，碧玉雙枝壓鬢斜。十斛量珠聲價重，手題花葉寄情賒。

冰姿豈合謫紅塵，馴鶴山房貯好春。朗月三霄雲幕護，明珠幾顆玉盤陳。尚陳素抱渾忘貴，略染脂痕便失真。我恨看花仙福少，清平那得調翻新。

影上書帷綻幾枝，化工弄筆太神奇。吟殘香國生花夢，醉愛雲鬟照酒卮。元鶴何年來海嶠，墨蛟驚見起天池。圍屏燒燭分明見，莫悵瑶臺月上遲。

奉次潘榕臯先生登焦山用東坡金山詩韻

詩人腰脚健於鶴，春江烟月浩如海。江心巨石永不沈，焦先姓氏千秋在。衆僧結屋沿坡陀，安如磐石無風波。往來過客一憑弔，雪泥鴻爪何其多。先生壯遊忽鼓楫，山寺淹留趁佳日。海門接天一線青，返照入江半山赤。危巢攀援動心魄，絕頂雲濃數峯黑。揮毫還借佛火明，驪珠探得驪龍驚。從來奇境歸特識，風雨千秋護神物。先生著述留名山，八旬猶學頑仙頑。歸來遊興尚未已，對客時談好山水。

寄懷玉芬夫人

別恨還隨芳草多，懷人遠道奈愁何？天寒翠袖依脩竹，古屋青鐙映女蘿。兩地心情同黯淡，三春花月總蹉跎。報伊一事差堪慰，早晚扁舟渡泖河。

戊寅臘月重訪怡園過馮玉芬夫人連牀話舊剪燭論詩即次見贈元韻

相思經六載，時有夢魂來。小艇乘潮至，疎梅破臘開。同衾嫌夜短，分韻愧長才。安得芳菲節，年年共酒杯。

和毛壽君山人春興元韻〔一〕

壽君先生，琴川名宿，乙丑秋，儀歸省，承示《潭陽春興》詩，有與余懷相棖觸者。次韻成篇，非敢較工拙也。

悲涼楚些古時春，風送飛花絮卷塵。萬里江山窮駿足，天涯詞賦老才人。瀟湘烟雨毫端集，屈宋精靈句裏新。聽說倚樓勞遠目，傷春杜牧鬢如雲。

芳杜幽蘭遍廣庭，春波浩淼接蒼冥。側身天地頭先白，放眼郊原草又青。三峽雨雲淹楚夢，半江烟月泣湘靈。昏鐙如豆吟成候，山鬼中宵定出聽。

江岸家家酒自篘，青簾飄出樹梢頭。芳春易感懷鄉夢，勝地偏深弔古愁。短褐行吟聊自遣，長鑱歸計若爲謀。祇今門掩秋光裏，穩臥元龍百尺樓。

深閨亦自感摧殘，一樣艱辛去住難。好句何當扶病讀，名花偏是帶愁看。半奩秋水驚新瘦，一枕西風怯早寒。苦念伶俜小兒女，支持弱質強加餐。

【校記】

〔一〕本組詩又見《近草》，詩題「山人」下有「潭州」二字。

舟中口占

鐙昏愁不寐，中夜起長嘆。霜氣壓篷重，潮聲卷夢寒。生涯悲濩落，身世足辛酸。多少鴻泥感，羈懷逼歲闌。

次劉杏坨題小滄浪亭原韻

從來名士半林丘，中古神仙住十洲。兩岸菰蒲雲作障，四圍烟水屋如舟。月明鸞鶴齊聽曲，風起蛟龍欲上樓。世上紅塵飛不到，一竿漁唱萬山幽。

白牡丹

錦繡叢中見淡妝，能空色相是花王。瓊姿只合籠珠箔，清品原宜供玉堂。月榭舞風波寫照，寶欄浥露粉生光。分明人在琉璃塔，雲際飄來百和香。

前題次鷺洲韻

捧出瑤臺璧月新，團香鏤雪現全身。玉顏只合陪甘后，素豔休教比太真。閬苑慣棲珠樹鶴，紅欄圍住縞衣人。風翻露洗尤清絕，一片光籠淡沱春。

懶隨姚魏鬪芳妍，置酒頻招洛下賢。富貴卻緣清品出，穠華端藉白描傳。連城璧合藏香國，不夜珠常照綺筵。翠黛明妝春正好，休猜雪後與霜前。

七月十七日對月得句

涼飆起樹頭，溽暑霎時收。對此一輪月，空嗟兩鬢秋。浮生何草草，良夜自悠悠。不是蟲相和，孤吟誰與酬。

題葉小鸞眉子硯爲定庵公子賦

小蹋青鸞證上仙，紫雲一片未成烟。美人眉樣才人筆，合締三生翰墨緣。
螺子清研玉樣温，摩挲中有古吟魂。一泓暖瀉桃花水，洗出當年舊黛痕。
絕代蛾眉絕代才，紅絲攜向鏡奩開。憑君第一生花筆，翻出新圖十樣來。

泰伯

至人丰骨等仙班，采藥句吳竟不還。疆土周遭啓南服，胷懷高曠洽西山。遺芳天與留終古，明德人因化冥頑。縱是文身有虞仲，一門風味豈偷閒。

淮陰侯

垂釣烟波意渺然，風雲指顧定坤乾。若非隆準收三傑，未易重瞳局五年。漫説蕭何是知己，卻令樊噲與齊肩。弓藏鳥盡尋常事，死後還蒙帝子憐。

賈生

暫屈長沙願未虚，先生何事費嗟吁。不思黄閣猶堪待，卻忘青年尚有餘。磊落金門空上策，蕭疏湘水竟投書。黄泉若是逢知己，應問三閭蹭蹬初。

武侯

曹馬論才豈匹儔，直須長劍截蚩尤。功高未算酬三顧，歲假還思定九州。銅釜木牛精製度，綸巾羽扇盡優遊。傷心二表留天地，中夜挑鐙爲涕流。

岳忠武

底事英雄淚滿襟，歸來槁葬碧山陰。十年功壓凌烟上，三字機侔偃月深。古柏尚傳英氣在，金章重見土花侵。龍旗北狩無由返，生死常殷望救心。

讀陳桂堂太守景忠祠碑文感夏節愍遺事

家國茫茫恨未窮，大哀一賦起悲風。生全大節餘奇氣，死尚種年作鬼雄。四海文章推獨步，一門父子得雙忠。遺孤未產身先隕，寄母書成血淚紅。

渡口守潮遇雨

扁舟苦炎熱〔一〕，面面水牕開。渡口呼人急，雲頭送雨來。蕭蕭鳴弱節，隱隱度輕雷。向晚乘潮發，肩輿帶月迴。

【校記】

〔一〕『扁』，《再續草》作『艭』。

和唐陶山明府重脩桃花庵詩

遺祠重爲拂埃塵，補種夭桃幾樹新。紅粉也知憐國士，青衫偏是困才人。不逢良木寧求蔭，肯爲黃金便屈身。縱酒佯狂聊玩世，笙歌隊裏老青春。

悔占江南第一名，遭他饞口玷冰清。狂依花月爲生計，閒藉雲山寫不平。斗酒每爲知己罄，雙眸還對美人明。英雄末路真無奈，甘就蒲團證此生。

生遇庚寅數本奇，名心淡到不求知。肯揮阮籍窮途淚，且賦冬郎豔體詞。一席風騷逢地主，百年花月有專祠。吳中女士傳佳話，仙吏風流繼左司。

仙館長明不夜鐙，六時清課伴山僧。生前久占天花界，身後應參貝葉乘。弔古亭邊尋夢墨，放衙花底曳紅藤。千秋一瓣心香續，杜牧原應踵少陵。

贈圭齋妹

天風吹我到瑤臺，親向麻姑問字來。不數謝庭飛絮句，閨中驚見謫仙才。

綠牕情話太纏綿，僥倖三生種福緣。把袂自慚葭倚玉，多君相見便相憐。

郎君才地徧雲霄，詩詠關雎寶瑟調。寫罷娥眉聯好句，彩鸞只合侶文簫。

鈴閣花明好館甥，果然玉潤與冰清。歸寧添得庭闈樂，福慧雙脩最羨卿。

喜聽簷鵲噪高枝，捷報泥金正及時。添得玉臺新句好，阿兄身到鳳皇池。

鐙花和圭齋妹韻

拜倒金閨詩律嚴，銀釭送喜句新添。開成如意連珠合，照出同心兩地兼。一穗好花分豔夢，滿庭華月卷晶簾。征蘭消息泥金報，吉兆還教次第占。

紅心瞥見綻中央，卻近書叢硯匣旁。別具靈根能吐豔，不沾仙露自生光。聞從火宅超三界，懶向春風領衆芳。較似曇花還耐久，繡帷連夜伴更長。

附 元韻

龔自璋

深閨午夜漏聲嚴，一穗嫣紅淑景添。明豔不須枝葉襯，穠華何必色香兼。影垂並蒂人初夢，花結同心月半簾。試問明朝何吉兆，好將心事向君占。

酒冷香宵夜未央，一枝初吐鏡臺旁。花明不藉春風力，影燦應分夜月光。對我盈盈如欲笑，向人脈脈不言芳。莫嫌爛漫無多刻，好伴清宵玉漏長。

次牧祥妹寄懷元韻

十載飄篷鬢已秋，忙中歲月去如流。生憎一曲西泠水，不替離人浣別愁。

重登紅雨樓

重來棖觸舊遊情，石磴松關似隔生。滿徑綠陰濃似染，一樓紅雨墮無聲。轉頭花事渾如夢，彈指春光又送行。留戀韶華因坐久，夕陽多向柳梢明。

贈景崇女阮

聰明心性蕙蘭姿，正是深閨就學時。詩詠《蓼莪》頻憶母，訓遵《女誡》近師姨。謂圭齋妹。拈毫愛詠風前絮，遣興還敲月下棋。自笑管花凋已盡，勞君珍重索題詩。

春草二首

年年披拂賴春風，高下萋迷接遠空。滿目亂愁帆影外，十分生意雨聲中。埋將靈氣千秋碧，染出芳心一寸紅。今日故園苔徑裏，踏青曾記過吴宫。

東風吹處又萌芽，待爾成茵襯落花。極望不堪迷海角，送愁直欲徧天涯。千年關塞青留塚，一夜池塘夢到家。蝴蝶尋芳鶯弄舌，裙腰長帶夕陽斜。

得放翁狂。

海棠

泫露粉生光，朝霞助倩妝。嬌多渾似醉，豔極豈無香。帶雨紅脂濕，牽風彩縷長。少陵投筆後，賺得放翁狂。

題閨秀陸娟繡餘覓句圖

吳中殷雲亭，文學士也。婦陸娟善詩，二十于歸，逾年物故。雲亭悲悼不已，自爲作圖。昔鍾伯敬爲劉晉仲婦作《斷香銘》，曰：『世所不常有者，才人；所不可無者，友。才而爲我友，友而爲我婦，婦而才相當，晉仲以爲能永乎？不能永乎？』雲亭亦云。

雲亭示我袖中畫，欲言不言恨難瀉。吞聲爲說畫中人，芳魂已逐春華謝。夢中環佩來何遲，幃屏仿佛如見之。晨牕拂拭鵝溪娟，貌出纖纖瓊樹姿。蟬鬢蛾眉光溢目，白錦稚襴好裝束。娟娟翠袖映琅玕，還似天寒在空谷。尤憶生平韻語工，剪紅刻翠交玲瓏。霜箋捧出簪花似，秀句催成詠絮同。青鏤小管珊瑚架，文牕曉拓櫻桃下。鸚鵡千回喚玉籠，絮說繁紅糝芳榭。此時拈毫意思精，欲寫不寫偏經營。須臾紙上迴文出，蘇蕙聰明訝再生。逸韻清音扣哀玉，驪珠一琲光堪掬。小妹嬌憨喜欲狂，蓮花漏半然脂讀。畫閣泥香海燕歸，年華二十正芳菲。崔徽此日情偏愜，荀粲今生願不違。豈知轉眼人事變，芳園桃李難留戀。月苦風酸只自悲，人間天上何當見。生憎落葉與哀蟬，幾度尋歡恨轉牽。放懷翻惹腸千結，追昔空成夢一年。江魚兩兩身相貼，分作王餘合爲鰈。藕折絲連薏恨長，盈盈玉箸常沾睫。凝神重憶舊時顔，笑靨愁蛾腕底慳。謝家風度分明記，繪出當時意態嫻。當時句好爭連璐，剩墨零箋散烟霧。畫裏分明似昔時，隨身筆硯關情素。潘岳從來感慨多，美人無命欲如何？爲君譜出圖中意，翻作江南紅豆歌。

上海懷古

落日西風見滬城，瓶山終古峙崢嶸。沙蟲猿鶴知何在，惟有寒潮作戰聲。

春日訪露香園不得

荒城春盡草芊芊，潮落潮平望蜿蜒。三百年來傳顧繡，定誰知道露香園？

昭君

斜抱琵琶淚暗傾，天山硉矹雪風生。一言定使青衿笑，失意翻贏萬古名。

次圭齋妹見贈原韻

家住錢塘東復東〔一〕，用唐人句。伊人詩骨最玲瓏。畫眉筆用生花筆，林下風兼國士風〔二〕。偶駕仙雲來海角〔三〕，皎如華月到天中。官齋快敘天倫樂，看取蟠桃幾度紅。

裁紅刻翠一般癡，訂得同心莫悵遲。藝苑聯芳兄及弟〔四〕，慈闈問字母兼師〔五〕。頻貽雲錦親裁句，欲繡花容待買絲。更喜吟壇多韻事，一時班謝鬭新詞。

【校記】

〔一〕『家住』句，龔自璋《仁和龔女史朱太夫人遺詩》（以下簡稱《朱太夫人遺詩》）作『選韻還拈第一東』。

〔二〕『林下』，《朱太夫人遺詩》作『名士』。

〔三〕『角』，《朱太夫人遺詩》作『上』。

〔四〕『弟』，《朱太夫人遺詩》作『妹』。

〔五〕『慈闈』五字，《朱太夫人遺詩》（以下簡稱《朱太夫人遺詩》）作『蘭帷知己友』。

附　元韻〔一〕

龔自璋

寶婺元精耀海東，五雲樓閣起玲瓏〔二〕。詩人少達多愁句，名士如林拜下風。也許唱酬參座末〔三〕，絕憐才藻屬閨中〔四〕。朅來問字渾忘倦〔五〕，一任頻燒蠟炬紅〔六〕。

刻翠拈紅自笑癡〔七〕，鍾期相遇恨偏遲。亦知風雅非吾事，似此清才是我師〔八〕。翰墨有緣依絳帳，軒牕相約寫烏絲〔九〕。愧無健筆承衣缽，宿夜虚摹幼婦詞〔一〇〕。

【校記】

〔一〕《朱太夫人遺詩》題作『呈佩珊夫子』。

〔二〕此句後，《朱太夫人遺詩》有小註：『先生家有五雲樓，先生居瑞雲樓。』

〔三〕『座』，《朱太夫人遺詩》作『席』。

〔四〕『絕憐』四字，《朱太夫人遺詩》作『從來楷模』。

〔五〕『揭來』四字，《朱太夫人遺詩》作『绛帷聽講』。

〔六〕『蠟炬』，《朱太夫人遺詩》作『燭影』。

〔七〕『刻翠』四字，《朱太夫人遺詩》作『學杜摹韓』。

〔八〕『似』，《朱太夫人遺詩》作『如』。

〔九〕『翰墨』二句，《朱太夫人遺詩》作『玉笥未能窺謝豹，金針妄冀繡袁絲』。

〔一〇〕『宿夜』句，《朱太夫人遺詩》作『只解吟風弄月詞』。

次吉雲妹見贈韻

卻許荊枝廁寶釵，瓊瑤酬答歎仙才。璇璣雲錦真珠字，顆顆驪龍頷下來。

附 元韻 沈吉雲

絳帷深荷賜金釵，擬學簪花愧不才。贏得綠牕明鏡裏，曉妝光豔奪人來。

野寺園題壁

鶯聲的的度回塘，風籜疎疎響曲廊。向晚叢篁明夕照，出林幽鳥炫新裝。烟霞是處留仙跡，池館交秋作嫩涼。多謝主人珍重意，一生刻骨愛茶香。

桃花塢訪唐六如墓

詞客千秋故跡存，荒阡重訪轉魚墩。金釵十二何曾散，化作桃花倚墓門。

附　聽雪詞

念奴嬌贈緑春夫人

空山流水，悄無言、領略美人幽意。一片聰明冰雪淨，吹到芳香滿紙。倩月摹神，裁雲作稿，喚得靈均起。風生懷袖，感君珍重緘寄。　遥想雅抱孤貞，清芬難閟，終作騷人佩。眉月初三新有様，筆蘸春山濃翠。蘭韻偏清，蕙心是素，永結雙頭蕊。憐卿南郡，玉臺佳話同紀。

水龍吟題含翠閣主人遺影〔一〕

萬峯環繞西湖，一樓臨水延空翠。花明柳弹，名姝國士，一雙同倚。春夢回頭，秋風信杳，彩鸞長逝。把碧漲三篙，落紅萬點，都化作，離人淚。　留下雲箋密字，念征人、封成未寄。絮仿仙才〔二〕，花傳小影，鍾情如此！馳驟風雲，飄零琴劍，河陽憔悴。倩良工畫了，新詩題徧，喚芳魂起。

【校記】

〔一〕『含』，《詩餘》作『延』。

〔二〕『仿』，《詩餘》作『想』。

一斛珠 送春

鶯聲漸老。懨懨薄醉添煩惱。天涯緑徧王孫草。蝶倦蜂慵，宛轉春歸早。　滿院濃陰人悄悄。落紅幾點風前嫋。半牕疎雨黄粱覺。兒女英雄，一樣傷懷抱。

前調 送劉春卿公子北上

片帆烟雨。送君又送春歸去。水面匆匆剛數語。漁火星星，回首江天暮。　聞到才華追七步。玉驄重踏春明路。仙子總應天上住。千里關山，莫厭風和霧。

百字令

天香正烈，被金風、吹墮滿庭黄雪。小雨幾番風幾陣，漸漸涼生衾席。香徑苔封，野塘水漲，一片傷心碧。昨宵無寐，起來梳洗無力。　縱使煉就金丹，膏肓頓起，難解眉尖結。回首三生留夢影，休與鍾情人說。敗葉吟風，寒蟲弔月，輾轉添凄惻。微吟欹枕，半牕鐙火明滅。

鳳凰臺上憶吹簫 題唐陶山刺史鬟絲禪榻圖

一片靈機，三生慧業，竹爐烟嫋微茫。柳外殘紅數點，飛上禪牀。大好文章經濟，多半寄、茶韻花香。放衙早，避他熱惱，樂此清涼。　江鄉。太湖縹緲，喜官還似佛，鬟爲民蒼。更手植、夭桃萬樹，管領春光。燕寢風恬晝静，蒲團坐、心孕清香。聽松下，沸泉細譜宫商。

一斛珠

夭桃開了。瑣牕連日春寒峭。催人鏡裏朱顔老。鬠子慵梳，睡起添煩惱。　古寺鐘聲驚報曉。一宵魂夢徒顛倒。萬千愁緒收藏好。暗拭啼痕，強向人前笑。

邁陂塘 葑山觀荷

問江妃，爲卿來者，賞音千古能幾？蘭橈蕩入花深處，先愛撲襟清氣。人乍起，更難得、紅妝新掃眉山翠。倩風扶住，看帶露盈盈，淩波渺渺，宿酒殢殘醉。　凝眸處，花亦銷魂無語。萍鄉相對延佇。横塘不是仙源路，可許舊遊人渡。時欲暮，漫想到、愁紅怨緑迷烟霧。離愁正苦。怕荻岸秋高，鷗波夢泠，心事共誰訴。

沁園春 悼四女殤

剖藕連絲，摘瓜傷蒂，尋思奈何！悵無端觸起，淚懸眼角；猛然驚醒，痛入心窩。掌上周旋，懷中摸索，想像而今得見麼？傷懷甚，算鍾情累我，薄命憐它。天呵慣把人磨，料無計、將身脫愛河。悔平時看待，幾般錯誤；病中調劑，大抵蹉跎。總角簪花，扶牀覓姊，泡影匆匆一霎過。歌當哭，嘆柔腸斷盡，淚已無多。

陌上花 題秋鐙聽雨圖

西風漸緊，新涼微逗，寸心秋警。萬葉商聲，敲碎半牕涼影。玉壺句譜冰絃脆，幽韻和它清勁。似分明、聽得悲秋人道，此聲難聽。慣縈愁攪夢，蕭蕭瑟瑟，不是離人還醒。一點銀釭，那比昨宵青炯？夜深尚倚書帷坐，盡耐輕衫微冷。是天公、付與十分詩意，慧心人領。

鳳凰臺上憶吹簫 題瘞花圖

芳草黏天，垂楊蘸水，聲聲啼鴂催春。把玉人驚覺，鏡裏眉顰。昨夜紅牕風雨，知多少，墮溷飄茵？相憐甚，花真儂命，儂是花身。　紛紛。掃來還滿，將紅袖輕兜，不放沾塵。向水邊林下，築個花墳。讓與鶯兒燕子，寒食候、好替招魂。湖山背，何人聽來，悄搵啼痕。

摸魚兒 題王四峯文學采菱圖

蕩輕橈，綠楊花軟，蒼茫遠水無際。菱花似雪鋪湖面，掩映嫩紅嬌翠。枝葉脆，喜指爪玲瓏，不怕纖芒刺。含芳孕美，想沁雪詩腸，粲花妙舌，恰稱此清味。　紅塵裏，多少虛名幻利，蕭閒懷抱能幾？沿堤采采歸來曉，搖盪滿湖雲氣。柔櫓曳，驚宿雁成行，齊向沙汀避。斜陽篷背，正細剝青冰，亂堆軟角，醉喚水仙起。

風蝶令 題美人便面

畫裏春風面，懷中明月光。綠陰消受午風涼。料得愁深夢淺，不成妝。窈窕神仙質，聰明玉雪腸。句成應是費商量。待看筆花吹作，滿身香。

水龍吟 題廖裴舟茂才雨牕懷友圖

分明夢到巴山，瀟瀟一片商聲滿。昏鐙一穗，離愁萬種，和誰同翦？瘦竹枝欹，殘荷葉碎，敗蕉心顫。把錦箋擘了，新詩題就，商量覓，得書雁。　休道山長水遠，但凝思、依人如見。芝蘭臭味，雲霞交誼，見猶嫌晚。一別三秋，撫今感舊，水流雲散。問何年，此夕聯牀共聽，訴離居怨？

百字令 病起即事

節過重九，負登臨、怕見遙峯秋色。剛擘雲箋書數字，病起十分無力。任爾聰明，憑他解脫，那跳愁城出。秋天難曙，聽殘蟲語啾唧。　追憶一枕邯鄲，黃粱未熟，縹緲梯瓊級。玉女瑤姬齊笑我，久向紅塵逃匿。月引珠宮，花招蓬島，滿袖天香襲。雞聲驚醒〔一〕，紙牕初放微白。

【校記】

〔一〕『醒』，《詩餘》作『曉』。

沁園春題畫

春滿蓬壺，簇擁羣真，繡幰降庭。看朝霞映雪，神光不定。遠山横黛，逸韻横生。一片聰明，十分慧解，妙手龍眠畫不成〔一〕。憐嬌小，但櫻脣纔啓，玉頰微赬。　知音最惜惺惺。算僥倖，三生風聚蘋。嘆容華綺句，徒傳倩影，太真玉鏡，總是虚名。椀染脂痕，盂留香澤，陳跡空餘無限情。將身代，化彩雲萬朵，圍住卿卿。

【校記】

〔一〕『眠』，《小檀欒室彙刻閨秀詞》本作『瞑』。

清平樂聽雨次圭齋妹春月之韻〔一〕

夕陽西下。月向簷前挂。香靄空濛花夢惹。此景宜詩宜畫。　輕寒一縷穿寮。夜深沈水添燒。樺燭清尊昨夜〔二〕，昏鐙冷雨今宵。

琉璃牕下。別去心常挂。最怕雨絲風片惹。一段離愁細畫。　生憎燕子窺寮。春寒獸炭還燒。架上殘書幾卷，消磨白晝清宵。

【校記】

〔一〕詞題，《小檀欒室彙刻閨秀詞》『聽雨』前有『十六夜』；《詩餘》無『春月之韻』。

〔二〕『清』，《詩餘》作『金』。

附　原作　　龔自璋

水晶簾下。新月娟娟挂。料峭柳條風暗惹。花影一庭如畫。　微風寒透牕寮。畫屏銀燭高燒。寄語海棠休睡，莫教負此良宵。

金縷曲 新涼〔一〕

海國秋生早。向晚來、瀟瀟疎雨，濛濛斜照。不耐羅衣涼似水，彈指中元過了。添一種、悲愁懷抱。往事淒涼頻入夢，夢回時、徹夜蟲聲鬧。鐙焰小，紙牕曉。　愁來牕下翻殘稿。感知音、般般戀惜，同心同調。天半龍門高許入，也算三生脩到。想到此、閒愁都掃。準備花前聯雅集，良辰只有中秋好。金縷奏，玉樽倒。

【校記】

〔一〕詞題，『新涼』後，《詩餘》有『呈淑齋師』。

探春令 憶幼女吳門

踈鐙一點閃𢥞懦，觸萬千情緒。憶前宵〔一〕、聽啞啞學語。猶伴我，吟詩句。　明珠入掌留難住，乳燕辭巢去。恍啼聲在耳，霎時分散，夢也無尋處。

【校記】

〔一〕『憶』，《詩餘》脱。

繡餘續草

五卷

刻本

繡餘續草五卷　刻本

序一

陶澍

余頃過安亭，宿震川書院，詢及先生後人，無知者。或云：『常熟女史歸氏佩珊即其裔也。』佩珊，名懋儀，爲上舍李學璜之室。以詩名數十年，窮老且病，吟詠不輟，間爲人延請教閨秀，皆井井有法度。所著《繡餘草》、《聽雪詞》，皆有刻本；兹所見《繡餘近草》，其續著也。余惟婦德不出閨門，詩非所急，然古女子皆嫻詩，如《關雎》、《雞鳴》等篇，皆出於宫人之手；而《葛覃》之章則后妃所自作。其詩曰『言告師氏』，知古女子皆有師長，而猶敬禮焉。漢唐以來，如曹大家、宋若憲姊妹，皆以博學多聞爲女子師。然則歸氏之以其學教授於閨閣，方之於古，爲有徵矣。近日閨秀如蒙城張參戎之女襄號雲裳者，其父與夫家與余皆有香火緣。襄天才亮拔，有聲吳下，參戎病時，割股和藥以進。長適湯公子，爲時名雋，閨門之內若金玉，計所遇有勝於佩珊者。然佩珊得名尤早，其詩則先後勁，未易瑜、亮也。昔人云：『睹名賢之功烈，慨然思識其子孫。』吾訪震川先生子孫未獲，而得悉其後有才女，亦足慰榛苓之思也，爰灑筆而爲之序。

道光戊子花朝，安化陶澍。

序二

陳鑾

往予聞笠澤顧劍峯廣文、西江吳蘭雪中翰論詩，往往稱海上歸佩珊女士。兩君者，皆以詩名當代，矜慎不妄許譽，獨於女士詩不去口。道光乙酉秋，出守雲間，其冬以海運至滬瀆，潘梧亭觀察、許榕皋大令復嘖嘖言女士詩。時方課士敬業書院，李君復軒適以文字相賞，過從歡甚，於是始得盡讀女士所作。間有篇詠，輒辱賡和，名章俊句，淩紙煥發。復軒之文如幽燕老將，氣韻沈鬱，傑然爲東南名宿；女士則天才掞張，蕭蕭跨俗，襟靈飆發，筆舌爭妙。所居蘆簾紙閣，白首相對，簞瓢捽茹，有以自樂，而著作爛然，蓋不知黼繡之足榮，而金犀之爲貴也。予惟前明范參議允臨偕其夫人徐淑，山居倡和，稱豔一時。董文敏爲題詩畫圖，所謂『鹿門不獨偕龐隱，彤管還聞續楚詞』者也。而趙凡夫娶陸師道女卿子，則又才藻相高，夫婦同隱，至今擠綫瘁墨，若璆琳然。復軒母楊恭人，以能詩著錄邑乘，今女士繼之，是尤足見承平士大夫家禮義陶淑之久，詩書浸灌之深。房敫矢音，無忝風雅，後之視今，猶今之視昔，蓋必傳無疑也。

戊子初夏，解監司篆，將還吳門，爰書以爲別。鄂渚陳鑾芝楣甫書。

序三

魏文瀛

道光壬辰秋，余權知上海，與邑中諸君子採訪孝貞節烈，請旌於朝。時上舍復軒李君出示其夫人常熟歸佩珊《繡餘續草》，驚彩絶豔，難與並能。簿書之暇，去其重復，釐爲五卷。觀察吴公、大令溫君，先後助資，因付剞劂。其評騭詩品，羅舉世系，鉅公序之甚詳，茲不贅云。

是歲十月之望，雲和魏文瀛荇汀記。

繡餘續草卷一

題叢桂讀書圖

風搖翠竹響蕭蕭，露挹芙蓉色更嬌。最好新涼微雨夜，詩情一半寄芭蕉。

風雨無寐枕上作

涼意侵羅幕，踈鐙閃淡光。牕前一夜雨〔一〕，枕上九回腸。逝水應難挽，浮生徒自傷〔二〕。曉來青鏡裏，添得一痕霜。

【校記】

〔一〕『夜』，《繡餘再續草》初作『滴』，朱筆改同此。

〔二〕『自傷』後，《繡餘再續草》初有小注『時憶聞保母之沒，故云』，復删。

長至前二日

遙憐嬌女卜鐙花，佳節偏教偪歲華。未免被他僮僕笑，偶然小別也思家。

遊華亭沈氏嘯園〔一〕

臺榭巧回環，風月俯而就。脩廊迤邐行，居然入巖岫。清景足低回，蒼翠沾襟袖。

【校記】

〔一〕 詩題，《繡餘再續草》初作『游沈氏園』，朱筆改同此。

遊沈氏古倪園〔一〕

攬勝不厭貪，相形乃見妙。結構互爭奇，異音實同調。終覺野趣長，臨流恣遐眺。

【校記】

〔一〕 詩題，《繡餘再續草》初作『游西郊沈氏園』，朱筆改同此。

題畫

漫將臭味與蘭爭，低襯斜陽最有情。笑我愛花空有癖，看花多半不知名。

祝止堂侍御賜示悅親樓詩集題後

文章乃與運會通，元氣結撰根化工。代有巨手闢混濛，藝林崛起昌皇風。偉哉間世得我公，浙水天目靈秀鍾。丹鳳一聲徹九穹，少年馳譽推終童。哲匠鑒賞珍璜琮，乘風直到蓬萊宮。垂鞭杏苑十里紅，賦成鸚鵡磚影中。自從使蜀才更雄，筆蟠西南千萬峯。高攀井絡穿蠶叢，力脫少陵窠臼空。眼前忘卻漁洋翁，歸來館閣仍雍容。著書未厭屋棟充，綈緗四庫氣亙虹。校讎五夜漏鼓鼕，獺祭還嗤商隱窮。頻年玉尺量章縫，輶軒四出西復東。江山勝概羅千重，百寶同歸一冶鎔。石渠簪筆閱春冬，霜臺洊歷道氣濃。稜稜風骨千丈松，名流槃敦時相從。荀鳴鶴兼陸士龍，雄師獨張荼火容。赤幟一麾走羆熊，翩然挂冠理蒿蓬。還攜桂楫遊吳淞，皋比講學曠發蒙。更振東南風雅宗，九峯晴翠浮鬱葱。滄溟東注波沖瀜，混茫一氣無始終。總助詩筆開心胷，詩家支派多異同。性靈規格畫境封，自來偏勝無全功。惟公生平力專攻，真力到處萬象融。鏗訇如撞萬石鐘，繁音細響調絲桐。慙予闚管等困矇，辱荷宏奬施磨礱。區別高下告以忠，如椽揮灑遺郵筒。鋪張筆力隨橫縱，直令小草生華豐。新編盥誦豁兩幢，當前頓現千芙蓉。題詩自稔才力庸，願隨驥尾傳雕蟲。

題孫子瀟孝廉把酒祝東風種出雙紅豆圖〔一〕

欲種三生未了緣，頻添玉液酹情田。可憐兩點懷人淚，紅染枝頭顆顆圓。
留將顔色表丹誠，結就團欒證夙盟。珍重年年釃酒祝，一雙長當掌珠擎。
東皇著意護情芽，洗出雙丸帶露華。但使紅芳長不歇，勝他旦暮合歡花。

【校記】

〔一〕詩題，《繡餘再續草》初作『題把酒祝東風種出雙紅豆卷子』，朱筆改同此。

雨夜感悼

鶯花狼藉過清明，天爲人愁不放晴。有限弱魂消暮雨，大都妄想逼深更。夜臺翻遂含飴志，風樹還增悼玉情。痛絕昨宵殘夢裏，依然歡敘似平生。

蕭寺淒涼寄一棺，何時丹旐轉鄉園。望深後起知無極，慟切彌留少一言。返哺不如枝上鳥，哀吟空學嶺頭猿。他年負土成墳日，依舊承歡侍九原。

即事述懷

萬種傷心蝟集時，況兼貧病費支持。典殘釵股空存篋，減盡腰圍瘦到詩。溫語聊將嬌女慰，淚容生怕侍兒窺。鏡臺曉日分明甚，照見星星鬢上絲。

題小立滿身花影圖

惜花心性與凡殊，那管輕寒逼繡襦。只恐天風吹欲去，卻教萬朵采雲扶。
珊珊素佩踏芳菲，人瘦翻嫌花太肥。月姊若憐梳洗淡，替描水墨上秋衣。

題陳寶月夫人詩畫便面

家國茫茫感萬端，聊憑花月寄清歡。繁華轉眼都成夢，收拾湖山畫裏看。
佛火蒲團結淨因，定知明月是前身。數椽老屋東皋築，始信閨中有逸民。

吴竹橋太史賜題拙稿次韻誌謝

伶俜瘦骨怯風尖，提甕終嫌腕力孅。慚愧持家稱健婦，篋中只剩舊零縑。
故山多少錦機才，未敢肩隨倚玉臺。偏是宗工寬鑒賞，江河肯擇細流來。
和嚩鶯簧怨泣鵑，湖田新製錦雲篇。林泉詩酒蕭閒甚，羡殺蓬瀛老散仙。
月旦由來屬偉人，兩家交誼倍情親。還期細剖風騷旨，藝苑千秋辨等倫。

題張藴山女史晚香樓詞

晚香聲價殿秋英〔一〕，林下閨中總擅名〔二〕。偏是好花分並蒂，陽春一霎變商聲。

【校記】

〔一〕『殿秋英』，張玉珍《晚香居詩鈔》歸氏題詞作『冠羣英』。

〔二〕『總』，《晚香居詩鈔》作『各』。

題畫

約略風光三月天，橫塘新漲綠於烟。文禽似避驚鴻影，不敢雙飛傍畫船。

題孫子瀟孝廉天真閣詩集即次惠題拙稿韻

元音千載留，奇才間代作。生關風雅運，不惟儲館閣。世業事詩書，英年勤槠削。文應攀相如，詩還陋沈約。逸興寄雲霞，芳情懷杜若。公明談原雄，仲宣體寧弱。矯矯天閒龍，亭亭瑤島鶴。揮灑風泉流，咳唾珠璣落。從宦西北遊，眼界萬里拓。醫巫攬名勝，山海見雄略。蒼茫萬古胷，慷慨寄所託。一棹歸虞山，畫眉共行樂。趙管有替人，懷抱同澄廓。玉沼芳蓮開，翠簾雙燕掠。擘牋互鬬奇，焉知名利縛。高韻軼塵埃，至味孕元泊。懶走金臺車，卻下廣川幕。新編得盥誦，珠光射眼膜。如玉逢良工，如病逢良藥。山館薰風來，坐對庭花灼。

題海虞吳定生女史飲冰集〔二〕

秉禮惟守身，卓識能讀史。不是女才人，竟一奇男子。

幽蘭揚清芬〔二〕，霜筠挺勁節。寒冰貯玉壺，千秋心共潔〔三〕。其操良已堅，其遇何太酷〔四〕。哀哉決絕詞〔五〕，暗嗚不忍讀。賢母節既高，難弟學更著〔六〕。靈秀鍾一門，掩卷深餘慕〔七〕。

【校記】

〔一〕詩題，《再續草》初無「海虞」，朱筆加。有小注：「名靜，虞山人，顧節婦女。」

〔二〕「揚」，吴靜《飲冰集》作「發」。

〔三〕「寒冰」二句，《飲冰集》作「誰鑒歲寒心，冰壺同皓月」。

〔四〕「何」，《飲冰集》作「胡」。

〔五〕「決絕詞」，《飲冰集》作「驚雁篇」。

〔六〕「著」，《飲冰集》作「富」。

〔七〕「深」，《飲冰集》作「有」。

逸園即事

九曲腸回不暫停，晝常如夢夜常醒。三春花事愁中過，十部蛙聲枕上聽。荏苒光陰消蠹卷，飄零心跡感浮蘋。眼前好景添惆悵，孤負遥山日夕青。

韶華轉眼太匆匆，香徑人稀徧落紅。倦鳥欲棲還繞樹，夕陽小立不禁風。愁多感夢心常怯，病久抛書句不工。庭下榴花紅照座，又看令節近天中。

虞山歸棹奉懷兩大人〔一〕

風靜波恬緑滿陂，篷牕閒眺且哦詩。午餐頓減尋常味，憶著高堂侍膳時。

貪看雲烟變態奇，夜深風露漸難支。多情明月來相送，引動鄉心月不知。

【校記】

〔一〕此組詩底本共四首。第一、四首已見一卷本《繡餘續草》（題作《虞山歸棹奉懷北堂》），茲不録。

晚泊

扁舟晚泊水雲鄉，細數清宵漏短長。别後家山猶戀戀，眼前生計總茫茫。纏綿愁緒紛於草，宛轉河流曲似腸。幾處漁歌聲斷續，勞人心事劇淒涼。

高陽夫人招賞牡丹賦贈

一欄紅影漾牕紗，宿雨初晴絢彩霞。莫倚東風矜國色，玉樓人更豔於花。

天香幾陣醒微酲，風過遙聞鈴索聲。最好夜深燒燭照，花光人面倍分明。

謝家風絮美才華，品到羣芳興倍賒。我道春花顏色好，玉人偏是譽秋花。
扶上肩輿帶醉歸，濛濛濕翠尚沾衣。宵來化作花間蝶，猶繞雕欄玉砌飛。
佳種流傳出魏家，一枝分插膽瓶斜。祇愁茅屋荒涼甚，不稱名園富貴花。

題戴蘭英夫人秋鐙課子圖

沖寒獨雁一聲傳，月冷空階夜似年。課罷詩成題素壁，墨痕淚點尚新鮮。
篝鐙五夜閉霜帷，猶似長安望信歸。生就才人情最重，夜臺到底遂雙飛。

平遠山房消夏八詠

插秧

微雨種秧天，農歌聞四野。燦如巧女花，疎密佈高下。搖風翠穎輕，拂水針芒惹。農婦競提筐，邨兒學騎馬。

繅絲

千繭投沸湯，摻手操一縷。始知春蠶心，纏綿乃如許。譬諸下筆時，宛轉抽妙緒。渲染成文章，用以供纂組。

曬藥

中年苦多疾，刀圭貯滿籠。可堪積雨久，常盼朝陽紅。甘苦試一嘗，滋味恐失中。何異曝殘編，開函走蠹蟲。

造醬

今年梅雨多，調劑劇辛苦。略攙紅豆子，浸入青鹽鹵。曬趁朝陽紅，露當月亭午。家貧十指繁，聊用雜虀腐。

買冰

敲碎玉玲瓏，安置高堂上。坐令心目清，頓覺胷懷曠。寒光凝太陰，冷氣逼亭障。玉壺貯已多，瀹茗供清享。

折荷

女伴競折花，儂愛青荷葉。萬柄出水中，清氣早相接。何當拗一枝，招涼當蕉箑。驚走盤中珠，化作波心月。

浮瓜

青門有佳種，戲以投諸井。還慮井泉深，汲之乏脩綆。蕩漾波心中，參差見圓影。并刀剖紅玉，消此炎日永。

洗竹

晨興梳洗罷，簾卷曲欄東。金剪脩緑筠，玉泉灌碧筒。清風入疎宕，明月摇玲瓏。勁節凌青雲，豈在枝葉濃。

贈何春渚徵君

茆廬靜掩夕陽斜，忽報門停長者車。四海論交老名士，六橋選勝舊詩家。追隨杖履千山月，環繞壺觴三徑花。鶴詔徵來辭不赴，角巾未肯换烏紗。

感懷

欹枕夢頻驚，殘釭暗復明。愁多天地窄，情重死生輕。浮世原知幻，諸魔未易平。秋蟲爾何苦，斷續和悲鳴。

羣動有時息，蠶絲日夕營。常深知己感，慣抱不平鳴。受德非初意，酬恩惜此生〔一〕。無聊背鐙語，惆悵到深更。

【校記】

〔一〕『惜此』，《再續草》初作『想再』，朱筆改同此。

題美人舞劍圖

恩仇看得最分明，鍊就雙丸脱手輕。一片清光圍豔雪，雲鬟不動佩無聲。
較似驚鴻更耐看，霜花錯落影珊珊。美人俠骨雙龍氣，蕭颯空堂六月寒。

題美人折柳圖

曉風江岸月茫茫，不是離人也斷腸。惆悵年年攀折處，美人情比柳絲長。
長短亭前送遠行，枝枝葉葉總含情。東風省識離愁苦，莫向柔荑折處生。

紅線圖

虎穴輕身請一行，金鈴解處鬼神驚。安危反掌真良算，十萬蒼生坐賴卿。
功成身隱杳難尋，聽到驪歌感不禁。執拂共誇奇女子，羨他能報主恩深。

初秋述懷

星河耿中夜，秋氣颯然至。徘徊幽砌下，撫景益愁思。寒衣既無備，織紝成廢棄。疾病逼困窮，憔悴昧生計。舉臼慙孟光，不堪廡下寄。弱息苦伶俜，環坐恰成四。長者性誠樸，淡泊厭珠翠。旦暮苦營營，事親極勞悴。我慙返哺勞，對之增涕淚。次者秉質柔，天真雜兒戲。被服羨芳華，折花當鏡戴。嬌憐罷呵叱，亦各從其志。幼者眉目佳，笑啼恃人愛。姊妹守一鐙，學識之無字。最幼歲未周，啞啞足萬態。對之良慰情，家貧苦多累。勉盡鞠育勤，藉償劬勞債。夜靜羣動息，空庭生遠籟。羅袖怯微涼，永懷愁不寐。且剔短檠明，讀書以養氣。

題馮實庵給諫種竹圖

濛濛空翠撲人寒，疑有青鸞振羽翰。勁節直淩霄漢上，虛心只在水雲端。飽經霜露千枝瘦，薙盡蒿萊三徑寬。頭白歸來青瑣客，行囊攜得萬琅玕。

贈錢香卿夫人兼謝香茗蘭烟之惠〔一〕

傳聞垂玉筯，此誼等邛山。余中年乏嗣，君望之甚殷，今春又弄一瓦，聞之泣下。蓬矢關心切，明珠入掌難。感茲意悱惻，添得淚汍瀾。君亦虛蘭玉，余懷幾日寬。

相違不盈咫，相見每嫌遲。薄病憐君瘦，長愁笑我癡。永懷知己德，深負故人期。難得萍蹤合，追歡好及時。

采采最高峯，緘開綠一叢。論交如水淡，得氣與蘭同。清浣三湘露，香生兩腋風。枯腸憑藉滌，賦讓令暉工。

偶學餐霞術，勞卿繫念深。噓來消積懣，吸處滌塵襟。辨味憐同氣，聞香識素心。雲烟常繞座，好伴夜鐙吟。

【校記】

〔一〕『錢』,《再續草》初無,朱筆加同此。

張筠如夫人爲其郎君喬香岑茂才畫鴛鴦團扇屬題

鯉魚風起水雲涼,飛出花房錦翅香。識得美人情最重,合歡扇上畫鴛鴦。

題李松潭農部觀姬人繡詩圖

鎖骨翩翩出世姿,含香畫省製新詞。美人鄭重憐才意,欲繡平原先繡詩。
絡秀風標本大家,熏香慣侍碧牕紗。嫣紅姹紫都拋卻,獨愛才人筆底花。
青蓮詞采五雲蒸,洛下徒誇紙價增。昨夜新詩初脫稿,看人早繡上吳綾。
絕代容華絕代才,萬花齊向鏡奩開。錦袍早拜嫦娥賜,不用卿卿費剪裁。
雙眸剪水最聰明,一縷烏絲脫手輕。繡到錦囊長吉句,停針低誦兩三聲。
前生福慧羨雙修,韻事閨房孰與儔。紅袖夜涼司秉燭,合教小宋讓風流。
紫蕉衫薄稱腰柔,半嚲雲鬟韻更幽。知否畫眉人視久,金針度徹不回眸。
鏡臺端合拜針神,持較簪花格更勻。從此香閨忙不了,題詩還贈繡詩人。

次劉芙初孝廉見贈韻

吟情生計總闌珊，遞到清詩客乍還。祁生攜至。萬里天風吹海水，滿空宿霧卷秋山。聆來郢曲巴音掩，繡出新花舊樣刪。指點樓頭纖月好，也憑仙斧削成環。

自笑塗鴉浪得名，天教半世住愁城。看來花月都成夢，話到滄桑似隔生。慧劍百磨終折鋭，靈丹九鍊竟難成。千山送暝高樓倚，腸斷西風畫角聲。

爲方式亭大令題月波夫人小影〔一〕

掃眉才子簪花筆，灼若芙蕖映初日。選壻新開樓上牕，求凰難得人中傑。宵來忽夢乘玉龍，平明門外嘶金埒。疎簾婉轉逗嬌波，一見俄教寸心折。細向高堂詢姓名，爲言家世本宣城。曾馳匹馬長安道，多少侯王倒屣迎。跨鳳早諧秦弄玉，薰香尚少薛瑤英。憐才一念堅於石，不枉頻年持玉尺。高卷流蘇出拜時，月輪光采花無色。蘭麝香和玉屑飄，清言絕似味醇醪。乍聞花底新鶯滑，細認風前雛燕嬌。聆來語語含深意，一縷柔情如髮細。客路無心更看花，看花無奈苦思家。誰知碧玉情偏重，特遣冰人致絳紗。深閨窈窕才無匹，願抱衾裯侍君側。青錢萬選非等閒，遠勝名注蓬山籍。笑向冰人遜不遑，殷勤爲我謝紅妝。書生無力營金屋，琴劍蕭條趙壹囊。片言既出重千金，其奈香閨屬意深。白璧頓高名士價，黄金難買美人心。蕭郎從此心生感，柔絲縛定春蠶繭。輕諾從來志士羞，蹉跎生怕流光轉。淨洗紅妝請待君，青雲志在須勤勉。客邸盤桓倏五旬，片帆一夕渡江津。天涯回首仙源隔，臨水登山總愴神。試倩龍眠好手描，寒鐙孤館伴無聊。待他花滿河陽日，迎取桃根趁曉潮。

【校記】

〔一〕『小影』，《再續草》初作『照』，朱筆改同此。

畫蘭

十分香在有無中，石瘦苔深見幾叢。最憶月明湘水夜，獨披清露立當風。九畹丰神貌出難，臨風想像倚闌看。美人從古居空谷，清佩珊珊翠袖寒。

閒居

到眼名花次第看，劇憐風月一憑欄。傳來險韻賡還易，拾得零珠串最難。小住故鄉渾似客，淺斟濁酒不成歡。瑣牕昨夜瀟瀟雨，觸起閒愁有幾端。〔一〕

【校記】

〔一〕『有』，《續草》稿本圈改作『定』。

春晝〔一〕

簾外輕寒小困時，篆烟嫋嫋日遲遲。喚回好夢禽無意，吟盡春風花不知。鏡裏垂陽新畫本，壁間殘墨舊題詩。巡簷碎踏瓊枝影，蛺蝶成團故故隨。

【校記】

〔一〕 本詩又見稿本《續草》。

霞莊十兄見示柳影舊什疊韻奉答

淡掃眉痕樣逼真，空明水月絕纖塵。金刀玉剪裁無跡，南浦西風句有神。采筆繪將三起態，錦囊貯得六朝春。不須聞笛牽吟思，灞岸芳蹤夢有因。

晚眺

古塔亭亭插遠天，晚霞如綺繞樓前。東風吹暖剛新霽，已有人家放紙鳶。

不怕輕寒透袈衣，憑欄人自愛斜暉。開簾誤放東風入，一紙新詩化蝶飛。

戲贈二妹

懶拈彤管事微吟，鎮日蘭閨度繡針。朔望晨興梳洗畢，小樓稽首拜觀音。
春衫窄窄剪輕紅，時樣梳妝兩鬢鬆。憑爾金針無限巧，玉顔終勝繡芙蓉。
東皇著意鬬繁華，開徧庭前姊妹花。每到綠牕攜手處，亭亭瓊樹倚蒹葭。
長袖翩躚影也妍，夜深鐙下聳吟肩。添香自撥薰爐火，愛誦《周南》十一篇。

贈三妹

雁字排來卿最幼，鶯雛燕弱未笄年。聰明易領名師訓，嬌小長陪阿母眠。學繡紅蕖初出水，新留綠鬢恰齊肩。持齋爲祝高堂健，禱向慈雲大士前。

爲次女作

掌中喜見兩珠旋，覓果分甘繞膝前。略解誦詩知母意，每因小慧受爺憐。書齋受業師初拜，總角簪花姊比肩。恰喜生辰同大母，高堂添慶祝團圓。

舟行雜詠

匆匆小住又辭家，行李無多一擔賒。添得描金新匣子，半安詩稿半盛花。

唱罷《陽關》解纜行，風前愁聽鷓鴣聲。一雙天外浮圖影，船尾船頭遞送迎。

薰風力薄夏初交，滿地楊花似雪飄。遠樹微茫雲黯淡，離魂都向此中消。

青山隱隱暮烟浮，新月娟娟挂樹頭。十里陂塘青草路，分明鼓吹送行舟。（一）

川原風物望中舒，遠境青蒼畫不如。半嶺雲濃半嶺淡，一邨樹密一邨疎。

四周綠樹間村莊，小麥青青大麥黃。一種田家隨唱樂，農夫負耒婦提筐。

江天一色水彌漫，白鷺羣飛過蓼灘。兩岸綠陰人不見，溪頭閒卻釣魚竿。

數聲牧笛訴斜陽，水面輕風送薄涼。開謝百花春去久，野田蝴蝶尚尋香。

扁舟來往送年華，琢句篷牕日易斜。幾處山莊工點綴，隔籬紅出刺桐花。

聽得雙鬟笑語嘩，自開鈿匣檢簪花。舟人指點三叉路，明日侵晨準到家。

【批語】

（一）上海圖書館藏稿本眉評：意謂□聲，然上句須點出蛙聲，詩意方醒。

新葺小齋作

西風颯颯動江干，小葺軒齋好辟寒。恰稱日華當戶照，最宜花影隔牕看。〔一〕門通始覺經過便，地窄全憑佈置寬。術士不煩頻指引，心安時卽是身安。〔二〕

粉垣整潔掃紛華，紙隔蘆簾處士家。竹牖閒臨脩禊帖，瓦盆初放傲霜花。舊移壁畫雙飛燕，新置牕糊六扇紗。同是眼前供點綴，略翻新樣興偏賒〔一〕。

憔悴西風強自支，興來握管尚凝思。參苓價重難除疾，花月緣深苦費詩。攬鏡幾回憐瘦影，卷簾先自怯輕飈。房櫳草草安排好，面向南牕冷暖宜。〔三〕

【批語】

〔一〕上海圖書館藏稿本夾評：下句卽從上句生出。

〔二〕上海圖書館藏稿本『術士』二句夾評：尋常妙理，一經指出，堪爲信陰陽者指迷。

〔三〕上海圖書館藏稿本夾評：此首可省。

【校記】

〔一〕『偏』，《再續草》初作『更』，墨筆改同此。

聽雨

香燼金猊恰五更，羅幃掩映一鐙明。夢回斗覺秋衾薄，雨打幽牕作碎聲。

流光過眼太匆忙，四壁蟲聲伴夜長。凋盡井梧秋色老，雨中消息近重陽。

病起〔一〕

怯寒猶未換春衣，藥灶茶鐺不暫離。病起正逢寒食節，詩成多在夕陽時。枝頭好鳥聲聲囀，簾外輕雲冉冉移。閒撥薰爐試龍腦，一痕眉月透疎帷。

愁中歲月暗消磨，荏苒春光已半過。閲世最憐同調少，翻書且喜會心多。牕前殘杏飄紅雨，簷際輕風響玉珂（一）。向晚小樓頻極目，一行征雁度關河。

【批語】

（一）上海圖書館藏稿本「玉珂」旁批：二字恐誤用。

【校記】

〔一〕詩題，《續草》稿本、《再續草》初作「即事」，復改同此。

又〔一〕

病餘無力曉妝慵，笑指梅花瘦略同。拂去鏡臺塵一片，朝來人面對春風。

【校記】

〔一〕詩題，《續草》稿本、《再續草》初作『病起』，復改同此。

題李湘帆母舅金川瑣記後（一）〔一〕

西南地勢雄厚坤，亙億萬載離照昏。聖清式廓揚赤旛，誕歸怙冒涵渥恩〔二〕。偉哉造物不可論，奇奇怪怪驚心魂。真宰變幻曾無言，雕鏤不著斧鑿痕。丈夫苦如駒伏轅，要當匹馬驅塞垣，千尋銅柱追馬援。叶。不爾下筆傾詞源，指顧萬里風雲奔〔三〕。吾舅風骨矜鳳鶱〔四〕，文章聲價珍璵璠。焦桐終爨斯城冤〔五〕，掉頭忽駕征西軒。大吏器之畀以繁，絶塞冰雪無春溫。嗢咿嘔啞日夕喧，須知性命同一原。行循吏事志倍敦，驅策虎豹訓鹿猨。雲山萬狀歸朱幡，暇時還將竹素翻。詳載節目及本根，體例嚴肅文不煩。運意名雋詞精渾，千秋文章肇厥門。後來著述皆子孫，大關經濟綏元元。細及名物一一存，珊瑚木難射朝暾。疑泛珠海登昆侖，嗟予窺觀守愚芚。忽驚眼界開無垠，豈惟八九雲夢吞。

【批語】

〔一〕 上海圖書館藏稿本眉評：樸實雄渾，昌黎之遺。

【校記】

〔一〕 詩題，《再續草》初作『題湘帆舅氏金川瑣記書後』，圈改同此；《續草》稿本作『題湘帆舅氏金川瑣記』。

〔二〕 『怙』，《續草》稿本作『丕』。

〔三〕 『指顧』句下，《續草》稿本、《再續草》有『傳之名山永勿諼』句。

〔四〕 『騫』，《續草》稿本初同此，朱筆改爲『鶱』。眉批云：『「騫」音「愆」，在先韻。「鶱」音「軒」，在元韻。字不同而義亦異。此字正當從「鶱」』。

〔五〕 『焦桐』句下，《續草》稿本、《再續草》有小注：『舅甲午闈卷，房師力薦，石庵相國視學江左時屢拔第一。』

詩塚歌

千古詩魂呼不起，采雲歸漢星沈水。慘澹誰憐一片心，飄零剩有幾張紙。詞壇宗伯擅扶輪，校核精嚴淘洗真〔一〕。已將新本光梨棗，忍把陳編付束薪。由來糟粕精華寓，珍重流傳舊縑素。蓬島難邀仙馭回，雲烟尚忍紗籠護〔二〕。不須石槨復金棺，香土埋藏耐歲寒。樹上應棲青鸞鷟，岡頭合長翠琅玕。海內詩人盛壇坫，名高各把青山占。何如此地聚文章，萬堆玉骨同時窆。招魂何必遺巫陽，黃土蒼天翰墨場。秋夜猿鳴當薤露，春朝花雨是抔漿。一杯馬鬣千秋擁，行人下馬皆心動〔三〕。土花尚帶管花香，佳城直比長城重。藝林此話古來稀，首見毗陵珠玉霏〔四〕。夜半九天瑤鶴集，金鐙煜爚閃雲旂。

【校記】

〔一〕『洗』，《續草》稿本作『汰』。

〔二〕『雲烟』，《續草》稿本、《再續草》作『鴻痕』。

〔三〕『皆』，《續草》稿本、《再續草》作『齊』。

〔四〕『毗陵』，《續草》稿本作『倉山』。

讀唐宋六家詩〔一〕

青蓮

手攀北斗語，思與采雲飄。翩然如威鳳，和鳴下九霄。古之倜儻人，百代垂清標。要其氣蓋世，豈惟文章高。沈香賦新詞，逸響調雲璈。赫赫高將軍，奔走若奴曹。掉頭歸故山，萬乘不可邀。偶然過采石，於焉寄逍遥。想其胷次曠，何處著塵囂。所以揮珠璣，風格愽雅騷。雄放才自恣，深遠神彌超。至今百尺樓，俯視長江濤。長庚或重來，懷古心忉忉。

少陵

元氣孕渾淪，磅礴亙萬古。大哉杜陵詩，涵茹包寰宇。三唐盛詩歌，各自立門戶。公獨作總持，精華于焉聚。平生困閶闔，悲歌意良苦。豈徒鳴不平，期於風教補。忠孝本天植，經濟優建樹。盡收入篇章，浩浩化規矩。至其掞風華，萬象供傾吐。神功妙鈞陶，生趣徧角羽。作詩必如此，乃非虛車取。後來摹擬徒，刻畫或莽鹵。惟公精神存，豈受蚍蜉侮。爲問詩人中，幾能稷契伍。

昌黎〔二〕

太華聳天半，絶壁不可上。巉岩萬古青，削成無寸壤。想見昌黎公，精神邈森爽。宏開百家苑，獨縱千秋鞅。惟公以道尊，探源洙泗廣。惟公以文著，起衰八代仰。其詩如其文，奇峭不容仿。周誥與殷盤，古音屏羣響。和矢與兑戈，古色籠萬象。吉甫史克閒，異代迭雄長。或言少委蛇，要自絶氛坱。騎鯨下大荒，籍湜何從仿。

香山

風謠何所起，乃以宣人情。古來里巷詞，采之比公卿。白詩索嫗解，脱口妙理生〔一〕。其妙轉在淺，渾然合天成。當年致身早，中外遞策名。閒被遷謫憂，旋膺膴仕榮。蘇杭二州地，烟月風花清。山平無嶂阻，水恬無浪驚。恰與公詩宜，訟閒偶彈箏。晚年更學道，琴尊左右横。楊枝與駱馬，來去隨虛盈。七旬千首詩，能兼壽與名。問公何由然〔二〕，曰惟和且平。其詩早見之，斯爲詩正聲。

【批語】

（一）上海圖書館藏稿本眉評：六詩論古各盡其長，議論正大，風格老成，非探討有得，焉能摹繪若此。

〔二〕上海圖書館藏稿本夾評：『仿』與『倣』韻雖並收，而義則同。

【校記】

〔一〕『理』，《再續草》初作『趣』，復改同此。

〔二〕『脫口』句下，《續草》稿本、《再續草》有『所以醉白堂，風流千古傾』句。

東坡

化工無停機，天巧遞呈秀。詩豈以唐限，陋儒苦株守。東坡大才人，自闢詩宇宙。平生負忠義，浩氣涵星斗。磊落千萬篇，琳琅雜錦繡。有如長江流，千里決一溜。山石赴曲折，瀠洄自成綯。嬉笑怒罵間，中有大文富。方言併佛乘，拾取供雕鏤。嗚呼宰相才，流放不自救。希范情徒殷，和陶志不疚。蜀中古多才，眉山鍾靈厚。

劍南

古來詩篇富，未有如放翁。逍遙八十年，窮力追天工。果然牙齒鮮，萬花燦成叢。前人所蘊蓄，至此無餘功。未免雜淺近，或且前後蒙。正其詩界闊，萬象供牢籠。公非徒詩人，慨然志英雄。南渡缺恢復，悲憤情無窮。長劍倚耿耿，氣欲吞華嵩。往來戎馬間，壯懷付雕蟲。秋風老學庵，一鐙伴寒蛩。高吟家祭詩，千秋緬英風。

繡餘續草卷二

題李是庵女史水墨花鳥卷

李因，字今生，號是庵，明海昌葛侍御徵奇姬也。徵奇字無奇，嘗云：「山水，姬不如我，花鳥，我不如姬。」卷爲毗陵趙味辛司馬所藏，題詞者都一時女士也。

詩中三昧畫中參，春色秋光次第探。想見淡妝人絕代，一簾花雨寫優曇。
鳥韻花情總化工〔一〕，凝眸半晌立東風。卷簾忙索宣城管，鉤取香魂入卷中。
管領羣芳絕豔才，墨雲幾朵護妝臺。美人原是名花影，夫壻從何及得來。
百年遺跡見應稀，墨暈猶含香氣微。最是賺儂凝睇久，防他輕燕受風飛。

【校記】

〔一〕「鳥韻」句，《三續草》同，《近草》作「花格玲瓏鳥態工」。

趙甌北先生賜詩次韻卻寄

學吟粗解辨甘辛，仰止高山悵隔塵。一瓣心香偏許我，同時絲繡豈無人。辭因過譽翻增愧〔一〕，句到神奇不過真。卻笑含毫吟思澀，墨痕狼藉屢沾脣〔二〕。

【校記】

〔一〕『辭因過譽』，《三續草》作『捧來歡喜』。

〔二〕《三續草》爲二首，此聯爲第二首尾聯。第一首尾聯云：『誦與花聽花亦笑，問花能否動歌脣。』第二首前三聯云：『公詩樂誦不知辛，如月臨空絕點塵。重領青衿游泮水，更多紅粉看詩人。（公集中有「一羣紅粉看詩人」句。）仙能换骨三生幸，佛果通靈一念真。』

附　原作　　趙　翼

騷雅中誰識苦辛，正難物色向風塵。何期白首新知己，黝在紅顏絕代人。繡出弓衣傳唱遠，拂來羅袖愛才真。拙詩背誦如流水，多恐污君點絳脣。

屠子垣茂才見示和韻對雪詩卽次其韻

詩人詩筆鋭且尖，驅策神鬼來風簷。經營慘澹布律嚴，金鐘灑酒海水添。華嚴樓閣信手拈，天涯倚劍意未恔。填胷萬卷書味厭，經腴史液供烹燖。入口不辨辛與甜，壯骨那受時人砭。春風健翮悵久淹，哦詩鎮日垂湘簾。庾清鮑俊一手兼，翩翩文采穿花鶼。

胥燕亭大令亦以和韻詩見示用前韻答之

春痕濃上紅杏尖，濛濛絲語撲畫簷。先生遊戲筆陣嚴，壯遊萬里豪情添。客裏逢春花笑拈，銜盃作達心常恔。梅花香雪味獨厭，萬羊何用供調燖。新詩味過崖蜜甜，深閨腕弱思以砭。病中出拜偏遲淹，春光如許不卷簾。春衫料理寒暄兼，綠牕課繡雙鶼鶼。

花朝二用前韻

春風吹到羣花尖，一枝紅杏斜拂簷。譬諸嬌女晨妝嚴，采籌齊向錦幄添。諸天歡喜爭來拈，多愁似我心亦恔。春濃於酒誰能厭，羣公高會誇炮燖。行廚新薦筍蕨甜，詞鋒淩厲相攻砭。深閨長夜詩思淹，空庭寂寂風掀簾。六街鼓吹鐙月兼，驚他枝上春眠鶼。

題廖織雲夫人芙蓉秋水圖〔一〕

美人昔在水之涯，相思愁對芙蓉花。美人今乘扁舟來，風前把袂心顔開。展圖依舊隔秋水，真耶幻耶還疑猜。昔年隨宦蓉江側，妝成日坐琉璃國。承歡惟藉詩供養，佳句天然去雕飾。回首西風起白蘋，花開總帶消魂色。紅香冉冉春復秋，美人日暮還生愁。半牕脩竹弄寒影，羅衣如烟耐秋冷。

【校記】

〔一〕「圖」，《三續草》初作「照」，朱筆改同此。

題錢師竹廣文深林月照圖

碧天無雲淨於洗，有客高吟橫綠綺。琴聲上天月墮水，素娥笑躡青鸞尾。調絃不須勞十指，泉聲竹籟隨風起。空山無人伯牙死，只愁難入箏琶耳。夜深倘有鶴來尋，人在濛濛空翠裏。

同織雲夫人賞荷索詩口占

喜結神仙侶，芳園寄勝遊。風來萬花舞，波動一亭浮。樹密蟬聲遠，廊空暑氣收。相期弄明月，同上採蓮舟。

追挽莊磐山夫人

九峯郁峨峨，藝林競馳轡。猗歟閨房秀，表見誠不易。昔聞莊與廖纖雲，並擅雕龍思。作圖互主客，心跡千秋寄。春蘭秋菊間，想像神仙致。而我隔一方，相思無由遂。烟霞宛謀面，風月違聯臂。獨絃空復張，幽懷常自閉。文字缺磋磨，孤陋自知愧。停雲十載情，耿耿未嘗置。揭來天風吹，仙舟申浦涖。纖雲時來海上。冰心映朗徹，蘭言蘊淳懿。妙手敵天孫，果然愜夢寐。因敦存者歡，益增亡者淚。吁嗟玉樹埋，頓使風流墜。想望寸心同，離合一朝異。並世成千秋，愴絕平生意。月明脩竹間，瑤鶴幾時至。摩娑遺墨留，光華勝珠翠。況乃伯鸞賢，縑緗耀名字。

恭和家嚴大人自壽原韻

手搴芝草頌延齡，願似長松歲歲青。健筆文章貽後輩，清風家世紹前型。身無點滓應憐鷺，目有真光豈藉螢。萬卷叢中常兀坐，平生一念鎮常惺。

曳杖東皋及令辰，關心晴雨要調勻。屢奉慈諭，惟詢申江農事而已。升沈不作歧途視，物我真同一體親。愛聽農歌消永日，閒招野老當嘉賓。北堂更喜萱枝茂，春酒良宵取次陳。

附　原作　歸朝煦

曰爲改歲又增齡，對鏡還餘兩鬢青。不治菟裘已息老，要留先澤式儀型。相逢共訝今如昨，夜讀猶貪雪作螢。俗慮消除人事少，襟期澄澈得長惺。

爲傳春信及芳辰，小朵鴉黄淺淡勻。不速聯翔惟弟姪，如蘭披拂有交親。解寒需酒頻謀婦，序齒登筵暫作賓。滌潔罇罍申後約，長篇自壽侈横陳。

吾園遲織雲夫人〔一〕

赤日不肯下，美人期未來。相思對楊柳，顧影空徘徊。淺沼荇長滿，幽庭花亂開。臨流照顏色，且一滌塵埃。

【校記】

〔一〕本詩又見《近草》。

新秋〔一〕

愁來每倚睡爲鄉，枕簟連朝怯嫩涼。被冷想裁雲作絮，身輕合製芰爲裳。錦囊句好關心記，巧烏聲多過耳忘。病骨怕逢搖落候，秋風幾日鬢添霜。

【校記】

〔一〕詩題，《三續草》初作『新秋卽事』，墨筆改同此；《近草》作『新秋卽事』。

懷吳竹橋丈卽次前唱和原韻

片帆乍喜故山停，感遇懷知夢又醒。獨抱斷琴難入調，可能識曲再來聽。公和詩有『清切難逢識曲聽』及『浮生萬古海中萍』句。公偏早返蓬山棹，我恨仍飄大海萍。記得草堂瞻拜日，雙眸如鏡照人青。

詠庭中瓔珞柏呈家大人〔一〕

古柏如幽人，蒼蒼多逸致。霜雪不改容，獨秉堅貞氣。老幹迎疾風，柔絲嫋新翠。時發太古香，綽有千秋意。高堂解組歸，卜居得斯地。南牕日寄傲，昕夕相依倚。一訂歲寒盟，永結忘年契。

【校記】

〔一〕本詩又見《三續草》、《近草》。《近草》有批改。

老少年〔一〕

閒庭花事漸闌珊，卻喜新晴一倚欄。嘆我窮愁頭早白，憐渠遲暮面還丹。添將秋色渾無際，照到斜陽最耐看。天意若教娱晚節，山林點綴錦成團。

【校記】

〔一〕本詩又見《三續草》、《近草》。《近草》有批改。

逸園中秋呈家大人〔一〕

萬里金風桂子秋，家家此夕宴瓊樓。素娥捧出新磨鏡，侍女同騎白鳳遊。
金樽灩灑慶團欒，笑語喧闐到夜闌。爲報姮娥須賀我，今宵月在故鄉看。
滿庭花氣露華浮，卻喜朝來雨乍收。萬朵采雲扶月上，有情天解作中秋。
夜深漁火逗林端，冷浸金波竹萬竿。爲戀清暉貪覓句，滿身風露獨憑欄。

【校記】

〔一〕本詩又見《三續草》、《近草》。

帆影

浦帆葉葉漾中流，界破滄江一片秋。萬頃層波半洲月，替人細細寫離愁。

題畫紫藤

春風態度最蹁躚，斜搭偏宜碧樹顛。一種可憐好顏色，紫雲妝罷戲秋千。

有懷香卿夫人〔一〕

亂蟲圍定一鐙吟，把卷秋牕夜漏沈。別久不堪追往事，途窮容易念同心。緘來密字難頻寄，折得名花忍獨簪。紅袖尚留當日淚，指將潭水比情深。

【校記】

〔一〕本詩又見《三續草》、《近草》。

賀孫子瀟太史兼贈道華夫人

驅風掣電鬼神愁，才調原居第一流。傳到泥金還替惜，名高偏不占龍頭。君鄉、會試皆居第二。

秋江蘭槳送還家，閨閣聯吟興倍賒。料想卷簾人得意，西風憔悴笑黄花。

河汾講席鬬嬋娟，名冠瑤池壓眾仙。卻笑秦嘉才絶世，一生低首鏡臺前。

道華夫人用前韻送別答之〔一〕

開緘滿紙總離愁，月色潮聲卷夢流。仿佛江天雲樹裏，有人凝望倚樓頭。

空言歸去等無家，烟水蒼茫別路賒。追逐不入雲際雁，飄零真似雨中花。

花影玲瓏竹影娟，昨宵夢裏拜金仙。多君助我歸裝富，羅列珍珠繡榻前。

【校記】

〔一〕詩題，《近草》作『答道華夫人送別元韻』。且無『花影玲瓏』一首，席佩蘭原作亦未附。又見《三續草》。

附　原作

席佩蘭

一斛珍珠十斛愁，草堂雙管鬬風流。女媧若使開金榜，應點娥眉作狀頭。

西風草草送還家，愧我金釵酒未賒。歸來珊瑚滄海上，不知紅豆幾時花。

吹氣如蘭是麗娟，瓊樓無福拜神仙。思君只看樓頭月，遠在天涯近眼前。

歸舟誌感仍用前韻〔一〕

暮霞散作一天愁，愁擁江潮變急流。最是不堪欹枕聽，十年前事到心頭。

【校記】

〔一〕《近草》此題有兩首。又見《三續草》。

和碧崖丈

一篇珠字遞玄亭，珍重憐才眼最青。窮甚也疑詩作祟，病來真覺藥無靈。品題語抵千金重，酬和詩多廿載經。此日朗吟添喜色，一雙雛鳳膝前聽。

碧崖丈見示近作和韻

片雲拖雨過山巔，靜掩紅牕思悄然。歲暮光陰憐短晷，苦吟心事託殘箋。梅花影裏香成海，蓮漏聲中夢似烟。一種幽懷消未得，工愁多病自年年。

再用前韻答碧崖丈

詩篇傳唱徧旗亭，姓氏行看照簡青。笑我才疎難入彀，羨君語妙竟通靈。踏殘花影還尋夢，掃罷眉痕更授經。爲報高吟須仔細，防他碧玉背鐙聽。

寒夜三用前韻〔一〕

西風殘照下荒亭，閃牖鐙光一點青。病起裁詩多黯淡，神虚造夢總空靈。多愁懶覓長生訣，了願思翻貝葉經。最是消魂霜月夜，數聲横笛倚樓聽。

【校記】

〔一〕詩題，《近草》作《寒夜次韻》。又見《三續草》。

四用前韻答碧崖丈

新聲度出韻亭亭，珍重紗籠墨暈青。寸管奇花生幻夢，幾生慧業到真靈。音諧金石塹同調，唾落珠璣嘆未經。山館夜涼人寂寂，踏殘梅影鶴來聽。

馮實庵給諫惠題拙稿次韻

鏡臺懶整舊花鈿，除是難拋翰墨緣。卻喜點金逢妙手，文心細膩樣新鮮。

蓬瀛仙侶老詞壇，月樣光明冰樣寒。多感殷勤持玉尺，肯開青眼一雙看。

典盡金釵與翠鈿，摧殘骨肉舊因緣。詩成那禁愁如海，淡墨如烟色不鮮。

采雲一朵降仙壇，吹作金天曉角寒。見示《秋鷹》諸作。多恐調高難屬和，對花誰誦背花看。

雪後用亭字韻簡諸閨友

昨夜吹颸月滿亭，萬琅玕失舊時青。成堆略似吳鹽積，造想終輸謝女靈。薄照應憐貧士讀，嚴寒虧殺老梅經。裁詩喚起袁安臥，定有陽春奏與聽。

六用前韻答金翠舟茂才

冷雲如絮壓茅亭，遮斷遥峯一抹青。天女散花純潔白，仙山嵌玉最空靈。添將活火晨烹茗，分得藜光夜照經。想見鏡屏鐙影裏，玉人停繡隔簾聽。

七用前韻答碧崖丈

傳書雁又轉郵亭，添得雙眉一倍青。珠在毫端偏宛轉，風行水面太輕靈。暫拋枯管加餐飯，快讀新詩當誦經。多感良規貽藥石，療愁無計也須聽。『飯要健餐詩要減，良方寄與謫仙聽』，來詩中語也。

翠舟茂才贈詩有僮僕貧來喚不靈句愛其雅切事情因廣其意八用亭字韻〔一〕

夜深繁響起空亭，扶病敲吟鐙不青。句到頌人終近俗〔二〕，書因乞米每無靈。瘦憐賈島真同調，貧過黔婁未慣經。最是殘年聞剝啄，關心先自隔簾聽〔三〕。

【校記】

〔一〕 詩題，《近草》作《用前韻》。又見《三續草》。

〔二〕 『句到』句，《近草》作『酒爲澆愁偏易醉』。

〔三〕 『自』，《近草》作『要』。『簾』，《近草》作『牕』。

題美人詩意圖〔一〕

筆自聰明態自閒，璇璣待製費循環。空廊久立渾無語，詩在春山秋水間。

鏤雪裁冰著意尋，夕陽庭院淡秋心。香閨縱有生花夢，吟入西風瘦不禁。

【校記】

〔一〕 本組詩又見《三續草》、《近草》。

周聽雲觀察歲除賜金誌謝

頒來錦字墨生光，分得廉泉到草堂。裘著多年還想贖，債因無息要先償。盤飧卒歲經營早，珠桂殘冬料理忙。從此放懷親筆硯，感恩惟有炷名香。

聽雲觀察歲除賜物賦謝

蕭蕭暮雨掩柴門，吹到春風滿室温。海國清芬斟緑醴，仙廚珍味試炮豚。飽餐玉粒能輕骨，暖入梅花也返魂。多感恩暉隨處照，替籌珠桂及盤飧。

感懷〔一〕

帶雨鐙光淡，停針喚奈何。艱辛成我老，貧乏負人多。累到中年重，愁添病骨磨。半生真草草，容易展雙蛾。

寒雪消將盡，東風柳漸舒。時逢禁烟節，恰值斷炊初。解渴一甌茗，忘飢數卷書。何須嗟濩落，造物有乘除。

竟夕推敲苦，懨懨氣力微。毫枯無藻采，語拙少天機。聊以破幽寂，終難辨是非。詩成何處寄〔二〕，珍重賞音稀。

【校記】

〔一〕　詩題，《三續草》初作《卽事》，墨筆改同此。又見《近草》，題作《卽事》。

〔二〕　『何處寄』，《三續草》初作『還寄遠』，墨筆改同此。

僕嫗輩辭去誌感

遇物呼名總黯然，去留亦係小因緣。當前未必皆如意，過後思量盡可憐。託足早求嘉樹蔭，銜泥曾傍畫梁邊〔一〕。瀕行欲贈難爲贈，檢點空囊無一錢。

【校記】

〔一〕『曾』，《三續草》初作『好』，墨筆改同此；《近草》作『好』。

寄贈苕川徐秉五女史

樓頭纖月妒脩娥，樓外風高怯綺羅。畫意詩情兩奇絕，人間合喚女維摩。碧紗香蒻日遲遲，想得妝成出繡帷。笑掬鴛鴦河畔水，憑欄寫取並頭枝。萬卷牙籤擁畫樓，一簾花韻控金鉤。香閨玉尺嚴如許，鄭重何年許狀頭〔一〕。

【校記】

〔一〕『鄭重』句下，《近草》有小注：『時尚未字。』本詩又見《三續草》。

題周雨蒼公子小樓春杏圖〔一〕

釀得詩情豔十分，一樓四面裹紅雲。風流原有前因在，小宋才名早軼羣。霏霏薄霧弄輕冥，無數遥峯繞檻青。想見著書勤秉燭，一簾疎雨夜深聽。

【校記】

〔一〕《近草》此題共有四首，此爲其一、三首。又見《三續草》。

題顧春洲茂才詩稿〔一〕

一卷新詩寄性情，虎頭三絶舊知名。看來秋水清無滓，撥到冰絃脆有聲。作客情懷鐙暗淡，惜花心性夢分明。海棠帶淚芙蓉笑，乞得仙毫替寫生。

【校記】

〔一〕本詩又見《三續草》、《近草》。

憶荷〔一〕

芳心合受水仙憐〔二〕，解佩江皋憶往年。料得夜涼成獨醒，一池香影讓鷗眠。

水雲鄉裏著卿卿，絮果蘭因證舊盟。一種相思忘不得，野塘風定月微明。

【校記】

〔一〕本詩又見《續草》刻本，題作『憶荷用韻』；《近草》，題作『憶荷用前韻』。

〔二〕『芳心』，《續草》刻本作『娟娟』，《近草》作『苦心』。

題虢國夫人早朝圖

傾城傾國共誰論〔一〕，姊妹同時受主恩。人掃淡眉辭繡閫，馬馱香夢入宮門。曉風漸透霓裳薄，宿雨微添玉頰溫。料得海棠濃睡足，華清奏曲倒芳尊。

【校記】

〔一〕『傾城傾國』，《近草》作『海棠顏色』。

喻少蘭畫史見儀題虢國圖詩卽作圖見贈云於海棠花下爲之口占誌謝〔一〕

傾城顏色古來難，大好風神馬上看。合蘸海棠枝上露，繪他扶夢上雕鞍。

疎簾清簟晝遲遲，試拂生綃寫豔姿。骨肉停勻肌裏細，先生畫筆少陵詩。

【校記】

〔一〕『喻少蘭畫史』，《三續草》初作『少蘭供奉』，墨筆改同此；《近草》作『少蘭供奉』。『題虢國圖詩』，《近草》作『前詩』。

立秋後二日雨和韻

添得一分秋，秋心帶雨幽。雲歸千樹出〔一〕，暑散萬荷收。離緒風前柳，詩情水面鷗。綠牕涼意滿，鐙影送新愁。

【校記】

〔一〕『出』，《三續草》初作『淨』，朱筆改同此；《近草》作『淨』。

七夕和韻〔一〕

盈虛消息定千秋，拙女安閒巧女愁。看取天孫翻樣巧，乘龍舊例換騎牛。

銀河悵望兩相憐，只隔形骸不隔緣。對面恍同千里遠，人間卻又羨天仙。

悲歡頃刻景全非，水自東流月自西。不獨璇宮驚好夢，萬愁人怕一聲雞。

親薦花前瓜果茶，曝書樓啓景偏賒。天孫定割機頭錦，來換蕭娘筆底花。

年年粟帛富三秋，上帝還擔豐歉愁。爲怕人間閒過日，天孫織錦壻牽牛。

星期一度一相憐，多少人間未了緣。安得采橋長萬丈，渡他平地盡登仙。

璇宮縹渺景全非，月到良宵未易西。聽説星期烏鵲管，紅牆不唱汝南雞。

采縷金針共品茶，深閨兒女鬭情賒。蛛絲也是纏綿甚，網出同心並蒂花。

【校記】

〔一〕本組又見《三續草》、《近草》。《近草》分爲兩組，各四首。

爲常州臧孝子禮堂作〔一〕

孝子母病，刲股禱天。母病旋愈，人莫知也。年三十卒，左股瘢痕隱隱，難兄西成上舍私謚爲孝節處士，徵詩。

文章重根柢，至性定纏綿。剜肉朝和藥，焚香夜告天。但求親疾愈，生怕孝名傳。身後終難諱，斑痕尚宛然。

生離猶不忍，況復死長辭。料得魂歸日，依然戀母時。慟添慈竹淚，哀感紫荊枝。珍重遺書輯，芳名青簡垂。

【校記】

〔一〕本組又見《三續草》、《近草》。

秋牕

秋牕幽夢斷，長簟暗生涼。疎雨閒門掩，蒼苔古砌荒。臨風懷往事，撫景感流光。無限憑欄意，相思雲水鄉。

何處送繁音，牀頭絡緯吟。愁多生趣淡，病久鬼情深。夢竟辭人去，詩偏繞枕尋。綠牕鐙暈小，涼影鑒秋心。

聞姜明府貽經沒於川沙感賦二律

黃金散盡剩空囊，俯仰平生氣慨慷。旅館無聊惟覓句，風懷垂老尚憐香。當前花月愁千縷，過後繁華夢一場。收拾殘棋真草草，英雄末路太淒涼。

塵封硯匣久慵開，又爲天孫苦費才。易簣前數日猶和七夕詞。善病客難禁夜永，傷心人怕入秋來。酒添綺思和愁湧，花簇吟毫被恨催。料得海棠香夢醒，也應紅淚滿蒼苔。有海棠開字韻，複詞劇佳〔一〕。

【校記】

〔一〕『有海棠』二句，《近草》作『有海棠詞，極佳』。本詩又見《三續草》。

題沈瘦生山人攜幼圖

候門入室慣相依，樂事天倫總化機。名士久聽傳瘦沈，鳳雛毛羽卻豐肥。

送別李十四世兄[一]味莊先生幼子

忍見瓊枝小，麻衣似雪飄。淚隨紅葉墮，魂傍素旍銷。霄漢前程遠，關山別路遥。逢君定何日，悵我鬢蕭蕭。

也解隨行拜，啼聲最愴情。嬌憐猶戀母，勤學好師兄。囊有書千卷，家無金滿籯。古來賢達者，多半早孤成。

【校記】

〔一〕詩題，《近草》無『世』字。又見《三續草》。

題錢師竹廣文望雲思親圖[一]

白雲浩茫茫，遊子思故鄉。堂有遲暮親，兩鬢如秋霜。家貧無以養，負米遊遠方。道遠不得歸，心共雲飛揚。枝頭返哺烏，對之心悽惶。積思感宵夢，身逐雲翱翔。行行指故里，未及登高堂。家近情愈迫，旦夕心彷徨。俄聞訃音至，慟哭摧中腸。有身不能贖，有願何時償。雲出有時歸，此恨終難忘。

【校記】

〔一〕本組詩又見《三續草》、《近草》。

上聽雲周觀察

春風吹到碧雲端，雨雪休愁度歲難。最憶星軺乘曉發，關心猶念草堂寒。

宵來展玩春洲見示詩詞語淡意深愁多歡少占此奉慰

病骨經春更怯寒，中天月好未曾看。劇憐幾闋淒清句，吟對梅花字字酸。

萬種離愁對夜缸，黃昏纔近掩紗牕。來詞有『黃昏近也掩紗牕』句。鏡中花影須參透，收卻懷人淚一雙。

折盡青青楊柳枝，才人大抵總情癡。月華尚有盈虧候，人世安能免別離。

不須顧影暗神傷，冷到梅花透骨香。莫放愁多吟鬢換，好留顏色奉高堂。

有懷王襟玉夫人卻寄〔一〕

官閣聯吟逸興多，河陽無事但絃歌。江南二月聽春雨，千里懷人喚奈何。

夫壻清才第一流，鄭虔三絕更無儔。閨中多恐牽鄉思，畫幅家山當卧遊。

【校記】

〔一〕詩題，《三續草》初無『王』字，朱筆添同此；《近草》無『王』字。

春日〔一〕

綠牕深掩度芳時，靜處沈吟暗裏思。入夢尚拋知己淚，看書爲憶古人癡。詩能損胃常忘食，花可娛心想折枝。身世蒼涼剛打疊，春光如許又興悲。

憔悴東風減帶圍，不須辟穀已忘飢。爲看花落愁成夢，漸被春寒逼入帷。願有難償期再世，詩還未就戀斜暉。剪刀風裏陰晴換，看女當牕理素機。

【校記】

〔一〕詩題，《三續草》初作『春日偶成』，朱筆圈改同此；《近草》題作『春日偶成』。

和香浦弟

伏枕不成寐，披衣坐五更。漏催殘月墮，風激破牕鳴。愁重縈方寸，宵長抵半生。殘鐙分曙色，黯淡若爲情。

花朝感事和韻時以幼女紺珠出寄〔一〕

一縷柔情欲化綿，懶將枯管鬬人妍。花生偏值傷心日，春好難回離恨天。魂易斷時剛破夢，淚難忍處是當筵。韶華有限愁無限，月缺何時望再圓。

【校記】

〔一〕本詩又見《三續草》、《近草》。

殘菊和韻

片紙吹來落照邊，秋殘如許亦淒然。當頭有月還愁看，此後無花更可憐。但使高情留萬古，肯將晚節入新年。春風雖好非吾戀，直待西風了此緣。

曉枕和韻〔一〕

枕角涼於水，終宵不肯乾。亂愁和淚湧，曉氣助春寒。慷慨捐生易，纏綿割愛難。蓼莪篇最苦，忍痛幾回看。

【校記】

〔一〕本詩又見《三續草》、《近草》。

汪籍庵廣文贈詩次韻

半生賦命冷於秋，境到傷心夢亦幽。耽詠未能緣病減，惜春多半替花愁。昏鐙影裏頻拈線，殘漏聲中靜掩樓。一種纏綿兒女愛，辛勤笑比力田牛。

郡伯鄭玉峯世丈見示塞上吟題十絕句

細柳營開殺氣浮，刀光如雪玉關秋。深閨不識蠻陬路，讀徧新詩當遠遊。

積雪深山六月寒，羊腸鳥徑路千盤。青蓮縱有驚人句，未必深知蜀道難。

虹橋廿四渡蒼生，不用沖波踏浪行。風月廣陵春似海，笑他空是占佳名。

馬出林梢素霧間，橋通竹索險難攀。共驚司馬行軍速，五百脩程一夕還。

幾番虎帳請王師，百八蜂蠻授首時。想見如虹奇氣在，馬頭橫槊賦新詩。

腰垂錦帶佩吳鉤，躍馬千山賦壯遊。祇把丹誠酬聖主，功成原不計封侯。

崎嶇水陸運舟車，檢點芻茭僅有餘。贏得三軍齊鼓腹，有人辛苦護儲胥。

頹垣廢井野花芳，太息平原禾黍荒。似此倉皇戎馬際，關心猶自念農桑。

卅載西陲靖虎貔，蠻烟瘴雨尚牽思。知公燕寢香凝日，猶夢蠶叢格鬬時。

五載邊庭著績多，偶然投筆便橫戈。鬚眉底用圖麟閣，好句奇功兩不磨。

上聽雲先生

年來憔悴倍難支，多謝春風著意吹。感極不禁雙淚落，受恩偏在挂冠時。

殘春〔一〕

碧羅牕薄逗輕颸，漸覺寒生不自持。怕惹離愁遲就枕，又扶衰病強裁詩。謀生疎懶人嫌拙，到死纏綿自笑癡。添得鬢邊絲幾縷，一鐙聽雨送春時。

雨雨風風又送春，雪泥重認去來因。深愁比酒還難醒，短夢如烟記不真。筆落總兼秋士氣，詩成慣惹美人顰。〔二〕近詞數闋，諸姊妹見之俱淚下。瓣香欲把情根懺，佛火蒲團寄此身。

【校記】

〔一〕詩題，《三續草》初作『殘春即事』，朱筆刪同此；《近草》作『殘春即事』。

〔二〕『顰』，《近草》作『嗔』。

謝沈女史贈蘭〔一〕

孤芳出空谷，入室感同心。香近人何遠，神交契更深。一枝初浣露，九畹乍分林。鄭重相貽意，中宵費苦吟。

【校記】

〔一〕本詩又見《三續草》、《近草》。

爲徐醉吟居士題拾香草

風流徐騎省，高會集郡賢。錦訝篇篇麗，珠真顆顆圓。烟霞情自逸，金石契常堅。流水高山意，千秋託素絃。

周聽雲先生有玉關之行卻寄

仲夏草木長，嗟公遠行役。蕭條理行裝，蒼莽渡沙磧。男兒四方志，放逐意亦適。肯效兒女悲，踟躕歧路側。惟餘戀闕心，時有淚沾臆。公家起長沙，詩書承世澤。一門敦孝弟，累世守清白。雞牕十載勤，寧爲暑寒易。一朝蕊榜開，名注金門籍。桃李盈階除，春風扇几席。時張鐵網收，恐有遺珠獲。搜羅尺寸才，珍過連城璧。領郡來三吳，愛民如保赤。輿誦徧江鄉，甘棠留澤國。蹉跌亦偶然，生性本孤直。吾家申浦曲，阿翁淹宦績。作吏二十年，家徒餘四壁。孤寒無所賴，溝壑在旦夕。公敦青雲誼，珠桂代籌畫。夫壻守一氈，談經隨赤舄。深閨弄柔翰，仰荷持玉尺。慕公未見公，翹首青雲隔。作歌送公行，感激動魂魄。

題洗硯圖〔一〕

紫玉晶瑩絕點埃，墨花噴處浪花開。有時逸思如雲滿〔二〕，笑倩奚奴快捧來。
弄筆西牕午夢餘，研田宿滓未曾除。自憐白腹吟情澀，不及池邊飽墨魚。

【校記】

〔一〕本組詩又見《三續草》、《近草》。

〔二〕『雲滿』，《三續草》同，《近草》作『泉湧』。

落花和韻

憑欄脈脈感流光，生怕東風入夜狂。香閣離魂悲倩女，荒臺尋夢泣襄王。重賡懊惱新翻曲，莫奏清平舊樂章。漂泊已非真面目，當時曾助玉人妝。

烟啼露泣損紅嬌，故向愁人眼底飄。萬種相思風影亂，半宵殘夢雨聲饒。能禁幾度消魂別，盼到重逢隔歲遥。回首仙源初識面，金樽檀板坐相邀。

沾茵墮廁欲何之，一種珊珊意態遲。未必濃華能炫我，卻緣漂泊轉憐伊。高樓客散微吟後，小院簾鉤獨立時。眼底興衰正無限，情懷脈脈強支持。

滿院斜陽送六朝，當前風景太寥寥。曾經銀燭更番照，忍聽金鈴不住搖。幽恨已教迷綠浦，柔情猶自戀紅橋。誰將九陌芳菲節，付與春江一夜潮。

飄零尚覺態婀娜，如此韶光付逝波。三月繁華愁裏度，六朝金粉夢中過。誰家流水斜陽外，是處疎風冷雨多。到底人間勝天上，催歸其奈杜鵑何。

紅裙未必妒丹榴，底事淩波去不留。芳草夢回迷極浦，玉簫聲斷掩高樓。嬌鶯倦蝶三春怨，別館荒園一片愁。最是綠牕岑寂處，侍兒相勸莫懸鉤。

舊時門巷景全非，仿佛湘江泣楚妃。小院風微猶緩緩，情天路遠故飛飛。劉郎兩度應嗟老，杜牧今番又賦歸。滿眼殘紅飄不定，怕看梅豆壓枝肥。

亂點斜飄墮粉牆，者番苦雨最難當。劇憐燕子尋芳久，忍看楊枝帶恨長。夢斷更聞風力緊，客來猶覺馬蹄香。莫因小別傷懷抱，轉眼園林又豔陽。

遊東湖登弄珠樓次壁間韻

蒼涼臺榭幾經秋，萍跡匆匆一繫舟。座有詩仙同弔古，手攜神女共登樓。清遊底用窮三島，名勝居然占一洲。憑眺那禁身世感，水流不盡古今愁。

尋山興好恰逢秋，旬日東湖兩放舟。柳外人家都近水，波心塔影正當樓。待看碧月生鮫浦，送盡風帆下荻洲。清磬數聲塵夢醒，亂雲又擁一天愁。

奉寄聽雲先生塞上

西風落日慘離顔，衰柳長亭不可攀。願借嶺頭雲一片，隨風送過玉門關。

皎皎當空月一丸，憑欄無語幾回看。誰憐今夜關山月，踏破濃霜馬足寒。

征鴻昨夜度關河，尺素傳來感慨多。賺我兩行知己淚，金閨此際更如何。

月英夫人舟過申江諸女伴凝妝以待雲軿之降久之芳信杳然知歸心甚切獨不念微茫烟樹中有人倚樓凝望耶猶幸明珠雛鳳雙降草堂舉止周詳風神秀逸雖未把臂而瑤英風度想見一斑矣率成斷句三章以誌景仰

留仙不住轉生愁，望斷行雲古渡頭。怪殺春申潮信促，匆匆催放玉人舟。

瓊樹纖纖秀出行，逢人揖讓禮周詳。掌珠別擅天然貌，約略風神似阿娘。（一）

鐙前相與計歸程，吹到仙雲恰二更。料得東坡老居士，爐添獸炭候門迎。

【眉評】

（一）上海圖書館藏《五續草》稿本眉評：清新。

書信尾寄外吳門

一點鐙光照影微，愁多減盡舊腰圍。病原可療難求藥，寒不能勝尚典衣。夢裏也知身是幻，鏡中頓覺貌全非。無聊暗把金錢卜，只望征人得意歸。

碌碌憐君又自憐，牽蘿辛苦逼殘年。生原少福難求佛，命本如雲敢咎天。燕已去巢情尚戀〔一〕，珠雖辭掌夢仍牽〔二〕。挑鐙手錄傷心句，冷到熏籠猶未眠。

【校記】

〔一〕『去』，《近草》旁改作『辭』。

〔二〕『辭』，《近草》旁改作『離』。

夜雨和餘瀾堉韻

傾耳不成寐，空階漸作霖。聲繁催短夢，寒重壓香衾。氣逼鐙無焰，風飄柝欲沈。寸心淒絕處，哀病共愁深。

隨風時斷續，亂卷入林喧。滅燭來山鬼，哀吟和嶺猿。抱愁拋蝶夢，覓句返梅魂。待到晴明日，來尋紅杏村。

殘春聽雨和韻

夜靜虛廊人語幽，瀟瀟風雨下重樓。香消粉褪紅成陣，只有東皇不解愁。

復軒將攜家往吴門古愚雲庚奕山餞别李氏吾園有賦

驪歌一曲集芳園，竹塢禽喧客到門。酒爲送春須痛飲，花因惜别也消魂。三生文字緣還淺，一霎山林日易昏。多感羊求交誼好，題詩記取雪泥痕。

寄卷勺園劉瑞圃居士〔一〕

自别仙源悵隔塵，記曾親訪緑楊津。才名浪得真慙我，青眼如君有幾人。香徑行來俱入畫，殘篇讀罷暗傷神。生平舊詠嗟零落，珍重搜羅玉案陳。

家貧憐我病膏肓〔二〕，參术殷勤遠寄將。終古青雲才子誼，從來幽谷美人鄉。花明繡幕懷仙侶，月滿瓊樓夢謝娘。衰病逢秋眠更少，吟聲時答漏聲長。

【校記】

〔一〕『勺園』後，《四續草》有『主人』二字，朱筆刪同此；《五續草》有『主人』二字。

〔二〕『病』，《四續草》初作『抱』，墨筆改同此。

寄陳雲伯明府〔一〕

雲水渺無邊，銜寒夜放船。斗山遲一面，文字感前緣。人靜潮生浦，風高雁叫烟。今宵篷底客，詩夢繞江天。

【校記】

〔一〕詩題，《四續草》初作『寄碧城主人』，墨筆改同此；《五續草》作『寄碧城主人』。

贈壯烈伯浙江提督李忠毅公輓詩

礮石聲連哀慟聲，西風一夕將星傾。天邊刁斗音俄斷，海上萑蒲膽尚驚。報國身常先士卒，裹屍志已遂平生。知公一事添惆悵，瞑目猶餘戀闕情。

功業應同馬伏波，一時將士感恩多。短衣射虎朝馳馬，赤手屠鯨夜渡河。鐵甲經年蓬鬢悴，風旂千里陣雲靡。凱歌指日膚功奏，大樹飄零喚奈何。

敢圖麟閣姓名留，養士儲糧爲國謀。一點孤忠昭白日，半生壯志託浮漚。重泉讀詔魂應斷，邊塞聞風淚盡流。臣節重勞宸翰紀，不煩史筆載勳猷。

崇祠合與岳于鄰，鼎足千秋廟貌新。肅穆衣冠猶似昨，從容籌筆早如神。但教遺略能除寇，何必成功定及身。盡瘁久忘家室計，子孫偏得沐深仁。

贈陳古愚姻丈〔一〕

征途念風雪，珍重尺書裁。愧我無新句，如君最愛才〔二〕。病中攜藥到，遠道寄詩來〔三〕。消受難爲報，惟餘感極哀〔四〕。

天涯逢歲暮，客子感何如。落葉和愁積，西風掃病除。徐娘傳錦字，霸子讀藏書。處士家風好，梅花繞故廬。

【校記】

〔一〕『姻丈』，《四續草》初同此，墨筆改爲『丈』。

〔二〕『如』，《四續草》初作『知』，墨筆改同此。

〔三〕『寄』，《四續草》初作『索』，墨筆改同此。

〔四〕『惟餘』，《四續草》初作『思量』，墨筆改同此。

小寓吴門連朝陰雨占此自嘲

待去偏教作小留，連朝雨腳不曾休。涼生虚幌催殘夢，冷滴空階助旅愁。天氣乍寒還乍暖，風光疑夏復疑秋。金閶自古繁華地，暗淡人來未許遊。

晚眺〔一〕

春衫新换怯微涼，庭院深沈又夕陽。樹底殘紅餘幾點〔二〕，天邊歸鳥不成行。偶隨飛絮來吴苑，何處營巢覓畫梁。昨夜雨聲敲夢碎，去留心跡兩茫茫。

【校記】

〔一〕詩題，《四續草》初作『晚眺即事』，墨筆改同此。

〔二〕『點』，《四續草》原作『朶』，墨筆改同此。

贈宋浣香世嫂

尚書紅杏久傳聞，閨閣憐才又見君。不羡謝娘風絮句，吐辭清麗總成文。

幾載相思隔遠天，相逢雙拜繐帷前。萱親早世慈姑没，同調憐卿又自憐。

曉枕

曉枕聞雞候，尋思事事灰。乾坤原是寄，身世有餘哀。對酒眉成結，看花眼倦開。病魔偏戀戀，小出又隨來。

次張掖垣太史見贈韻張名星焕，湖南人，庚辰庶吉士〔一〕

旅館無聊午睡起，一片清光射眸子。云是文通筆底花，出水亭亭炫其美。天生賦手整且工，才人豈必終奇窮〔二〕。干將無須費磨洗〔三〕，寶氣突出塵埃中〔四〕。鬼斧神工巧相競〔五〕，落筆興酣製新詠〔六〕。杜詩驅鬼豈浪傳，陳檄從來可療病。先生家本湘水濱，美人香草疑前身。遨遊四海不得意，看花未免愁青春。傳經絳帳懸蘇臺，五花雲采時飛來。眼前有圍解不得，當時道韞徒稱才。扶病吟成懶拈管，乞得靈飛仙露盌。何意鴻文取次投，頓教塵壁珠璣滿。傾蓋天涯便訂盟，照人肝膽生光明。酒腸較似詩腸窄，怪底襟懷水樣清。

【校記】

〔一〕『太史』，《四續草》初作『明經』，朱筆改同此。

〔二〕『奇』，《四續草》初作『其』，墨筆改同此。
〔三〕『無須』，《四續草》初作『底閒』，墨筆改同此。
〔四〕『賨』，《四續草》初作『光』，墨筆改同此。
〔五〕『巧』，《四續草》初作『漫』，墨筆改同此。
〔六〕『落筆』句，《四續草》初作『昨夜興酣新有詠』，墨筆改同此。

題徐節母周夫人傳後雪廬孝廉尊慈也

獨抱松筠操，青青耐歲寒。殘膏勤夜課，冥鏹換晨餐。公子經綸富，慈親菽水歡。一身支兩姓，婦德古來難。

旅牕〔一〕

月落紗牕午夢殘，鐙挑旅館夜漫漫。怕人提著心頭事，清淚留將枕上彈。
十分憔悴苦吟身，刻翠裁紅過一春。世上功名無我分，芸牕也受墨磨人。

【校記】

〔一〕詩題，《四續草》初作『旅牕偶成』，墨筆改同此。

答道華夫人

愁看隴首亂雲飛，感舊懷人淚濺衣。祇恐青山笑漂泊，故鄉雖好未能歸〔一〕。

【校記】

〔一〕『能』，《四續草》初作『能』，墨筆改爲『曾』。

題桐陰展卷圖

點筆桐陰思悄然，秋光如水句如仙。茶從瀑布聲中沸，日向蒼松頂上圓。避俗可無書遣日，種花還取菊延年。山中老鶴饒清福，永結逍遙泉石緣。

讀聽雲山館詩集題後

月如潑水夢成烟，聽到雲璈輒廢眠。胷次天機真灑落，毫端至性最纏綿。消魂杖履千山隔，得意聲華萬口傳。知否故園鐙影裏，有人珍重諷新篇。

潘榕皋先生惠並蒂蘭賦謝

靈風仙露董帷栽，花效文心四照開。移供綠牕香入夢，夢中親見二妃來。
青琴三疊感知音，入室還存虛谷心。底用湘皋尋舊夢，滿身香露繞花吟。

葑山舟次有作

一洗愁千斛，來登青翰舟。江空星欲墜，水闊岸疑浮。遠火微明浦，清風早作秋。徘徊泞山月，良夜正悠悠。

葑山道中呈簡田先生

雲水叢中樂有餘，世間煩溽盡消除。天低螢亂星光密，岸斷人隨鐙影疎。客踞船脣聞笑語，風回水面襲襟裾。先生分與清閒福，竟把深愁當草鋤。
月落空江曉色分，閒愁枕上又紛紛。從公且放花中槳，顧我何殊水面雲。病胃好憑清露盥，詩腸要借白荷薰。勝遊幸接神仙侶，沙鷺汀鷗也作羣。

葑山觀荷絶句十首

水邊翡翠語啁啾，雲氣微茫露未收。人爲看花侵曉起，碧波如鏡照梳頭。

雪作肌膚臉暈霞，冰壺照影緑鬟遮。不須更訪支機石，快睹天孫錦上花。

廿里紅霞不斷頭，風光殘夏已先秋。雲深水闊香成海，定有仙人來往遊。

路轉帆回又夕陽，臨風頓覺苧衣涼。分明人在琉璃國，四面山光接水光。

沿堤紅蓼接青蕪，垂柳陰中看浴鳧。寫景苦無摩詰筆，蓬牕隨意補新圖〔一〕。

雲烘霞襯翠斑斑，螺髻新梳態静閒。爭采芙蓉涉秋水，更無人看兩湖山。

紅塵隔斷水雲寬，翠袖能生六月寒。怊悵葦深花間阻，美人終是隔簾看。

風回波面替花涼，淺白深紅浴後妝。十里陂塘香不斷，賺他水鳥往來忙。

落日扁舟小住時，篷牕分韻賦新詩。晴波光射霞千點，筆鈍翻嫌境太奇。

莫鼇縹緲兩爭雄，難得湖山載酒同。三日清遊忘不得，幾時重泛水晶宫。

【校記】

〔一〕『補』，《四續草》初作『展』，墨筆改同此。

客中遣興

此心如月挂天邊，愁似浮雲夢似烟。善病每憑經作懺，多生幸與佛爲緣。纏綿藕緒終難盡，辛苦蓮房卻倒懸。極欲相將賦歸去，還山苦乏買舟錢。

蘭徑風清月白時，國香零落有誰知。向人怕訴平生事，脱口吟成自在詩。舊夢如雲容易散，流光似水詎能追。蕭疎性合居空谷，懶向紅塵寄一枝。

涉園雜詠

空桑三宿佛難捐，回首鴻泥總黯然。睡起曉牕無氣力，緑楊影裏聽秋蟬。

留得華嚴劫後身，園林小住亦前因。山靈相見應相識，魚鳥爭迎前度人。

低遮畫閣拂銀塘，帶雨梳風倚夕陽。閲徧芳堤千萬樹，最風流要數垂楊。

叢篁掩映翠森森，水榭雲房耐細尋。泉石太幽風露重，秋心病骨兩難禁。

風聲漸緊鳥飛回，塘外輕雷隱隱催。萬緑乍摇千葉響，雲頭明滅雨初來。

祇覺清遊興太孤，數帆閣外片帆無。天教一洗窮愁境，來看湖山潑墨圖。

漁舟蓑笠棹歌回，湖面烟消霽色來。恰似美人新沐後，眉痕淡掃鏡初開。

玲瓏怪石枕虬枝，書帶堂前翠靄滋。可惜小山多桂樹，我來偏不及花時。

新涼

涼意孤雲覺，秋心老樹知。露深蟲警候，風定月明時。故國魂長往，高樓夢不離。浮生多感慨，中夜起裁詩。

數帆閣晚眺

濃蔭當牕萬綠環，流連清景不知還。高樓風月真無價，一面湖光一面山。

涉園早起聞桂香喜而有作

一枕新涼曉夢回，天風吹送妙香來。嫦娥也是多情甚，丹桂先支一月開。

和尤春帆舍人遊涉園韻

歸心漸逐暮雲收，如此溪山卻倦遊。詩要求工難著手，境因太好也回眸。凌波斗覺身如寄，對鏡無端淚欲流。老樹風聲連雨壯，暮天帆影卷烟浮。竹緣性直終存節，蟬爲吟多最感秋。詞客款門還掃徑，月華照水強登樓。吟情縹緲愁風偪，露氣淒涼怕景幽。憶訪同儕過畫閣，每扶衰病上蘭舟。去留難準應輸燕，晴雨無常試聽鳩。陳跡有情偏結夢，行期太迫又添愁。吾生祇合長休矣，勝地能容再至不。天似見憐花早放，人逢同調句爭留。欲賡險韻思先澀，待賦悲懷腕太柔。九畹清芬原自遠，一篇白雪詎能酬。已甘荊布仍無託，不戴南冠也似囚。塵世悲歡終是幻，晶簾且玩月如鉤。

己巳中秋客居吳下次月滿樓丁卯中秋家宴韻

一樣銀蟾幾樣光，最難骨肉聚家鄉。思親頻見三更夢，憶女新添兩鬢霜。丹桂枝頭香正烈，廣寒宮裏夜方長。今宵暫忍牛衣淚，笑說齊眉一舉觴。

雪中用尤文簡公集中入春半月未見梅花詩韻

雪壓山阿水凍池，暗香消息殢南枝。韶華半月虛拋卻，春色三分未許支。漠漠嶺雲添悵望，珊珊瓊佩訝來遲。返魂賴有何郎筆，獨對空林細詠詩。

人行曲岸鶴窺池，未破東風第一枝。幾度巡簷空索笑，相思見月已難支。湘皋帝子臨妝晚，洛浦明珠墮掌遲。昨夜茅茨風雪緊，紙牕無伴獨吟詩。

薄薄春冰淺淺池，忍寒獨探竹邊枝。品居最上何嫌晚，骨縱禁寒也不支。尋徧空山人小困，踏殘明月鶴歸遲。隴頭流水相思意，收拾愁心付小詩。

闌干六曲俯清池，寒雀啾啾踏凍枝。傍嶺樹猶愁偃蹇，看花人亦強撐支。十分香韻因誰斂，一樣春光怪底遲。留得歲寒心跡在，與君把酒共敲詩。

題查查客先生把酒問青天圖即次其韻〔一〕

大聰明帶幾分癡，翹首青天笑問之。萬古長懸雲外月，百年不竭手中卮。《霓裳曲》好憑欄聽，玉宇寒多繫夢思。一種曠懷誰會得，風流坡老最相知。

癡愛風騷也算癡，如斯清景偶逢之。胷羅珠斗瞳如鏡，酒瀉銀河月當卮。一角欄杆成獨倚，九天宮闕最關思。憑高人有淩雲想，塵世紛紛那得知。

青天無語白雲癡，把酒還邀月共之。陣陣天香清拂袂，娟娟玉露暗添卮。幾多獨立蒼茫感，不盡淩虛縹渺思。夜半興酣歌水調，調高祇恐少人知。

有情異代笑同癡，事隔千秋心印之。試問何年栽桂樹，幾時生月侑瓊卮。人間寒暑從教換，天上春秋卻費思。十二玉樓消息近，置身高處定應知。

【校記】

〔一〕『查』，《四續草》初無，朱筆添同此。

夜坐

鳥啼鐘動助人愁，感昔傷今易白頭。此日苦吟還自累，他年遺稿定誰收。黃花瘦極香應淡，蠟炬灰時淚尚流。惆悵三吳好山水，更無情緒豁雙眸。

周聽雲先生塞上書回知儀前寄詩劄晉將軍見之歎賞命付裝池自維下里巴音得流傳萬里之外且邀鉅公識拔自幸抑自愧矣口占二絕〔一〕

黄沙漠漠路途長，辛苦傳書雁帶霜。聽説將軍耽翰墨，蕪詞傳唱到遐荒。

坐鎮西陲洗甲兵，風高虎帳月三更。誰知一曲清商調，吹入軍門鼓角聲。

【校記】

〔一〕『抑』，《四續草》初作『還』，墨筆改同此。

題梵福樓所藏柳如是畫像〔一〕

絳雲樓閣久成薪，萬卷藏書委劫塵。惟有玉人魂不化，披圖重現去來身。

俠骨清才窈窕娘，如花標格繡心腸。尚書不死緣卿戀，此意還須略諒郎。

美人情重抵兼金，玉碎先存報主心。汗簡有名纔算壽，還將一死答知音。

初白風流現後身，河東姓氏又重新。畫圖珍重藏金屋，異代憐才更有人。

【校記】

〔一〕 詩題，《四續草》初無『所』、『畫』字，墨筆添。

奉題慶蕉園方伯泛月理琴圖

和平琴德本天然，作楫應須涉大川。夜半調高催月上，蛟龍來迓使君船。

政餘養性愛攜琴，天外青峯亦賞音。最喜恩波徧南國，一輪卿月照江心。

破浪真乘萬里風，抱琴彈向水晶宫。使君心跡明於鏡，合在澄波皓月中。

持節人來感昔年，甘棠手澤尚依然。一琴慣和南薰曲，三世黄扉相業傳。

秋夜感懷寄外

驚心風木痛何如，親薦蘋蘩婦職疎。一第未能酬厚望，廿年猶自守遺書。孤雲應悔輕離岫，海燕還憐久寄居。客館有人同不寐，高梧葉落報秋初。

憶外

十二瓊樓璧月澂，懷君獨夜畫欄憑。得依鴻案原真樂，同臥牛衣愧未能。此日三吳分課讀，當時雙管共挑鐙。賃舂執爨慙賢婦，未免從人乞斗升。

題羣芳呈瑞圖爲張丈作卷中羣卉係女公子合作

漫誇詠絮謝家才，紅紫紛紛筆底開。添得阿翁詩界闊，一羣天女散花來。

一枝花當一籌添，姊妹承歡樂事兼。淡點胭脂濃傅粉，十分春色在毫尖。

月夜貽汪小韞夫人

金鑪沈水夜深焚，仰視青天無片雲。消到花魂餘一縷，照來人影瘦三分。飄蓬身世君憐我，多病心情我憶君。執手匆匆纔數語，暮霞殘照又離羣。

奉題韓桂舲中丞種梅圖即次元韻

且攜雅嘴種梅花，莫認孤山處士家。龍節虎符新宦蹟，凍雲晴雪舊生涯。
且攜雅嘴種梅花，管領春光總不差。嘗到和羹滋味美，摘將青子笑呼娃。
且攜雅嘴種梅花，桃李紛紛未放芽。一片冷香清到骨，翻將雪海洗塵沙。
且攜雅嘴種梅花，萬玉叢中聚一家。脩到幾生仙福好，山靈看見也嗟呀。
且攜雅嘴種梅花，幾疊青山水一涯。仙侶同心雙種玉，笑他兒女種胡麻。
且攜雅嘴種梅花，借冠人多歸願賒。鐵石心腸愛冰雪，廣平詞筆世爭誇。

殘臘見雪〔一〕

殘臘始見雪，數點飄横斜。須臾厚盈寸，壓滿梅槎枒。錯疑風信早，未春先作花。冰霜凜冽中，浩蕩春無涯。

薄陰猶釀雪，日暮還添衣。病人常苦寒，凍雀常苦飢。煩憂逼短景，積思如亂絲。鯉魚僵不起，江上尺書稀。

寒鐙淡無焰，紅爐火力微。清光逼戶牖，夜氣侵簾幃。誰家盛歡晏，歌舞中宵嬉。念彼遠行客，歲晚嗟無衣。

薄雲不漏日，雪意方徘徊。小園偶屬目，千樹梨花開。隔籬人煮茗，一童持帚來。清景良足惜，隱憂不能裁。

【校記】

〔一〕此組詩，《四續草》初刪，下復用墨筆云：『集中此體甚少，或仍存之。』

西風

西風撼樹亂鴉翻，冷印中庭月一丸。枯管吟餘知夜永，敝裘典盡怕秋寒〔一〕。夢防成讖關心記，書隔多年著意看。檢點輕裝楓落後，故園歸去暫盤桓。〔一〕

【眉批】

〔一〕上圖藏《五續草》稿本眉評：真性靈語。

【校記】

〔一〕『怕』，《四續草》初作『怯』，墨筆改同此。

九日憶吉雲

重九無風雨，登高及令辰。感時還憶舊，懷古獨傷神。酒待白衣餉，萸簪青鬢新。黃花情太薄，送盡看花人。

送秋和韻

淒清況味逼中年，縱不傷離亦黯然。看到霜花魂易斷，照來絲鬢鏡相憐。滿庭黄葉辭殘夜，一縷商聲曳遠天。轉眼送春秋又去，陌頭還憶柳吹綿。

怕聽騷客訴三生，景太蕭條賦不成〔一〕。清角驚殘香閣夢，西風吹老玉關情。迎來一片寒潮急，送過千山暮靄横。剩有秋心灰不盡，又從紙上起秋聲。

【校記】

〔一〕『賦』，《五續草》初作『夢』，墨筆改同此。

題楚中熊兩溟進士鵠山小隱詩集

一卷琳琅詠，千秋屈宋心。曠懷凌太古，逸調發元音〔一〕。久仰天門峻，初窺學海深。欲窮微妙旨，鎮日對花吟。

新詩憑雁足，流韻滿江南。妙句風行水，清心月映潭〔二〕。花封榮不慕，苜蓿味原甘。想見談經座，蕭然老學庵。

【校記】

〔一〕『逸調』，《五續草》初作『感世』，墨筆改。

〔二〕『映』，《五續草》作『印』。

題顧劍峯廣文寸心樓詩集

清詩語語性情流，慧業從知夙世脩。想見心花隨意放，古香吹滿讀書樓。

懷鉛終歲客他鄉，收拾江山貯錦囊。猶有如虹豪氣在，牀頭雄劍吐光芒。

高唱新傳鸚鵡洲，辭家王粲獨登樓。武昌楊柳吳宮月，望遠應牽兩地愁。

狼藉青衫舊酒痕，虎頭三絕至今存。公卿倒屣爭羅致，肯放空山獨閉門。

小韞夫人贈詩次韻

三復高山調，中宵起夢思。同心悵離阻，嘆息此良時。

浮世原難合，微生感受知。嗟彼獨活草，願附喬松枝。

感君珍重意，古調思翻新。我有同心侶，天生絕代人。

幽棲次韻

天高雲氣薄，林靜鳥聲嘩。花味如人淡，詩情得酒華。溪光當檻照，山影半樓遮。向晚鉤簾坐，微風燕剪斜。

坐久鐙花落，書堂寂不譁。蕭閒親翰墨，遲暮惜年華〔一〕。兩鬢新霜點，雙眸薄霧遮。長宵不成寐，河漢又西斜。

【校記】

〔一〕『年』，《五續草》作『韶』。

湘水吟紀夢〔一〕

孤鐙耿耿秋夜長，夜夢恍惚遊瀟湘。眼中望見江漠漠，耳畔似聽聲湯湯〔二〕。白雲靉靆沒我足〔三〕，輕風飄颻吹我裳〔四〕。南泛洞庭掬湘月，一片空明沁人骨〔五〕。江流九轉石不移，中有忠魂抱石泣。美人香草春蒼茫〔六〕，嶺猿哀嘯鵑啼血。天風浪浪清到心〔七〕，木葉微脫山橚槮〔八〕。心情幽渺淒欲絕〔九〕，神兮恍降江之潯。老蛟怒吼翻水窟〔一〇〕，霹靂震空山欲裂。疾風倒卷雪浪飛，城郭高低出復沒〔一一〕。俄驚控鶴仙人來，鐵笛一聲山水開〔一二〕。三湘烟光如鏡澈〔一三〕，九嶷山色横江排〔一四〕。青鸞白鵠向空舞，仙人招我登瑤臺。瓊漿一飲傀儡盡〔一五〕，還挹湘水添金杯。醉中不記身世事〔一六〕，秋夢苦短雞聲催〔一七〕。雞聲催我萬慮起〔一八〕，明滅殘鐙照牕紙。巴陵衡嶽舊遊蹤，往事回頭卅年矣。人世悲歡奈若何，夢外風浪知還多〔一九〕。不堪重憶平生事，搔首風前誦《九歌》。

【校記】

〔一〕詩題，《四續草》初作「夢涉湘水吟」。《四續草》此詩以下諸處均經朱筆圈點、墨筆改定同此。

〔二〕「似」，《四續草》初作「但」。

〔三〕「白雲靉靆」，《四續草》初作「浮雲冉冉」。

〔四〕「輕」，《四續草》初作「天」；「飆」，《四續草》初作「飄」。

〔五〕「一片」，《四續草》初作「湘水」。

〔六〕「春蒼茫」，《四續草》初作「渺何處」。

〔七〕「天風浪浪」，《四續草》初作「鏗然一聲」。

〔八〕「山」，《四續草》初作「秋」。

〔九〕「心情幽眇」，《四續草》初作「如啼如訴」。

〔一〇〕「老蛟」句後，《四續草》初有「曲終微聞長太息，空山何處來知音」。

〔一一〕「城郭」句後，《四續草》初有「山鬼揶揄伎倆多，陰陰冷氣森毛髮」。

〔一二〕「山水」，《四續草》初作「烟霧」。

〔一三〕「三湘」句，《四續草》初作「三湘如鏡當面照」。

〔一四〕「山色横」，《四續草》初作「送青臨」。

〔一五〕『瓊漿一飲』，《四續草》初作『一洗胷中』。
〔一六〕『不記』，《四續草》初作『忘卻』。
〔一七〕『秋夢苦短』，《四續草》初作『黃粱未熟』。
〔一八〕『催我』，《四續草》初作『一換』。
〔一九〕『外』，《四續草》初作『中』。『知』，《四續草》初作『駭』。

立秋日作

濛濛絲雨雲不開，雲中隱隱聞輕雷。井梧一葉下幽砌，颼颼秋向林梢來。秋魂一縷細於髮，隨風飄蕩往復回。我抱秋心向秋訴，枝頭遙答涼蟬語。只知秋氣助人悲，茫茫未識秋來處。秋風纔動生嫩涼，秋鐙耿耿懸清光。別有秋情秋不管，半宵清夢落瀟湘。

岳州孝烈靈妃廟碑書後

有吏有吏司運鐵，鐵沈吏亦安求活。長風卷浪水拍天，茫茫何處求骸骨。伶俜弱女十六齡，獨立江頭淚流血。呼天天高天不聞，奮身一躍赴水窟。水窟蛟龍不敢吞，化爲雲氣千秋存。昭昭至性出巾幗，浩浩正氣彌乾坤。野有專祠朝有封，名垂孝烈聲隆隆。雲旗縹緲卷宿霧，時有靈爽憑空中〔一〕。猨啼鵑泣湘竹裂，洞庭落日生悲風。秦代去今幾千載，古祠剝落精靈在。吾翁趨來守此邦，鳩工百日煥新采。路人憑弔鼻欲酸，萬姓香烟浩如海。弱弟同時亦舍生，一門雙孝並垂名。至今湖上寒流急，猶似當年喚父聲。

【校記】

〔一〕『憑』，《四續草》初作『來』，復改同此。

初秋用壁間韻

荏苒韶華逝水流，入秋景物倍清幽。喜聞乾鵲喧簷際，怕聽哀蟬訴樹頭。憶女二三千里外，問年五十四回周。吳宮舊是傷心地，殘照西風冷荻洲。

星星螢火逗疎簾，曲曲明蟾挂畫簷。涼意三分生枕角，秋心一點到眉尖。鬢絲漸恐烏成白，身世難期苦盡甜。得句閒書團扇上，墨痕狼藉滿霜縑。

呈潘榕皋先生

重陽前二日，至三松堂，適王綺思夫人來，先生命卽席賦詩爲贈。儀素不習八法，先生偏譽以工書。諸夫人兼爲磨墨伸紙，爰賦小詩二章以誌愧。

鐙前驚見走龍蛇，一代書名仰作家。愧我未曾磨鐵硯，絳帷人莫笑塗鴉。
較他餓隸更酸寒，琢句還愁字未安。賺得墨痕沾翠袖，金閨親爲試螺丸。

題李紉蘭夫人茶烟煮夢圖

蕉陰試茗拂吳縑，小困無端筆懶拈。詩向夢中尋得好，茶從睡起飲來甜。風泉隔竹聲聲沸，花氣和烟漸漸添。生恐晚涼侵瘦骨，更無人與下重簾。（一）
萍蹤聚散太匆匆，別後相思有夢通。我望彩雲懷舊侶，誰扶倩影出芳叢。情牽遠水遥山外，詩在輕烟淡靄中。一種怕愁耽睡意，近來況味略相同。

【眉評】

（一）上圖藏《五續草》稿本眉評：人意中語，其近情處似劍南。

歸舟寄小韞

數聲柔櫓促歸程，兩岸丹楓解送迎。萍本無根憐我命，水流不盡見君情。

王渡阻風

咫尺家山路渺茫，五年陳跡費思量。孤舟一夜瀟瀟雨，青鏡明朝鬢有霜。〔一〕

【眉評】

〔一〕上圖藏《五續草》稿本眉評：語淺情深，唐人嫡派。

贈宜園張夢蘭夫人

年來常苦病愁侵，息羽空思返故林。白髮易添中歲感，黄金難買美人心。亭亭姿比秋花瘦，款款情同江水深。一種傷心還自慰，紅閨又喜得知音。

舟泊泖湖望月〔一〕

獵獵西風刺骨寒，孤舟今夜泊江干。鑿開萬頃琉璃界，湧出一輪白玉盤。雲氣蕩胷詩境闊，酒杯入手旅懷寬。淹留莫切窮途感，閱歷方知行路難。

【校記】

〔一〕詩題前，《五續草》初有『仲冬十五夜』，復删之。

吴江舟阻

咫尺吴山入望遥，殘冬景物太蕭條。風高極浦冰還合〔一〕，日上沿灘雪未消〔二〕。稍有邨墟隔烟霧，絶無鷗鷺罷漁樵。不飢那畏晨炊斷〔三〕，擁被長吟暮復朝。

【校記】

〔一〕『風高』，《五續草》初作『堅冰』；『冰還合』，《五續草》初作『正無際』。墨筆改同此。

〔二〕『日上沿』，《五續草》初作『積雪滿』；『雪』，《五續草》初作『多』。墨筆改同此。

〔三〕『那』，《五續草》初作『寧』，墨筆改同此。

蒲髯出塞圖爲快亭郡博題

帝子憐才早受知，聲華奕奕塞垣馳。書生盡有平戎略，寸管横當百萬師。

馬上征袍映日殷，長吟投筆出邊關。時平不用書磨盾，飽啖黄羊飽看山。

角聲吹起玉關秋，十萬貔貅夾道周。但取風雲酬壯志，男兒何必定封侯。

長城萬里落尊前，快讀先生出塞篇。認取當年鴻爪跡，萬山青擁一髯仙。

當年絕塞請長纓，虎帳諸王聽論兵。今日絳帷風雨夜，時聞雄劍壁間鳴〔一〕。

記從草閣拜詩翁，萬仞山頭又遇公。知否寒閨驚喜甚，賞音人是大英雄。前寓沈巷，公偕兩壻過訪，又曾見儀題慶方伯《瀟湘一曲》圖冊，以爲此壓卷作也。

【校記】

〔一〕『時聞』，《五續草》初作『壁間』；『壁間』，《五續草》初作『尚常』，墨筆改同此。

題趙承旨畫馬

神馬依然在，王孫何所之。千秋留駿骨，異代見英姿〔一〕。珍抵兼金貴，榮邀國士知〔二〕。壯心如未已，風雨起天池。

【校記】

〔一〕『英』，《五續草》初作『奇』，墨筆改同此。

〔二〕『榮』，《五續草》初作『深』，墨筆改同此。

老僕熊秀樸實謹慎相隨五年能效奔走之勞雖遠途亦無倦容今秋忽有懈意疑其有去志未幾疾作奄然長逝爲之泣然僕無親屬爲薄斂而瘞於葑門外酹之以酒且繫以詩

白頭漂泊計原差，念爾馳驅歷歲華。每爲效忠常諱疾，漫言得主竟無家。勞能致病終歸死，酒可扶衰且自賒。我過中年易棖觸，詩成擲筆一長嗟。

雪中有懷王玉芬夫人〔一〕

五茸城畔悵離羣，幾度相思對暮雲。詩到消餘魂一縷，愁來只欠死三分。情超蘇蕙璇機錦，才壓江淹雜體文。昨夜茅齋風雪緊，紙牕無伴最思君。

每到良辰憶舊遊，果然一日抵三秋。篋中紅豆雙雙淚，句裏珍珠字字愁。憐我無家偏有累，如君於世更何求。中年哀樂應須節，莫放清霜點黑頭。

【校記】

〔一〕『王』，《四續草》初無，朱筆添同此。

題王女士靜好樓詩集

天與千秋業，人欽林下風。彩雲驚易散，仙樂聽難終。格比梅花好，詞追柳絮工。三生遲一面〔一〕，曇影太匆匆。

滴盡思親淚，頻裁送遠書〔二〕。生離猶未慣，死别更何如。挂壁朱絃斷，投懷玉燕虛。紅閨諸姊妹〔三〕，悵望各唏噓。

堂北腸應斷，黄門鬢欲絲。人尋當日夢，花發去年枝。釃酒都成淚，開奩只剩詩。幾時笙鶴返〔四〕，仙佩降瑶池。

【校記】

〔一〕『遲』，《五續草》作『慳』。

〔二〕『送』，《五續草》作『寄』。

〔三〕『姊妹』，《五續草》初作『弟子』，墨筆改同此。

〔四〕『幾時』句，《五續草》初作『掃除煩惱障』，墨筆改同此。

殘臘偶吟

叢殘一卷手親刪，鐙火長宵歲序闌。勝境當前從我選，遺編他日定誰刊。愁無可解頻澆酒，病漸成真屢減餐。撥盡銅爐燒盡燭〔一〕，稜稜霜氣偪人寒。

【校記】

〔一〕『燒盡燭』，《五續草》初作『殘焰□』，墨筆改同此。

吳印芳夫人見招出示翠筠軒詩鈔賦贈

白雪傳高唱，寒梅發古香。清音洗凡耳，哀痛結中腸。骨肉情緣淺，艱辛次第嘗。空帷三十載，兩鬢點新霜。

夙慧也前脩，聰明鮑謝流。神情原散朗，性格最溫柔。名豈關天忌，才偏與命讎。一編纔到眼，雙淚不能收。

老我筆先頹，多君青眼開。家風原愛士，閨閣亦憐才。珍重聯新侶，殷勤勸舉杯。萍蹤欣乍合，臨去復徘徊。

聞蟬次駱丞韻

涼蟬聲嘒嘒，曉枕客愁侵。白露沾衣重，青天抱葉吟。調高羣籟寂，唱罷眾星沈。玄髩有時換，清真獨此心。

詠馬次工部韻

桃花名字好，玉勒錦裝成。得意春風疾，酬知性命輕。千金何足重，一顧快平生。超出塵沙外，橫空自在行。

秋山

十分娟淨暴朝陽，閱過繁華漸老蒼。世外高撑名士骨，鏡中淡寫美人妝。霜消皎皎林如立，雨洗稜稜玉有光。我欲憑高挹清爽，碧芙蓉頂任徜徉。

秋水

遠接寥天月有聲，蕩胷洗眼太空明。望中脈脈渾無語，掬處盈盈最有情。傾國回眸留一顧，太阿出匣鬬雙清。文章妙處原無跡，只許南華署卷名。

秋蟲

一觸繁音便感秋，秋鐙如豆夜悠悠。霜濃廢井頻驚客，月冷空庭漸逼樓。伴我無聊中夜讀，爲人添到十分愁。影斜河漢天將曉，爾已吟殘我未休。

秋花

小院黄昏月正華，寒香和影上牕紗。劇憐詩亦清於水，不信人還瘦過花。淡淡霜容留獨賞，紛紛繁豔莫輕加。生來傲骨峻嶒甚，合種柴桑處士家。

秋牕

小院西風緊，泠泠透碧紗。露華涼似水，人影瘦於花。新雁一聲落，殘鐙半扇遮。金釵挑燼罷，坐看月痕斜。

秋圃

雨過苔痕滑，霜濃菜甲肥。幽花隨意放，瘦蝶趁晴飛。蒔菊臨清渚，牽蘿傍翠微。行行覓歸路，斜月半柴扉。

秋野

極目郊原闊，真堪入畫圖。天光間晴雨，草色半榮枯。紅樹連村合，黃雲徧地鋪。稻粱生計足，童叟各相娱。

秋濤

作勢橫空至，中宵卷月流。魚龍爭出没，星漢共沈浮。倒影翻蛟室，憑空結蜃樓。錢王真有力，一弩退潮頭。

秋鐘

打破繁華界，同聽清淨音。飄來紅寺遠，響入白雲深。一杵醒塵夢，千聲印佛心。淩霜最超越，萬籟總銷沈。

秋鈴

不是護花聲，愁心暗裏驚。閃牕鐙一點，淋雨夜三更。旅館勞人聽，霜橋羸馬行。淒清別有調，來和候蟲鳴。

示袁琴南壻〔一〕

話舊燒殘燭幾條，相看如夢暗魂消。十年蹤跡分南北，難得清尊共一宵。
羨爾聲名早逸羣，尚憐駿足滯風雲。才多亦足爲神累，好把英華斂幾分。
弱蘿宛轉附喬松，大好門楣屬望隆。萬里雲程須穩步，才能善用是英雄。
有兒頗肖父聰明，田硯須教付與耕。記否傷心遺跡在，秋鐙影裏讀書聲。

【校記】

〔一〕『袁』,《四續草》初無,墨筆添同此。

泛舟秦淮

打槳新從湖上遊,斜陽淡寫六朝秋。借他一曲秦淮水,浣盡風塵又浣愁。

蘭橈無數掠波行,幾樹垂楊管送迎。水面琵琶樓上笛,不禁棖觸故鄉情。

九曲紅欄十二樓,湘簾多半上金鉤。明妝翠袖知無數,不識何人是莫愁。

秦淮風景類金閶,畫意詩情費較量。一樣湖山佳絕處,淡妝畢竟勝濃妝。

金尊檀板按紅牙,指點前頭賣酒家。爭度青溪新譜曲,更無人唱《後庭花》。

水雲叢裏暫盤桓,高樹鴉翻夕照殘。可惜今宵無月色,湖山須向鏡中看。

題淵如先生六十四歲小像

畫公宛似畫喬松,秀鬣蒼髯倚碧穹。此外不須多著筆,仙山樓閣在胷中。

面目常隨詩境新,披圖一笑見天真。神龍天馬行空慣,不現全身現半身。

題馬守真畫蘭〔一〕

國香零落委風塵，脂盝閒時硯匣親。莫訝繪來神活現，阿儂原是此花身。

【校記】

〔一〕『畫』，《四續草》初無，朱筆添同此。

題薛素素畫蘭〔一〕

風味應同九畹清，疎疎淡墨寄幽情。鏡臺一笑停湘管，寫到香心憶小名。

【校記】

〔一〕『畫』，《四續草》初無，朱筆添同此。

遊棲霞六首

緣崖不見曉霞明，碧草茸茸繞澗生。從古仙蹤原是幻，桃花如夢水無聲。桃花澗。

天涯鴻爪偶留痕，得到名山也宿根。底用身登千佛嶺，心頭時現佛千尊。千佛岩。

仙掌分明瀉夜光，掬來難助美人妝。名山風月原無價，賴有珍珠萬斛量。珍珠泉。

一葉清萍浪裏浮，紅塵碌碌怕回頭。著書只有名山好，卜宅無如此地幽。幽居寺。

層嵐疊嶂翠參差，海立潮翻作勢危。識得山靈文字好，峯頭更比浪頭奇。疊浪崖。

誰持玉斧白雲邊，劈破懸崖一朶蓮。如線清光來眼底，兩峯罅處露青天。天開崖。

過莫愁湖題莫愁小影次前人韻

江毫淡淡貌春痕，夢裏分明玉再溫。水月是空還是色，鏡花留影不留根。名香永結生前契，小字頻招湖上魂。我是萍蹤曾一顧，冷烟疎雨近黃昏。

驚鴻飛過偶留痕，袖手頻將往事溫。對著青山摹黛色，挽將碧水洗愁根。萬花影漾三生夢，雙燕愁銜一縷魂。慧業人還歸淨業，鐘魚佛火伴晨昏。

記取當年粉黛痕，金爐誰爇瓣香溫。死超塵境歸仙境，生種情根本慧根。半壁江山王者氣，一湖烟月美人魂。臨風憑弔增惆悵，回首蒼茫暮靄昏。

一片愁痕化淚痕，千秋豔骨可能溫。好從淨土勤脩果，莫向柔鄉再種根。筆妙自能傳倩影，花深何處覓香魂。行人到此歸須早，莫待高樓月色昏。

劍峯先生贈詩次韻

百年鼎鼎夢中身，多少英雄困米薪。身世多愁還作客，乾坤無恙又回春。朱絃貺我慙真賞，青眼如翁得幾人。月滿垂虹爭載酒，騷壇壁壘又重新。

題清河夫人遺挂爲虚谷司馬作

仿佛書聲隔樹聽，披圖驚見影亭亭。星眸一點明於月，照出千秋汗簡青。
玉人慧業本天成，萬卷叢中過一生。讀到月高風定後，抽毫也要賦秋聲。
涓涓白露下青桐，小現曇花逐曉風。惆悵佩環聲漸遠，吟魂猶在月明中。

石琢堂先生賜示晚香樓詩集賦呈

新詩三復夜牕幽，妙諦應離色相求。三徑秋容淡如許，晚香一瓣占千秋。
擁書獨學味蕭閒，分付奚童早閉關。偶向百花頭上放，高情畢竟愛空山。
書生豪氣亙長虹，曾掣風雲掌握中。虎帳月高清宴啓，雄談一夕動元戎。

經世文章劇老蒼，手操椽筆擊天狼。定知身臥藤蘿月，清夢時時到玉堂。

久已無書抵玉京，水雲叢裏愛逃名。東郊倚杖看春稼，猶自關心計雨晴。

憔悴靈和柳一枝，招魂逆旅有心知。珠零錦碎三千首，鄭重丹黃手勘時。時方校刊船山太守詩集。

吳宮花月絳帷春，壇坫東南壁壘新。庭下三千桃李樹，能傳衣鉢定何人。

琉璃硯匣墨香浮，小字簪花格更遒。傳得阿翁家學好，掃眉人亦占龍頭。公子敦夫善詩，婦席夫人工書。

襪線纔勞著意量，簡端留得夜珠光。詩情敢詡清於鷺，公是丹山老鳳皇。

園林蕭散水雲寬，福慧如斯脩到難。桂子桐孫爭繞膝，花開富貴竹平安。

次季湘娟同學見懷韻卻寄湘娟琴川人，同邑屈子謙室，子謙工書畫，早卒無子

仙山遙隔水中央，蝶夢時過青粉牆。詩到賞心吟不厭，人逢同調話偏長。緘來密字珠成淚，琢就連城玉有光。擬買扁舟乘暖浪，論文重到讀書堂。

良辰無那感離居，花正芬芳柳正舒。嗟我飄零終已矣，較卿憂患更何如。文章不信能憎命，慧業難忘只有書。他日瓊樓連袂上，廣寒宮闕本清虛。

寓居葑溪鄰家李花盛開感賦

瞥見鄰牆玉貌嬌，輕烟微雨過花朝。東風似剪寒猶峭，疑是輕寒雪未消。
小立斜陽病起纔，忍寒相對暫徘徊。羅浮夢杳梨雲散，一樹琪花獨自開。
蟠根只合五雲中，卻向優曇悟色空。斜日短垣欹縞袂，看他含笑倚東風。
誰將仙露灌芳根，雪樣柔條壓短垣。惆悵年年孤館裏，白頭人看最消魂。
一片癡雲罨遠村，輕寒惻惻近黄昏。東風忽送廉纖雨，清淚微沾褪粉痕。
春光如夢復如烟，彈指花開又一年。玉屑飄來香影瘦，陌頭待看柳吹棉。

題北郭夜吟圖〔一〕

輕寒剪剪漏遲遲，北郭先生覓句時。文字緣深難作佛，利名心淡只耽詩。侯門陶子能勤學，舉案鴻妻善執炊。助得幽人吟興好，團圞月上最高枝。

【校記】

〔一〕詩題，《四續草》初多『次韻』二字，朱筆圈删。

繡餘續草卷四

蠟梅〔一〕

誰將花骨鑄黄金，破蠟牕前伴瘦吟。我有牢愁不能吐，與君相對話同心。
檀心磬口淡鵝黄，不學江妃時世妝。相對不禁珍惜甚，一般清瘦歷冰霜。

【校記】

〔一〕此題《餘草》共六首。

庚辰九日次三松老人韻

陽春一曲調偏高，落帽風前氣自豪。入社又開新壁壘，尋山已換舊宫袍。簪萸客至還題句，送酒人來又饋餻。愧我推敲吟未穩，蕭蕭短鬢不勝搔。
懸車翰墨當生涯，安樂窩中歲月賒。陶尹清尊酬令節，魏公晚圃放秋花。蒼茫雲水遊蹤遠，稠疊詩篇寄興遐。采得茱萸成薄醉，一枝笑插帽檐斜。

雨牕

擬將枯管寫牢騷，目眩鐙昏意憚勞。正苦欲眠眠不得，西風一雁叫平皋。
欲覓華胥一枕安，幽懷應得暫時寬。昨宵夢醒追前事，觸起新愁又幾端。

吳門寄懷淑齋師海上

陰晴易寒暑，眠食近何如。海國涼生早，吳江楓落初。消愁調小鳳，遣興托叢書。更喜籬花放，宮袍捧綵輿。
人生知己重，閨閣賞音難。度出金針細，量來玉尺寬。看花常富貴，指竹頌平安。幸托喬松陰，相依共歲寒。
客中逢令節，顧影且徘徊。畫閣三秋別，黃花兩度開。春風原浩蕩，小草感栽培。夢裏尋鄉路，時還拜玉臺。

代簡寄定庵居士吉雲夫人

公子金閨彥，英年泛斗槎。豔才驚古佛，妙想托蓮花。清極醒無寐，愁來氣吐霞。衣冠偏質樸，胷次絕紛華。

仙舟來往數，幾度接清塵。蓬梗偏憐我，春風每及人。襟懷原浩蕩，談笑見經綸。此日名山業，書成早等身。

舉案人如玉，幽閒蘭蕙姿。柔毫書繭紙，纖月寫蛾眉。善慰高堂意，能將中饋持。三生脩福慧，雙毓鳳麟兒。

客中雨夜無寐寄小韞

又是吳江楓落天，擁衾聽雨不成眠。暮年作客原非計，末路求名亦可憐。外子猶復俛首帖括。遙夜鄉心易悵觸，入秋衰病倍纏綿。知卿亦抱幽憂疾，終歲叢殘手自編。

吴宫

羅綺銷爲瓦礫叢，鷓鴣聲裏霸圖空。只應惟有東門目，炯炯清光照故宫。
又是梧宫葉落時，興亡轉眼劇堪悲。美人巧笑孤臣泣，試問君王屬意誰。

七姬祠

七姬同志更同棲，報主心難舉室齊。指點當年埋玉地，一羣杜宇隔花啼。

三高祠

沼吴廿載悵歸遲，㪚蹤功名笑脱時。自愛五湖風月好，閒情端不屬蛾眉。
京洛緇塵染素襟，蒪香鱸美觸歸心。秋風落日推篷看，脱網魚游江水深。
鬬鴨欄邊放釣船，一生夢不到鈞天。唱酬更有皮從事，收得茶租當酒錢。

又詠范少伯

一棹扁舟泛五湖，黄金鑄相亦饃餬。烟蓑雨笠秋江上，誰識當年范大夫。

梅

冰綃新製五銖衣，倚竹娟娟瘦不肥。買到春光珠覺賤，照來香影月增輝。人行曲岸雙扉掩，雪霽深林一鶴歸。曾向孤山訪遺跡，前塵如夢是耶非。

東風一夜度關津，瞥睹明妝照眼新。瘦影臨波添韻致，斜枝入畫最丰神。歲寒久盼傳芳信，道遠何由贈美人。生與此花同臭味，羅浮仙蝶或前身。

蘭

香韻花中莫比倫，滋培風露幾經春。生從空谷原初志，偶值當門亦夙因。名重楚詞偏寫怨，祥徵姞夢竟通神。不言幽意無人會，靜對湘波自寫真。

竹

青鸞尾翠綠雲涼，新粉飄殘實又芳。直節早看淩碧漢，虛心偏是耐清霜。堪爲伴侶惟松柏，到此棲遲只鳳凰。最是好風良月夜，半天幽韻戛宫商。

菊

寒香幾陣撲牕紗，開到陶家得意花。秋士風神清有骨，伊人顔色玉無瑕。能禁霜重枝偏瘦，縱受風多影不斜。未必有心真傲世，從來逸客遠紛華。

杏

閒關好鳥送佳音，嫩日烘開色淺深。十里豔迷遊子騎，一枝紅映美人襟。青簾低拂霑香雨，烏帽斜簪醉上林。幾度買花前巷過，玉樓春睡尚沈沈。

繡毯

丰姿原不受塵埋，合挂玲瓏白玉釵。拋去依然珠在掌，捧來渾似月投懷。化工洗滌春風淨，寶相圓明仙露揩。素手搴來還一笑，團圞佳讖贈同儕。

白牡丹

冰綃初試玉肌涼，小立芳叢夜有光。不御鉛華真國色，獨標高格是花王。飛來瑤島春無跡，舞到霓裳月亦香。卻笑江梅太清瘦，替他姑射助新妝。

春暮偶成

峭寒疎雨偪清明，九十韶華幾日晴。啼鴂聲中尋舊夢，落花風裏悟三生。珠光一任融成水，蜃氣從他幻作城。波面浮萍簾外絮，輸他解脫去來輕。

青鐙影裏獨長嗟，景物炎涼換歲華。一種愁心抱明月，滿庭香雪葬梅花。情天許補三生過，法界難容一線差。彈罷瑤琴魂欲斷，白雲芳草思無涯。

寄琴川季湘娟同學

渺渺相思寄綠波，璇閨眠食近如何。人當難別情懷惡，節近清明風雨多。卿要達觀參水月，我因衰病戀巖阿。榮枯一瞬尋常事，贏得芳名永不磨。

寄題武昌小滄浪館四絕

小滄浪館勝蓬萊，四面波光擁月來。曲好不須愁和寡，高吟正對伯牙臺。
青丘詩格匹梅花，仙吏同乘湖上槎。白袷烏紗塵外裳，一時騶唱靜無嘩。
筆牀茶竈此句留，有客高吟獨倚樓。坐擁青山圖畫裏，風流誰得似隨州。
月湖風月四時新，多少名流競問津。吳苑滄浪荒廢久，臨流應待濯纓人。

次杏垞題小滄浪亭七律原韻〔一〕

三千里路往仍還，昨夜明明夢度關。好景有緣容我到，浮生若夢幾人閒。濯纓濯足樓前水，宜笑宜顰湖上山。指點名流觴詠地，萬重雲水屋中間。

從來名士半林丘，終古神仙住十洲。兩岸菰蒲雲作障，四圍烟水屋如舟。月明鸞鶴齊聽曲，風起蛟龍欲上樓。浮世紅塵飛不到，一竿漁唱萬山幽。

【校記】

〔一〕詩題，《餘草》『原韻』後，初有『二首』，復删之。

病中口占有贈

飄蓬茂苑久棲遲，幾度秋風換鬢絲。歸棹急偏銜暮雨〔一〕，還山病又過花時。三生要證菩提果，九死難忘文字知。難得萍蹤風裹聚，草堂尊酒待論詩。

【校記】

〔一〕『銜』，《餘草》作『衘』。

定庵過訪談詩見贈次韻二律

翩翩公子過夷門，雪比聰明玉比溫。脩到優曇原慧果，種成仙杏本靈根。水中見月曾無跡，鏡裏看花不著痕。歸去草堂重煮茗，歲寒心事共評論。

風風雨雨掩重門，香爐薰爐火不溫。幻夢幾時登覺岸，多生未免種愁根。删除蓋篋閒詩稿，湔洗春衫舊淚痕。絮泊蓬飄成底事，客中情緒不堪論。

王烈女詩

睹面偏無比翼緣，入門先受舅姑憐。嚴霜一夕摧連理，斷送芳華十七年。

澣卻麻衣血淚斑，見人猶是掩羞顏。羨他荊布田家女，一死居然重泰山。

題枝園感舊圖淑齋師與其姪女錢夫人論詩感舊。夫人，錢謝庵吏部室也

枝園小葺傍蘇臺，高臥東山別墅開。爭羨謝庭多樂事，一門詠絮擅雙才。

佳耦分曹著政聲，看花先後到蓬瀛。當時京洛聯吟地，閨閣爭傳二阮名。

天香吹滿月輪圓，話舊重聯骨肉緣。最喜椿萱同矍鑠，雙斟春酒祝長年。

十年姑姪悵離羣，宦跡真同水面雲。話到鴻泥頻感觸，論詩煮茗坐宵分。

高年離合最關心，想見揮毫寄意深。今日披圖倍惆悵，數行遺墨重兼金。

聯吟同坐散花天，此會千秋豈偶然。悵我緣慳遲識面，未曾雙拜繡帷前。

讀七姬碑誌題後

美人至性自天成，大義明時生死輕。試把瑤琴彈一曲，條條都作斷腸聲。
觀局從知心早灰，臨危何事更遲回。同心姊妹同時死，底用檀奴著意催。

題再生緣傳奇

合歡花向筆端開，雅調新翻出玉臺。世上良緣多缺陷，補天煞費女媧才。
緣淺緣深喚奈何，愛河底事起驚波。鏡分鸞影終須合，紅葉傳情事豈訛。
手種三千桃李花，蛾眉簪筆草黃麻。量來玉尺精嚴甚，盡許檀奴拜絳紗。
摛毫春殿擁仙班，貌出觀音水月顔。不是玉容沈醉後，肯教容易露機關。
巾幗叢中第一流，鬚眉合讓女班頭。不貪富貴天家樂，到底關雎遂好逑。
再生緣竟結今生，好訂三生金石盟。月自團圞花並蒂，人間安得盡如卿。

爲江韜庵明經題蓮花小影

彼岸分明指，回頭路不賒。禪心證秋水，寶相現蓮花。東海聊爲客，西方別有家。塵勞應念我，碌碌送年華。

三教原歸一，名儒半佛門。借花憑寫照，覯月不留痕。淡泊全天性，文章本宿根。浮雲多幻境，萬古此心存。

題明妃出塞圖

圖畫無端誤酖媒，長門風雨長青苔。翻因瀚海無期別，博得君王一顧來。
獨抱琵琶出雁門，馬頭斜月又黃昏。王顔拚爲風沙悴，未得承恩且報恩。
不藏金屋走交河，命薄緣慳喚奈何。一點丹忱化青塚，美人從古熱腸多。
寒透豐貂馬不停，玉顔光照塞山青。琵琶聲裏如霜月，少個知音此際聽。

秋花〔一〕

花到秋花耐久看，看花每怯越羅單。半牕疎影蟲聲冷，一笛高樓月色寒。香徑客來泥爪換，西風簾卷鬢絲殘。銀塘幾陣瀟瀟雨，滴碎愁心入夢難。

【校記】

〔一〕 詩題，《餘草》題後，初有『次韻』二字，復刪之。

秋河〔一〕

一泓清淺衆星羅，悵望遥空秋思多。是處幾人來問渡，羨他終古不生波。獨憐牛女經年別，多事天公設此河。鵲駕未成仙鯉杳，迢迢良夜奈愁何。

【校記】

〔一〕 詩題，《餘草》題後，初有『次韻』二字，復刪之。

題畫

連朝細雨濕香泥，紅鬧枝頭入望迷。爲報玉樓人未起，翠禽休傍綺牕啼。

七夕次閨友韻

銀河清淺不生波，又送天孫夜渡河。畢竟佳期天上準，人間良會易蹉跎。
銀漢迢迢繡幄開，穿針煞費謝娘才。天孫已被聰明誤，肯向人間送巧來。

歲暮訪怡園次壁間韻贈怡庵主人

飄蓬兩度值殘年，鴻爪還尋六載前。新婦惠貽機上錦，阿翁分贈杖頭錢。詩逢勁敵難成句，骨爲嚴寒屢聳肩。明歲準隨新燕到，相期同醉杏花天。

用前韻贈玉芬夫人

相思歲歲復年年，半在花前半月前。顧影尋詩誰作伴，療愁買醉不論錢。清虛洞府原無耦，辛苦虀鹽獨自肩。提甕曉行深雪裏，冰心耐得峭寒天。

石門道中

征途偷得幾朝閒，小艇夷猶雲水灣。生怕峭寒侵病骨，篷牕擁被看青山。
密密編籬短築牆，野梅零落剩餘香。從知儉樸鄉風好，不種垂楊只種桑。
落日平原野雀哀，江梅纔謝野棠開。森森松柏誰家墓，華表長留鶴不來。
天光雲影照人明，纔近西湖水便清。日日扁舟橋下過，橋多偏不記橋名。
斷續茅茨傍水邊，濛濛幾處起炊烟。日斜湖上歸來晚，半啓柴門泊釣船。
莫悵回風引棹遲，天教細讀畫中詩。雲籠峯頂成奇態，樹近溪坳多好枝。

舟過海昌哭簡田先生

矯首人天路渺茫，平生知己最難忘。西風亦有羊曇淚，今夜扁舟過海昌。

紀夢

寒食纔過零雨濛，墓門蕭瑟起悲風。夢中仿佛慈顔喜，袖得新詩上阿翁。

題周夫人荷淨納涼圖照

娟娟清露冷銀塘，花外分明見靚妝。試向鷗波亭上望，鴛鴦飛處總成行。
蓮花蓮葉總關情，並蒂同心過一生。料得比肩人似玉，歌來水調盡雙聲。

寓巢園主人有平湖之行忽憶嘉慶丁卯偕海上沈吉雲女士同舟往訪東湖夜半余已熟寐而吉雲朗吟二語云輝煌鐙燭照花眠今夕渾疑欲上天余夢中驚醒續云夢醒不知江月墮濤聲飛到枕函邊翌日微雨篷牕共眺吉雲吟句云辛苦篙人蓑笠肩濛濛細雨滿江天余又續云與卿好比成行雁雙宿蘆花淺水邊於是同登弄珠樓次壁間樓字韻詩時簡田先生適至亦有和章冉冉已十載矣先生近歸道山〔一〕而吉雲亦早下世感而有作仍用前韻吉雲詩才敏妙遠出余上小楷雅有董香光風格其年尚未三旬〔二〕蘭摧玉折可慨也夫

東湖昔日棹扁舟，往事真同逝水流。神女青琴虛夜月，詩人白骨冷荒丘。三生夢影迷烟雨，十載萍蹤寄水漚。殘稿飄零何忍讀，不堪重上弄珠樓。

【校記】

〔一〕『歸道山』，《餘草》初作『仙逝』，圈改。

〔二〕『未』字下，《餘草》初有『滿』字，圈刪。

女生徒以扇頭蟋蟀索題爲題二絶

秋陰蟋蟀鬭新涼，花下安排小戰場。只有歡娱無警備，風流較勝半閒堂。

閒調蟋蟀坐芳叢，單薄羅衣怯晚風。莫向個中爭勝負，卿卿都是可憐蟲。

詠貓

客牕岑寂似枯禪，獵獵西風欲雪天。惟有狸奴解人意，薰爐軟褥共周旋。

花磚日暖睡初安，稍得餘腥亦自歡。知道主人書有癖，不教飢鼠損叢殘。

雨夜述懷

春半寒猶傴，鐙殘夜未央。艱難疎骨肉，衰病客殊方。風雨排愁陣，晨昏墮醉鄉。翩翩雙燕子，來往傍雕梁。

風光交上巳，宿雨釀陰寒。牆角日初上，樹頭花半殘。客衣經幾換，病骨護應難。屢誤尋山約，遊心亦小闌。

花朝泛舟西湖遊淨慈聖因諸寺

遠景青蒼入望迷，水禽拍拍傍人低。春山似黛描剛就，新柳如烟剪未齊。飛閣參差籠夕照，畫船高下泊長堤。遊人指點南屏路，早聽鐘聲度隔溪。

帆卸蒼茫落照邊，歸途新月正娟娟。如斯花鳥添留戀，似與湖山有宿緣。好景易生今夕夢，癡心待放再來船。料應姊妹紅牕底，同話清遊夜不眠。

偕馮月波過松顛閣有贈〔一〕

籃輿小駐白雲鄉，湖上花應避靚粧。半日清言消我暑，一泓秋水浸人涼。脩蛾早帶三生慧，秀骨宜薰百和香。怪底高堂憐惜甚，生來情性最溫良。

軒牕瀟灑絕纖塵，吹到芝蘭味自親。脩竹千竿圍古寺，好山四面擁佳人。詩題石壁留陳跡，會預龍華總宿因。記取松顛高閣上，一尊同醉玉壺春。

【校記】

〔一〕 詩題，《餘草》初題作『偕月波馮媛同遊松顛閣有贈』，復改同此。

遊理安寺香泉上人出冊索詩卽次原韻

古刹連雲起，林深靜掩關。牕搖萬个綠，松繞四圍山。熱惱片時掃，塵勞到此閒。更逢知己話，閨友適至。坐久不知還。

上方鐘磬寂，結夏晝長關。佐茗嘗新栗，憑軒看好山。烟霞原淡蕩，魚鳥自蕭閒。落日蒼茫裏，清風吹我還。

幽絕隔塵境，清遊偶叩關。泉香分法雨，寺古借青山。熱客全消熱，閒雲倍覺閒。晚鐘聲動處，人去鳥飛還。松影微茫裏，幽居此閉關。脩蘿寒挂壁，飛閣瘦嵌山。浮世醉難醒，高僧夢亦閒。分明彼岸在，度得幾人還。

汪劍秋茂才以扇索題次韻

悲秋人向花前老，水闊雲深愁浩渺。香銷粉墜夜涼時，相伴寒蛩吟到曉。

屠琴塢太守屬題潛園吟社圖

君是天池鳳〔一〕，飛鳴下九衢。挂冠開別墅，閉戶學潛夫。舊邑甘棠滿，春風桃李敷。壺觴開北海，醉遺萬松扶。湖山清絕地，有幸得瞻韓。讀畫銷長日，吟詩訂古歡。風神清似鶴，姓氏馥於蘭。未必容高臥，蒼生望謝安。

【校記】

〔一〕『君』，《餘草》初作『公』，復改同此。

海棠

穠姿憔悴倚芳叢，已是嬌多不耐風。枝上幽禽無賴甚，夕陽影裏啄殘紅。

虞美人花

當日深宮豔綺羅，明妝綽約占春多。名花亦抱興亡感，歲歲風前泣楚歌。
開時宛似返香魂，落處還疑漬淚痕。炎漢可憐無尺土，美人姓氏至今存。

孤山道中

夢想西湖已廿年，遊蹤得到亦前緣。人來滄海探春早，花到孤山得氣先。暖日烘開三里霧，凍雲衝破一溪烟。湖光如鏡山如黛，掩映虬枝分外妍。

岳墓

南宋興亡事已空，巍巍祠宇仰英風。仙鄉兩度飄蓬過，既拜靈山又拜公。
孤墳三尺峙烟村，碧血千秋今尚存。到底不埋家國恨，墓門風雨泣忠魂。

謁岳忠武祠恭和仁宗皇帝御製詩韻

獄成三字太無由，難洗當年宰相羞。破敵未能酬素志，報恩何暇問私讎。月明北地魂難返，風撼南枝恨肯休？祠廟煌煌留御墨，碧天雲淨正清秋。
詔下金牌豈自由，一人飲恨滿朝羞。貪將半壁江山好，忘卻平生君父讎。刁斗嚴時軍莫撼，旌旗卷處局全休。黃金白鐵同時鑄，憑弔郊原草木秋。

雪後天竺道中

凍合西湖水不流，沖寒又作雪中遊。我來客路霜侵鬢，卻笑青山也白頭。
圖畫天然一幅橫，匆匆過眼未分明。回頭落日蒼茫際，高下樓臺玉琢成。

贈喬姝仙夫人

記得清秋卸客裝，庭前金粟正飄香。此身好比營巢燕，雙宿君家白玉堂。

僥倖三生種宿因，何期閨閣見斯人。仲姬才調曹姑法，巾幗鬚眉迥出塵。

廉吏風清門第高，家貧井臼每親操。河東三鳳人爭羨，五夜丸熊不憚勞。

秦嘉遊學遠離鄉，添得中閨一倍忙。卅六鴛鴦連夜繡，小姑要製嫁衣裳。

舉案人誇梁孟儕，十年琴瑟最和諧。秋來接得泥金報，又累紅閨拔寶釵。

征衫單薄怯秋涼，客裏吳棉早替裝。憐我病餘餐屢廢，更勞辛苦製羹湯。

溫如良玉臭如蘭，知己平生報稱難。帶水迢迢勞遠念，尺書珍重祝加餐。

吳門喬八妹書來言及江西歐陽君堅賦詩八絕以歸佩珊人說女仙才八字分冠其首口占誌之

歸帆一卸又經時，乞米無書久絕炊。難得西江歐永叔，編將姓字入新詩。

次外見懷韻

遠書珍重意綢繆，似水新詩替浣愁。孤僻任人嘲仲子，長貧還自比黔婁。憂無可解惟賒酒，瘦不禁寒尚典裘。多感賞音訊索句，擁衾吟到五更休。

天邊霜月似潮來，落葉聲乾下砌苔。兒女情深原是累，功名分淺莫論才。苦寒人漸如蟲蟄，積久詩還當債催。聽說春光今歲早，幾時同探嶺頭梅。

附 元作　　　李學璜

西牕旬日話綢繆，忽漫江天起別愁。三載積痾思仲景，十行親札慰黔婁。海山待覓千年藥，家事真同百衲裘。爲怯寒威貪伏枕，依然筆墨不能休。

越水吳山幾往來，故園又長昔時苔。便爲海國雙寒士，成就虞山一秀才。帶水也知洄溯易，殘年其奈雪霜催。雞蟲得失渾無盡，且向溪邊問早梅。

紅雨樓觀桃有懷舊侶

幾番絲雨幾番風，釀得夭桃分外紅。病起尋春春較晚，籃輿扶入萬花中。

對花宛轉惜韶華，心事無端亂若麻。如此濃春偏獨賞，同遊人悵隔天涯。
一枝高出粉牆東，認得仙源有路通。含笑似迎前度客，無言都帶可憐紅。
嬌花多恐易催殘，節過清明尚苦寒。分付東風休作惡，好留顏色再來看。

十憶詩寄圭齋夫人江右

正是輕寒乍暖時，春風吹面動相思。憶君羅襪纖纖步，行過花叢蝶不知。
幾陣尖風送嫩涼，濛濛淡月下回廊。憶君一種天然致，半舊羅衫勝豔妝。
恨我生平酒力微，相逢滿酌醉忘歸。憶君一種詩書味，愛聽樽前玉屑霏。
遠勞青鳥到連番，風雨瀟瀟白屋寒。苦憶荒廚珍味少，盤餐頻餽勸加餐。
花前月底共徘徊，憶得逢君懷抱開。冰雪聰明蘭氣息，班超有妹果奇才。
十分哀毀廢眠餐，自失慈闈淚不乾。憶得縞衣長慟處，梨花一樹雨中看。
蘭閨姊妹列成行，憶過君家意味長。爲惜將離貪暫聚，經營茶點替安牀。
知己深憐范叔貧，憶君推解最情真。掃眉人帶鬚眉氣，不吝黄金贈故人。
脱口吟成絶妙詞，笑拈斑管寫新詩。憶君天性耽風雅，硯匣隨身不暫離。
靜穆閨幃息是非，幾生脩得到青衣。憶君生就和平性，歡喜常多嗔怒稀。

春日病中懷圭齋妹

同心睽隔路迢迢，別後相思早晚潮。猶恐離魂消未盡，風風雨雨過花朝。
香徑無人長綠苔，夕陽影裏獨徘徊。韶華九十渾如夢，桃李無言依舊開。
長記分題到繡牕，愛君健筆獨能扛。留將滿篋鴻泥在，一寸愁心那得降。
聽得風前笑語聲，知君歡喜遠相迎。當時只作尋常看，此境重逢要隔生。
病骨經年懶下牀，聽風聽雨總回腸。欲知別後愁深淺，鏡裏添將滿鬢霜。

寄懷牧祥妹浙中

人生聚散本難忘，況值良辰好景光。記得年時湖上住，奚童來往送詩忙。
高擎玉腕探驪珠，如此韶華定不孤。料得一春吟筆健，看花憶著故人無。
詩篇酒盞興全刪，臥病朝朝靜掩關。海角陰多春易老，輸君占得好湖山。

贈潁川夫人

酸寒骨相近衰年，珍重金閨月旦傳。靜女風神原秀逸，玉人心性本纏綿。頻投縞紵慙難報，得挹容儀亦宿緣。豈有雙瞳剪秋水，荷卿青眼十分憐。夫人譽余〔一〕，末聯戲及之。

【校記】

〔一〕『夫人』句，《餘草》初作『夫人極譽余眸子』，復改同此。

枕上作〔一〕

西風蕭瑟欲霜天，九月衣裳未製綿。一縷新寒欺病骨，半宵苦雨警愁眠。胃枯偏懶求靈藥，眼澀還貪近蠹編。事到心頭拋不得，廚荒漸漸斷炊烟。

聽盡風聲又雨聲，秋衾如水夢難成。關河寥落疎音問，骨肉凋零隔死生。鏡裏自傷容鬢改，愁邊不覺歲華更。命中磨蝎相隨慣，消息何須問子平。

【校記】

〔一〕詩題，《餘草》初作『枕上偶成』，復改同此。

觀察潘吾亭先生賜和鄙詞仍用前韻申謝〔一〕

一聲新雁度寥天，鐙影朦朧思邈綿。好句半宵扶夢讀，寒香滿室對花眠。盡多清課親刀尺，分取流光入簡編。他日青雲如許附，不教姓氏化秋烟。

沈沈宵柝不聞聲，半晌含毫句未成。嗟我身遭塵網縛，誦公詩覺道心生。松身蒼翠能多壽，玉性堅貞永不更。一代梅花推賦手，翻從鐵石見和平。

【校記】

〔一〕《餘草》此兩首順序顛倒，眉批云：『兩詩當調轉，先寫一「先」韻。』

許玉年孝廉見和拙作再用前韻奉答

籬花憔悴乍寒天，茅屋荒涼雨腳綿。秋氣暗消魂一縷，病軀渾似柳三眠。忽來蓬島青雲客，出示神仙綠玉編。半日清言消俗慮，縱横劍氣欲淩烟。

八龍美譽振家聲，一席名山業早成。噓到春風纔頃刻，照來青眼定前生。雲牋快睹珠璣滿，月旦新加氣象更。料得他年懸鐵網，合教士氣一時平。

郡伯陳芝楣先生賜和鄙詞再用前韻申謝

乍辭玉署下吳天，襟帶滄瀛路亙綿。竹馬朝迎人額手，花尨夜靜戶安眠。鎖闈昔仰冰壺照，彩管新成海運編。韋白風流遙繼美，香凝燕寢一爐烟。

學吟自愧未諧聲，多感名公與玉成。自昔交遊聯四海，每從文字憶三生。雲箋光燦才雙絕，黍谷風和景一更。願附輿歌傳美政，陽回葭管樂承平。

燦霞寄女以和詩來仍用前韻作答

一種聰明賦自天，清於白雪軟於綿。詩如浣露花初放，人似臨風柳乍眠。刺繡餘閒親翰墨，承歡多半藉詩編。瓣香爲祝高堂健，長嫋金爐壽字烟。

怳聽天邊機杼聲，七襄雲錦製初成。高山流水慚同調，玉樹瓊葩許寄生。風絮吟餘梅有信，屠蘇酒熟歲將更。銷寒九九紅牕下，簷鵲連朝報太平。

附和作　燦霞

霜落風淒秋暮天，最關情處葉纏綿。銀鐙光冷閒方坐，珠箔香殘靜未眠。綺思重重留繭紙，清言娓娓綴瑤編。揮毫珠玉真難並，攬勝齊州九點烟。無端絡緯自聲聲，相助愁人夢未成。雲際哀鴻風正緊，庭前白草露初生。到頭世事滔滔去，彈指年華漸漸更。卻喜新吟蘇倦眼，一宵雅頌奏承平。

詠雪用前韻

散花仙子下瑤天，海水傾來盡化綿。裘敝多年還想著，衾溫無力不成眠。閉門且學袁安臥，索句難同謝女編。此際頹垣茅屋裏，人家幾處未炊烟。寒生肌粟不聞聲，昨夜璇機織練成。大海瘦蛟吹水立，小園枯樹訝花生。愁來稍覺吟情減，老去還驚歲序更。差喜牽蘿容婢懶，玉塵十斛砌階平。

吾亭先生權臬蘇臺適檢篋中賜詩舊稿已歲琯兩遷矣感而有作仍用前韻

翹首卿雲隔遠天，闔閭城畔草芊綿。柏臺漏盡晨先起，霜筒鐙青夜未眠。早有清風傳狄聽，慙無健筆紀新編。分明皓月高懸處，照徹吳淞萬井烟。簷前鈴鐸送淒聲，排悶裁詩草草成。瘦蝶依花尋淺夢，涼蟬警露感微生。人傷離別春秋換，病怕炎涼旦暮更。斜日卷簾微雨歇，一庭碧草襯階平。

白薔薇花

誰向小庭栽，年年滿架開。久將仙露盥，時有妙香來。淡怕胭脂染，清愁粉蝶猜。最宜臨皓魄，與月共徘徊。

題瞜城黄紉蘭女士詩卷

與君同調最相親，我亦無兒老更貧。舉案已推高士偶，耽吟還現秀才身。語關風化何嫌樸，詩到流傳不過真。洗盡人間脂粉習，藐姑仙格迥超塵。

答家心庵農部次韻

雨雨風風又送春，客牕珍重苦吟身。襟懷似水常能達，世事如雲莫認真。癖愛湖山容寄傲，早辭榮祿久安貧。新詩捧到挑鐙讀，共訝先生筆有神。

高臥東山意若何，功名原未算蹉跎。閒嘗新茗邀僧話，笑把新詩對佛哦。嗟我謀生常苦拙，如公同調亦無多。膝前雙鳳亭亭立，會看淩霄健翮摩。

再答心庵

笑語歡承一室春，客中定省鎮隨身。佳兒頭角天生好，老子雌黄未必真。太白豪吟猶有興，孟光舉案不言貧。會看老圃風光美，秋到黄花别有神。

虚擲年華奈病何，平生事事總蹉跎。雨如有約連朝至，詩不求工信口哦。陳跡渾隨流水去，新愁還較落花多。茫茫苦海憑誰度，願乞如來聖手摩。

圭齋妹具林下高風擅閨中詠絮情同膠漆誼等連枝別經兩載夢想爲勞離緒如絲亂愁若絮爰繪折柳圖以贈並繫以詩〔一〕

相思悵望短長亭，幾見飛花撲遠汀。只有春來楊柳樹，照人兩眼似君青。

每到芳時憶舊遊，風光觸目總生愁。離情較勝風前柳，只有纏綿無盡頭。

鏡中玉貌卷中身，仿佛風前笑語親。蘋藻辛勤兒女累，可能不減舊丰神。

一幅新圖遠寄將，迢迢烟水阻河梁。白頭人倚東風裏，一度攀條一斷腸。

【校記】

〔一〕『圭齋妹』，《餘草》初作『圭齋仁妹夫人』，復改同此。

題餘生閣集

節並松筠古，詩同鮑謝傳。蛾眉偏少福，皓月不常圓。釵折悲青鬢，珠沈感盛年。餘生無個事，細續《柏舟》篇。

贈許玉年孝廉

青眸一寸剪湘波，冰雪胸中孕太和。筆自如仙心是佛，平生寶筏濟人多。
扶植風騷出至忱，春風處處散重陰。長裘廣廈詩人志，後樂先憂宰相心。
七百年來此異才，吟情半寄水之隈。攜將第一生花管，吟徧孤山萬樹梅。
細分畫品仿司空，豈但丹青奪化工。妙諦統賅文字海，由來萬派一源同。
示我清吟一卷開，銀河滾滾自天來。驅風掣電驚人筆，壓到千秋庾鮑才。
甥館曾吹兩度簫，人間快壻苦寥寥。風流遠勝周郎福，佳偶閨中有二喬。君兩娶於徐。

題玉年孝廉室比玉徐夫人手繪遺冊

懶拈湘管寫春山，寫出花枝妒玉顏。獨惜芳魂歸上界，采雲一片墮人間。
賸粉零脂總惹愁，三生豔影鎮長留。羣芳都仗追魂筆，一縷仙魂招得不。
茅簷秋雨散如麻，眼底俄驚爛若霞。惆悵三生緣尚淺，未能識面只看花。

閨中銷夏詞十首

紅牕日上破朝眠，草草臨粧鏡檻邊。忽聽鴉鬟簾外報，玉池新放並頭蓮。
蘭閨永晝愛臨池，試展雲箋下筆遲。一種嬌癡憐弱妹，手攜紈扇索題詩。
雞聲喔喔到牕前，一枕薰風破午眠。小汲井花調桂露，貧家不費買冰錢。
紅欄六曲俯銀塘，新換慵來浴後粧。幾陣瀟瀟疎雨過，撲襟花氣送微涼。
湘簾多半上銀鉤，露下高梧夜景幽。小蹙眉痕憑畫檻，每因見月動閒愁。
吹到炎風入伏時，陽烏如炙晝遲遲。深閨姊妹停針線，煮茗焦牕共賭棋。
一縷蟾光隙際穿，清歌宛轉綺牕前。納涼姊妹深宵坐，羅帳低垂獨早眠。
泥痕洗盡玉枝枝，盥手金盆雪藕時。底事玲瓏難解脫，并刀截不斷荷絲。

約伴追涼三伏天，相攜同上采菱船。廚荒正苦無珍味，釣得鮝鱗好薦先。
雲幕初張翠幄開，穿針樓上共徘徊。一生守拙無長技，敢向天孫乞巧來。

題吳蘋香夫人飲酒讀騷圖

《離騷》一卷寄幽情，樽酒難澆傀儡平。烏帽青衫鐙影裏，共看不櫛一書生。
換卻紅裝生面開，銜杯把卷獨登臺。借他一曲湘江水，描出三生小影來。

題蒙城張雲裳女士錦槎軒詩稿〔一〕

虎帳談兵書漏遲，將軍韜略重當時。金閨喜有如花女，筆底風雲更出奇。
耽吟人每倦調妝，樂府吟成第幾章。一樹玉梅初吐蕚，清芬早已壓羣芳。
眉如新月筆如花，鎮日清吟坐碧紗。占斷吳宮山水秀，西湖講席譽昭華。詩係玉年孝廉攜來。
展卷吟殘漏盡時，慕君還恨識君遲。深情一往才如許，細讀璇閨哭婢詩。

【校記】

〔一〕《餘草》初有小注『尊甫吳中參戎』，復删之。

晚春

啼鴂聲中餞晚春，風光又换一番新。曇花淺夢悲身世，細雨幽牕憶故人。衰病經時親藥餌，僻居差喜遠囂塵。榮枯得失皆前定，一卷金經了宿因。

題葉覺軒山人琵琶聯吟冊次韻

花間薄醉撥鶤絃，惹得同儕爭向前。皓月一輪更定後，荷香十里雨餘天。未曾入調心先契，縱不知音聽也憐。共賞新聲聯舊侶，莫將幽怨訴當年。

新秋〔一〕

長簟逢秋夜不眠，新凉最怕雨餘天。虀鹽瑣屑經多病，門户零丁偪暮年。境類煮砂難作飯，人憐辟穀未成仙。雙雙弱息還依母，相對窮愁臥榻前。

典盡衣裳篋笥空，驚心最是遇秋風。鏡中髩影全消緑，池上蓮衣半卸紅。舊夢茫茫難盡記，新題草草不求工。白頭猶有同心侶，收拾光陰蠹卷中。

【校記】

〔一〕《餘草》初有『述懷』二字，復删之。

玲瓏山館冊題詞爲葛秋生明經賦

誰唱黄河遠上詩，知音從古屬蛾眉。不輕嬌笑偏多媚，生就鍾情莫諱癡。來似行雲常緩緩，去同落葉故遲遲。玲瓏山館玲瓏月，譜出玲瓏絶妙辭。

美人韻致本天生，周昉當年貌未成。才子最難除綺語，好詩多半寓閒情。偶看荷露盤中轉，笑當珍珠掌上擎。一枕蘧蘧仙夢破，衣香人影不分明。

繡餘續草卷五

金補之大令之官豫州留别同人外子次韻同作

癖愛風騷興未闌，凌雲筆健有誰干。廿年月窟高枝折，幾度天門立馬看。冷落家山懷舊友，風流花縣得儒官。關心他日培桃李，贏得名流爭識韓。

宦情淡處别情濃，冉冉流光幾度逢。同調相憐比笙磬，通家交誼似雲龍。閉門老圃空尋菊，放棹秋江正采蓉。從此天衢馳駿足，青山紅樹路重重。

傳世文章費汰陶，儘拋心力不辭勞。人如古劍鋒常斂，詩比明珠價自高。天女定然工製錦，庖丁爭許善操刀。政成博得椿庭喜，更藉仁風起鳳毛。

專城百里古諸侯，策馬中原賦壯遊。書卷依然存本色，循聲行見動鄰州。雲思爲雨徐徐出，水不生波緩緩流。載得新詩千首富，虹光一路擁仙舟。

張氏外孫桐遠寄牕課見其文筆清新綽有成人槼度口占八十字答之

憶爾垂髫日，聰明早惹憐。長途隨阿母，歸省返吳天。夙慧能文字，飛騰及少年。只愁相見少，我老不如前。

尺書憑雁遞，道遠恐沈浮。骨肉長年隔，關河滿目愁。佳音頻盼望，往事怕回頭。寄到芸牕課，清宵豁病眸。

寄長女寶珠楚中

兄殤弟不育，長女當嬌兒。遠嫁違千里，歸來定幾時。辛勤每念汝，老病欲依誰。兩妹雖常聚，空教益我悲。

飽歷飄蓬境，深諳行路難。親知半寥落，身世劇辛酸。汝性能敦睦，余懷略放寬。翁衰姑又沒，努力視眠餐。

爲鄭稼秋司馬題母夫人曹太淑人摯孝圖

奕葉名門後，娥江舊有碑。引刀刲臂肉，和藥奉慈闈。孝婦心如擣，衰姑命若絲。倉皇難自諱，終被侍兒知。

遠遊謀祿養，八載客長安。子職真能替，親心常喜歡。堂前護萱草，庭下灌芳蘭。至性通神鬼，如斯壼德難。

夫子黄堂貴，佳兒司馬賢。令名傳後世，純嘏錫從天。金石文章壽，家庭忠孝延。披圖深仰止，如拜講帷前。

題太原女士倚樓人在月明中圖照

湘簾高卷月當頭，佳偶秦徐共唱酬。想見畫欄人共倚，一聲新雁過妝樓。

梅花標格玉精神，冰雪襟懷絶點塵。昨夜月明如潑水，臨風想見倚樓人。

香霧濛濛濕髻鬟，耽吟人倚畫欄干。獨憐詩骨同花瘦，多恐清宵風露寒。

敲吟人每戀黄昏，月滿中庭静掩門。夜久一聲長笛起，倚樓人聽也銷魂。

七字傳來當寫真，還從句裏見風神。何時一泛清溪棹，寫韻樓頭拜玉人。

題梅花雙美圖

紅霞白雪鬬新妝，鼻觀微聞蘭麝香。看到羅浮春色好，人間珠翠總無光。
笑攜仙侶下瑤池，來賞橫斜竹外枝。商略香奩新得句，玉梅花底立移時。

丙戌臘月二十五日先慈太恭人忌辰感賦

地慘天愁日，回頭六十春。儀五齡失恃，今六十一年矣。傷心懷大母，哀慟過生辰。外大母生辰即是日也。未識離親苦，惟知索果頻。自憐憔悴質，當日掌中珍。
阿母彌留日，嚴親應試歸。傷心終夕話，竟作畢生違。蠹剩殘詩稿，琴存斷玉徽。空餘鸞鏡在，擲地黯無輝。

次韻答吴怡庵廣文

經時衰病輒高眠，孤負風花雪月天。塵世回頭同一夢，靈山不到已三年。林泉有主纔能樂，瀟灑如翁即是仙。晚歲杜陵詩律細，定知腰腳健於前。

頃刻牢愁一掃空，半宵仙夢馭天風。詩題素壁篇篇錦，花放瑤池樹樹紅。鏡裏蛾眉開巧笑，壺中樓閣奪天工。雞聲唱罷晨鐘動，身在寒牕紙帳中。

丁亥三月二日外子生辰適赴繁昌詩以寄懷

衰年底事走紅塵，大海茫茫試問津。三月鶯花縈客夢，孤舟風雨度生辰。拈毫曾記同題壁，打槳還思共采蘋。安得薄田營數畝，茅簷作個太平民。

客中消息竟如何，陌上番風次第過。屈指幾時還梓里，計程今日度淮河。從來瘠樹開花少，自古羈人失意多。手把長鑱獨歸去，此翁猶不免悲歌。

敬題守拙老人遺照公蒙古人，備兵江南，因聽雲先生一言之托，十年庇之

翻來遺跡淚如絲，往事從頭仔細思。公賦遊仙剛十載，猶能拯我斷炊時。公賜有二百金一摺，陸續取用，今猶存什之一也。

題趙夫人照〔一〕

數聲嬌鳥隔花聽，日影遲遲度廣庭。翻出十眉圖樣好，鬬他七十二峯青。
泛宅吴宮跡已陳，感君珍重話前因。萍蹤重聚知何日，一臥空山秋復春。

【校記】

〔一〕《餘草》初有小注『洞庭顧松山人室』，復删之。

題美人脩竹圖

香霧朦朧濕髻鬟，金波冷浸碧琅玕。美人自愛居空谷，清佩珊珊翠袖寒。
萬重寒碧影娟娟，涼透羅衣人未眠。只恐天風吹欲去，看來如霧復如烟。
尋詩慣愛坐深更，香影微茫淡月明。賺得雛鬟無覓處，篔簹叢裏辨吟聲。

爲莒林方伯題重脩滄浪亭冊

一曲滄浪碧玉流，中吴童冠紀來遊。溪山天借南園勝，觴詠名偕北郭留。異代登臨懷子美，百年文獻緬商丘。而今喬木逾蒼秀，總爲東南棠陰稠。

題汪海門蜀棧圖

纔見雲從足底生，又看山向馬頭迎。兹遊大快平生志，詩好從無一筆平。
忘卻崎嶇行路難，蒼崖碧澗磴千盤。馬蹄得得穿雲疾，特爲奇峯一駐鞍。
買牛龔遂政新傳，叱馭王尊繼昔賢。賴有壯遊供健筆，快看繭紙滿雲烟。
越國傳家舊有聲，披圖歲月十年更。只今回首褒斜驛，峭壁胷中屼未平。

一病

一病俄驚秋復冬，披衣起聽五更鐘。主人默坐添愁思，婢子垂頭帶倦容。深感故人存問數，劇憐衰質報章慵。同心侶與佳山水，此境還期夢裏逢。
一牕風雨夜沈沈，夢破挑鐙擁被吟。裘敝峭寒偏易覺，病深薄醉已難禁。殘詩慣向愁邊續，舊事多從枕上尋。遥憶嶺頭梅信早，難憑驛使寄同心。

春朝閨友見訪有作

冰霜叢裏又回春，牕旭朝開景物新。濁酒薄施償婢僕，瓣香虔爇謝天神。病來常恐爲新鬼，喜極還能見故人。雞骨自憐扶不起，幾時健足履輕塵。

歲暮雜詠

紙牕曙色尚朦朧，試撥薰爐火尚紅。連日雪飄茅屋底，一分春逗雨聲中。虀鹽瑣事删難盡，身世牢愁洗不空。竟夕藥爐鐙影裏，殘年光景太匆匆。

歲云暮矣雪霜寒，人過中年感萬端。善病時時求上藥，耽吟往往廢晨餐。翻來陳跡心如醉，溯到離情鼻亦酸。淒絕朔風催雁陣，蕭蕭木葉下江干。

許淞漁明經枉和鄙章再用前韻酬之

飄來郢雪破嚴冬，縹緲如聞太華鐘。思入風雲原善變，氣吞湖海總能容。才人花管言情妙，姑射仙姿著色慵。細向寒牕扶病讀，高山古調喜初逢。

風透疎幃玉漏沈，好詩一讀一微吟。寒催朔氣春歸早，瘦到梅花冷可禁。渤澥珊瑚還待采，蓬瀛島嶼快追尋。雲龍上下相勤勉，鐙火雞牕夜夜心。外子時同肄業書院。

范愛吾茂才以青梅見餉賦贈

難得詩人蠟屐經，一簾微雨晝冥冥。人間已過黄梅節，不道傾筐子尚青〔一〕。

【校記】

〔一〕『不道傾筐』，《餘草》初作『貽我仙山』，復改同此。

陶雲汀中丞五十初度卽用集中丙戌十一月三十日遊焦山用借廬上人韻自壽八律元韻〔一〕

政事文章兩絕稀，志存溫飽計原非。東南山水仁風遍，松鶴交親道貌肥。曾向懶殘分半芋，肯從湘浦戀閒磯。綺齡早占瀛洲籍，威鳳翩翩捧日飛。

不妨華袞伴袈裟，筆可通天似古媧。秋水一泓心作鏡，朗雲萬里境無遮。雄繁重鎮今爲最，治行長沙昔所誇。偶向松寥題妙墨，龍蛇飛舞態横斜。

堅持道力足降魔，架上青編手自摩。特簡頻傳資外擢，名山幾向望中過。蜀輶記補魚梟闕，皖口碑揚忠烈多。抵得鱷魚文一紙，驪珠擎出鎮豬婆。元唱曾及豬婆灘，故云。

回首濕綸幾度除，廿年勛績不勝書。功宣轉漕馮夷格，鑒著掄材竹箭餘。陳臬方停壺口旆，觀風又駐宛陵車。試看棠蔭家家徧，借冠何人願不虚。

勤民何必輟清遊，疾苦周諮每一留。勘水淮徐踰柏嶺，紆籌渤海渡蓮兜。吴俗謂浜爲兜。當年巨猾曾潛跡，此日澆風又轉頭。竹木閒來頻檢點，未須絃管爲銷愁。

到眼瘡痍著力醫，斡旋意外始稱奇。百年創舉酬宸眷，萬里恬波副衆期。東道人來欣有主，南針車去更無疑。只今五十平頭日，半壁經綸一手支。

江天放眼舊時曾，振袂親捫百歲藤。詩好總成無上偈，官高仍是在家僧。南山頌處民齊慶，東閣開時客快登。况遇劉樊仙侶雋，雲梯同上一層層。

祥雲瑞靄筆端縈，合與湯陳並令名。從古風謠采輿頌，未妨瓦缶附鐘聲。一時規畫垂諸簡，千古勳庸載在盟。早卜熾昌綿奕禩，聯將萬户祝長生。

【校記】

〔一〕《餘草》無『初度』。

臥病三月辱香輪吴夫人過訪口占以贈

老我衰頽甚，沈綿三月中。藥爐煎午夜，病骨怕西風。忽荷雲輧降，傾心茗椀同。桂輪香正滿，宿世本瑤宮。

夫子風雲略，天南萬里馳。艱難隻手抵，門戶兩家支。柳絮新詞敏，丹青古法遺。靈心真四映，餘事究軒岐。

交臂恆相失，人生一面難。及茲欣把晤，恨不早言歡。滴露毫擒錦，臨風氣郁蘭。多應慙地主，草草具盤餐。

讀韻樓學吟稿題詞 吳門女子洪德琴著

一卷挑鐙讀〔一〕，中宵感復哀〔二〕。早知埋玉驟，何苦嘔心來。小住原多事〔三〕，深閨惜此才〔四〕。無多文字在〔五〕，聊以慰泉臺。

【校記】

〔一〕『讀』，《餘草》初作『誦』，復改同此。

〔二〕『中宵』句，《餘草》初作『難禁感且哀』，復改同此。

〔三〕『住』，《餘草》初作『謫』，復改同此。

〔四〕『深閨』，《餘草》初作『高吟』，復改同此。

〔五〕『無多』句，《餘草》初作『只餘文字壽』，復改同此。

示次女慧珠

留怕當前食指繁，竟催汝去我何安。貧窮倍覺分飛苦，兒女無多割愛難。早歲得甥情略慰，暮年無子影長單。劇憐爾父衰頹甚，老淚縱橫相對看。

題沈種榆夫人寒鐙課子圖

鏡臺人静一經横，夜夜聽雞到五更。簾外月高霜滿地，機聲軋軋和吟聲。石麟頭角本稱奇，畫荻丸熊仰母慈。兀坐寒牕標句讀，儼然嚴父又名師〔一〕。

【校記】

〔一〕『名』，《餘草》初作『明』，復改同此。

雲汀中丞見儀詩句宏奬有加並欲延課女公子猥以抱恙未赴謹賦小章呈謝

隨車甘雨洗輕塵，行部南園正好春。魚鳥欣欣迎使節，風光初過百花辰。

月漾金波萬頃開〔一〕，每從河海見雄才。使君身是中流柱，直障洪瀾千里回。

景勝全憑健筆扛，使君才調更無雙。好花也解迎旌旆，明月隨人送過江。

豫園桃李久成蹊，騶騎重來認雪泥。揮灑春風一枝筆，湖山佳處徧留題。

略識之乎手一編，苦吟往往類寒蟬。明公竟許開東閣，自喜三生種福緣。

何處能求肘後方，感公垂手引慈航。皈依倘遂平生願，長拜西天大法王。

【校記】

〔一〕『漾』，《餘草》初作『函』，復改同此。

次雲汀中丞吾園觀鐙紀事八首元韻

如此良宵興若何，魚龍隊隊浴金波。自公采筆標題後，更較揚州明月多。

喜聽羣黎慶歲亨，風光宜雨又宜晴。開尊對月掀髯笑，長共蒼生樂太平。

火樹沿池列作行，莊嚴七寶座中央。華鐙影裏文星現，花木同霑翰墨香。

爲重神功補聖媧，園右新建黄婆祠。好教比户課棉紗。翻新更有丁家樣，不是人間錦上花。

萬里帆檣景象恢，臨高憑眺首頻回。金鐙影裏歡聲沸，知是民情愛戴來。

鐙光月影互相差，剪紙玲瓏鬭色絲。自有新詩傳勝事，不須絃索譜龜茲。

碧桃千樹夾溪濱，魚鳥相隨意自親。忽吐長虹光萬丈，戲鴻書法媲前人。

正是吴淞奏績時，勸人樽酒有花枝。祇愁紅旆匆匆甚，又送仙舟返劍池。

奉題雲汀中丞皖城大觀圖照次韻

皖城開府雄吴楚，山枕高墉曲抱龍。千里巖疆作舟楫，半江秋水采芙蓉。蒼烟莫辨襄陽戍，暝色遥傳建業鐘。談笑雍容資坐鎮，一時草偃樂風從。

濛濛雲氣生峯頂，浩浩江流擁卧龍。此日山靈迎節鉞，當年人鏡採芙蓉。鴻名早勒千尋壁，高唱如聞萬石鐘。遠樹蒼茫帆影外，使君憑眺衆賓從。

又次自題七絶元韻

紅亭恰對翠峨峨，旌蓋來時照碧波。文采風流今似昔，一生遇合勝東坡。

奉題雲汀中丞采石登樓圖照次韻

景星煜煜臨斯土，虹采輝輝起一樓。帝重巖疆資擘畫，人從曠代接風流。來邀采石磯頭月，去剪澄江水面秋。更喜時平息征戰，萬家鐙火繞蘆洲。

拄笏臨江登采石，仰天呼月上高樓。心懷文字三生契，目送澄波萬里流。危檻捫星清夜永，餘霞散綺碧山秋。畫圖勒石留遺愛，種得甘棠滿荻洲。

陳梅岑先生倉山高弟今日翛然爲魯靈光蒙題倚竹小影敬賦五言二律申謝

靈光崇九旬，清話備三朝。永憶倉山叟，風流未覺遙。題詩徧湖海，結伴渺松喬。就養官齋樂，瓊枝格並超。時就養哲嗣通州少府官舍。

茅屋秋風景，多蒙珠玉題。殷勤勞哲匠，甄拔到中閨。辭足追陶謝，人還侶阮嵇。江頭遲擊汰，何日訪丹梯。

贈淡筠張夫人

綠牕人靜一編開，甲乙丹黃細勘來。自愧酸吟同絡緯，嫦娥偏不棄凡材。

翠袖亭亭倚暮寒，庭前湘竹淚汍瀾。憐君早歲歌黃鵠，扶病吟來鼻亦酸。

佳兒習禮又明詩，教育辛勤賴母慈。卻笑冬烘迂太甚，公然南面作經師。

胡眉亭山人以移居映水樓詩見示次韻

飲罷天漿帶醉還，手揮玉麈下人寰。鐘鳴鼎食公侯貴，那及神仙一字閒。
眼前風月浩難量，不是花旁卽柳旁。日向水晶宮裏坐，詩成都帶妙蓮香。
葉牽翠荇無邊碧，花襯明霞分外紅。水閣晝長簾盡卷，憑欄人在鏡屏中。
月明風細雨餘天，池面平鋪萬朶蓮。金谷輞川成底事，笑他枉費買山錢。

題程母戴節婦傳後

便死終無益，存亡兩未安。立孤綿厥後，忍淚博親歡。節孝昭千古，艱辛歷萬端。彌留垂片語，讀罷鼻猶酸。

奉次芝楣先生上巳前一日南園卽事詩元韻

朱甍碧瓦麗層霄，路傍城南半路遙。楊柳風微宜入畫，魚鱗浪細欲通潮。雲山似障排臨水，蜂蝶隨人飛過橋。聽說愛才當代少，欣欣爭赴使君招。

桃花如笑柳初眠，觴詠怡情緬古賢。選勝又逢脩禊節，采風剛值快晴天。和光四照心同佛，麗藻紛披句欲仙。會待青青梅子熟，調羹更上慶雲巔。

題顔崑谷別駕江郵垂釣圖照

清福無過一字閒，本來舀次海天寬。紅塵熱惱知多少，莫怪先生戀釣灘。

釣灘風味竟如何，山自青青水不波。別有經綸歸掌握，臨淵豈羡得魚多。

輕衫稱體勝羊裘，目送飛花上釣鉤。行客往來頻指點，逃名誤認子陵流。

漁弟樵兄莫浪猜，濟時懷抱出羣才。誰知紅蓼灘頭客，多少公卿倒屣來。

范今雨明府枉過草堂荷題倚竹小影次韻〔一〕

多感憐才一寸心，桃花潭水比情深。何期垂死茅檐下，快聽天邊鸞鳳吟。

出塵懷抱濟人心，句自纏綿意自深。潮信匆匆催畫槳，拈髭猶是對花吟。

殘春風雨警愁心，釀得膏肓漸漸深。漂泊不禁身世感，夜長還對一鐙吟。

【校記】

〔一〕《餘草》題下初有小注：『范名良禴，會稽人。乙丑進士，前官高邑令。時戊子三月十二日也。』復删之。

眉亭山人以詩訊疾次韻

病到春歸尚擁衾，五更還怕曉寒侵。多君珍重裁新句，露盥香熏仔細吟。
斟暖量寒幾換衾，詩魔還被病魔侵。硯田活計年來慣，累重虀鹽雜苦吟。
嫩涼漸漸透重衾，夢破幽牕月色侵。抱得蒼茫身世感，遣愁無計托微吟。

用韻有懷圭齋

驚看樹底綻山榴，往事真同逝水流。節屆天中人海角，可能飛夢到瓊樓。

寄呈芝楣先生吳門

捧得仙雲出玉堂，七襄雲錦爛生光。慙無鏤雪裁冰句，難副東風第一香。時以梅花卷子命題。
清和時節送蘭橈，屈指流光三月遙。滌得炎歊消卻疾，新詞一卷遣昏朝。
地當衝要稱長才，管領湖山生面開。可念南園花月夜，幾多魚鳥盼公來。

五色蝴蝶和韻

青陽初轉見來稀，忽訝林間一葉飛。拾翠暗翻遊女袖，采藍新染侍兒衣。春疇花細銜鬚瘦，瑣闥苔深側翅肥。香徑未迷河畔草，尋芳時向柳梢歸。青蝶

黃金散盡菜花稀，猶傍芳畦貼貼飛。邨裏來時分菜色，枝頭捎去誤金衣。穿從香徑魂初定，舞入秋林體不肥。勝似蜜房諸伴侶，經營花事不曾歸。黃蝶

赤闌干外見依稀，誰剪朝霞片片飛。木芍枝頭酣繞夢，石榴花底焰侵衣。自饒香豔胭脂濕，不愛清酸梅子肥。一抹紅妝芳草路，夕陽影裏逐塵歸。赤蝶

白粉牆底風信稀，趁晴時見一痕飛。亂飄柳絮難尋跡，細舞梨花不觸衣。夢裏仙姝全縞素，眼前公子笑輕肥。南園草綠香塵暖，紈扇頻搖晚未歸。白蝶

黑甜鄉裏世情稀，栩栩誰教兩腋飛。入夢真看園是漆，探花偏仗鐵爲衣。沙堤影拂烏紗貴，妝閣香憐鴉鬢肥。欲繼元嬰親潑墨，爲君寫照早言歸。黑蝶

【校記】

〔一〕《再續草》有眉批云：『此詩係吳觀察賞愛，故仍附刻卷後。』

讀雅卿姪鏡花樓吟草

蘭閨傳好句，冰雪鬬清思。小劫三春病，長城五字詩。愁生疎雨夜，吟困夕陽時。細把蕉心剝，誰言屬和遲。

繡餘續草

一卷　附　詩餘　鈔本

繡餘續草一卷　鈔本

歸佩珊女史詩詞手稿諸君元吉所藏余從借讀畢率題一絶以誌服膺

含　齋

秋水芙蓉曲，春風蛺蝶詞。果然詩骨瘦，惟許夜燈知。

題詩

諸福坤

藐姑有仙子，冰雪供朝餐。機杼弄軋軋，濯錦琴川灘。雙成下蓬島，雜佩貽珊珊。化作珠與玉，一一飛毫端。窮愁女秋士，節奏清且酸。霜鶴五夜警，涼蛩前除嘆。纏綿復激越，哀絲不堪彈。情真語自妙，世乃脂粉攢。飄零茲剩馥，撥出刼灰寒。簪花豔可摘，靈婉心腕看。我欲擷蘭茝，紙葉襲複單。籤以湘妃竹，帙以齊女紈。攜向明月誦，孤影迴闌干。明月了不答，橫空叫青鸞。

佩珊女史繡餘續稿詩詞合一卷，係其手寫本，楷法圓妙，粤寇平後，家旦卿叔以此贈予，云得諸骨董肆。予見題跋多名人手筆，甚寶之。一日，出示吾友純叔篤君，遂爲予題一絶，乃深知佩珊詩者。

今秋月下，復一展誦，不覺意遠，率題一首，竊嘆純老之不及見也。時光緒五年中秋長洲杏廬諸福坤書。

按：集中實庵所改，大不如原本，所謂點金成鐵也。坤誌。

跋

諸以敦

佩珊歸夫人，上海李安之秀才之淑配也。憶余戊申之春，省視家孟，滯跡梁園，謁尊甫觀察公子睢陽郡署，其時夫人於歸滬瀆，隨宦岳陽，未傳有吟椒咏絮之作。迄今廿載，余就養金閶，李君偕其閨人偶来吳下，介余同年祝簡田太史以《繡餘續稿》見示，其間巧思俊筆，觸緒紛披，而氣韻渾雄，無脂粉柔靡之態。五言如『愁多天地窄，情重死生輕』，七言如『半牕燈影驚吟魂』、『減盡腰圍瘦到詩』諸句，即雜之唐宋名家集中，幾於莫辨。至若評量史事，則慷慨激昂；敘述家常，則纏綿悱惻，此又陳迦陵《昭華詩序》所稱『諸什咸工，古詩尤妙』者也。別有《詩餘》一冊，雕瓊鏤玉，玉田之意度超遠，梅溪之奇秀清逸，殆兼之矣。余衰病侵尋，久荒筆墨，覩茲傑作，老眼倍明，爰綴數語於卷末而歸之。時嘉慶己巳七夕後三日，錢塘諸以敦拜跋。

跋

水雲

佩珊詩全是唐音，絕不染時下佻纖習氣，故佳。詩餘亦工妙，入宋人之室。己巳五月，水雲筆。

題詩

馮　培

緗帙隨身入翠鈿，工愁善病結詩緣。只憑一管生花筆，繡出花光五色鮮。
鏡臺傳詠徧詞壇，久重清吟漱玉寒。識得根苗南雅在，金針不惜度人看。寶庵培題。

附錄　近作四首求玉和

馮　培

秋鷹

蕭蕭昨夜響西風，晴倚金天鬱怒雄。飄瞥輕同一葉下，盤拏掃去萬山空。影翻斗絕孤雲黑，眼射芒寒澹日紅。極望平蕪妖鳥淨，不須搏擊試奇功。

秋蟬

殘暑猶留晚欲陰，蟬聲斷續出疎林。天高爲爾迎商氣，地靜如人費苦吟。薄鬢涼隨宵露重，多情碧向暮雲深。山川搖落關河迥，喚起年來送別心。

秋螢

經秋腐草記前生，流火時光暗裏行。深竹乍逢微雨歇，危樓疑度落星明。撲來紈扇孤飛小，坐到羅衣一點輕。莫向書帷誇照字，只愁寒重早霜清。

秋蟲

卷幔星河共月流，百蟲聒耳未曾休。問名《爾雅》幺麼細，按節《離騷》變徵幽。旅館燈前方弔夜，古原地下亦驚秋。中宵有客新裁賦，不聽繁聲已白頭。寶庵。

繡餘續草一卷　鈔本

題小立滿身花影圖（存目，見《續草》卷一）

風雨無寐枕上作（存目，見《續草》卷一）

秋夜感懷（存目，見一卷本刻本《續草》）

葺城旅夜感懷

地縱頻遷愁自存，淒涼生怕到黄昏。前生料想牽情障，至死終難割愛根。五夜雞聲新旅夢，半牕鐙影舊吟魂。重衾轉輾寒宵永，紅淚成冰枕不溫。

長至前二日（存目，見《續草》卷一）

題仕女圖

明月出東海，金波耀太微。芙蕖吐綠池，朱蕤揚清輝。佳人擅天秀，獨立誰敢希。翠竹倚春風，幽澹含芳菲。時俗侈浮豔，粉黛將蒙譏。囂塵筆下絕，神采紙上飛。

舟中口占（存目，見一卷本刻本《續草》）

寒夜書懷

傷心事往境猶存，漏鼓聲中鐙影昏。不向蓮臺參妙諦，轉來塵世種愁根。情多偏灑花前淚，緣淺難招月下魂。一度思量一惆悵，燒殘獸炭不知溫。

題畫（存目，見《續草》卷一）

五色蝴蝶和韻（存目，見《續草》卷五）

夏夕露坐口占

風裊茶烟襲素襟，流螢高下點深林。夜涼蝶夢今宵穩，只恐詩來枕上尋。

雨夜感悼（存目，見《續草》卷一）

即事述懷（存目，見《續草》卷一）

題陳寶月夫人詩畫便面（存目，見《續草》卷一）

題畫扇

廿番風信遞翻新，紫陌無心轉畫輪。濃綠一溪春漸老，風前愁煞倚欄人。

逸園即事（存目，見《續草》卷一）

虞山歸棹奉懷兩大人（存目，見《續草》卷一）

晚泊（存目，見《續草》卷一）

題桐葉題詩便面

半䩞雲鬟薄洗粧，金鳳吹透越羅裳。祇愁落葉經秋瘦，難寫柔情爾許長。

和唐陶山明府重修桃花庵詩（存目，見一卷本《續草》）

秋草（存目，見一卷本刻本《續草》）

驛柳和韻（存目，見一卷本刻本《續草》）

題寄塵山墅贈家和庵主人

聦明几淨處，早識主人賢。壑靜從雲宿，庭空任鶴眠。盈堂羅古繪，堆案富詩篇。誰識紅塵外，逍遥有散仙。春光來似海，日受萬花朝。醒對春風解，詩憑美景挑。調鶯臨水榭，招鶴過山橋。天與詞人福，林泉位置超。

寄閨友

濃雲壓屋雨漫漫，三復新詩獨倚闌。助我吟情侵曉起，手拈湘管十分寒。

閨友贈詩有瘦到梅花更好時句口占謝之

冰作肌膚玉作神，幾生修到此花身。詩人語妙玲瓏甚，只恐花還要笑人。
吟肩削盡帶圍寬，愁壓雙蛾緑鬢殘。骨格定輸梅樣好，劇憐滋味似梅酸。
鏤雪裁冰字數行，鉛華洗盡墨生光。清蒼詩骨天然峻，不賦梅花句亦香。

高陽夫人招賞牡丹賦贈

料量寒燠課晴陰，枝葉高低色淺深。相對不禁珍惜甚，主人費盡護花心。

花前貪看影珊珊，絮語論心夜易闌。珍重妝樓親掃榻，香衾夢穩不知寒。
鮫綃彩袖遠攜來，璀璨雲霞妙剪裁。愧我報瓊無長物，尋詩花底日徘徊。

【校記】

〔一〕本組詩底本共八首，其一、二、三、六、七首見《續草》卷一。

送春

白日去何速，青春不可追。陌頭萬楊柳，猶嫋斷腸絲。
狼藉百花魂，畢竟歸何處。最是惱人懷，瑣牕連夕雨。
所願良多乖，望遠常苦隔。人生幾何時，更被柔情役。
欲眠不成眠，惜此韶華倩。倚枕哦詩成，呼鬟索筆硯。

悼雀次何春渚丈韻

青雀竹葉名，遠勝雪衣慧。不求珠樹棲，願傍高人寄。啁啾若有訴，宛轉如解意。周旋逆旅間，夙興與夜寐。丈人本仁者，賦性與衆異。惜此羽翮奇，復恐質柔脆。珍重藏雕籠，一旦奄然斃。瘞之水榭邊，梅花土一簣。作歌寄其哀，忍睹舊食器。我本傷心人，感之亦隕涕。銜環一寸心，冥冥正無際。

賺得百琲珠，爾死得其地。

題戴蘭英夫人秋燈課子圖

高節清才歎合併，十年早仰大家名。采雲遠隔無由見，時切蒹葭秋水情。

蔦蘿有幸附喬枝，正好妝樓聽論詩。不道瑤池仙馭返，此生真恨識君遲。

捧到香楠重瑾瑜，留題顆顆盡驪珠。開緘認得天人貌，曾見河汾請業圖。

案側翻書丱角郎，旁觀笑指說東牀。聰明易聆慈親訓，喜接淵源一脈長。

玉臺著述富薪傳，珍重遺書手自編。細向夜鐙標句讀，直將紅淚當丹鉛。

勤讀應須惜寸陰，六經諸史細研尋。他年換副泥金誥，稍答清宵畫荻心。

【校記】

〔一〕 本組詩底本共八首，其六、七首見《續草》卷一。

消夏八詠平遠山房分賦（存目，見《續草》卷一）

詠史樂府四首平遠山房分賦（存目，見一卷本《續草》）〔一〕

【校記】

〔一〕一卷本刻本《續草》無此總題，且第一首作《困鄧通》。

感懷（存目，見《續草》卷一）

題美人舞劍圖（存目，見《續草》卷一）

初秋述懷（存目，見《續草》卷一）

題馮實庵給諫種竹圖（存目，見《續草》卷一）

呈梁山舟侍講

早歲聞公名，今始誦公句。句如梅花和冰雪，洗盡鉛華含古趣。客從浙中來，言與公有素。謂何春渚徵君。青雲高誼當代稀，顧念貧交屢傾助。弱冠曾看上苑花，翩然辭卻含香署。卅年文望重東南，管領湖山推獨步。名山著述垂千秋，房杜家聲何足慕。世人但解重公書，測海以蠡毋乃誤。孫曾繞膝琴尊娛，壽比南山松柏固。六橋烟柳爲公榮，西子明妝待公渡。仰止高山抱素忱，幾時帆卸西泠路。

題李松潭農部觀姬人繡詩圖（存目，見《續草》卷一）

送方式亭楷大令歸宣城三首（存目，見一卷本《續草》）

張筠如女史爲其郎君喬香岑茂才畫鴛鴦團扇屬題口占一絕（存目，見《續草》卷一）

題汪澥雲員外琴養圖

先生聲華重藝林，絃歌四境夙所欽。天邊桂杏次第折，河陽桃李將成陰。忽然心動親遘疾，挂冠歸去娱親心。不須三牲供朝夕，娱親但奏朱絃音。母能教子名姓揚，子能娱母壽且康。春暉正永琴韻長，天倫樂事洵未央。至今圖書展北堂，忍聽蕭蕭風木增悲涼。

對雪和韻

凍雲漸裹老樹尖，謝家絮影忽滿簷。天公玉戲作勢嚴，身輕安得吴棉添。十指半僵筆倒拈，笑呵凍硯思未忺。清景遇目誰能厭，佐酒何須費割燖。龍團小試味轉甜，哦詩冀逢玉局砭。憐我伏枕病久淹，緑牕緊閉悄下簾。五更風盡寒更兼，梅花枝滑愁鶼鶼。

夜坐用前韻

愁人正鎖愁眉尖，琤瑽碎玉鳴屋簷。廣庭夜静霜氣嚴，背鐙小立衣懶添。抛殘繡線久未拈，淒然對鏡意寡忺。飽嘗世味亦已厭，愁心一寸類沸燖。蔗境寧期老更甜，苦吟旦暮徒自砭。亦知没世名隨淹，哦詩何人聽隔簾。漏聲遥與吟聲兼，梨花月冷棲寒鶼。

題畫雜句

山色晴擁樹，水光遥接天。夕陽詩思好，閒放米家船。
流泉鳴斷澗，峭壁倚蒼冥。幽人棹舟往，獨上水邊亭。
山光雲影入空濛，小艇夷猶夕照中。流水板橋人獨往，一谿楓映堞樓紅。

題廖織雲夫人芙蓉秋水照（存目，見《續草》卷二）

柳影和韻

長條搖曳幻疑真，細縷斜陽不染塵。畫裏腰圍傳態度，鏡中眉樣寫丰神。風翻院落娟娟月，水繪河橋澮澮春。送別不堪盈手贈，六朝烟雨夢中因。
柔魂蕩漾恍疑真，一抹烟痕印陌塵。繞徑濃陰空色相，籠堤殘照見丰神。鶯梭誤織千絲月，波鏡虛分萬縷春。誰向靈和圖舊樣，風流認取幻中因。

憶從圖畫識真真，欲結同心悵隔塵。魂返玉關縈別思，詩傳青塞愴離神。二分明月揚州夢，一片斜陽灞水春。試向赤欄橋下望，烟籠霧罩渺無因。

題紅線圖（存目，見《續草》卷一）

題松潭農部探梅圖照

空山冥冥飛六出，笑攜美人踏瓊級。枝高寧畏出手寒，雪重何愁袖霑濕。公子詩喚梅花魂，美人更現梅花身。梅花白映旃裘紅，石橋百尺垂長虹。玉塵萬斛散未盡，豪情逸思生空濛。美人絕色花第一，國士無雙配三絕。笑他灞岸尋詩叟，酸吟獨自騎驢走。

附　詩餘

菩薩蠻 題梅花仕女圖

東風一夜梅魂覺。惜花人到花應笑。獨立背花吟。花真解賞音。　蒼苔涼欲透。淺印鞋痕瘦。襯出曉妝新。濃香壓鬢雲。

壺中天 重陽前三日雨牎偶成用小湖田樂府韻

冷風疎雨，做愁天、巧合善愁人意。黃雪飄零堆玉砌，屈指重陽將至。花徑三三，圍屏六六，偏是傷心地。懨懨多病，紗牎雖設常閉。　一任塵掩菱花，蠹殘緗帙，更有何情致。舊事思量渾似夢，天付可憐身世。瘦比疎梅，弱同病柳，凋卻眉峯翠。霜毫枯盡，怎傳千萬心事？

沁園春題玉環扶醉圖

良夜方遙，簇擁香階，爛然火城。想霓裳舞罷，花慵柳困，華清睡起，鬢亂釵横。宿酒方酣，海棠猶倦，斜倚雙鬟力不勝。堪憐甚，看朦朧兩眼，越様娉婷。　知音最惜惺惺。更難得三郎福慧並。嘆長生殿裏，拜星有約，馬嵬坡下，瘞玉無情。珠箔玲瓏，仙山縹緲，鈿盒良緣結再生。繁華歇，剩風流公案，照眼分明。

前調題美人試茗圖

香夢纔回，新妝初竟，春晝正長。想緑牕寒峭，懶拈采管；紅閨小困，藉滌詩腸。翅玩蟬輕，舌誇雀嫩，甘苦還教次第嘗。親題品，算酪奴有福，契合蕭娘。　風泉細瀉筠廊，又破費樵青半日忙。愛泛出蘭芽，銅甌沸雪；擎來薇露，玉頰流香。睡思全消，煩襟頓滌，冰雪胷懷一味涼。沈吟久，把令暉一賦，仔細評量。

百字令病起（存目，見《聽雪詞》）

前韻

舊時明月，怪無端，變了傷心顏色。隔著層兒牕紙薄，怎敵者般風力？病骨支離，霜花疎瘦，淡墨誰描出？清宵無寐，背人鐙下啾唧。　長嘆大塊茫茫，埋憂無地，難覓升天級。天上素娥偏耐冷，不放霧籠雲匿。水國寒多，吳棉換早，尚覺涼颸襲。雁聲淒斷，一宵催送頭白。

清平樂曉牕

五更無寐。愁得心兒碎。惻惻輕寒生繡被。坐起披衣還睡。　昨宵殘夢匆匆。起來尋夢無蹤。簾外杏花新放，禁他幾陣東風。

霜天曉角枕上聞風雨聲

春光漸老。風雨將花掃。悼死嗟生懷抱，還一味、尋煩惱。　綠牕鐙影小。向人明到曉。休問未來過去，眼前事、如何了。

十二時 看花

風簾自卷，風花低顫，風鬟撩亂。憑欄悄無語，只看花微嘆。　屈指三生還細筭。最難填、愛河無岸。天池水能挽，把情波沖淡。

虞美人 題廖織雲女史虞美人畫

迎風尚作虞兮舞。楚些成千古。多情應悔托生差。薄命今生依舊作名花。　香閨真有追魂筆。渲染嬌顔色。沉吟賺我立多時。簾卷蝦鬚生怕晚風吹。

秋蕊香 題織雲蕉桂圖

雨過緑陰如洗。頓覺凉添秋思。日斜幾陣微風起。吹過木犀香氣。　枝頭冷露如珠墜。蕉心碎。玉人初破西牕睡。筆蘸九秋蒼翠。

跋　　實庵等

僕素不填詞，於倚聲三昧未能洞察入微，故不敢漫加評語，如聽曲者但知擊節歎賞，而莫由名其所以妙也。實庵跋。

乙丑小春望前一日，愚弟徐棠讀於紅螺山館。是日同方山鮑秋吟、明湖程香生識。

奉次佩珊夫人見贈元韻，卽書卷尾以當跋語，尚丐正削。夢庵熊方受初本。

我枉夫人贈句詩，此來如泛海邊槎。好詩珍過支機石，只恐題詞雜蚓蛇。

善寫閨情善寫愁，一枝妙筆擅千秋。論才合勝黃崇嘏，何止人呼女狀頭。

集中題芙蓉秋水圖作極佳。己巳新秋竹軒居士題後。

閨中重見女相如，新詠傳來每起予。誦到美人日暮句，銷魂爭禁落花初。

一簾秋影筆簪花，絶妙辭成謝女家。祇惜人間詩博士，至今遺逸在南沙。

多愁愁甚繭抽絲，多病病憐梅瘦姿。常把病愁作詩料，多愁多病更多詩。

詩中譜出鳳簫聲，月上瑤臺水一泓。應有天風吹下界，藝林爭識絳仙名。

佩珊夫人見示吟稿，聊書斷句贈之並代跋語。春帆居士尢興詩。

平子何緣只賦愁，青衫白袷儘風流。仙鬟指點瀛洲近，閨閣論文許狀頭。

秋風客燕乍歸家，快讀新詩興不賒。頂禮如來金粟佛，彩雲朵朵現蓮花。

捧到鸞牋愛娟娟，問誰人是浣花仙。當年苦向虛無覓，何不瑤臺拜月前。

次韻題贈卽請玉臺雙政。罕舟愚弟金門詔拜草。

青山眉黛鎖新愁，偏厄瑤臺第一流。安得雙雙同化蝶，漢宮飛上玉搔頭。

詠絮才名數謝家，從來詩債最難賒。卻憐半世生涯冷，不爲天寒懶看花。

悵望琴川秋水娟，一編昨夜拜詩仙。贈貽綠綺慚無報，敢自狂吟珠玉前。

次韻呈政。東海姪女徐元珪敬方氏拜題。

柔兆攝提格余月滄州李肆頌讀於放鶴軒

初來海上讀瑤編，荏苒星霜已四年。別後又增詩滿篋，仙才真是女青蓮。

誰說詩能慰病軀，近來詩貌更清臞。那堪多病多愁日，又賦悲詞哭掌珠。

丙寅六月朔後五日，肆頌題於放鶴軒。

萼綠蘭香本一流，謫來海上任遨遊。梅花修到雙魂瘦，黛筆描成一字愁。落照旗亭柳舞影，西風芳草客吟秋。紫雲舊曲分明記，絕調何人解唱酬。

丙寅孟秋下浣，婁水顧登衍盥手拜題。春洲。

無端咫尺隔天涯，北海空憐識面遲。一瓣心香猶未爇，急彈紅燭讀君詩。

一片冰心不染埃，雲中白鶴雪中梅。相如筆帶凌雲氣，未信香閨有此才。

奉題佩珊夫人大集即祈芳誨。墨仙蕭慧芬待定草。

樂府峭奥似古銘，古詩樸樕似太傅，近體新利似簡齋，諸什悉備，無美不臻。自是君身有仙骨，固不徒以刻畫金石擅長也。蓉裳愚弟汪信古拜讀。

佩珊秋菊工銘，春蘭解賦，詞參古調，詩有仙心，所謂乾坤清微之氣鍾於婦人者也。使國家增置女學士一科，則掃眉才子，居然殿撰矣。秋賓張鴻。

繡餘續草

稿本

繡餘續草稿本

題跋二則

席佩蘭

碧桃花下寫烏絲，生就聰明筆一枝。脱口定兼仙佛氣，高情不作女郎詩。量來玉尺才無敵，度盡金針世豈知。直把清吟作餘事，幾曾妨卻繡工時。

其人與筆兩如仙，不食人間一點烟。脩到梅花身現在，悟來明月事生前。支持病骨詩俱瘦，洗盡鉛華玉自妍。同聽河汾親講授，愉君獨得小倉傳。

奉題佩珊仁姊大人《繡餘》大集，席佩蘭拜稿。

孫原湘捧讀數遍，目疾頓明。

題詞

饒慶捷

霞綺翩翩織錦文，晚晴樓外又斜曛。吾師耳山先生太夫人曾著《晚晴樓詩草》。詩懷祇有江南好，書徧羊家白練裙。

繡牕新譜十宮詞，謂《蠹餘集》中句。風格端凝意態隨。難得令暉才調富，不教脂粉汙天資。

春風吹雪入毫端，用《繡餘集》中句。麗句清於著露蘭。記得浴鳧池館語，竹牕鐙火課熊丸。柳邨先生《浴鳧池館詩》有『忍憶竹牕鐙火下，咿唔午夜授熊丸』之句。

五載遊蹤遍海雲，岳陽圖畫壯司勳。誰知香茗能成賦，更有才名壓左芬。

康愷

涼宇清晝，疎風滿林。美人何來，跫然足音。冰雪一卷，藏之素襟。盥手開緘，如撫雅琴。芳蓮並蒂，幽蘭同心。王郎謝女，懷芬古今。皓皓月影，悠悠桂陰。焚香洛誦，鳳嘯鸞吟。

又

青鐙尊酒細論文，白也飄然思不羣。閨閣聯吟閒日月，江湖浪跡殢風雲。昆侖花發誰堪折，夢到毫端驚豔絕。藝圃獨馳文陣雄，瑣牕況有吟風發。吟風淡宕和春風，眼前詩景相追從。謫仙奇氣原無敵，詠絮清才本不同。碧海珊瑚琢身手，詞瀾欲決銀河口。天孫織就玉華裳，縹緲雲飛鳳凰首。燕臺雲物吳門山，七澤三湘往復還。會見舊聞談日下，高吟古調出雲間。冰車雪柱徒驚怪，初日芙蓉開眼界。猶憐窮力追清新，玉水珠流靜澎湃。前年歸棹吳淞潯，一卷曾披香雪林。宇內山川才子望，閨中風月伊人心。來朝又把征帆送，今日吟壇杯酒共。醉同仙李來南軒，雒誦新篇倍珍重。詞客爭言離別悲，河橋楊柳朔風摧。前路雪消瞻岱嶽，還從雨霽望蓬萊。玉人攜手登舟去，瑤華滿載青雲路。他年更誦《繡餘》篇，定見天星粲琪樹。

褚　華

李白文章炙轂奇，四聲餘藝有清思。掃眉才子才如海，搴取閨房姑蔑旗。
仙槎串月御風行，回首中流吳楚平。多少懷思銷不得，小牕搖筆墨縱横。
雲映峯青花映川，珠生淚點玉生烟。烏絲卷子分明在，酷肖唐賢樂府篇。
文彩清門東海濱，堆牀銀管格鮮新。息園詠絮門牆峻，入室升堂更有人。

惲皙三

鳳釵鸞鏡卷紅羅，禮事宣文載筆過。惆悵玉臺飛絮冷，蜀箋吟草更無多。
才調何慙賦《子虛》，筆牀硯匣守蟾蜍。自從班女工拈詠，機上都成錦字書。

屈廷鎮

影娥春色望中賒，影娥泉在虞山麓，鎮時客濟南。何處蠻箋映碧紗。繡閣固應心似錦，香閨曾夢筆如花。
風懷散朗今林下，好句清新女大家。自是一庭多樂事，郫筒相賞倚蒹葭。

楊文炳

虞山才女尚書孫，嫁得詩仙唱和頻。最是小牕閒詠處，彩毫時放一枝春。

餘事編成《鴻寶樓》，予姊著有《鴻寶樓草》。采蘋采藻許同儔。謝庭詠絮還堪紀，官閣他年職自脩。

李學堅

一從鳳閣嫁秦簫，燕寢香凝琴瑟調。午夜寒鐙相唱和，謝家詩癖未全消。

梅花明月是前身，黄絹吟成筆有神。他日京華回首望，時堅將北遊。解圍客座更何人。

沈　珏

才名左鮑洵能兼，譜就連環剩斷縑。脈望神仙搜篋衍，繡衣神愴鬢絲添。

盤根合有粲花思，上葉還追紈素詞。最數琴川詩格好，女牀珠樹長新枝。

韻事重添玉鏡臺，吐絨牕下句頻裁。杏花春雨江南曲，風絮休誇道韞才。

李廷敬

心源高可接，巧思得天孫。夢憶蓬壺境，詞消月露痕。金針時暗度，玉尺與誰論。筆格還同衛，前承和詩四章，書法婉麗。紗籠好句存。

席　煒

久欽翰墨冠吳中，學士才人兩擅雄。蕉葉書成侵篆綠，蘂欄賦罷膩酥紅。花舒細蕾溶溶月，水皺輕紋淡淡風。珍重繡餘吟一卷，金珠錯落玉璁瓏。

淡淡春風雨過時，瑩然冰雪見新詩。傳經伏女淵源在，詠扇班姬藻采垂。萬樹梅花橫短笛，《詠梅》詩有『橫笛聲聲怨夜寒』句。一枝柳影臥滄湄。又有《柳影和韻》。剪紅刻翠人皆有，那比千秋黃絹詞。

琳琅滿目絕纖埃，一帙瓊章麗玉臺。陶冶山川歸大雅，胚胎騷選見新裁。夢花漫說江郎筆，贈詩有『夢中奪得江淹管』句。賦茗咸推鮑妹才。讀到吳楓得意句，薔薇盥手幾回來。

探來字字盡驪珠，好句何能更琢磨。白雪調高慙屬和，青箱學富許同摩。月明繡閣櫻桃賦，春暖花磚鸚鵡歌。千載元裴留韻事，畫眉牕下共吟哦。姨丈績學工詩。

祝悅霖

曉妝拂鏡掠雲鴉，盡日薰香倚碧紗。十幅蠻箋吟芍藥，一奩繡偈刺蓮花。銀塘春暖投魚帛，紫陌香飛卻鈿車。羨殺文鸞雙絕代，秦樓吹鳳漫相誇。

芙蓉秋水映晴霞，黃絹新詞託興賒。雲湧海東思泰岱，雁來塞北戀京華。六朝山水歸吟卷，諸妹天人聚絳紗。自是聰明冰雪淨，可緣彤管夢生花。

楊鍾寶

秋高雲淨月如水，挹取流輝洗眸子。洗清塵霧檢琅函，忽迸珠光驚滿紙。詩壇旗鼓先後建，不櫛乃有兩進士。椒花柳絮陋陳謝，得譽片言亦偶爾。豈如二詩具學力，筆陣排奡蕩柔靡。風骨直欲逼杜韓，明秀仍不減溫李。時於自然出新穎，如花四時時占美。是曾讀破萬卷書，借曰紅餘安可擬。性靈殆亦有天授，何況清門豔我里。枕中鴻寶雖未睹，佩珊姑楊恭人有《鴻寶樓詩》刻。我於二詩觀止矣。

桂　海

道韞依稀今再來，靈心慧質本天哉。搜羅早歲浮千卷，鐙火寒冬幾百回。融會古今超哲士，瀾翻吐納著奇才。迢遙喜作通儒配，直上干雲句共裁。

何世義

掃眉才子筆如仙，家學原來出震川。李白文章焰萬丈，謂安之先生。一時佳偶海陬傳。

道韞奇才世鮮誇，揭來喜見筆生花。繡餘先後光梨棗，謂《繡餘續草》之刻。不愧人稱女大家。

沈　靜

經籍紛綸萬卷該，文壇角藝憶叨陪。誰知妝閣珊瑚筆，不讓龍門吐鳳才。

濯錦春江妙剪裁，繡簾雙卷燕初來。吟成字字皆珠琲，新詠何須數玉臺。

姜貽績

虞山何蒼蒼，申江亦浩浩。靈秀蛾眉鍾，藴釀《繡餘草》。絕無蔬筍氣，如見蘭蕙心。韻事閨中足，新詩譜玉琴。謝絮及劉椒，等之若邾莒。擷芳同隨園，鑒衡肯輕許。天上聽雲璈，人間謝絲竹。姑射定前身，種梅知繞屋。

方世平

彩箋十幅剪吳淞，錦樣文心繡幾重。林下高風身挽鹿，閨中才調筆扛龍。誦經伏女傳家學，續漢班姬是女宗。千載騷壇歸月旦，秤量不復數昭容。

鐫紅鏤翠時時見，那有詞源倒峽來。不向嬋娟描舊樣，獨存風骨擅清才。冷香庭院三更月，霽雪園林一樹梅。露盥薔薇詩在手，紙牕吟對滌塵埃。

龔元綬

冰雪高吟疊素箋，頓教低骨拜真仙。靈飛篇目驚初讀，銀海宮商已徧傳。萬古清華開朗月，一池香韻散紅蓮。子山風格參軍筆，掃盡金閨脂粉妍。

任從裙屐鬬紛紛，珍重天孫織錦文。聽到清琳塵夢醒，寫來玉屑異香薰。詩懷湘水新飛雁，人感琴川舊采雲。迢遞江南三百里，啼烏落木不堪聞。

淮南偕隱小山幽，盡日雙聲出翠樓。花月緣深偏善病，神仙福好亦工愁。經年書滯天山雪，一水帆迷海國秋。燒短夜深紅淚燭，不關風雨下簾鉤。

蓬萊原合駐雲車，可許彭宣拜絳紗。閒折小詞投月姊，笑呼知己對梅花。譚兵洗氏真名將，續漢班姬信大家。不厭瑤華百回讀，旅懷銷得是侯芭。

陳　基

拈毫語語性情流，信是人間第一儔。呼月與談清到骨，惜花如命冷擔愁。情多慣自栽紅豆，年少何因感白頭。那不教儂投地拜，論詩高見闢千秋。

援琴漫說少知音，二老憐才歎息深。豔夢花開雙管筆，苦吟鐙識一生心。通經豈但傳家學，工病常嫌負寸陰。襪線才慚儂婦拙，絳帷可許度金針。

王　倩

詠絮吟椒字字新，天風吹不墮紅塵。讀書那肯沾牙慧，玉尺衡量到古人。

思親憶妹棹歸舟，自是情多易惹愁。想見玉臺勤覓句，日高簾幕未梳頭。

論古篇篇健筆扛，殘鐙挑盡坐西牕。盡他太白才如海，娘子軍前也受降。

一卷流傳萬口吟，人間私淑有知音。買絲相繡熔金祀，絳帳輸儂領略深。

推袁御李共皈依，當代清才似此稀。慚愧儂家仙骨少，遠勞龍女夜傳衣。蒙以春衣見贈。

錢孟鈿

弱水三千漫溯洄，三山宫闕等閒開。人間本有生花筆，笑煞張皇入夢來。

讀書萬卷不讀破，敢望行間筆有神。此事如何不關學，滄浪應未達通津。

退之《山石》拈來讀，尚覺微之是女郎。忽見軒然大波起，長鯨掣處海滄茫。

惜無高論敢持平，才大無嫌少靳情。畢竟絲桐雅音在，不煩箏笛擾聰明。謂集中過許時賢詩也。

陳廷慶

二分明月揚州夢，殘照西風白下門。首句爲《繡餘續草》中《柳影和韻》詩，今對漁洋《秋柳》句，以質玉臺。繪影吟秋無不可，合成雙璧寫眉痕。

六朝金粉十三樓，都被隨園畫幀收。幾載倉山思問字，一朝碧海挽仙舟。尊題隨園老人女弟子十三人圖詩云：『豈料扁舟來碧海，遂教一面識黄河。』

尚書門第舊家風，畫戟清香泰岱東。己酉，余典試山左，得見尊甫觀察公於濟南。更快詩壇女中將，孫家娘子一軍同。常熟孫孝廉室席佩蘭女史詩爲隨園弟子首選，佩珊洵可匹敵云。

相賞焦桐幾謫仙，袁絲以外李青蓮。味莊觀察題尊詠連疊四首，有云『玉臺無句不驚人』。悵余正鼓琴川棹，賒展秦嘉《贈婦》篇。

劉泗道

雲間披錦帙，海上聽瑤琴。筆妙簪花格，詞超詠絮吟。古香吹欲起，逸韻寄何深。讀罷渺思議，清風拂素襟。

周慶承

冰署真寥寂，無端慰客思。忽因三楚士，謂劉杏圬。得見二南詩。只覺回文小，還譏《團扇》癡。快如周穆馬，勁似李陵師。刀尺初停候，砧機暫下時。筆花妍翠黛，墨浪映晴絲。月露風雲格，王楊盧駱詞。海天涵曠闊，江霧寫迷離。才奪徵君席，夫人爲隨園弟子。名高處士帷。豈知金閨秀，竟壓翰林枝。經史宜爲伴，吟哦自不羈。莫辜春晝麗，好吐夢花奇。選未登蕭統，詞應突蔡姬。驚心傷我老，放眼識君遲。且讀琳琅集，欣題冰雪姿。詩壇幾走徧，牛耳執於斯。

湯以晉

住近蓬瀛地，欣聞女謫仙。心傳紹《鴻寶》，家學重遺編。楊柳春風麗，芙蓉秋水鮮。名閨懸絳帳，願許列彭宣。

昨見覓詩圖，詩情綽有餘。今披二南詠，勝讀十年書。誦與鶯花聽，嫣然色態殊。好風能解事，翻帙故徐徐。

對此生花筆，言言得未經。蕉心通宛轉，藕緒妙瓏玲。懷古推仙白，憐才到小青。焚香幾回諷，明月滿空庭。

海上無雙秀，人間有數才。似斯張赤幟，才不負花釵。靈運留香瓣，秦嘉侍鏡臺。閨房餘樂事，名與福兼該。

繡餘續草稿本

西軒秋夕

小倚雕欄酒半醺，一庭花露晚氤氲。畫廊明月清於水，絡緯聲聲夜未分。

齊門道中

曉風吹面作輕寒，桃柳參差盡耐看。近水樓高簾半卷，誰家紅袖倚闌干。

水部汪訒庵先生擷芳集中蒙選拙刻賦謝

三百冠以風人詩，宮中彤管先揚徽。由來婉孌靜女姿，尤與溫柔詩教宜。（一）本朝雅化追麟趾，詠歌閨闥靡或遺。惜哉全豹不得窺，珊網漏此一段奇。訒庵先生才不羈，酷嗜書味淪肝脾。慨然搜羅徧閨幃，卅年精力不憚疲。偶然名流集敦匜，談及佳句眉輒飛。山之顛崖水之碕，延訪未嘗頃刻離。投囊不獨少女絲，或一兩句褒亦施。旁及仙鬼無津涯，廣大教主詎有私。果然羣芳鬬葉枝，千彙萬狀紛雲蕤。廣陵芍藥春風吹，三湘畹蘭玉露滋。九州嬋娟聚一時，名山曠典無遺訾。豈唯足供抵掌資，扶輪大雅其庶幾。先生讀書慕有爲，壯年題柱名交推。水曹著作等瓊瑰，先生著《水曹清話》，紙貴一時。明廷薦引同皋夔。先生歷戶、工二部，均爲上游倚重。忽然掉頭歸江湄，江風海月供酣嬉。百城南面況足怡，先生獻家藏書數千種，蒙賜《圖書集成》。尤愛篆隸心孜孜。旁探雀籙并鼠碑，遠軼陽冰與籀斯。先生考訂篆隸成集，並手編《印譜》，極古今之大觀。名人作事非常規，千秋二絕誰能追。慙予弇陋昧所師，謬蒙甄賞無刺譏。一家篇什宛相隨，懋儀祖姑並姑暨母詩，俱蒙集中選錄。佳話喜足垂然脂。長謠抒見無瑰詞，卻同芥子酬須彌。

【批語】

（一）眉評：莊雅。

敬題先祖昭簡公墨刻

代有傳書雲在樓，先高祖殿撰惺崖公藏書雲在樓。更看玉板幾行留。名尊九老官猶後，望重兩朝藝並優。早見良師知國寶，公少從陳見復先生，卜其大用。還聞聖主賞銀鉤。公巡按兩湖時進劄子，蒙上獎異。會偕遺笏藏宗祏，夜夜虹輝射上頭。

崇班敭歷卅年餘，不欲人間推善書。天上奏章躬必校，同僚碑版請常虛。公不欲以書名，惟章奏必手繕。風猷想見謙能受，學問殊難有不居。即此淵衷真若谷，臨池精詣復何如。

東牀出牧拜辭行，跽請纔看采筆橫。帖爲蔣姑丈尚桓收藏，係書《二老堂詩話》。米老風流堪想像，蘇公曠達是平生。可知曳履雲霄日，尚有芒鞋岩壑情。相府縑緗多少貯，流傳手跡重連城。
繡衣新命自丹霄，一卷摩挲魂倍銷。擢濟東道，陛見時乞歸。枕祕乍拋情不忍，浦珠應返路非遥。卅年翰墨思鴻爪，奕葉圖書仰斗杓。顧我拈毫慚衛管，雕奩展對閲晨宵。

病中即事

新愁舊事總茫茫，腸斷西風雁幾行。弱骨年年同病柳，搴幃欲起更扶牀。
小閣鐙青掩繡幃，吟聲未竟漱聲微。拋殘刀尺閒清夜，幾度秋風未製衣。

白蓮和韻

月冷瑤池露氣清，淩波一笑似含情。縞衣相對心同淨，湘瑟高張調未成。已見靈根生佛土，更從文社播芳名。蘭橈晚繫堤邊樹，曲岸幽香細細生。

秋晚登樓

濕雲曳雨夕陽收，洗出遙空一片秋。簾卷西風人獨立，歸鴻點點度南樓。

泊舟

落葉打牕深，輕艭傍古林。烟中人語語，浦外雨沈沈。斷岸浮圖杳，寒城雉堞陰。一行雲際雁，江上落清音。

宿雨開新霽，晴巒畫不如。停橈沽市酒，隔舫買江魚。遠寺疎鐘動，篷牕午夢餘。臨風復延佇，新月漾空虛。

吳江舟次

遠樹依微淡欲無，遠山一帶夕陽鋪。此中安得王維筆，盡寫峯巒入畫圖。

青鐙一點映篷牕，遠浦何人控笛腔。夜半旅懷愁不寐，曉風殘月度吳江。

憶梅

巡簷剩有碧苔封，紙帳愁聽午夜鐘。羣玉峯前曾作偶，水晶簾外記相逢。更無驛使傳芳訊，擬向孤山覓舊蹤。萼緑仙歸香夢斷，吟魂銷盡月明中。

橫斜無復印簾痕，索笑還思佐酒尊。健步倩誰移遠道，多情剩我戀黄昏。神傷羌笛關山曲，夢繞江南蘿月村。回首嶺頭消息杳，歲寒心事共誰論。（一）

吟懷黯淡夜悠悠，春信憑誰寄隴頭。（二）想去已教捐俗慮，折來差可慰鄉愁。蕭蕭竹影虚籠月，寂寂湘簾懶上鉤。欲識舊時姑射貌，只憑化蝶到羅浮。

苦吟仗爾撥詩情，曾與仙人結淨盟。對菊未能忘冷豔，品蘭略可擬孤清。幾回林下尋香到，猶記牎前伴月横。癯鶴一聲驚曉夢，滿庭風露唤愁生。

【批語】

（一） 眉評：只存此一首，便覺名貴，餘可類推。

（二） 眉批：句復第一首。

秋夜

金風蕭颯動簾鉤，疎雨連宵滴未休。每對清鐙憐瘦影，偶披蠹卷動新愁。吟遲偏忘詩情澀，病減方知藥石投。遙憶影娥池畔路，一林叢桂發巖幽。

吳中旅舍

晶簾高卷漫焚香，露濕闌干翠袖涼。隱隱玉簫雲外度，一庭花氣月微茫。

郡守李雲鵠先生惠題拙集依韻奉謝

元禮清標仰大賢，龍門咫尺接雲顛。從教委巷皇荂曲，得藉明堂鍾呂傳。
瑤箋尺幅剪明霞，筆走龍蛇句吐花。持教龔黄餘韻事，青蓮原是老詩家。
學語應慚黄口雛，調羹小暇爲親娛。賞音忽睹琳琅句，絕勝緯蕭獲夜珠。
蘸墨終嫌涴墨池，當枰敢詡兩家棋。何緣得似昭華女，絳帳西河集徧窺。

七夕詞

纖纖新月挂雲羅，瓜果横陳笑語和。兒女紛紛齊乞巧，不知巧思屬誰多。

秋夜

繡閣抛殘帙，微吟繞曲廊。牕前人影瘦，簾外月痕涼。簷馬聲蕭瑟，階蟲韻抑揚。小山招隱地，叢桂尚含香。

感悼

殘鐙如豆鏡奩前，泡影驚心又破眠。因戀嬌兒期再世，轉傷慈母隔重泉。醻將白雪歌猶昨，現比曇花恨轉牽。一笑何年塵夢覺，夜臺攜手證前緣。（一）

已分浮雲寄此生，荷絲不斷尚牽情。催花雨急悲難聽，瘞玉詞酸忍再賡。獨對秋鐙思往事，雙懸清淚數殘更。欲憑好夢尋蹤跡，轉恐愁多夢不成。

【批語】

（一）慈孝心事，一時併發，實爲名言至理。

晚晴

濕雲卷處夕陽殘，卻喜新晴一倚闌。木落只餘山骨瘦，風高遙送雁聲寒。籬邊叢菊初舒豔，檻外疎林半染丹。轉眼秋光驚欲暮，薄衾今已換齊紈。

舟行即事

霧卷千山淨，風生兩槳輕。晚霞無定態，雜樹不知名。行客殊今昔，江潮自送迎。銷魂烟塢外，殘笛兩三聲。

春寒

旬日難逢霽色新，梅花強半委芳塵。春寒料峭多成困，好句回環欲損神。紙帳夢回鳩喚雨，紗牕晝靜燕窺人。呼鬟試卷湘簾看，殘雪初消半未勻。

寄逸磐三兄

匡牀病臥苦難支，恰值離亭折柳時。春雪影中剛聚首，紅蕖香裏又臨岐。薄遊吳下同歸舫，小住尊前索寫詩。別後貧居無一事，平安兩字報兄知。

望方塔

朱欄四面接雲平，碧瓦參差耀日明。愛爾高高插天表，還鄉先愜望鄉情。

讀小倉山房詩集

霜鐙悄悄夜沈沈，開卷應窮萬古心。碧海長鯨翻錦浪，丹山老鳳落清音。卅年蹤跡留江左，早歲聲華重上林。愛與湖山傳小影，濟時才調托微吟。

聽雨

幽牕零雨送殘更，透隙涼颸細細生。愁似有憑連夕至，鐙如無力向人明。銅壺點滴難成夢，鐵馬丁東莫辨聲。寶鴨夜深猶撥火，雙鬟應識未眠情。

閒居（存目，見《續草》卷一）

蜂（一）

拂柳穿花百徧過，苦吟心事較如何。問渠摘盡羣芳蘂，辛苦營成蜜幾多。

【批語】

（一）眉評：坡公『蜜熟黄蜂亦懶飛』，悟道之言也。此章『辛苦營成蜜幾多』，悟詩之旨也。俱是上等識解。

小樓[一]

幾卷殘書向牖陳，小樓窄窄盡容身。似儂亦解耽幽寂，莫詫人間有隱淪。

【校記】

[一] 本詩又見《再續草》。

春晝（存目，見《續草》卷一）

袁太史簡齋先生續詩話中采及拙刻賦謝

大雅皇風邈，名山峻望懸。學原富烟海，身是老神仙。早歲辭簪紱，千秋溯簡編。風華多跌宕，見地絕拘牽。才大斯能變，心精足細研。遂新韓杜壘，爰執鑒衡權。宏獎情何已，網羅量不捐。松筠高百尺，桃李偏三千。屢啓珠槃會，兼收彤管篇。西湖傳雅集，藝苑誦瑤箋。自顧拘墟陋，偏餘刻鵠緣。流螢徒自照，小草不成妍。派細同趨海，窺微那測天。何期蒙賞鑒，彌復愧陶甄。柳絮名難擬，龍門地自專。終期乘畫舫，問字絳帷前。

虞山競渡詞

簫鼓中流鱗爪張，龍舟處處鬧端陽。誰知琴水風光好，早有嬉春幾度忙。他鄉龍舟皆於端陽，吾鄉三四月已有之。

拂水岩前漾碧流，虞山烟景自清幽。平添水面千鐙影，翠袖何人不倚樓。

驄馬誰家白面郎，烏衣王謝自成行。不緣春色撩人目，怎惹蜂媒蝶使狂〔一〕。

柳條初綠杏花殷，采伴沿溪觀渡還。昨日纔遊言子墓，今朝又上祖師山。〔一〕

檀板瑯璈是處聞，山花也被麝蘭薰。昇平歌舞真堪記，不數橫塘十里雲。

【批語】

〔一〕眉評：絕好《竹枝》。

【校記】

〔一〕『怎』，圈改爲『爭』，並云：『「爭」卽「怎」字義。「怎」字只宜於詞曲中用之。』

題玉橋五兄宛陵遊草（存目，見《續草》卷一）

戲贈二妹（存目，見《續草》卷一）

贈三妹（存目，見《續草》卷一）

爲次女作（存目，見《續草》卷一）

寄懷素卿三姑（存目，見《續草》卷一）

舟行雜詠（存目，見《續草》卷一）

病況

轉盼逢佳節，遙空玉鏡懸。未同花一笑，轉效柳三眠。紈扇先捐篋，秋衣早著綿。簾垂清夜永，靜對一爐烟。

强起臨青鏡，當牕怯曉寒。不知春筍削，自覺玉環寬〔一〕。晝爲無聊展，書多和睡看。秋來好風月，倦倚曲欄杆。

【校記】

〔一〕『自』，《再續草》作『斗』。

新葺小齋作（存目，見《續草》卷一）

題美人折花拜月曉妝春睡四圖

輕搖玉佩步蘭堦，折得花枝香滿懷。蝴蝶有心尋好夢，一雙飛上鳳皇釵。

羅襪纖纖印玉波，風扶弱柳態偏多。篆烟一縷情千縷，絮語花前祝素蛾。

略整雲鬟力不支，海棠紅暈轉多姿。雙彎自奪春山翠，不倩仙郎學畫眉。日上紅牕報曉鶯，遊仙一枕夢初成。春嬌萬種應難畫，撩亂香雲態轉生。

題苕川徐女士荷花便面

月明烟水空迢迢，美人如花隔碧霄。秋江麗景落吾手，曲塘長渚如相招。偶揮妙腕開便面，寫出瀟湘秋一片。花如人面人如花〔一〕，光射晴波神欲眩〔二〕。圖中人是作圖人，更現名花百億身。琉璃世界芙蓉國，活色生香誰主賓。不獨妍華誇絕盛，端莊色相玲瓏性。格韻誰教著意摩，芳心不染應同淨。夕陽千頃簇波紅，曲檻回廊面面通。水閣晝長簾半卷，憑闌人在錦屏中。丹青閨閣推名手，此日披圖把玩久。乍覺清芬襲素襟，還疑環佩來虛牖。聞道苕川並霅川，綠雲十里接田田。何時攜手蘭橈上，楊柳風前擘采箋。

【校記】

〔一〕『人』，圈改爲『面』。

〔二〕『光』，圈改爲『交』；『神』，圈改爲『光』。

柳影和韻（存目，見《續草》鈔本）

鸚鵡

文采翩翩鬬綺羅，綠衣解唱雪兒歌。名佳更藉高文重，語巧翻愁慧業多。望去山雞輸爛漫，聽來百舌遜清和。湘簾日暖人初起，青鏡纔臨喚畫蛾。

秋柳和韻

西風一夜又驚秋，青鬢飄零不自由。殘縷尚能縈別緒，長條無復綰離愁。江樓望遠思南浦，曉夢尋芳記荻洲。惆悵河橋相送罷，夕陽古道聽嘶騮。

殘枝搖曳晚涼天，一度相看一惘然。《金縷曲》終成昨夢，玉關人去又經年。荒村野店嘶征騎，疎雨斜陽咽暮蟬。那識蠻腰憔悴盡，怕牽離恨到眉邊。

芳姿濯濯憶當時，斂笑含顰總自知。笛裏有聲傳好信，風前無力漾殘絲。烟消遠浦斜陽淡，月冷荒堤瘦影垂。倚偏闌干人不見，蘆花如絮又相吹。

旖人姿態尚娟娟，碧玉千枝欲化烟。水驛忍看迷蹇衛，征衫曾記撲輕綿。風流頓減愁張緒，嫋娜殊前倦小憐。太息韶光催過客，繫春不住漫情牽。

春柳和韻

同心綰就繫情長，剪剪輕風拂袂香。記取灞陵橋畔路，滿堤濃翠踏春陽。
舞衫新試碧羅輕，一夜東風度鳳城。漢苑日高眠未起，莫將紅豆打黄鶯。
濯濯丰姿最可憐，枝頭好鳥話纏綿。一溪新緑翻春浪，襯出明霞夕照天。
乍傳春信到江關，春在江樓玉笛間。始信東皇工點綴，間桃遮杏繞千山。
緑陰城郭漾春旗，幾縷青青妒鬢絲。自是多情牽别恨，一回相見卽傷離。
映月籠烟别樣嬌，玉鞍幾度拂柔條。只今歷亂春風影，認取章華舊日腰。
舞態淩波勢欲飛，長堤漠漠淡烟霏。東風幾日催刀剪，疑是新裁金縷衣。
慣寫風神月一痕，春風眠起又黄昏。離亭向我舒青眼，銷盡江淹賦裏魂。
輕盈態度豔陽姿，盡日含顰斂翠眉。憶自白門相送後，曉風殘月倍思伊。
十里臺城跡已荒，烟條猶是鎖蒼茫。陌頭一樣飛花樹，不惹紛紛蜂蝶狂。

論詩八章（一）

春花如笑，秋山疑顰。宇宙皆詩，本乎天真。靈機妙悟，無陳非新。不物於物，斯能感人。

太上立德，無意於文。其次立言，亶惟多聞。詩止一藝，原道則尊。根本不厚，枝葉徒紛。元功代運，大化迭周。江河之東，無復西流。金玉既製，椎輪奚求。詩唯日新，道與神謀。上下千載，氾濫百家。派分河濟，光辨雲霞。各有精神，流傳無涯。士貴獨立，餔糟徒嗟。良醫用藥，亦考古方。名將行師，亦戒陳行。要其神妙，不主故常。夫唯善學，鴻文聿彰。詩境甚寬，詩律甚嚴。十年非遲，三思豈嫌。如味諫果，得苦中甜。不能研精，空慚詹詹。句一落紙，已滯於形。存乎詩先，靈臺熒熒。鞭撻山嶽，奔走風霆。素養克裕，奇功斯成。成連已去，空張玉琴。師曠不來，誰賞雅音。品崇希古，技薄諧今。式循正軌，以俟同心。

【批語】

（一）眉評：八章詩體似淵明，其論詩大旨可與司空《詩品》、《滄浪詩話》並觀，而更得簡要。以老師宿儒所不能言，而出之香閨繡閣，靈心妙悟，幾生修到梅花，願普天下才人學人皆鑄金事之。

題苕川徐女史蘆花宿雁便面

我昔曾泛瀟湘舟，秋聲兩岸來颼飀。沿江鳧鷖共拍浮，恨無采筆描清秋。苕川霅川清且幽，勝景原與洞庭侔。美人住在苕之洲，山水清遠一目收，尤愛秋色神夷猶。葭蒼蒼兮露白，浦渺渺兮烟稠。有雲鴻之逐隊，擇所止而爰休。或銜蘆而矯翼兮，或引吭而呼儔。更後來之聯翩兮，沖烟霄而下江頭。顥氣積素，商聲澄秋。疑淅瀝而未已兮，宛嘹亮而含愁。洵氣韻之高潔兮，應滌筆於冰甌。入詩情之淡遠兮，非襄陽、摩詰以下之可求。我欲披圖而訪勝兮，阻帶水而不得淹留。擬奏平沙之逸調兮，乘皓月而啓瓊樓。仿佛湘靈之下來兮，寒玉萬頃而泛彼中流。

贈浣香四嫂

烏目鍾靈異，翩然姑射容。才推名士偶，詩溯大家宗。瑤瑟冰絃淨，璇機錦製重。蘭閨宵入夢，手把玉芙蓉。

品入陶花貴，吟成謝雪霏。聯翩抒藻采〔一〕，錯落濺珠璣。逸調篇篇勝，清才字字飛。烏絲圍小楷，二妙古應稀〔二〕。

聞道簧鐙織，中宵課讀書。辛勤營饋食，閒暇愛經畬。鳳羽輝丹穴，瓊枝耀玉除。丸熊應有報，芹藻泛波初。

壇坫聯聲氣，閨幃未易追。何期同癖嗜，復此訂心知。風雨懷人意，關山話舊時。只慚郢曲好，辛苦續巴詞。

【校記】

〔一〕『抒』，批改爲『攄』。

〔二〕『二妙』，批改爲『雙絕』。

自題弄花香滿衣照

一身化蝶飛，栩栩不因夢。枝頭逞百嬌，一夜東風送。對之有餘歡，無事瓶盎供。濛濛香霧中，餘寒襲衣重。好鳥知我懷，乘時發清哢。

少小愛章句，時把一編吟。空中萬花舞，粲粲瓊瑤林。因之遇名花，亦將佳句尋。態濃復態淡，香淺與香深。天工富才華，何處不賞心。

夙昔奉金仙，稽首白衣像。藉茲結淨因，爰以謝塵鞅。側聞說法時，天花森萬象。彈指樓閣重，攬之不盈掌。妙諦可微參，林間發遐想。

憶昨泛瀟湘，江洲足清覽。湘靈顧我笑，貽贈朱菡萏。又曾過岱山，青峯雜雲黕。日觀不可登，芝草無由攬。歸來一庭春，坐對愛玄憺。

閨中有素心，各在天一方。琴川雲渺渺，苕水流湯湯。何以慰離居，滿目紛紅妝。披襟共晨夕，把袂無參商。年年春光佳，良會殊未央。余與浣香四嫂、蓮舫三姑爲文字交，今皆契闊兩載餘，詩成寄正，當慨然於人之不如花也。

落葉和韻

片片寒雲度遠關，乍傳霜信到林間。淒清漢武哀蟬曲，黯淡倪迂枯墨山。紅蓼風多人欲別，白蘋波冷雁初還。最憐不改喬松色，蒼蔚還分翠嶂斑。

化機榮落本無停，夢斷三生酒易醒。高閣風清流玉磬，畫樓人靜雜金鈴。青山頓覺迷荒徑，明月平添照廣庭。卻怪渚禽毛轉密，慣披烟霧下寒汀。

幾許丹黃墮地輕，江南枯樹賦初成〔一〕。林空鳥夢寒無影，風峭霜絃靜有聲。巫峽不堪頻極目，榆關況是值孤征。小牕蕉綠偏供賞，點筆秋欄繪遠情。

金戈鐵馬勢相撞，老幹淩空意未降。蕭颯乍教添遠思，槎枒仍自伴吟牕。悲秋有客還師宋，賦別何人更擬江。自是名流花管豔，依然萬樹粲華釭。

【校記】

〔一〕『江南』，旁改作『庾家』。

贈席甥虹橋

入春積雨霽色新，叩門忽睹傳箋人。錦箋欲問來何處，一片采雲飛不去。晴牕展卷寂不嘩，妙味如嚼五出花。淋漓墨瀋銀鉤燦，垂虹百道搖牕紗。受經早著扶風帳，風華更出王郎上。試看敲金戛玉工，真推鳳閣鸞臺樣。柳影新篇句足珍，柴桑雅什亦超倫。夢中奪得江淹管，信手吟成五色春。去歲艤舟值春月，漫興吟來慚謝筆。巴調偏蒙郢譽誇，雲藍重疊驪珠出。匆匆雁影歸帆度，一番離緒從頭數。便道秋霄健翮騫，誰知卻受狂風誤。時值尊人遠謫，未試。風波世路本無常，榮華去住同朝露。但將醒眼閱空花，雅人深致應如故。況兼才地曜扶桑，揮灑真珠字萬行。已見英華壓流輩，佇看光氣動君王。祥麟自是瓊霄種，威鳳原從玉樹翔。雪案螢囊寧憚苦，文河學海本無疆。即今佳句盡天然，照眼花枝一一鮮。瓊瑤投贈難爲報，自愧才非左鮑賢。

淩風語花醉雪聽月和韻

飄飄身世欲何之，偶逐花香出短籬。憶昨夢隨蝴蝶去，紫簫一曲月中吹。

我與卿卿幸接塵，替愁風雨每含顰。亦知解語非虛語，底事無言笑向人。

天女釀寒襲素衣，瑤華片片滌心脾。不須細共梅花嚼，相對陶然味最宜。

寓目清華觸耳微，鶴魂松影總天機。依稀按出《霓裳曲》，何用冰絃指下揮。

送捧莪大弟北上省親（一）

駃驥奮蹴踏，千里在目前。氣雄防偶疎，一蹶不自全。吾叔起少尹，宦不逾廿年。晉秩至維藩，洊膺倚任專。位高難稱責，寵渥易集愆。蕩蕩高厚恩，予奪皆陶甄。黃沙萬里行，猶荷雨露偏。吾弟纔弱冠，青鐙手一編。書生弄筆墨，不與鞍馬緣。翩然就長途，逸氣淩霄烟。彌彌水之涘，蒼蒼山之顛。無爲泣途窮，感慨心悁悁。要當擴眼界，玄覽閎詩篇。嗟予姊與弟，頻年離思牽。及茲獲會面，乃值事會遷。患難重骨肉，恩義敦屯邅。折柳復歌驪，悱惻多纏綿。屈指六旬外，當及榆塞前。牽衣進一觴，僕御涕泗漣。吾叔應顧笑，身窮志彌堅。遙知戀闕心，丹誠常自懸。善保冰霜軀，萬一酬高天。

【批語】

（一）眉評：悱惻。

留別虹橋席甥

擬向春江放棹行，先裁尺素寄離情。最憐一片桃花水，兩載新詩返滬城。

小住家山兩月餘，粉梅纔謝杏開初。拈毫愧乏簪花格，俚句頻煩玉版書。

偶患失血成一律

病逐陽和轉，纏綿三月中。開奩驚瘦影，卷幔怯春風。咳帶桃花露，吟成杜宇紅。休言心力瘁，詩律未曾工。

和璞園六兄登烟雨樓

泛棹輕烟淡雨時，樓登烟雨恰相宜。雕闌面面臨波澈，鷗隊雙雙逐渚移。攬勝偕兄賡古調，時偕五兄。臥遊憐妹亦情癡。鴛湖百首推前唱，何似吾家塤與篪。

新霽

楊柳樓頭聽囀鶯，春衫初換兩肩輕。劇憐撲面東風軟，不送花香也有情。

留別玉橋五兄

文章知己由來重，況復閨中遇更難。此日賞音逢棣萼，相期同臭擬芝蘭。琴溪虞嶺登臨好，文陣詩壇境界寬。格外品題格外貺，珍珠密字萬行攢。

性愛青溪似白鷗，雨中鼓枻莫淹留。輸兄快攬西湖勝，顧我翻添南浦愁。暫住那堪還小別，偶逢更自悵分流。東風綠徧江堤柳，一夕催人又放舟。

留別瑞符二阮六首

諸兄詞筆盡淩雲，小阮風流也軼羣。舉業暇時還考古，筆花五色煥繽紛。

遺書珍重識傳薪，更受慈闈詩格醇。試聽吟聲雜機杼，丸熊辛苦志還申。

妙詠黃花九日詞，愛傳金粉六朝姿。硯田愧我抛殘久，也向鐙前數和詩。

稠疊瑤華幾度傳，新詩又誦玉蘭篇。移來香國青蓮管，寫出瑤池縞袂仙。

雞牕鐙火漫辭勞，萬里鵬程仗采毫。月殿雲梯消息近，嫦娥添線繡宮袍。

綠波春草遠連天，楊柳風前別思牽。高館日長清課暇，新詩好寄浣花箋。

摺扇

折就供攜取，涼生腕底時。匀裁斑竹細，薄貼素箋宜。瘦骨棱棱見，清風習習吹。盛囊堪作珮，不用侍兒持。

晚春

東風無力柳條柔，杜宇臨牕喚未休。金粉飄零千古恨，陰晴管領一春愁。落花庭院紅埋足，飛絮簾櫳雪打頭。（一）暮雨瀟瀟鐙黯黯，夢爲蝴蝶繞西樓。

【批語】

（一）　夾評：　此聯稍復第三句。

疊韻答外

廿載蓬廬況，相依書卷中。一鐙同聽漏，雙管共吟風。中饋慚調膳，拈針拙鏤紅。鹿車親挽處，輸與少君工。

附　外作

李學璜

落落雲龍隊，知心一室中。共嘗稽古味，不失故家風。蓮性常耽靜，蘭姿易損紅。只今憔悴況，詩律莫須工。

回首雲烟跡，滄桑十載中。貧原韋布素，清見古人風。試茗時烹雪，題花巧鏤紅。繡餘還索句，偏是賦愁工。

兒女半生感，纏綿肺腑中。聯翩摧玉樹，涕淚灑春風。早放花多萎，遲成果倍紅。伸眉還一笑，此案聽天工。

蓬梗何曾定，棲皇道路中。人情一杯酒，世局半帆風。且自斟醅綠，無庸負蠟紅。掃除煩惱障，攝養術方工。

寄虹橋席甥

離懷底事未能拋，尚憶聯吟字互敲。嵇紹風儀如立鶴，子安詞筆自騰蛟。眼前句就憑誰訂，別後詩成只自抄。日暮愁心托江水，家山回首白雲包。

題瀟湘夜泛圖即步翁大人韻（一）

爲讀《離騷》愛楚遊，十年前此泛扁舟。誰言剗卻君山好，一點青横萬古秋。

【批語】

（一）夾評：竟稱君舅字，覺典雅。

附　原韻　　李心耕

卻從圖畫憶前遊，帆指君山月滿舟。我本岳陽舊使者，一竿曾釣洞庭秋。

聞家大人右遷永定觀察

三年重領頭銜舊，十載渠防著績多。臣勵清操同白水（一），帝期佐策障黄河。鵲山笑語懷中夜，碣石風烟隔遠阿。幾度庭幃勞盼望，辛勤定見髮垂皤。

【批語】

（一）旁批：字當讀仄。唯『操持』之『操』乃作平聲。

詠所居室[一]

地窄難分日月光，安排几榻費商量。縱橫書卷難容鏡，羅列牙籤半近牀。壞壁塵封蒸氣濕，破牕紙動透風涼。那禁幾日黄梅雨，階滿青苔蝸滿牆。

豈有賢聲繼孟光，欲銘陋室費思量。數聲藥杵研松粉，一縷茶烟颺竹牀。有作硯田常浣滌，無營心地自清涼。舉頭喜接元龍舍，時聽書聲落院牆。

閒居閲歲感流光，往事悠悠費較量。倦繡遣兒收畫譜，欲眠呼婢掃藤牀。室因近暗先驚夜，人帶微痾早怯涼。怪底詩情清徹骨，一丸冷月照東牆。

塵壁徒分翰墨光，玉堂金屋漫評量。簷低密雨斜侵牖，室淺霜風易逼牀。芍藥繁華嫌冷淡[一]，牡丹富貴怕荒涼。海棠獨恐吟懷減，每到秋來發短牆。

五更紙帳透微光，花俸經營鶴俸量。[二]嬌女驚眠辭繡枕，侍兒擎藥近匡牀。黛蛾綠減愁新瘦，鏡檻風多怯曉涼。手卷疎簾看早晚，日華一線射高牆。

一點疎鐙閃淡光，閒愁萬斛若爲量。爐因夜静頻焚麝，人到更深懶著牀。皓魄九分猶未滿，單衣五月尚微涼。吟當苦處誰相和，時有蛙聲出破牆。

【批語】

（一）　眉評：　六首風景大略相同，鍊作一兩首足矣，多則複沓無味也。

〔二〕 夾評：『花俸』字未知所出。

【校記】

〔一〕『芍』，旁改作『紅』。

讀唐宋六家詩（存目，見《續草》卷一）

和虹橋席甥

十首巴吟寄遠天，勞將魚目混珠穿。寫生愧乏王維筆，孤負春風泛畫船。
筆花璀璨墨花濃，才思如君孰繼蹤。他日飛翔蓬島去，置身合在最高峯。
雲山百里倍情牽，會待重來列綺筵。愁病日多詩日少，愧人猶說思如泉。
安排象管界烏絲，鐙火雞牕漏點遲。遙識酒杯棋局畔，畫眉小暇更裁詩。

聞家慈挈弟妹北上奉懷疊前韻

惆悵慈闈隔暮天，紙牕愁見月痕穿。秋風敢怯吳江冷，擬買歸船送別船。

重署頭銜帝澤濃，燕臺風物寄遊蹤。深閨空有思親夢，知到遙山第幾峯。
雁行小別夢頻牽，最羨團圞聚綺筵。料得納涼庭院靜，竹爐茶竈試新泉。
離緒連綿似藕絲，河魚無那尺書遲。蒹葭一道迷鄉望，併疊愁懷付短詩。

暑牎即事再疊前韻

黃梅纔過乍晴天，繡線金針懶更穿。正好絃詩還讀畫，此身如在米家船。
晝長無事睡方濃，靜愛幽廬少俗蹤。獨有浮雲偏耐熱，依然出岫幻奇峯。
晚涼衣袂好風牽，花滿銀塘月滿筵。出水新荷誰得似，玉環扶醉浴溫泉。
下筆春蠶吐亂絲，耽吟每礙曉妝遲。嗤余慣學才人步，遠道持箋索和詩。

謝松坪姪寄贈甌北詩鈔（一）

琥璜輝並映，干莫鋒相逐。由來造物妙，有對總無獨。使其兩未遇，緬想情徒蓄。一得而一遺，如食未果腹。夙昔慕小倉，未得親盥讀。今春奉莪弟，貽贈開新幅。果然雲璈響，廢盡千絲竹。復聞甌北公，別樹詞壇纛。如何仰典型，無由展杼柚。仲冬月初吉，瑤華賁空谷。中有四編詩，分排體例肅。一朝二妙并，領略快心目。小倉妙天機，芙蓉照水淥。江流自鋪練，霄雲或卷縠。手斟北斗漿，口嚼麒麟肉。五城十二樓，光華現閃倏。甌北負大力，龍象奮踏蹙。兩序球圖陳，三軍荼火簇。肺腑欲歌舞，鬼神助嘯哭。淩雲百尺臺，悉稱銖兩築。境地互參差，情味耐反覆。作歌謝松坪，既重千斛粟。

【批語】

（一）眉評：確論不可移易。此詩已爲録藁，代寄甌北先生矣。

題曹倚香茂才小影

朦朧淡月白雲攢，春在南枝耐細看。詩思一天清到骨，滿身香雪不知寒。

何遜襟懷原冷淡，劍南風骨本清臞。畫圖洗盡鉛華氣，朗照乾坤玉一株。

幽香微逗薄寒添，竹影蕭疎鶴影潛。笑對梅花憶梅子，和羹他日好調鹽。（一）

【批語】

（一）夾評：此首不稱。

題九九消寒圖

乍喜陽烏影漸舒，卻愁霜冷逼庭除。消寒九九從頭起，爐火安排獸炭初。

冷戰西風入夜明，寒添二九到嘉平。玉梅影瘦當牕立，新月牆頭照一稜。

峭料寒成三九長，驌驦裘冷更飛觴。深閨刀尺中宵急，日漸無多歲事忙。
四九嚴寒殘臘餞，相期隨例作春盤。年年際此愁風雪，多少人家度歲難。
風光五九正回春，頌有椒花獻令辰。多病心情慵對鏡，鬢絲愁見一番新。
匆匆六九近元宵，佳節平添夜色饒。燕市紅鐙吳市酒，輕寒無力凍痕消。
七九纔交柳色柔，懷人容易動離愁。陽和欲暖風偏冷，還怕登樓望陌頭。
彈指風光八九過，綠添芳草軟成窩。杏花細雨江南路，寶馬香車逐漸多。
九九光陰似箭催，又看起蟄走輕雷。胭脂染盡梅花瓣，盼得東風一半回。

紫雲硯歌

硯故藏余家，紫白色，蒼潤細膩，非宋以下物也。近余舅得之，喜曰：『是爲硯畲第一硯。』命之曰『紫雲』，而余作是歌云。

倏不盈尺厚二寸，渾然天成樸有餘。名曰紫雲從其色，是乃真得雲水腴。中和孕毓亙千載，涵濡浸潤敷華愉。堅於千年青銅幹，嫩於三歲嬰孩膚。隃麋應手磨無痕，積潤三日猶不枯。以口噓硯硯有氣，反射漆匣結作珠。愛之便思終日玩，卻又不敢輕撫摩。古來品硯名各著，歷朝硯譜廣蓄儲。辨眼鑒絲窮杪忽，製作精巧誇倕輸。是硯獨無名款識，將毋僅等莒與邾。要其光氣不可掩，靜對能使心神舒。闇然日章美在中，穆然想見君子儒。庭珪之墨諸葛筆，安可無此供清娛。嗚呼！安可無此供清娱。只愁墨華化作雲采去，瑶星夜半歸天都。

和陸舅祖母曹太淑人春日偶吟韻

青鳥憑將好句投，幾行珠玉燦銀鉤。瑣牕連日催花雨，遥和吟聲滴未休。
碩望清才繼大家，蜀箋題罷更評花。欣看繞膝孫枝秀，漫對東風感歲華。

又和落梅韻

落梅風急乍陰晴，相對還增氣味清。采筆幾經留好句，幽閨曾與訂深盟。一簾香雪春無語，滿地梨雲月正明。蕚緑仙人本高潔，花開花謝觸吟情。

題落花雙蝶便面

點綴能生粉箑光，一雙錦翅度回塘。緑蕪有意延春色，紅雨無聲送夕陽。幾度高吟懷謝逸，誰將妙繪傲滕王。笑看攜入簪花手，飛出還驚鬢影香。

又

拾翠人何往，西園春欲歸。晚風花競落，斜日蝶雙飛。遠樹紅初歇，平蕪綠漸肥。阿誰揮妙腕，采筆駐芳菲。

和祝碧霞上舍韻

江城百里片帆通，丹鳳樓頭楓又紅。秋色自隨詩客遠，寒香恰伴苦吟工。十年豹隱寧輕見，百斛龍文應許同。顧我含毫輸詠絮，多慚宏奬播高風。

附　原韻　　祝悅霖

日暖瑤牕午漏通，采箋豔奪綺霞紅。鴛鴦繡按金針細，鸚鵡歌翻白雪工。名士風流真不滅，大家才調得毋同。騷壇赤幟馳江左，繡幕爭教拜下風。

閒居和韻

愁蹤幾許定難除，雨滴空林感索居。一夜東風催臘盡，數枝梅萼報春初。尊無佳釀難成醉，句乏新裁總懶書。瘦鶴清琴無恙在，孤山花事近何如。

蘼蕪一帶繞階除，紫燕雙巢處士居。簾外輕寒梅落後，樓頭微雨杏開初。一春有賴花供醉，幾日無聊病廢書。寂寂小牕殘夢醒，褰幃數問夜何如。

梅花疊前韻

南枝春信逗無端，插向銅瓶和醉看。斜倚玉臺香影瘦，乍沾嬌額粉痕乾。酒醒小閣鐘初動，夜靜疎幃月正寒。欲訪羅浮憑好夢，不須玉勒與雕鞍。

無邊清興集毫端，幾度霜前秉燭看。近水尋芳春乍逗，緣山放鶴雪將乾。金尊寂寂愁宵永，玉笛聲聲怨夜寒。細雨斜風江上路，徘徊聊復駐吟鞍。

檢點前塵似夢端，翻將舊稿帶愁看。南枝再發香仍在，險韻重賡墨未乾。翠羽聲淒縈曉夢，綠牕人瘦怯清寒。明年春色來應早，再看河橋繫玉鞍。

即目

晚涼罷繡西牕下，喚婢添香小閣前。最愛夕陽山色好，一痕新月破輕烟。

琴川

十年南北等浮漚，重作虞山十日遊。烟裏櫓聲驚短夢，霜前雁影動新愁。人家斷續斜陽外，喬木蒼涼古渡頭。百里江天迷望眼，蕭蕭蘆荻起沙鷗。

徐秉五德清大家女工丹青隸篆及笄待字嘲之

翰墨丹青伴暮朝，繡奩韻事總清寥。問誰種得藍田玉，持取千雙聘阿嬌。

口占

瘦盡腰圍不自持，同儕指點笑書癡。雕奩欲廢吟香管，風景撩人又入詩。

遣懷

遣懷聊復仗微吟，瘦比黄花已不禁。此日閒愁頻把酒，誰家思婦獨鳴砧。乍看梧葉飄金井，漸覺商風拂玉琴。秋思滿懷正淒絶，一行歸雁觸鄉心。
飢鼠窺人閃睡眸，閲殘蠹卷夜悠悠。將融燭化垂垂淚，不盡烟縈縷縷愁。竹影横牕搖碎月，蟲聲隔砌曳殘秋。生憎小苑西風緊，不卷湘簾上玉鈎。

月夜憶弟婦董九妹卻寄

露滑香階碧鮮滋，湘簾初卷繡停遲。一庭明月娟娟影，想見臨風玉立時。
相思只隔水雲重，錦字殷勤月數封。倘遇秋風蘇薄病，與卿江上采芙蓉。

曉起

朱闌曲曲爛晴霞，剪剪和風拂絳紗。簾卷玉鈎人乍起，一庭曉色正籠花。

寒夜吟

繞室徘徊久，沈吟意若何。聞砧知夜永，見月覺寒多。院靜無人倚，天空有雁過。露濃鴛瓦濕，落葉下庭柯。

秋宵即事

小牕人靜病愁兼，檢點刀圭貯藥奩。落葉有聲蟲有韻，西風庭院月如鹽。悶對秋花進一巵，寒香瘦影兩紛披。年來事事消除盡，結習難忘只有詩。

獨立

空庭愁獨立，瑟瑟起秋情。古木有寒色，病蟲無疾聲。鄉心隨雁遠，旅思逐雲生。天末風無賴，掀簾時一驚。

讀史閣部書書後

四海風塵滿，猶留天塹横。江山仍六代，戰守盡孤城。慘淡燕山駕，倉皇江馬征。軍聲摧破竹，士氣困呼庚。草草朝儀立，勞勞籌筆情。誓師揮涕淚，選將費經營。國步終難挽，坤維竟自傾。瓊花傳樂府，羊胃拜公卿。圍比襄樊急，廷還洛蜀爭。六宫酣宴酒，四鎮自稱兵。公也孤忠抱，時乎殺氣縈。長淮斷右臂，江上豎降旌。義本從容就，仁寧激烈成。將星寒浪落，畫像肅霜清。土木殊遭際，文山並悃誠。遺編光史簡，褒謚賁荒塋。更有家書在，如聞太息聲。九原偕命婦，閨閣亦垂名。

家雲鵠郡伯命題管仲姬墨竹卷軸

兩荷瑤章錫，風流蘇白齊。衛書敢許學，前賜詩有『筆格還同衛』句。管墨更教題。石古秋痕淡，莖疎翠靄低。黄堂清畫靜，應有鳳皇棲。

詠菊十二律

憶菊

歲寒心事久相期，底事今秋放獨遲。簾卷西風只瘦我，月明荒徑倍思伊。雁來北塞空傳訊，人對南山但詠詩。何日黄金呈色相，安排樽酒醉東籬。

訪菊

物外襟期寄隱淪，造門先叩葛天民。幾家荒徑平原外，何處疎籬斷澗濱。傲骨難逢勞物色，淡心相印倍精神。卻憐絶代高人意〔一〕，欲謝人間車馬塵〔二〕。

【校記】

〔一〕『憐』，圈改爲『愁』。

〔二〕『欲謝人間』，旁改作『未必能親』。

種菊

逍遥寄傲自園丘，詞客栽花事最幽。霽月攜鋤疎淨土，蕭晨抱甕汲清流。目無桃李千枝豔，心有林泉一片秋。青女肅威行不到〔一〕，手中造化若爲留。

【校記】

〔一〕『肅』，圈改爲『霜』。

對菊

淨洗塵襟賞冷葩，蕭然便欲傲烟霞。閒招明月成三友，靜撫喬松自一家。經卷藥爐供點綴，酒杯茶盞佐清華。風流想見衣冠古，玉質亭亭絕點瑕。

供菊

采采金英玉案前，莊嚴佛界色同宣。山南晴翠猶嫌遠，〔一〕研北秋光倍入妍。雅澹軒齋情自合，蕭疏瓶盎韻方傳。名香一柱拈來好，佳友原宜列上筵。

【批語】

〔一〕夾評：韻雖本經，卻少趣。

詠菊〔一〕

雲飛鳥倦不開關，惟有篇章興未閒。誰慣催詩唯白酒，無端送句又青山。交從淡泊相遭後，品在才華俱落間。悟得無言琴意永，便應筆墨一時刪。

【批語】

（一）眉評：結意須進一層，更合菊花身分。

畫菊

酒德吟情兼繪事，一齊分付與東籬。黃金染相何妨豔，淡墨團香也自奇。竹譜端應推與可，梅圖更擬仿徐熙。秋林佳色殊難狀，粉本淵明數首詩。

問菊（一）

閒向秋畦話片時，花如解語更憐伊。何緣晚節偕君共，底事霜榮見我遲。淡去可容人仿佛〔一〕，瘦來寧許月扶持〔二〕。淵明已去三閒老，此後知音更數誰。

【批語】

（一）眉評：句句是問。

【校記】

〔一〕「去」，圈改作「處」。

〔二〕「寧」，圈改作「或」。

簪菊

點綴霜林品不羣，摘來和露正氤氳。枝枝翠葉籠香霧，朵朵金英襯綠雲。鏡裏秋容如我淡，鐙前瘦影與君分。午牕夢醒和釵墜，冉冉寒芬枕畔聞。

菊影

千秋只有梅同調，看到烟痕别擅塲。一段扶疎全賴葉，十分蕭散不關香。澄澄秋水神何遠，淡淡青鐙格倍蒼。仿佛龍山遺帽處，畫圖曠世見徜徉。

夢菊

一酌陶然暮靄凝，睡鄉栩栩乍難憑。門關荒徑霜初白，鐘斷秋宵月欲升。囊底渾忘餘味觸，枕邊誤認暗香蒸。無端化作秋蝴蝶，嗅徧寒叢力不勝。

殘菊

菊原從鞠歲云暮，花後無花枝尚存。老圃至今留後勁，小春先已逗微溫。飄零不改嶔崎態，摧折從無潦倒痕。細數一年芳事了，玉梅幾日麗朝暾。

遷枝巢小隱作

兩間之屋不爲少，十年之居也復好。況值新開戶牖明，牀鑒安排事初了。舊居適新脩葺。由來陳跡等雲烟，鴻爪泥痕聽屢遷。豈同蒼狗白衣幻，不盡風亭月檻緣。同居族大浮百口，枝分恰葉畹蘭九。授室還將畫井同，求舊謀新隨所取。宅右有屋屋三間，軒牕窈窕幽且閒。吾舅前曾寄休息，移居何用求名山。本無可見敢言隱，但使堪棲總覺穩。爲愛春秋佳日多，况兼羣從往來近。樓上何所樂，落日霞文錯。青翠時横幾點峯，焜煌似挂千重幕。樓下何所宜，讀書還誦詩。夢管五花方絢爛，壁箋千蕊又離披。更喜皋比講席臨，時外於樓下設帳訓諸姪。紙牕鐙火漏常沈。束脩不用先生饌，一半還償僦屋金。十年蓬梗何嘗定，楚水齊山頻寄興。豈料瓜廬偃息便，也曾屢易三三徑。春陽轉盼又秋陽，冷月三更照短牆。一般恐我吟懷減，玉露零時泫海棠。

哭虹橋席甥

秋來正訝報章遲，半載雲箋少和詩。乍喜清言逢棣萼，忽驚霜信折瓊枝。諤岩弟至始知。奏傳仙樂難終曲，開到曇花只片時。稠疊情親期望大，不禁回首淚如絲。

三世絲蘿有夙緣，劉甥風調最翩翩。錦囊贈什人爭誦，粉箑貽書墨尚鮮。曾惠詩扇。詎料竟同春夢散，不堪還盼好音傳。時值報罷。高山奏罷牙琴斷，珍重遺珠幾顆圓。

少年早擷泮池芹，十載青鐙富典墳。作賦天憐夭李賀[一]，量才人愧失劉蕡。空幃幼婦腸先斷，絕塞慈親信未聞。尊人遠謫塞外。寄語靈萱聊慰藉，好看雛鳳繼清芬。時甥有子，已露頭角。

【校記】

〔一〕『作』，旁改作『此』。

殘夏卽事

近來情緒劇堪憐，纔點銀釭便欲眠。弱骨畏寒需被早，小牕經雨得秋先。經營藥餌抛書卷，料理奩鹽典翠鈿。辜負閒庭風月好，數聲絡緯到愁邊。

偶吟

坐來神自倦，就枕不成眠。最足牽詩思，輕寒細雨天。

卽事

小牕鎮日下簾鉤，滴露研朱事未休。陡覺輕寒添兩臂，不知日影下西樓。

答松坪姪

兩年重鼓琴川棹，俚句賡酬荷傾倒。謝家羣季盡超倫，更有阿鹹詣深造。阿咸年紀二十餘，英英朗若璠與璵。下帷不惜三餘課，能讀家藏舊賜書。憶昔相逢湘水上，十年會面神逾王。雛鳳早知有異音，玉麟自信非常狀。詞源滾滾瀉河津，脈脈關情誼倍真。敲句只嫌更漏促，傳箋豈憚往來頻。歸帆乍卸吳淞渚，魚素迢迢月三五。甌北新詩藻采鮮，消寒雅繪風流古。曾寄惠甌北詩及《九九消寒圖》。時時麗藻掞天葩，小楷雲箋密似麻。洛誦真教味生熲，宛如仙醞酌流霞。轉眼星霜兩度易，帶水盈盈渺空碧。骨肉情親文字交，相思那禁離愁積。春明便擬買蘭橈，岸柳叢叢夾露桃。屢諏吉日行復止，引領空望江雲高。偶然半載消息斷，清歌誰和如珠貫。蕙草俄悲鶗鴂鳴，楊枝已老流鶯喚。三伏炎歊氣鬱蒸，一卷元經瑩雪冰。彩雲墮空厚三寸，就中雅意傳千層。開緘啓劄從頭讀，上言起居定清淑。中言嘉兆卜弄璋，下言良會何時續。更有新詩詩十章，雲璈水瑟共宮商。驪珠五百六十顆，到眼閃閃生奇光。獨繭絲抽一縷接，奇雲屢幻峯千疊。柳暗花明引勝多，回環倍覺心神愜。贈我冰丸百劑餘，一時懷抱卷中舒。惠風流空入四座，恰喜來與瑤華俱。虞山山色日夜秀，秋籬花明錯若繡。待到重陽風雨期，一卮再話三年舊。

卽事（存目，見《續草》卷一《病起》）

病起〔一〕

小春臥病到清明，草草妝梳手尚生。驚視鏡中雙鬢改，綠雲幾縷墮無聲。
性癖詞章有夙因，東風殘漏夜沈沈。今宵應被鐙花笑，依舊紅牕照苦吟。
蕭蕭疎雨晚來過，漸覺輕寒透越羅。差幸病魔纔解脫，一樽更擬送愁魔。

【校記】

〔一〕本組詩共四首，其一見《續草》卷一《病起》下一首題『又』。此錄後三首。

湘帆六母舅以詩催索嘉城寒具賦答

詩腸苦爲病魔勒，一瀉乃湧萬斛泉。善吐既已經史作菹醢，善茹乃復肴饌羅香羶。雅人餔啜有深致，縱使逐逐原非顛。秀州新餅擅甘美，妙味宜與詞人研。青衣欲遣復暫止，正欲巧作催詩緣。筆花怒生光四照，是中有味難究宣。若移此手作寒具，自非周宮老婢無此傳。卻思當年遊宦遠，巴山萬里指馬鞭。舅曾管阿爾古屯務，駐扎數年，即大金川地。絕塞食單異中土，窮山土銼炊寒烟。饆饠不托縱有製，只供大嚼無芳鮮。江鄉佳品偶入口，路遠莫致心悁悁。而今盤餐便遺餉，辱示佳句追坡仙。從今征典不數廣微賦，《乞米帖》外藝苑還傳乞餅篇。

附　原作　　李心衡

病餘口腹自嫌憎，終日營營似野蠅。聞說秀州新餅好，香霏白雪勝紅綾。
方朔常嫌囊粟瘦，陳平只自食糠肥。總憐不及陶彭澤，杞菊籬邊見白衣。

立春前三日雪和韻

飛瓊一夕下雲端，天上先春薦玉盤。風起瑤池花競放，月明仙島鶴初摶。歌推郢曲傳高閣，笛擫梅花渡遠灘。恰稱閉門人獨臥，寒英細嚼當朝餐。

仲春十八日雪疊前韻

幾分春色透林端，玉瀉瓊枝珠走盤。著地有痕偏易化，舞風無力不成摶。沿江處處漁停網，隔岸雙雙鷺立灘。遙望炊烟生極浦，蓼花堆裏野人餐。(一)

【批語】

（一）夾評：仲春無蓼花。

呈味莊師卽次賜題拙集元韻

武功文事兩勞神，儒者勳猷自有真。帝重海疆移福曜，民欣大府得詩人。風清鈴閣繁囂絕，霧肅重洋氣象新。聞說放衙朝聽訟，繡衣猶帶馬蹄塵。公新自寶山巡海回。

毗陵輿頌仰明神，吳市攀轅意更真。官本江南賢太守，身原蓬島謫仙人。去思尚有豐碑在，奏最爭傳寵命新。何幸昭華依講席，天教問字近車塵。

萬卷撐腸筆有神，青蓮格律本清真。何期玉尺頻量我，更喜金針許度人。大冶直將頑鐵化，春風慣拂草痕新。妝臺爲有瓊瑤句，撲去青銅十斛塵。

九齡詞筆擅丰神，午橋太史。曾到嫏嬛列上真。爲愛龍門無俗客，因從蓮幕伴才人。唱酬佳句花同豔，揮灑雲箋墨尚新。笑我學吟如學步，蹣跚也欲附清塵。

附　原韻

李廷敬

言情賦物妙傳神，風雅天然本性真。藝苑空聞誇繡虎，蘭閨餘事有詩人。傳家經與青氊舊，尊慈《蠹餘集》與《繡餘初集》同刻。同夢花分采筆新。八首琅琅高論在，無須步障接芳塵。

又附　味莊師疊韻四首

李廷敬

詩篇疊和速如神，趙管風流結契真。安之亦有和詩。采筆有花皆並蒂，玉臺無句不驚人。詞鎔典籍光逾古，意愜風花景一新。喜把雲箋懸座右，清氛滌卻案頭塵。

荷囊有客誦針神，午橋太史曾得佩囊，極稱刺繡之工。倒屣今迎溫太真。同室早聞多學士，安之一門，代有閨秀。比肩難得兩詞人。名傳謝傅論詩久，集撰班姑作贊新。尊姑有《鴻寶樓詩稿》。值得珊瑚雙架筆，冰壺秋月淨纖塵。

緘開九日倍怡神，安之以九日袖詩來。欲辨忘言此意真。客至恰宜萸映酒，吟詩想見菊如人。英年大集千篇富，綺思名花四序新。不羨藍田工部宴，兩峯如玉出風塵。

每從林下擬風神，顧我何如李抱真。庚幕長延能賦客，董帷深愧授經人。來詩有問字語。工書體有垂珠妙，奏賦行看奪錦新。暫撥繁囂酬好句，毫端恐涴軟紅塵。

疊神字韻奉呈張午橋太史

當年下筆早如神，嶽色湖光供寫真。（一）寰海近爭傳麗句，蓬萊原本謫仙人。風裁燕國聲名大，烟景文昌藻思新。瑤鶴只應珠樹息，肯教素羽混紅塵。

名流邂逅浹心神，公近在味莊觀察處。嚴杜論交意氣真。使者風流能禮士，先生才調不猶人。錦袍舊泛銀濤淨，烏帽重揮玉麈新。想見官齋清燕啓，冰壺滌筆更無塵。

曾披琅什妙傳神，眠起風光繪獨真。前曾賜《和柳影詩》。才大百家難掩我，心虛片語不遺人。空勞刻畫嫌才短，頻荷珠璣照眼新。(二)千顆夜光留兩壁，紗籠幾度障埃塵。

學吟敢詡筆通神，管豹窺來見未真。一自品題歸大雅，遂教閨閣作風人。冰輪一色流輝遠，金粟千枝結蕊新。佳句回環風味永，揣摩長隔幾重塵。

【批語】

(一) 夾評：(供)字應讀平。

(二) 夾評：『空勞』二句：不對。

附 太史疊和四首

張午橋

豈獨針工號有神，夏初承惠繡囊。毫端別自具天真。續編草就原殊衆，疊韻吟成更逼人。雙禮聰明知夙慧，令暉才調總清新。錦囊留得文犀在，辟卻紛紛萬斛塵。

緣深花月費心神，集中有『花月緣深苦費詩』句。佳句耽來癖是真。直自以詩爲性命，許誰如婢學夫人。韻經追險偏征巧，思善推陳轉出新。籠壁有紗勤拂拭，高吟多恐動梁塵。

龍門物望仰如神，聽到焦桐賞自真。謂味莊前輩。談藝盡稱詩弟子，掃眉喜見女才人。夢分郭錦千花豔，賦逐濤箋十樣新。翠袖天寒倚脩竹，從教脂粉盡成塵。

敢云江令筆通神，風雅何期結契真。謬以識途推老馬，還將高曲和巴人。玉藏差喜磚能引，幟易從看壘一新。吟罷鶴棲珠樹句，不禁回首帝京塵。

味莊師辱賜和章兼頌珍錫疊韻誌謝

龍門物望頌如神，稠疊瑤章荷賞真。錦字纔詩題集句，茆廬又到賜箋人。鴻詞早吐千秋焰，生面能開一代新。月夕花晨勤捧誦，寶奩什襲不沾塵。

摩挲珍玩足怡神，雀舌蘭烟味最真。傳看已驚蓬戶客，分甘還及繡幃人。翻來雲錦層層麗，吟到珠璣字字新。（一）領略師門無限意，鏡臺羅列絕纖塵。

黃花品格月精神，高會龍山列上真。一席風騷歸月旦，滿堂賓客盡詞人。懷涵澄水無邊澈，思共秋光特地新。千載魏公留晚節，清標重見接芳塵。

幾回雒誦愜心神，一片憐才古誼真。問字我慚依絳帳，揮毫公本列天人。運籌海島風烟靜，領袖詞壇花月新。驚起倉山老居士，也思一騎踏香塵。時隨園先生書來，訂小春之遊。

【批語】

（一）夾評：此處不應再說詩了。

圍棋

奇哉方罫間，中有萬里廓。千古苦心人，終莫罄扃鑰。東西儼分列，黑白旋交錯。如星躔經天，如絲網成絡。數豈限盈虛，力乃判強弱。或云通陰符，象等兵臨郭。或云參道機，神仙恆寄托。不如喻文心，變化不可度。凝神對楸枰，意匠造冥漠。摧堅從中擣，攻瑕自旁掠。奇正互相生，縝密寓開拓。苟非全勢攬，一子敢輕落？每逢入妙處，真可喜兼愕。相對靜忘言，日影移高閣。

葉子

六博自古傳，葉子誰作俑。環坐分作戲，一葉千金重。其間有一點，旁觀意皆悚。作意爲周防，惟憂被牢籠。黠者亦自知，蓄勢故不動。欲取或姑予，算必握其總。左掎更右角，望蜀先圖隴。果然機會逢，放手更無恐。花章照眼明，珍如獲雙珙。怒或知罄投，喜乃魏犨踴。人心易懈怠，因利斯生勇。聖王知此術，用人慎恩寵。

骰子

一聲骰子響，逐逐貪夫來。全神注盆中，炯炯雙眸開。晝盡夜復繼，千金首不回。梟盧故飛旋，拍案轟如雷。迨乎失意後，倒戈再銜枚。決計作孤注，萊公真奇才。中莛外彌厲，旁觀笑口咍。方詡非戰罪，視猶外府財。利鈍難逆睹，一敗同灰埃。父兄董戒切，莫挽傾囊災。從知貪心中，聰明成癡埃〔一〕。

【校記】

〔一〕『埃』，旁改作『呆』。

題陸文裕公墨刻〔一〕

平原名閥閱，譜牒重江東。千載機雲後，風流又屬公。能文才似海，運腕氣如虹。珍重傳家寶，還將片玉同。帖號《片玉堂詞翰》。

早歲巍科掇，崇班中外頻。學原研性命，志豈忘經綸。餘事丹鉛富，臨池摹仿神。晉唐碑版在，矩矱想先民。

椽筆能扛鼎，家書亦並傳。從無一字苟，遂使衆長全。劍閣馳驅日，鱣堂講論年。同時最傾倒，早有鳳洲賢。弇州先生跋有二王之目。

前代論書派，雲間格最工。高名過沈氏，同調得思翁。自有崚嶒骨，仍餘瀟灑風。永懷賢守令，蒐輯寓深衷。帖爲前明郡守暨邑宰襄刻。

更喜家聲衍，龍鸞起後昆。指公孫埈。傳薪同米氏，媲美擬王門。規格應分幟，精微自一源。雪居留手跡，賞鑒重璵璠。

【批語】

（一）眉評：十三元分元、暄一半，不分則音韻不洽，前人論之詳矣。斗膽釐正，尚候尊裁。

鮮荔詞

果中荔枝堪爲王，閩中狀元尤稱良。誰知相隔三千里，到手猶帶風露香。

鯨波不起海霧澄，風帆萬里矜飛騰。遞來一顆冷於雪，不數五月金盤冰。

繪圖作譜傳昔賢，總爲口腹謀芳鮮。須知是物繫興替，啖罷忽思天寶年。

壽味莊師

羣真昨夜下蓬壺，天外香風散玉爐。我是仙人詩弟子，捧觴聊自學麻姑。

十年領郡頌仁慈，到處謳歌繫去思。聽徧茀簹興誦後，節樓介壽又聽詩。
朝來海鶴唳遥空，畫閣筵開十月中。脩到梅花真有福，與公一樣占春風。
木公金母共脩齡，舉案齊眉仰典型。若使史官觀象緯，定驚南極粲雙星。
繡衣賜出九重天，仙骨香沾御座烟。莫怪使星偏近海，瀛洲原有舊因緣。
丹桂新攀意氣豪，郎官星傍紫薇高。共誇雛鳳飛騰早，不舞斑衣舞錦袍。
自慚巾幗少雄文，拜賜名香未敢熏。今日炷香私頌禱，深閨長願護慈雲。
不須絃管勸杯觴，一任閭閻祝壽康。公但胡盧酬片語，才人壽世在文章。

隨園先生來海上蒙味莊師道儀詩不置口並命謁見官閣因事不果賦謝

海内同推太白詩，風流相賞有袁絲。三千桃李栽應徧，又向深閨說項斯。
炷香正是祝長年，尺素欣逢青鳥傳。聞說宫牆容我到，後堂添個女彭宣。
高山仰止久依依，惆悵登堂願尚違。應是師門等蓬島，天風引到又吹歸。
授經曾未侍書城，立雪終期慰寸誠。擬共春風披絳帳，海棠花下拜先生。

奉懷隨園師

海内風騷席，同推公一人。寸心傾幾載，此見足千春。座映鬚眉古，輝生月旦新。登堂期後日，先荷降蒲輪。

三月江干住，還邀三顧榮。頒書富金石，錫禮重瑤瓊。款款春風意，依依白髮情。江河惟善下，即此見平生。

來去身無繫，飄然總不羣。人方瞻翽鳳，公已逐行雲。詩卷終年對，烟嵐一水分。遥知到家日，梅萼正紛紛。

少小耽章句，頻年花月吟。幸逢大雅作，合證一生心。才鬬化工捷，思謀神鬼深。手緘魚素寄，知不吝金針。

弔纖纖夫人

二十五年謫玉京，一生詩骨比梅清。千秋青史才人淚，又向閨中哭賈生。

愛攜書卷伴香奩，花影横牕月逗簾。姑射丰神原綽約，芳名真合唤纖纖。

春風顏色春雲態，秋水襟懷秋月神。莫道曇花容易散〔二〕，筆花千古鎮長新。

常從香口吐青霞，第一仙人萼綠華。拈句如禪誰會得，夜凉彈醒水仙花。
每到花開慣替愁，美人性格本嬌柔。那堪絕代如花貌，一夕西風逝水流。
青鐙一卷首頻搔，料峭霜風月正高。吟到傷心還掩卷，不須飲酒更披騷。
拈來色線一絲絲，繡出千秋黃絹詞。可惜不曾親把臂，瘦吟樓畔共敲詩。
我亦工愁善病身，半生風雨每含顰。而今腸斷然脂句，棖觸無端倍愴神。
夫壻才華是玉堂，先生俎豆魯靈光。知卿含笑黃泉裏，莫遣安仁鬢遽霜。
玉臺此日續遺詞，前後閨人總善詩。入夢定將餘錦贈，管花又見茁新枝。

【校記】

〔一〕『容』，旁改作『才』。

詩塚歌（存目，見《續草》卷一）

康起山孝廉見示荔桃合璧三歌賦答

三首新詩皆賦石，詩心真擅石玲瓏。天然結構非人力，寫向毫端氣吐虹。
仙果蟠桃共荔支，化工粉本一番奇。千金購得殊難狀，付與元章書畫詩。

淋漓濡染氣崚嶒，摹石真看句有稜。絕似少陵工賦馬，天閑萬騎筆間騰。

銀鉤一幅粲妝臺，似送奇峯眼底來。自是胷中富丘壑，毫端頃刻湧蓬萊。

自製繡物奉獻味莊師並繫以詩

吹到春風自節樓，絳紗禮錫百朋優。一莊莫道荒涼甚，針黹聊將當束脩。

自愧針神荷錫名，難將薄技獻先生。繡奩翻盡新花樣，錦樣文心繡不成。

奉和味莊師除夕對酒元韻

清讌山房畢〔一〕，先生又作歌。迎春詞散玉，挽日筆當戈。冰雪文章老，關山感慨多。繫心家國事，不寐意如何。

一載旌旄蒞，民欣福曜臨。經綸千古事，風雅卅年心。鳳律吹將換，鴻痕舊可尋。江南輿頌徧，休嘆鬢霜侵。

家慶如公少，堪供令節娛。人雖限南北，樂豈隔江湖〔二〕。乍喜春光至，難忘客路迂。懷人東閣夜，詩思轉清癯。

獨抱如椽筆，相看餞臘盤。長城五字律，爆竹萬家歡。雪月清詩夢，松篁共歲寒。左家嬌女好，還與話更闌。

格高追鮑謝，心細逼陰何。志士光陰重，雄文陶鑄多。詞原推郢客，曲敢擬韓娥。歲歲椒盤會，開尊此重過。

【校記】

〔一〕『畢』，圈改爲『罷』。

〔二〕『樂』，旁改作『才』。

呈王夢樓太守

當代詞壇數典型，先生裙屐繼蘭亭。臨江作宅客常滿，渡海吟詩龍靜聽。一朵宫花生采管，千章樂府付歌伶。祇慚爝火明無幾，還望光分太乙青。

能使青蓮低首拜，宣城清詠果無倫。詩編未就宗工鑒，尺素先傳宏獎新。味莊師貽先生書及儀詩，復書多宏獎語。縞紵幸叨敦舊誼，書中述與家君友善。珠璣敢望附前塵。知公妙契三乘旨，可是如來善女人。

奉和味莊師丙辰歲除平遠山房即席韻

華堂絲竹占先春，更有清詩逐歲新。入座每邀攀桂客，起山孝廉。開筵喜對散花人。寄塵上人。羹分一勺廉泉淡，誼結三生蘭臭親。官閣歲除猶覓句，如公福慧本前因。

歌傳白雪衆爭誇，清角聲高掩琵琶。乍見春光臨使節，偶牽鄉思對梅花。清詞妙偈原同調，佛子詩仙總一家。滿引屠蘇忘日暮，遠山如黛映明霞。

題汪豫堂上舍墨華閣詩

一春琳琅署墨華，新安名士世爭誇。清於秋水波中月，豔比春山雨後花。小本烏絲書密字，高吟銀管吐天葩。翩翩才調知無敵，應比陳王八斗加。

幾輩輕肥逐管絃，性耽筆墨事丹鉛。賈生弱冠聲華重，蘇老初年著作傳。金谷爛開千樹錦，鳳樓迴出九霄烟。豈緣獺祭工塗澤，會結聰明冰雪緣。

十年隨宦住金閶，領略江南好景光。千部笙歌梧苑路，四時蘭麝劍池旁。行來花草春如夢，吟入珠璣字亦香。吳下競傳司馬句，誰知公子有文章。

閨中乍喜睹鴻裁，放眼疑登百尺臺。展卷正逢春晝永，伴吟恰值好花開。光騰瑜瑾磨千徧，香染薔薇盥幾回。卻愧頌椒無傑句，也思椽筆覘瓊瑰。

憶虞山

家住虞山長纔見，見來又隔三年面。江流渺渺白雲封，蒼翠浮空有餘戀。夢中忽度碧雲岑，鸞鶴相隨松桂林。滿莊紅豆空陳跡，澗水桃花自古今。山有紅豆莊、桃花澗。

春夜讀味莊師賜詩得四絶

瑤箋幾度錫瓊瑰，信有人間倚馬才。三復臨風忘夜永，梨花和月浸妝臺。

疊韻詩成境別開，長城五字句新裁。怪來筆底文瀾闊，親闢河源萬丈來。公近督浚劉河。

欲乞金針妙旨傳，強將巴曲和朱絃。何因格外垂青眼，定種前生文字緣。

廿載青鐙千首詩，苦吟況味只公知。公常誦儀《春晝詩》，云：『苦吟況味，個中人自知之。』久思親問花間字，爲怯春寒又改期。

步湘帆舅氏海棠詩元韻

占盡穠華三兩枝，倚風無力半酣時。少陵未敢輕裁句，留待人間第一詩。

青蓮采管早爭開，墨灑瑶箋絶點埃。合受神仙花供養，膽瓶親贈一枝來。

接翁大人手書感賦(一)

迢遞書從隔歲傳，匆匆拆向夜鐙前。傷心忍聽書中語，愁病馳驅逼暮年。
字裹行間漬淚痕，傷離感逝總銷魂。一封郵訃軍前展，鬢鬚應知白幾根。
卅年宦況比冰清，贏得歸舟一葉輕。甘旨自慚虚婦職，轉勞珠桂代經營。
楚水吳山路幾程，歸期聽説在春明。正愁堂上承歡少，添得雙雛笑語聲。

【批語】

(一)　眉評：四支分支、絲一半，寄、宜一半，妄爲指正，點金成鐵矣，奈何。

味莊師重赴劉河將先期枉過脩書辭謝擬於明日進謁師於四鼓遄發矣賦詩誌謝

三旬使節駐河濱，兩日官齋理牘塵。又聽江潮催畫舫，還傳蓬戶降朱輪。文星天上將移曜，靈鵲簷前早報春。小極竟勞親慰問，憐才雅意更無倫。
只是難安弟子心，願憑尺素達微忱。公原久忘簪纓貴，我敢親當杖履臨。明發便思趨絳帳，清言應許度金針。如何夜半郵籤速，悵望長河曉月沈。

附　和韻　　　　李廷敬

林下風傳碧海濱，青綾久擬近芳塵。馳驅自笑隨轅驥，時序空驚下阪輪。每對溪山思好句，可堪風雨送韶春。還嫌銛畚喧囂地，把玩珠璣太不倫。

憶傳尺素映冰心，自繡新詩感至忱。聞說看花寒尚怯，肯教行藥曉先臨。無端畫舫移殘夢，獨把荷囊悟慧針。南雁一聲重剪燭，雲箋三復夜沈沈。

接味莊師婁江工次和詩疊韻奉答

一紙瑤華降水濱，璠璵照座絕纖塵。勳名早入河渠志，才力還扶大雅輪。題筆金鐙初絢夜，公於鐙下賜和。開緘蓂莢正盈春。公書來值望日。婁江自古風騷地，只恐弇州未足倫。

憐才二老有同心，並謂隨園師。宏獎風流出素忱。一語品題真破格，幾番酬答當親臨。偶然試手翻鴛語，竟許同儕讓繡針。千古賞音能有幾，如公雅意最深沈。

奉和隨園師重宴鹿鳴十絶句

六十年前到月宫，嫦娥應是認詩翁。天香影裏重開宴，一曲霓裳聽更聰。
小倉山上月輪秋，射策燕臺續勝遊。仙桂扶疎曾不老，一枝高出萬枝頭。
龍門平步上雲顛，一棹來從粤國天。此日回頭思往事，羅浮花外夢神仙。
歲星貪向人間住，曳杖旁人枉費猜。自古文章老更健，何當再向棘闈來。
紙上鴻痕跡未銷，風前記得玉驄驕。九州才子如麻列，盡讓靈光占一朝。
綺筵再啓鳳簫鳴，野鹿呦呦倍感情。從古文明推午運，天教山斗屬先生。
玉鏡高懸淨九街，簪花宴罷重徘徊。霜風萬里騰鵰鶚，幾個扶搖再到來？
十首新詩當卷糊，同聲相應德非孤。文昌雜録人多少，問有才名似叟無？
同門更有老平章，白首相看興欲狂。壇坫千秋垂盛事，風雲花月各專場。
句走明珠筆轉轤，風花瞥眼只須臾。回思弱冠終軍起，早有聲華壓萬夫。

奉和隨園師重宴瓊林十絶句

重聽仙樂到鈞天，一曲《霓裳》列上仙。六十東風渾不改，錦袍猶似舊時鮮。

新貴天街控紫騮，卷簾紅粉聽爭誇。就中一個蒼松叟，慣領瀛洲桃李花。

蔣山小築隱盤龍，南國風花觴詠中。今日曲江重載酒，座中爭識紫芝翁。

題名雁塔簇仙班，水瑟雲璈繞畫欄。天爲諸公留勝事，三朝法物儘君看〔一〕。

詞科籍早隸羣仙，再啖紅綾向日邊。佳話同時能有幾，一生三到大羅天。

九陌香塵引玉車，爭聽里巷笑喧嘩。如何十里紅雲外，尚有昆侖一樹花。

歸娶當年乞玉章，西湖花柳護蘭房。而今頭白還相送，羡殺人間老鳳凰。

風光真似轉蓬科，又駕雲軿渡絳河。倘遇麻姑相問訊，鬢霜料也比前多。

卸卻華陽自製巾，重披宮錦穩隨身。漢家轅竇何須數，還作瓊林三度人。

自別脩門黯斷魂，重瞻北闕擁祥雲。由來文運關天意，人瑞千秋屬聖君。

【校記】

〔一〕「三」，初作「四」，圈改爲「三」；「君」，圈改爲「人」。

題美人抱琴圖

蟋蟀聲繁玉漏遲，露華冷浸碧梧枝。靜中好譜高山調，不遣添香侍女隨。

颯颯金風透越羅，夜深翠袖倚巖阿。一庭涼露花無語，獨抱愁心訴月娥。

秋海棠和韻

脂輕粉薄乍抽芽，點綴秋光傍碧紗。一種柔情宜訴月，十分幽豔欲蒸霞。風多繞砌低枝顫，日漸移欄倩影斜。似此娉婷好顔色，阿誰號爾斷腸花。

肯將顔色媚春晴，消受閒庭月露清。濃豔不教妃子妒，嬌柔深得美人情。芳魂最怯銀缸照，香夢頻驚漏點聲。獨對黄花嫌索寞，膽瓶斜插一枝横。

吟到西風花信稀，那知弱植擅芳菲。鞦韆架底胭脂冷，蟋蟀聲中蛺蝶飛。此日閒愁生玉砌，誰家薄命怨羅幃。最憐嬌女頻凝睇，小步牆陰手折歸。

幾番翠袖愛憑欄，點點檀心儘耐看。小草尚縈情縷切，千秋想見淚珠彈。輕盈故態彌誇好，狼藉餘春未覺殘。恰值琬綸詩思好，一觴消卻暮天寒。

題桐陰美人圖

一天秋色碧雲涼，擷得寒英助晚妝。底事欲簪還住手，惜花心性愛聞香。

小園半畝緑陰遮，白石蒼苔引興賒。吟對西風間佇立，夕陽人影瘦於花。

奉懷隨園師

數定空傳日者言，八旬飛步捷於猿。如何忽患中宮弱，遊戲文章又一番。

詩壇忽困病魔紛，費盡刀圭未策勳。一代文人誰救得，解圍除是大將軍。師痢疾，服大黄而愈。

不用高吟子美句，牀頭自誦小倉詩。六千三百披來徧，參术硝黄盡在斯。

風流臨汝真千古，詩句青蓮誦萬人。直爲盤餐勞尺素，解頤妙論劇翻新。師索火腿於味莊師，言：『三年得狀元易，得火腿難』。

聽說桑弧朝挂門，五雲遙識護隨園。師生天早安排定，我弄璋時公抱孫。

次韻奉答張午橋太史

下里何緣屢賜賡，錦囊珠玉一時傾。調翻白雪高難和，句比幽蘭味最清。漫對龍門牽別思，好憑滄海寄豪情。芳郊草色紛如繡，春水孤帆正落英。

貝闕珠宮寄勝遊，水天極目思悠悠。分來鮫錦供揮灑，招得驪龍共唱酬。海外只今沾化雨，前生原本住瀛洲。公現掌崇川瀛洲書院。南朝詞筆張融最，醉月評花足遣愁。

午橋太史書來述梁溪俞友梅先生老名士也善飲工琴尤長於畫見扇頭拙作舟行十絶句激賞之至因貽素箋索詩且許以畫見易勉成二律技愧雕蟲情同引玉望先生有以教之也

青鳥遥從海嶠傳，爲言名宿賞牙絃。偶吟春水吳淞景，敢望唐賢樂府篇。難得品題來意外，始知筆墨總前緣。若非絶代風騷手，容易張融與並肩。

平生心事老梅知，第二泉邊曳杖遲。叔夜琴餘還善酒，右丞畫裏本兼詩。遠貽素箋詞難稱，許易名縑事亦奇。急掃風軒開月戶，看他聰岫列蛾眉。

題湘帆舅氏金川瑣記（存目，見《續草》卷一）

丁巳孟夏謁見味莊師承示近集並賜佳宴恭賦五百言用展謝忱

丁巳孟夏初，升堂展清謁。玉屑霏講幃，春風生使節。出示一編詩，驚睹萬象列。溟渤波蒼茫，泰華峯巀嶫。管窺竊有得，非敢爲諛說。我師富經濟，詞章寓施設。三吴都會地，厭聽管絃咽。仍不事更張，深憂致滅裂。涵養本和平，識見尤卓絶。風流白與韋，千秋紹遺烈。詩人重倫常，至性自縈結。我師兄弟樂，時譽比軾轍。千里一會面，鴻飛飄以瞥。連牀風雨意，耿耿不忍别。更念弱弟遠，萑苻值草竊。作歌敦勸勉，悱惻中腸熱。高吟脊令曲，斑斑墨痕血。簪纓多往來，一一號英傑。脱略世俗情，筆墨供怡悦。爲問軟紅塵，幾見此高潔。簿領有餘閒，風花時點綴。輝輝黄絹詞，豔豔青蓮舌。情真氣自充，神運跡盡滅。攬今披英華，稽古建圭臬。詩宗袁與王，一時心盡折。儀也生閨中，自稔才薄劣。顧惟文字好，一編手常擷。興到如有領，功深詎易徹。常苦無師資，闔奥誰與抉。前年荷賜章，珠璣照眼纈。去年再題句，雅調追湘瑟。從此屢賜書，褒賞口不輟。薦之諸鉅老，曰斯才之桀。尋常閨房秀，未易與頏頡。聞命意彷徨，感愧情交竭。始知文字緣，骨肉同真切。揭來慰仰止，悃款詞周悉。縞紵敦舊交，陶鈞無棄物。承詢翁大人楚遊消息，並及外近日課藝。抗論極雅騷，清峻見風骨。欲訴傾慕忱，轉愧言詞拙。褰幃拜金閨，流光霏豔雪。婉娩靜女儀，窈窕神仙質。姊妹有同心，和藹週一室。左家阿妹賢，已解讓梨栗。何意燕雀羣，得與鸞鳳匹。繡闥窈而深，書齋深以豁〔二〕。圖書雜鼎彝，相映目光奪。高堂羅清漿，海錯陳鼎實。談深下夕陽，花外聞啼鴂。荷茲禮遇隆，撫懷彌戰慄。歸袖滿琳琅，清風生弗弗。永奉一瓣香，追摹庶無失。

【校記】

〔二〕『深』，旁改作『幽』。

次王梅卿女士韻

如花標格生花管，合受名香百和熏。想見綠牕新睡起，一奩秋水浸春雲。
梅花明月本前身，白雪幽蘭字字新。一代倉山彤管席，瓣香端合屬斯人。

次韻酬梅卿夫人見贈之作

纔識春風意便投，談深心事上眉頭。憐卿質豔花分韻，笑我吟酸鬢早秋。快讀新詩能卻病，細聆情話可銷愁。如何萍水風塵地，得遇神仙第一流。
江波如草降雲車，連袂風前賞物華。百首清詞霏豔雪，一生知己數梅花。乍牽我恨三秋別，真覺卿才十倍加。同向龍門依講席，更誰文藻勝班家。

題陳竹士茂才虎山尋夢圖

沖寒獨上虎山船，重訪南枝證舊緣。空剩幾行殘墨在，更誰攜手讀花前。
數聲冷笛不堪聞，寂寂空山下夕曛。惆悵芳魂無覓處，萬重烟水一溪雲。

莫嫌奉倩太傷神，我尚憐才結念真。記向隨園圖畫裏，也曾細認夢中人。曾於《湖樓請業圖》得見夫人遺影。

似訂前生筆墨緣，早將夢境卷中傳。傷心此後銅坑路，不種梅花種杜鵑。

呈心芝夫人（一）

九畹芳蘭比淑姿，置身端合住瑤池。十年燕寢香凝座，瀹茗中宵伴讀詩。

鈴閣春深晝不嘩，鴛機盡日倚牕紗。妝成不慣熏香坐，纔擘鸞箋又繡花。

不將脂粉鬬花叢，玉粹金和德性融。喜我絳帷纔立雪，繡幃又得坐春風。

記得從遊水閣涼，玉顏紅映石榴光。前生籍隸西王母，慣醉仙家九醞觴。

自慚疎陋草茅儔，感荷金閨恩禮優。月態雲情難仿佛，幾回濡筆向冰甌。

【批語】

（一）眉評：想見雅量，可以陪侍觀察矣。

謝隨園師賜銘硯玉筆架

紫玉割腴，蒼雲滴翠。體質渾成，肌理細膩。妙喻金釵，無聲落地。遊戲文章，雅人深致。恨無雄詞，以答嘉賜。永言保之，二十三字。

其潔如雪，其瑩如脂。天工人巧，粹然無疵。來自隨園，常陪敦匜。架第一筆，寫絕妙詞。仿佛衣鉢，千里見貽。誰云小山，倉山一支。

題康起山孝廉憶西湖詩草

太白曾經夢天姥，先生今見憶西湖。三年肺腑沾深翠，一夕篇章闢奥區。蘊藉溪山歸閱歷，玲瓏樓閣現虛無。雙堤烟柳雙湖月，此日俱收入畫圖。

香山去後又眉山，曠代雄才迥可攀。海外天風吹采筆，夢中仙境敞塵寰。飛觴蓮幕泉喧座，啜茗雲房花繞關。五馬當年堤上醉，只應猶遜此蕭閒。

勝景天然圖畫開，千秋風雨望中來。梅花一院懷高士，強弩三千弔霸才。鶴夢山林空載酒，濤聲天地獨登臺。揮毫不盡飛騰興，摩寫烟霞日幾回。（一）

金閶前月試揚舲，振策靈巖俯洞庭。兼示登靈巖詩。兩眼快收江浙勝，一杯吸盡海天形。湖風沙月圍孤舫，雨嶂烟巒帶遠坰。十六章詩萬重景，臨安他日補圖經。

【批語】

（一）眉評：居然杜境。

隨園師賜詩扇一柄扇有真來公子畫蘭賦詩誌謝

乍接端陽信，猶懷殘臘程。湖山鴻爪跡，師弟歲寒情。藥物閒頻檢，襟期老更清。手書團扇寄，頃刻惠風生。

小眠齋外徑，幽露幾叢溥。寫出一枝秀，能生五月寒。畫傳湘客佩，身本謝庭蘭。鄭重相貽意，風前仔細看。

送湘帆舅氏北上

迢遞岷峨鎖暮烟，雙魚長自隔西川。六年得侍紅絲硯，詩律書經仔細傳。

一編示我塞垣文，瑰偉詞章壓子雲。他日鋒車千萬里，壯遊盡寫入新聞。

驪歌一曲別情深，猶記尊前句共尋。料得明春花下坐，新詩獨對海棠吟。今春有海棠唱和詩。

珍重征衫勤檢點，半帆梅雨薄寒天。湘中消息經春杳，並作臨岐一黯然。

雨夜奉懷梅卿夫人

花樣穠鮮月樣明，踏青曾記並肩行。清宵手盥薔薇露，捧誦新詩當見卿。
瑤箋幾度惠新詞，愁病相兼作答遲。安得綠牕同聽雨，一鐙雙照對論詩。
怪底襟懷似水清，論詩煮茗愛深更。夫人喜夜吟。蕉牕此夜聯吟處，定有明珠萬斛傾。
雨打簾櫳風入樓，懷人中夕思悠悠。羅幬冰簟涼如許，不慣安眠只慣愁。

題陳竹士茂才詩集

早乞仙人筆一枝，湖山風月入清詩。詞瀾欲決銀河水，妙緒如抽春繭絲。胷次自能窮變幻，眼前隨意出新奇。規唐仿宋知多少，一點靈臺未許知。

陸機綺歲早知名，傳出新篇海內驚。詩與梅花一樣瘦，天生吟骨十分清。千秋吳苑尋遺躅，絕代倉山奉主盟。此日龍門棲息好，芙蓉幕外命金觥。

漫愁席帽未離身，已見門多長者輪。共道詩篇傾阮籍，還聞尺牘重陳遵。百年肝膽金蘭重，四海文章藻鑒真。篋裏盡多珠字在，寶光早射斗牛津。

榮事堪輕萬戶侯，玉臺酬唱足風流。元裴同調原難得，班謝隨蹤孰與儔。香夢已迷元墓路，瓊枝又放問花樓。卽今采管雙揮處，海月江風別樣秋。

題梅卿夫人詩集

氣味芝蘭喜並清，新詩更似囀流鶯。紅牕靜展烏絲卷，疑向山陰道上行。

早歲簪花寫性靈，一編大雅有遺型。怪來風格超儕輩，曾向倉山親授經。

問花樓繼瘦吟樓，鏤雪雕冰句並搜。班謝同時成合璧，閨中佳話足千秋。

雙雙共泛木蘭橈，江上垂楊雪正飄。銅鉢聲中箋互擘〔一〕，墨花飛上合昏梢。

左家嬌女最神清，認字聰明悟夙生。漫道龍門登不易，絳帷還拜女先生。

傳箋幾度夜明珠，惹我吟詩喜又驚。一自夫人城在望，低頭願築受降城。

【校記】

〔一〕『擘』，朱筆改作『劈』。

題虎山圖後竹士茂才以四絕賦謝次韻奉答

病思愁吟徹曉昏，當筵強一覆金尊。新編雒誦西牕下，香爇薰爐火不溫。

零落殘梅子又青，墨痕狼藉舊圍屏。人間我亦工愁者，吟到酸心不忍聽。

織殘錦字幾千行，深惜無緣乞一章。惆悵臨風三復後，相思欲覓返魂香。
芬菲悱惻好才華，閨閣從看韻事加。一種幽香長不歇，瑤臺新放玉梅花。梅卿賢妹。

心芝夫人五日招同梅卿香卿宴也是園味莊師賦四絕句步韻

消暑方巡脩竹叢，欣傳彩箋到閨中。蘭亭書法青蓮管，多少名流拜下風。
幸接神仙第一儔，綠陰深處鬢雲流。水嬉爭看驪龍舞，何似龍門寄勝遊。
瓊花一樹簇芳茵，快向花壇步綺塵。酒力未慵新月上，嫦娥亦自解憐人。
新詩雒誦味餘甘，似向花前接麈談。閨里縱饒摩詰句，梅卿先成七律一章。驪珠畢竟讓公探。

疊前韻

記從環佩踏花叢，幾度招邀繡閣中。莫怪金閨勤吐握，愛才原是有家風。
更喜同行有勝儔，釵光鈿影耀清流。分明親侍西王母，任我瑤池汗漫遊。
花前悵未奉車茵，師時在吳門。佳句偏能絕點塵。不使蘭亭誇絕唱，紀遊端仗大才人。
頒來采箋勝分甘，絕似親承講席談。公有智珠光萬丈，驪珠底用睡時探。

味莊師賜唐賢三昧集口占二絕

鏡中花格水中天，別有鹹酸味外傳。千古漁洋同妙悟，瓣香一例溯唐賢。
詞壇旗鼓競分營，誰識風騷有正聲。我是如來大弟子，一編《三昧》證分明。

味莊師寄來梁溪俞友梅先生見寄詩畫扇並賜書云先生工書善畫嘗於張午橋太史扇頭見儀琴川道中十絕句擬就詩意寫作長卷共爲題詠以垂佳話此扇其縮本也竊念詩不足道而得借名畫以傳誠爲厚幸爰賦小詩四章聊以報謝並祈有以教之

吳淞百里水程幽，拂水岩前憶舊遊。忽地仙雲傳采筆，恍疑身在木蘭舟。
水牕無事愛閒吟，難得焦桐遇賞音。特寫烟江圖一幅，教人詩句畫中尋。
應是高人王右丞，畫禪詩律總超乘。多慚老鶴新鶯句，氣味清於玉椀冰。
擬將長卷繪遊蹤，縮本先圖江上峯。珍重名流能寫意，毫端空翠撲人濃。

題美人倚梅便面

花光淡淡雲濛濛，美人神遊香雪叢。澄懷玉骨抱冰雪，人與梅花合爲一。花能解語人解吟，暗中自鼓無絃琴。一聲鶴警出深樹，最高枝頭明月吐。

和隨園師謝繡重宴鹿鳴瓊林二十絕句韻

明珠累累貫成行，（一）采線拈來費較量。絕世文心難繡出，龍盤鳳翥自成章。
萬縷冰絲整不斜，天衣製就豈容差。深閨姊妹私相羨，繡到仙人筆底花。
尺素遙分班馬熏，風流宏長寄斯文。還傳五疊雲璈曲，什襲先安辟蠹芸。
杖履優遊似昔無，老成風格重商瑚。天公特賜延齡藥，佳話流傳動萬夫。師痢疾，夢仙人教服木香、甘草而愈。
蘭苕戲翠海翻鼇，巨細多公一手操。定擬升堂重問字，簪花更看試宮袍。

【批語】

（一）　夾評：『累累』：字當讀爲平聲。

附　原作

袁　枚

三尺吳綾字數行，累卿纖手替裁量。買絲想繡袁絲久，先繡《霓裳》曲廿章。
鏡檻風和鬢影斜，稀針密線不教差。遥知小婢私相訝，不是尋常繡過花。
珍藏合把戒香薰，當作天孫織錦文。詩向河汾諸講席，門牆可有薛靈芸。
閨閣如卿世所無，枝枝筆架女珊瑚。將儂詩獨爭先和，領袖人間士大夫。和詩千里寄來，城中紳士尚無一人和者。
李謩明歲試金鼇，千佛名經手自操。我勸唐宫針博士，替他留巧繡宫袍。

酬梅卿夫人

豪端仙骨自珊珊，訴出離心字字酸。惹我相思不成寐，擁衾鐙下幾回看。
雁語西風動遠思，淒涼分手又經時。人生最是無情緒，每到歡場憶別離。
采雲一散杳難尋，謂芝生世妹。幾度停觴感嘆深。同是工愁多病客，半生陳跡最關心。
感君心性最纏綿，別後瑶華幾度傳。一曲牙琴奏花底，兩行清淚落尊前。

又七律一首

病骨羸然不自支，擁衾服枕背君詩。有情枉自添惆悵，同調無多更別離。辭我偏逢潮信速，送君剛值曉妝遲。人生聚散原前定，搔首空教嘆路岐。

題袁蘭村公子秋夢樓詞

倉山詩筆擅瑰奇，又見千秋絕妙詞。大樂九成開別調，黄河萬里出旁支。倚聲愛聽清妍韻，選調全無軋茁思。想見隨園花滿徑，故留餘地插瓊枝。

和家大人作

卅年朗抱澈冰池，民事關心暫廢詩。今日草堂風雪夜，還將萬卷徧衡持。近日手批《史記》等書，鉛槧幾過。

花滿園林水滿池，天然妙景盡歸詩。看書暇日含飴後，杖履西風好護持。

鄉心長繞映娥池，半託南柯半寄詩。幾度黄花和淚看，秋風瘦影強扶持。

一自歸田侍墨池，丹黄曾見校遺詩。前校刻先太僕集。尺書珍重承慈訓，隨分齏鹽勉自持。

附 原作　　歸朝煦

馳驅卅載廢臨池，有女猶能學誦詩。姑没家貧翁又老，還將中饋好操持。

接梅卿夫人見懷詩酬韻

披來錦字感何如，添得相思值病餘。一自素心人去後，緑牕静掩久抛書。

夢魂曾未識蘇臺，心似丁香結不開。愁看鴨爐香草篆，離情一縷共縈回。

朔風如箭夜鐙寒，料得香閨妝已殘。人在罥中詩在手，一回想像一回看。

君住胥江我海涯，西風吹雁影欹斜。春明買棹期相訪，攜手重看姊妹花。

病中即事

三徑蕭條静掩關，薰爐香燼夜闌珊。花逋閒向鐙前算，詩債多從病裏還。有夢不離心上事，無聊空對畫中山。此生苦被蠶絲縛，何日都將結習删。

旭日曈曈上畫闌，扶牀嬌女問平安。病中夢蝶驚回易，眼底愁城欲破難。對客暫舒眉黛皺，翻書猶怯指尖寒〔一〕。西風透體吳綿薄，隔歲秋衣已覺寬。

【校記】

〔一〕『怯』，《續草》鈔本作『覺』。

西風索寞靜夜迢遙檢篋中味莊師賜書筆花豔豔墨光瑩瑩挑鐙三復感賦一章

一自龍門荷賞音，幾度追憶感難禁。披來珠玉千行字，費盡栽培一寸心。青眼如公當代少，恩波似海及人深。獨慚鸞鳳雲霄調，屢續深閨蟋蟀吟。

題女郎海棠便面

碧天雲淨晚風凉，蟋蟀聲淒玉砌旁。惆悵斷腸人去後，一庭秋影臥斜陽。
柔情媚態畫中尋，獨倚西風仔細吟。想見玉臺晨點筆，紅脂研露寫秋心。

題香卿夫人倚檻觀荷圖

今年重九晴無語，三徑西風黃菊舞。忽訝仙雲天上來，披圖宛在瀟湘浦。夫人家本住吳閶，玉立亭亭冠眾芳。不獨容華誇媲嬙，生來舉止最端詳。經畬公子才超軼，文獻江東傳著述。玉鏡常留徐淑詞，寶奩更試朝雲筆。壯遊幕府偶周旋，仙侶同時泛畫船。洗硯學臨神女帖，挑鐙更疊衍波箋。金閨玉女天人望，攜手鈴階情話暢。謂心芝夫人。笑指庭前姊妹花，枝枝葉葉常相向。揭來喜挹玉臺春，琥珀杯濃酌幾巡。雲翰樓前看月慣，蕊珠宮裏訪花頻。一泓秋水澄無滓，九畹春蘭吹氣似。生就溫存玉性情，尊前絮語情無已。平生寄賞在清華，愛看江頭君子花。萬片紅霞清更麗，半塘香氣遠逾加。畫圖恰遇長康手，人影花光欣有偶。灼灼蓮房映日明，累累蓮子臨風剖。當年曾誦愛蓮詞，枯管難傳絕世姿。相期歲歲秋江路，攜手風前共賦詩。

秋夜偶成呈味莊師

一縷茶烟颺曲房，金風颯颯送微涼。月扶花影珠簾上，蛩和吟聲玉砌旁。篋裏新詩頻檢點，鐙前往事細思量。去年今日秋光好，正對天香奉瓣香。

送梅卿夫人歸吴

采雲聚復散，明月圓還虧。人生離合緣，豈復意所期。夫人擅逸思，萬花腕下霏。早聞佳句傳，恨不即光儀。春風吹節樓，授經啓絳帷。宛宛女公子，問字鎮相隨。及兹得會面，交好更不疑。誰知闈闥中，有此文字知。

海上龍門開，羣才競奔走。說項到深閨，青松雜蒲柳。兩地互傳箋，一月常八九。每誦夫人詩，擊節輒俯首。孤情耿獨抱，巧思無不剖。羽衣立瀟湘，亭亭誰與偶。風吹袖裏香，月照花間酒。意暢傾襟時，情深分手後。

憶昔君來時，中庭榴花紅。今朝別我去，黄菊舞秋風。駒光既忽忽，鴻印亦匆匆。明珠一朝隕，感逝悲無窮。謂芝生世妹。花枝兩地分，訴別詞難終。惟祈玉體佳，健筆淩秋穹。開緘聞君語，展卷見君容。胥江雙鯉魚，一水時相通。

閏六月六日心芝夫人再招遊也是園作

菱正鮮時瓜正甘，坐臨水榭共深談。井梧十日遲飄綠，秋信先從柳下探。

新築高樓俯碧泉，銀鉤照眼墨華鮮。味莊師新顔扁額。憑欄莫道九峯小，從此機雲一例傳。園舊名小九峯。

綠池合種水芙蕖，著個輕舠也足娱。點綴園林須好手，先生真個是倪迂。味莊師擬欲栽荷，置舟其中。

羅袖凉招水檻風，綠陰如幄霧濛濛。如何兩侍瑤池宴，一樣當頭挂玉弓。

笙歌偏繞水雲隈，鳥語斜陽勸舉杯。一陣香風吹過處，好花齊傍綠雲開。

題龔素山茂才補悼亡詩

斷腸潘岳鬢將絲，凄絕曇花小現時。偶種情根甘暫謫，久離月窟怕愆期。詩傳倩影人如見，吟到秋雲句定奇。夫人曾有《秋雲》一絕。展向夜牕頻剪燭，冷猿哀雁不勝悲。

痛定尋思痛更深，新詩重補悼亡吟。玉環親授來生約，實事。故劍難忘此日心。短榻夜寒空對影，小樓日暮但聞砧。梅花紫燕歸何處，贏得凄凉淚漬襟。

題淩四香文學詩草

麒麟墮地神先王，鳳鳥方雛聲已亮。由來才子重英年，早向詞林負清望。公子家聲重滬城，雙旌舊向粵中行。鬱林載石曾垂節，豐樂題碑更擅名。祖硯摩挲爍光采，父書萬卷留滄海。夢中忽見李青蓮，千秋采筆遥相待。十書三易久紛綸，還向風騷結契真。詩骨早應天獨付，吟懷慣與物爲春。紙帳一鐙天欲曉，苦吟不覺頭頻掉。已聽銅壺漏點沈，尚看銀鴨香烟嫋。卜居愛傍晚香叢，生就騷人性不同。四面雲烟樓窈窕，千年苔蘚石玲瓏。有時豪氣驚風雨，碧海蛟龍翻浪舞。奇鬼猙獰欲攫人，古刀剝落初離土。有時幽情泣落花，湘絃哀怨和琵琶。六代烟花景陽井，三吳脂粉苧羅紗。清才遂古誰堪比，傳誦行傾洛下紙。漢代終軍許並肩，唐朝汝士應聯趾。珠璣錯落錦囊箋，雒誦清宵鐙蕊員。欽君真有扛龍筆，愧我曾無詠絮篇。

古詩六章爲張烈婦王氏作

紫蘭常並蒂，青蓮亦齊芳。婉娩淑女姿，永奉君子光。少小誦《女箴》，雜佩鳴鏘鏘。倉庚熠耀飛，棗栗盛筐筐。

白首願詎違，中道成捐棄。春風吹玉琴，無言淡相莊。同心勖明德，白首矢無忘。

彩雲忽墮天，鴛鴦驚折翅。君子盛文章，才名苦相忌。握手訂肺肝，銜哀視天地。但冀二豎祛，拚將玉體試。斑斑臂上痕，涔涔杯中淚。

淚落如綆縻，呼天天不知。嚴霜一以勁，蕙草無留枝。回頭思舊約，掩泣向空帷。幽明誠異路，誓言終不移。人生重一死，處死期得宜。所由慷慨節，還兼宛轉思。

宛轉思良苦，一身兼仰俯。堂前尚需養，膝下亦需撫。兩事有一乖，那遽歸黃土。有叔供親飧，有嫗給兒乳。天意亦憐人，缺陷巧相補。多謝小姑言，吾心早有主。

寸心抱丹誠，皓月同其清。清光入毫素，繪圖抒至情。遺容宛生存，遙睇白玉京。相將同所歸，閉門甘雉經。團圞九天鏡，萬古無分形。自踐生前言，寧求身後名。名垂何足道，勁節貫穹昊。奇事播燕臺，美談到江表。編之彤管傳，節義森可考。蒼松挺孤姿，不受雪霜倒。清商夜半彈，惻愴傷懷抱。挑鐙弔遺徽，月落江天曉。

題鼻烟壺袋

貯以琉璃界，藏之錦繡文。併無烟吐納〔一〕，別有味氤氳。

【校記】

〔一〕『併』，圈改爲『曾』。

題嵇天眉公子藏文衡山江南春畫卷

幾陣東風柳外飄，山容水態望中遙。春光只有江南好，贏得詞人說六朝。
衡山畫本幾流傳，豪末分明點綴妍。花裏樓臺江上舫，踏青女士總翩翩。
公子家聲王謝流，芳春烟景任勾留。個中詩思憑誰寄，付與東風杜若洲。
曾攜芳草過湘潭，曾照明湖柳影毿。畢竟故鄉山色好，夢隨蝴蝶到江南。

挽隨園師

驚傳海內墮文星，感極深閨淚雨零。識面有緣瞻紫氣，執經無分到玄亭。千秋才望山朝嶽，垂老師生風聚萍。手製端溪一方石，摩挲忍復讀遺銘。

得慰平生事亦奇，十年景仰一鐙知。不堪下拜摳衣日，即是傳薪訣別時。案上尚留曾把卷，篋中猶貯近題詩。天寒晷短風蕭索，悵望江雲奠酒卮。

題邵夢餘先生歷朝名媛雜詠

誰將絕代青蓮管，徧向情天缺處填。銀燭燒殘清漏永，一簾花影破詩禪。

花爭穠豔月爭妍，筆走明珠句欲仙。閒卻玉堂脩史手，別翻新稿繪嬋娟。

千秋紅粉總如雲，國士憐才到十分。讀徧新詩三百首，恍疑環佩隔花聞。

沙裏鉤十六韻

江鄉饒異產，瑣瑣盡堪求。自叶需沙象，應無困酒憂。譜須聯郭索，族豈混蝤蛑。夜火明葭渚，霜叉響荻洲。何曾抛玉尺，也似中銀鉤。具體形殊細，凝膏馥暗流。生涯辭水國，大隱寄糟丘。纖手長勞製，新醅正好篘。鵝黄光並釃，蟻緑色同浮。乍鼓將軍腹，還張勇士眸。淺斟誠稱矣，大嚼可宜不？自昔傳貍物，於今重庶羞。佐筵當坎律，把盞憶金秋。海月何煩覓，瑚琏底用搜。名非傳《爾雅》，買可問漁舟。藐小無輕詆，還應贈醉侯。

題大士像壽心芝夫人

紫竹林中自在身，盈盈水月見來真。天花飛灑春風座，常向慈帷話宿因。寶相爭看月滿臺，法門甘露特教開。青蓮花底心香供，天上麒麟親送來。

題山館停雲圖

幽人欲何之，徑入白雲去。白雲滿空山，更在雲深處。略彴臥溪坳，板扉枕巖曲。時來松風吹，山水一齊緑。山頭雲自生，江頭雲自行。行行且止止，若爲故人情。停雲復停雲，盼雲雲不落。山館日悠悠，閒煞應門鶴。

壽周母葉太孺人七十

孤松偃蒼厓，霜霰淒以繁。豈知凜冽中，靜含太古春。虯枝薄霄漢，萬古如朝昏。碩人名家女，來嬪於德門。早歲失所天，並無弱息存。天地有缺陷，萃之一人身。挽回賴志節，此志良苦辛。以婦持門戶，撫姪加恩勤。倉猝救姑危，不畏膚髮焚。五十五年中，艱難泣鬼神。剝盡復乃見，否休泰遂臻。堂構廓基址，階庭繞鳳麟。七旬猶健步，日飲花間醇。朝廷重其節，金章勒貞珝。戚黨重其孝，采筆垂大文。倘非耐冬寒，何以歷春溫。我詩非工諛，所期風教敦。

奉寄梁溪俞友梅先生先生賞予舟行十絕，特繪景扇頭並繫詩二絕

舊貽采箋墨光浮，繡罷吟餘展未休。一幅家山置懷袖，此生常在畫中遊。
詩中畫更費回環，宏獎高情豈等閒。絲繡平原空有願，深閨曾未識高山。
蓮幕花明酒滿巵，少陵晚歲愈工詩。登臨不減湖山興，珍重春風似剪時。

雨夜

聽殘鄰笛夜漫漫，借得新編卻懶看。半壁疎鐙搖夢影，一簾微雨釀春寒。人緣薄病餐頻減，詩到窮愁境轉寬。幾處書來遲作答，只憑傳語報平安。

春晴

侵階草碧雨初晴，嫩日烘簾暖漸生。得食鳥喧人夢破，受風花顫蝶魂驚。吳綿欲卸寒猶怯，蜀紙新貽句恰成。女伴相逢談瑣事，春郊擬定踏青行。

譙國世嫂命題牕前玉蘭賦贈二絶〔一〕

小語吹蘭滿室春，亭亭標格迥超塵。揭來初識如花貌，不賦名花賦玉人。

罷繡西牕待月明，風搖素影薄寒生。分明甘后幃中玉，夜色朦朧認不清。

【校記】

〔一〕『命』，朱筆改爲『屬』。

清明前三日展墓有期愴然有作

淒淒風雨逼清明，未至先塋淚早傾。爲重塚孫兼愛婦，因悲亡女倍憐甥。細思往事心如搗，自別慈容歲屢更。更痛姑喪猶在殯，繐帷並作斷腸聲。

春日遊豫園有懷梅卿夫人

連日重陰鎖暮雲，登樓頓覺豁塵氛。臨風弱柳剛千綫，照水殘梅剩一分。淺沼魚遊爭餌簇，夕陽鳥語隔花聞。賞心忽憶同遊侶，絕似天涯雁失羣。

次沈止簃上舍題集韻奉謝

好句披來妙境該，將花作襯月爲陪。傳經謝女年嬌小，早擅閨中詠絮才。詩卷長抛廢剪裁，重勞珠玉遠貽來。曉牕睡起遲梳洗，吟對春風倚鏡臺。

日暮偶吟

幽思忽相尋，憑欄費苦吟。鴉投深樹暗，風起夕陽沈。遣女移銀燭，呼鬟理繡衾。昨宵眠太晚，已被薄寒侵。

口占

薄醒殘夢雨朦朧，俯首無言倚繡櫳。一段清愁何處著，夜鐙影裏月明中。

幽牕書感

無聊只把句雕鎪，臥詠行吟且自由。月好便思終夕坐，雨來拚作一宵愁。行蹤聚散風前絮，身世沈浮水上鷗。索寞情懷憔悴質，春光如許不登樓。

立夏前一日偕外遊也是園蒙味莊師賜詩步韻奉謝

曾是嫏嬛侍宴人，尋芳再訪澗之濱。新題妙墨摹晴雪，補種紅蕖趁晚春。作賦故應招庾信，繪圖端合倩公麟。清遊早動先生聽，捧到瑤華絕點塵。

附　原韻

李廷敬

喜聞管趙兩仙人，選勝同遊曲水濱。有福比肩銷永夏，多情釃酒餞餘春。客隨大令愁綾帳，僧識徐陵是石麟。定有新詩似冰雪，傳書爲滌軟紅塵。

晚春和韻

聽殘啼鴂愴懷多，梅子青青綴滿柯。芳草夕陽人去矣，昏鐙殘夢夜如何？遣愁詞賦閒還讀，感舊園林懶再過。賴有新詩霏玉屑，餞春爭誦挽春歌。

題先太僕公大全集後〔一〕

千古龍門筆，昆山一代雄。文高水匯海，名大日升東。先正迷津逮，時流罕折衷。帨鞶徒侈富，餖飣漫稱工。壇坫先聲唱，詞林附和同。一時趨競易，千喙合難攻。力挽狂瀾倒，心追正始風。草茆持獨見，排擊徧諸公。老鳳一聲響，秋雲萬里空。奇勳推再造，公論豈常蒙。始露齟齬跡，終看意見融。前賢徽可尚，後進慕何窮。格迥知心正，才豐驗學充。清音調頌瑟，古色列和弓。理窟濂閩合，詞源歐柳通。精思穿窔奧，元氣接鴻濛。詎意流傳久，傷心殘缺中。魯魚形互換，帝虎鑒常瞢。縱任編摹責，難完讎校功。大圭成剝落，朗月竟朦朧。吾父卅年宦，歸來一畝宮。家還富金石，宅不剪蒿蓬。收拾風雲輶，研鑽文史叢。遺編追渺渺，寸念切忡忡。匯萃資羣選，爬羅賴兩瞳。分排體自肅，合訂格彌崇。萬派參河濟，千峯走華嵩。獅王神力邁，金冶寶光熊。兩載園桃碧，三更蠟蕊紅。勞心肩大業，殫力豁愚矇。恨夙留王氏，彈堪免鈍翁。雲仍留矩矱，寰海奉磨礱。水舫書遙寄，芸牕漏屢終。祇慚守一得，無異管窺穹。

【校記】

〔一〕『題』，貼簽改作『敬題家大人新訂』。

題廖織雲夫人桂庭秋晚圖

夫人本是名門女，早歲才華重江浦。賦物能傳絶妙詞，寫生徧按羣芳譜。自彈別鶴怨湘絃，縞袂春風哭杜鵑。牙管一雙生事足，蘆簾紙帳卅餘年。亭亭品格超流俗，一片秋光看不足。淨心相證有胎仙，妙諦微參指金粟。天高誰領廣寒秋，只有姮娥耐獨愁。萬里澄輝無點滓，淩虚直欲御風遊。長康妙手真無匹，浣筆工摹冰玉質。蒼然秋色起寒烟，還把秋心爲寫出。同是隨園問字人，當年早晤卷中身。青溪一曲勞洄溯，何日扁舟采白蘋。

遊也是園聞心芝夫人將從豫園來遊佇候不至歸蒙寵招賦詩誌謝

虔爇名香禮上真，前身原是散花人。繡幃他日符佳讖，親解明珠換玉麟。夫人以佩珠獻佛。

勝遊似預定良期，同是尋芳悵路岐。爲待鈿車雲外降，綠陰深處立多時。

歸途正悵佩聲遙，忽荷金閨寵命招。花氣薰人成薄醉，綠牕剪燭話深宵。

別來幾日换溫涼，簾卷薰風日正長。翠袖憑欄依舊否？錦機且緩繡鴛鴦。夫人偶被花蟲齧臂。

題莫愁湖畫卷六絕句

玄武波光望裏遥，雞鳴埭口泛蘭橈。龍驤虎踞都休矣，一個佳人管六朝。
何人釃酒弔桃花，芳草裙腰入望斜。惟有東風雙燕子，年年猶是認盧家。
當年臨水照梳頭，兩岸芙蓉開盡愁。今日桂堂何處覓，可憐河水尚東流。
畫眉十五傍紗牕，閒向烟波蕩小艭。寄語桃根並桃葉，阿儂姿態更無雙。
往來艇子日相逢，雙槳青溪路幾重。遠浦一聲菱唱曉，夢中不省景陽鐘。
玳瑁梁開翡翠幬，一生應未識離憂。如何勝跡留湖上，轉惹詞人千古愁。

題綠烟夫人照梁溪俞友梅先生簉室也

佳人生小顔如玉，翠袖春風映脩竹。夢中明月是前身，一段奇緣堪譜曲。仙郎雅擅馬枚才，錦瑟絃調玉鏡臺。梁氏孟光能不妒，周家絡秀更無猜。入門綠髮初垂額，慣捧雲箋侍瑤席。亭亭十九好韶華，一笑團圞指金魄。佳人此際更無求，不羨鸞釵並鳳幬。珍重女君頒采箑，乞將紅杏寫綢繆。閨中和好嫌疑置，挽手時來花下戲。豈料星沈寶婺輝，蘭幃幾灑盈盈淚。摩挲簪珥不勝悲，難罄柔腸婉轉思。只恐含愁傷奉倩，還將笑語強扶持。才人自古工商羽，賞音忽遇蛾眉侶。細爇名香伴奏琴，琴心三疊香千縷。偶然試筆寫名花，纖手親烹顧渚茶。同是愛梅有異癖，冷香薰透碧牕紗。誰云書劍風塵老，自有鴻才垂盛藻。繁華不省慕姬姜，翰墨偏能共懷抱。閒攜稗史獨留連，月旦評時鑒不偏。深閨也有知人識，定論還從香口傳。生來天性耽幽雅，脂粉薄施非豔冶。爲因出語愛吉祥，采采花枝時滿把。誰寫春庭花柳圖，嫦娥小影巧能摹。還看桂子符佳讖，不數燕山竇五株。

題明賢繡毬花詩長卷圖係前明宗室遺跡，有弇州諸賢十九人題

梁苑春風競衆芳，星毬千點爛晴光。一時裙屐工詞藻，終古風流記縹緗。錦繡園林江水逝，琳琅篇什墨華香。太沖珍重家藏卷，手澤摩挲感倍長。劉杏垞茂才索題。

劉杏垞茂才惠題拙稿書扇見貽次韻奉謝

芳蘭誰寫出，扇繪芳蘭數枝。幽意入青琴。玉板千秋格，長城五字吟。拈毫才苦短，識曲賞偏深。竇箑臨風展，清芬靜襲襟。

杏垞茂才欲令女公子岫雲來問字率賦二絶奉寄妝臺

瑶華一紙重兼金，宏奬高情感不禁。自愧微才同襪線，敢從天女度金針。

傳經喜有女相如，應是瑶池舊侍書。此後玉臺新句好，便從漢水寄雙魚。

題鐵舟上人海天遊戲圖照

十洲三島小遊仙，來往惟憑一葉蓮。逸調忽傳天海闊，直教驚破老龍眠。

當時繞膝聽談禪，佛印東坡有宿緣。回首廿載塵夢在，恍聞隔座奏朱絃。家君宦楚時與師極相友善。

湯晝堂茂才惠題拙稿次韻奉謝

誰擅西泠秀，應推玉茗仙。傳家舊黄榜，稽古守青編。心映冰壺朗，詞爭江錦鮮。朶雲天外降，妙諦一時宣。

少負耽吟癖，塗鴉刺繡餘。敢當馬帳譽，願授董帷書。化仰神君古，才推小阮殊。建安傳五字，風格逼劉徐。

擬繡平原像，芝顔識未經。虚衷江浩渺，靈府玉瓏玲。望古懷堪白，知音眼獨青。墨花光照壁，楷法媲黄庭。

閨閣無佳詠，詞壇有俊才。乍頒千錦字，勝得九鸞釵。蕭統登紈扇，徐陵選《玉臺》。高情留雅什，衆妙會能該。

漁婦釣歸圖 閨秀顧兆蘭寫

桃花婀娜柳霏微，渡口人稀罷釣歸。今夜月明何處宿，水風涼透苧蘿衣。

晚尋歸棹緑楊津，點染風姿别樣春。竿在香肩魚在手，寫生合讓玉臺人。

沙青岩先生藝文通覽題詞

天上懸奎宿，人間重壁經。流傳滋僞體，簡牘失儀刑。淮雨能無誤，魯魚遞易形。蛙聲憂亂雅，嘉穀易生螟。宛委誰開府，龍威久閉扃。沿訛淆六義，遺恨邁千齡。代有文章手，思通造化靈。中郎推漢代，史籀表周廷。卓絶西泠望，宏開著作庭。九州遊極遠，五夜寢無寧。清廟稽尊卣，明堂溯簋鉶。敦匜陳錯落，璜琥拾零星。博鑒窮搜輯，精思剖窅冥。羣言傾瀝液，獨見化畦町。光奪穹碑赤，輝生汗簡青。直參羲帝畫，不數孔悝銘。藝苑冰垂鑒，詞林火息螢。洪鐘疇叩響，慚愧手中莛。

題劉个亭上舍雙鬟侍詠圖

鸞箋畫就烏絲細，墨正濃時興正豪。怪底新詩花樣好，一雙紅袖侍揮毫。

沙寓形茂才惠刻款章賦謝

公子翩翩著俊才，管花移向剞刀開。傳家金石三千卷，幾度趨庭問字來。
昨見雕筒刻畫奇，摩挲珍玩有餘思。果然芥子藏天地，鬼斧神工那易窺。
開函古錦爛生光，千歲冰斯遠擅長。從此雲箋增氣色，只輸黄絹好文章。

附　題蘭皐覓句圖

袁　枚

仙姝謫下瑶華島，生長朱門讀書早。寫就簪花妙格妍，詠來柳絮清才好。客春曾見衍波箋，詩比芙蓉出水鮮。已把名香熏什襲，還將佳句付雕鐫。今來小泊申江渚，曳杖隨風扣仙府。蒙卿一見老袁絲，喜上春山眉欲舞。自言十載奉心香，俠拜甘居弟子行。一朶琪花天上落，也隨桃李傍門牆。白頭意外蒙矜寵，三日三來心更悚。花下籃輿每替扶，牕前茗碗勞親捧。手贈雙銖金錯刀，更分雜佩解瓊瑤。東脩都是妝奩物，探出羅襟香未銷。匆匆潮落摧回槳，惜別牽衣情怏怏。但願衰翁化白鷗，青谿黃浦頻來往。誰畫蘭皋覓句圖，仙姿蘭氣頗能摹。何妨添個西河叟，長許昭華問字乎？

李廷敬

兩間有大文，燦然日充積。熟視或無睹，慧心隨所覓。彼姝絕世姿，偶謫瓊仙籍。窈窕入風雅，聰敏坐詩癖。性與天籟俱，苦爲柔情役。經營自慘澹，風月若催迫。古今一俯仰，妙緒紛絡繹。疑將玉宇寬，縮入香閨窄。晴皋偶縱目，香草滿芳澤。胷中有雲夢，腕底鏗金石。前身定屈宋，時流笑元白。洋洋春水綠，渺渺秋山碧。悠悠紉佩心，落落簪花格。

王文治

禮法承卿月，溫柔本《國風》。綴詞將玉媲，吹息與蘭同。思繞幽香處，神凝淺露中。自然生妙悟，不待厭繁紅。

山公昔持節，招我住湖山。謂尊叔映藜方伯。謝詠今遙寄，花時正閉關。玉臺書史窟，霜鬢水雲灣。誰識塵寰外，詩筒獨往還。

康愷

繡閣誰居詞學科，夫人生小愛吟哦。能將錦字千回織，直把金針萬徧磨。山到鵲華分秀色，水經湘澤壯烟波。閨中欲怪詩情遠，隨宦年來遊覽多。

蘭皋雨歇綠生香，停繡尋吟挈錦囊。入室動驚名士座，臨風不鬬美人妝。齊梁綺語詞源淺，屈宋驚才格韻蒼。莫詑含毫渺無語，思從蘅杜占芬芳。

無限年光好賦詩，一回吟寫一凝思。江山故是多情物，風月胥歸絕妙詞。不向空虛追險怪，每從平淡出新奇。掃眉才子才誰敵，比是芳蘭獨秀時。

靜中風月見來真，一縷吟思渺入神。當代堪稱女進士，前身合是謫仙人。湖樓日永評詩徧，鈴閣風清問字頻。御李推袁今日事，蘭階珍重挹芳塵。

張嘉會

朱闌筆繭向春開，曾記薔薇浣手來。前春曾賜佳刻。一幅冰綃誰砑出，仙雲片片捧瑤臺。

迢迢蘅薄繞清湘，芳草晴披露氣涼。不是鏡臺詩思好，人間那識畹蘭香。

一縷湘烟絡鬟雅，個中消息水之涯。國香風格清如許，柳絮何煩說謝家。

靈珠拈出豔金支，白也名高幼婦詞。至竟漫誇無敵手，有人簾底正敲詩。

龔元綬

香楠小冊紙如銀，捧出深閨異樣珍。碧海月驚臨小影，西天佛許拜真身。神含湘畹初勻露，詩寫空山欲暮春。更莫人間問消息，芳蘭可擬素心人。

傾心諸老半留題，合使才人盡浣薇。梨粉抹雲凝素佩，墨花飛雨上輕衣。倚將片石還憐瘦，吟到幽香不忍飛。一段芬芳消未盡，攜歸雙袖夜涼微。

劉泗道

鍾此吳山秀，如何徒苦吟。偶然拈采筆，亦只寄冰心。皓質懸明月，幽花瀋碧岑。丰神仙到骨，周昉是知音。

君豈因詩見，平生苦愛詩。幽香千載契，天籟幾人知。繡罷妝成後，烟空露墮時。春風叨末座，感舊憶袁絲。僕亦受業隨園。

周慶承

文星偏傍婺星來，說是前身詠絮才。天上玉樓關不住，錦囊攜得錦機回。

山花雖豔終無韻，蘭草如人別有情。不效《離騷》寫憂怨，只從幽谷覓芳塵。

劉元愷

人與幽蘭臭味同，繡餘詩思寄芳叢。丰神豈但閨中秀，品格居然林下風。暇日不離香草畔，前身應住蕊珠宮。索題雅有量才意，玉尺高懷托畫工。

跋語

頣道居士

佩珊夫人詩才清妙，有林下風，絕似卞篆生、黄皆令一輩人。此册是上海家居舊作，偶寓吳門及假館武林，尚有詩數卷。僕亦屢有投贈之作，拾出當寫寄也。乙酉秋，余歸錢塘，夫人方館西溪蔣氏，課芸卿、鬘卿兩女弟子。過訪湖樓，即送歸滬瀆，此後遂不相見。海上仙山，蓬萊清淺，展卷三復，能無惘然？壬辰重九，頣道居士記。